왜 힐긋이나마 그들을 볼 수 없을까

왜 힐긋이나마 그들을 볼 수 없을까

초판 1쇄 발행 2024년 1월 1일

지은이 홍강의
펴낸이 장길수
펴낸곳 지식과감성#
출판등록 제2012-000081호

교정 이주희
디자인 이현
편집 이현
검수 주경민
마케팅 김윤길, 정은혜

주소 서울시 금천구 벚꽃로298 대륭포스트타워6차 1212호
전화 070-4651-3730~4
팩스 070-4325-7006
이메일 ksbookup@naver.com
홈페이지 www.knsbookup.com

ISBN 979-11-392-1545-8(03810)
값 14,000원

• 교보 손글씨체2020이 적용되었습니다.

지식과감성#
홈페이지 바로가기

왜 힐긋이나마 그들을 볼 수 없었을까

홍강의 지음

지식과감성#

목차

화성 오디세이

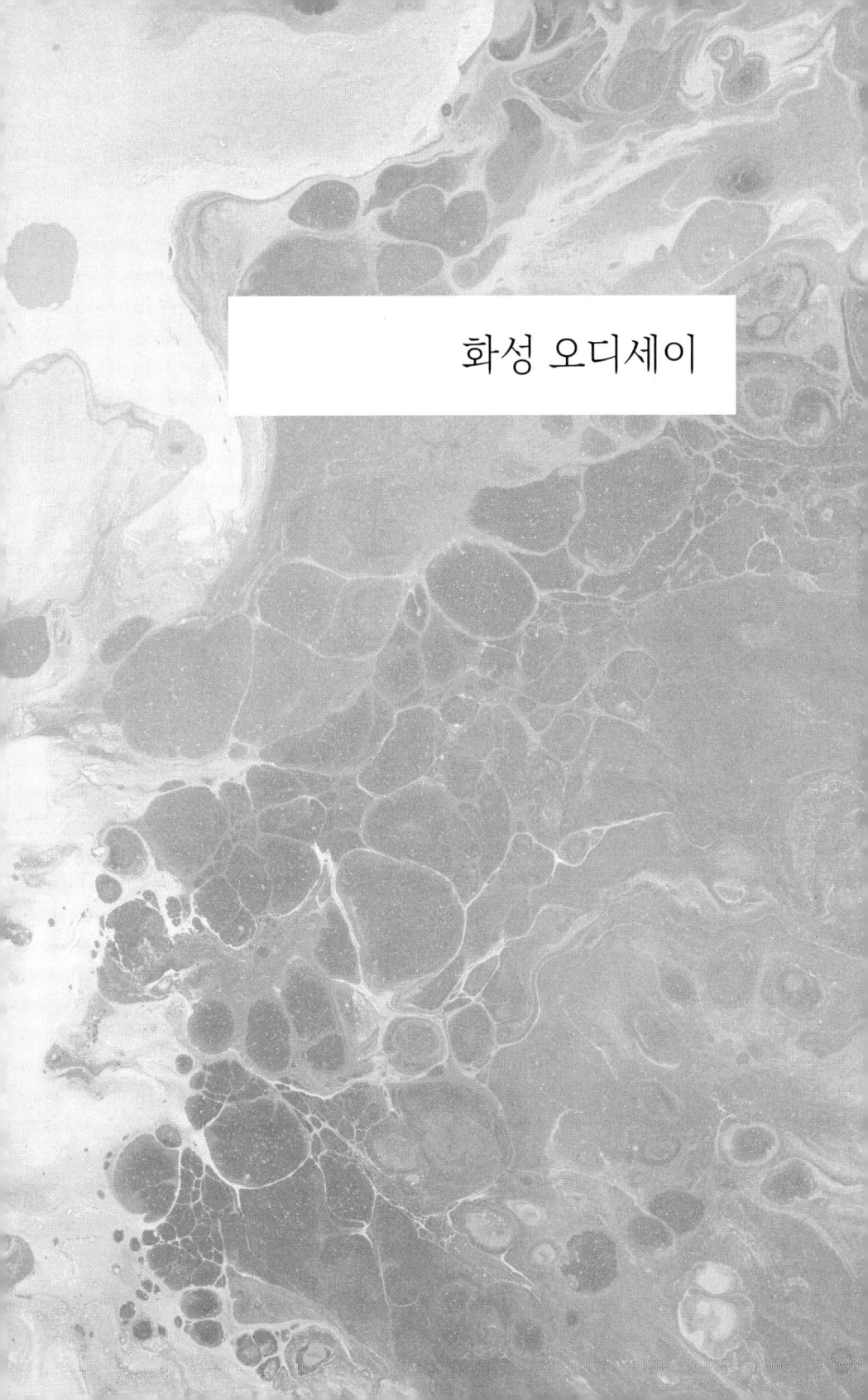

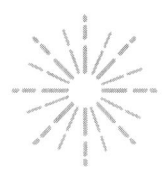

테일러 박사는 평소보다 세 시간 일찍 나사(NASA)가 위치한 플로리다주 케이프 캐너버럴 케네디 우주센터에 도착해 김이 모락모락 나는 아메리카노를 홀짝이고 있었다. 그는 나사의 화성 테라포밍(Terraforming) 프로젝트 책임자로 후배들로부터 존경받는 행성공학자였다. 테라포밍이란 외계 행성에 지구인이 거주할 수 있도록 기후나 환경을 인위적으로 조작하는 것을 말한다. 육십 대 사무직의 몸이 으레 그렇듯 두툼한 뱃살과 반쯤 벗겨진 머리를 하고 있었지만 뿔테 안경 뒤로 엔지니어의 날카로운 눈매는 여전히 살아 있었다. 하지만 베테랑인 그도 오늘만큼은 긴장하지 않을 수 없었는데 이십 년간 열정을 바친 프로젝트가 화룡점정을 찍는 날이었기 때문이다. 화성의 극지방에 수소폭탄을 투하하여 얼음을 녹이는 실험이 오후로 예정되어 있었던 것이다. 22세기의 지구는 인구가 백억 명에 도달함으로써 극심한 사회 혼란을 겪었다. 온난화와 식량자원의 부족 그리고 무엇보다도 인간 활동으로 발생한 공해가 대기와 바다를 뿌옇게 감싸고 있었다. 즉, 인류의 영원한 어머니인 지구가 자연환경 파괴로 더 이상 살 수 없는 곳으로 변해 가는 중이었다. 전 세계 지도자들은 유엔(UN)에 모여 인구의 절반을 화성으로 이주시키기로 결정하고 사전 필수 작업인 테라포밍 프로젝트의 전권을 최강 대국인 미국에 이양하는 것을 합의했다. 인류 생존을 위한 중차대한 임무는 미국의 우주 탐사 및 개발을 목적으로 설립된 나사가 담당 부서로 선정되었고 최고의 행성공학자로 인정받는 테일러 박사가 영광스러운 그러나 극도로 부담스러운 이 일의 책임을 맡게 되었다. 그는 화성 통제실 전체를 내려다볼 수 있는 자신의 집무실 사무용 가죽 의자에 앉아 뜨거운 아메리카노를 후후 불어 가며 화성이라는 붉은 행성은 지구인과 우스꽝스러운 인연을 맺은 곳이라 생각했다. 지구인들은 오랫동안 화성에 지적 생명체가 살고 있다고 생각해 왔기 때문이다. 그 시작은 1877년 이탈리아의 천문학자 지오반니 스키아파렐리가 망원경으로 화성 표면을 측정하던 중 운하가 있다고 발표하면서 화성인의 존재에 대한 허구와 헛소문이 처음으로 퍼져 나갔다. 하지만 이것은 웃지 못할 단순 번역상의 오류로 지오반니는 이탈리아어로 '강바닥(Canali)'이 있다고 발표했는데 이것이 영어로 번역되면서 '운하(Canal)'로 바뀐 것이다. 당연히 사람들은 누가 운하를 건설했는지 궁금해했고 지적 생명체가 존재한다는 말도 안 되는 추측을 시작하게 된 것이다. 그 후 1938년 핼러윈 데이 바로 전날 하버트 조지 웰스가 발표한 SF 소설 『우주전쟁』이 미국의 라디오 드라마로 방송되면서 큰 문제를 일으켰다. 화성인의 지구 침공을 알리는 성우가 너무 실감나게 연기를 하는 바람에 사람들이 정말로 화성인이 지구를 공격한다고 오해해 뉴욕시에서 탈출하는 심각한 공황 상태가 발생한 것이다. 나중에 단순 해프닝으로 밝혀지고 해당 방송사는 엄중한 징계를 받았으나 이 사건은 화성인이 존재한다는 잘못된 인식을 각인시키는 결과를 낳았다. 결정타는 그로부터 약 삼십 년이 지난 후 1976년 화성 탐사선 바이킹 1호가 화성 표면을 탐사해 지구로 보낸 사진 중에 사람의 얼굴 형상이 발견되면서 극에 달했다. 사람들은 화성인이 존재한다는 숨길 수 없는 명백한 증거라고 강력히 주장했으나 이는 그림자와 침식작용에 의한 단순한 착시라는 것이 몇 년 후에 밝혀졌다.

테일러 박사는 웃긴 인연도 하나의 인연이라며 옅은 미소를 지은 후 커피 잔을 내려놓고 모니터를 통해 붉은 행성의 사막을 바라보았다. 그는 중력, 산소량, 온도, 크기 그리고 지구와의 거리 등을 종합적으로 검토 후 처음에는 화성 테라포밍을 반대했었다. 인류의 새로운 보금자리로는 부적합하다고 생각한 것이다. 왜 그러냐 하면 화성의 하루는 24시간 30분으로 지구와 비슷했지만 대기가 희박했고 중력은 1/3밖에 되지 않았으며 때로는 한 달 내내 에베레스트산만 한 모래 폭풍이 불기도 했다. 게다가 자기장이 없어 태양복사를 고스란히 받아야 했고 결정적으로 화성의 기온은 낮 0도, 밤 영하 127도로 호모 사피엔스가 견디기에는 너무나 가혹하게 추운 날씨였다. 그리고 기온이 낮아 사람이 마실 물을 구할 수 없을 뿐만 아니라 농사를 지어 식량을 생산하는 것은 언감생심 꿈도 꾸지 못했다. 그래서 그는 물이 존재하는 목성의 위성 유로파와 토성의 위성 타이탄을 적극적으로 추천했었다. 하지만 화성 대비 이동 거리가 몇 배로 늘어남에 따라 더 긴 가사 상태가 요구됐고 이주 예정자들은 신체 기능 저하를 두려워해 그의 제안을 격렬하게 반대했다. 정치인들은 선거를 의식해 이주 예정자들의 편을 들었고 결국 지구 인구의 절반을 품게 될 새로운 우주 식민지로는 붉은 행성이 선택되었다. 그는 정치적이고 비과학적인 결정이 못마땅했지만, 나사로부터 화성 테라포밍 프로젝트 책임자로 임명되자마자 맡은 바 임무를 성실히 수행해 나갔다. 그는 불평분자가 아닌 자신의 힘으로 달성할 수 없는 일은 쉽게 포기할 줄 아는 현실적인 공학자였다. 책임자가 된 그가 처음으로 한 일은 화성에서 일할 자동화 로봇을 제작하는 것이었다. 초기 단계에 로봇은 주로 위험하고 단조롭고 지저분한 일에 투입될 예정이었다. 그가 사람보다 로봇을 선호한 이유는 명백했다. 로봇은 하루 24시간 일할 수 있었고 거친 화성의 자연환경에서 버틸 수 있었으며 사람처럼 보상을 요구하지도 않았다. 그리고 결정적으로 만약 사람을 화성에 보냈다가 기술적 문제로 죽게 된다면 이번 프로젝트에 대한 지구인들의 심리적 반발이 크게 생길 수 있다는 점을 걱정했기 때문이다. 과거 챌린저호 폭발 사고 후 미국인들의 나사에 대한 호감도가 급락한 것처럼 말이다. 차갑게 식은 호모 사피엔스의 시체를 보고 싶어 하는 다른 호모 사피엔스는 세상에 없다는 것을 그는 잘 알고 있었다. 하지만 로봇의 경우 기술적 문제가 생겨도 수리하면 그만이고 만약 그것도 불가능하다면 폐기하면 된다. 돈을 최우선으로 생각하는 매정한 회계사들 말고 누가 뭐라고 하겠는가? 꼬박 오 년을 공들인 끝에 지구의 공학자들은 성능 좋은 자동화 로봇 시제품을 3가지 형태로 만들었다. 화성 표면을 파고들어 가 원자재를 수집하는 채굴용 로봇, 원석을 가공해 건축자재를 만들고 조립하는 건설용 로봇 그리고 사람의 도움 없이 자신이나 동료가 고장 났을 때 수리하고 유지 보수 하는 수리용 로봇으로 모두 사람의 모습을 닮은 휴먼 타입이었다. 로봇들은 온갖 종류의 테스트를 무사히 통과했고 유엔은 전 세계의 자원을 총동원해 신속히 일만 대를 생산해 화성을 향해 떠나보냈다.

화성에 도착한 자동화 로봇들은 발 빠르게 움직였다. 로봇들의 목표는 화성 기지가 한번 완공된 후 더 이상 지구로부터의 물자 공급 없이 스스로 유지되도록 하는 것이었다. 지구로부터 계속 지원을 받는다면 그것은 비용적 측면에서 교통사고나 다름없었기 때문이다. 기초적 자급자족 시스템을 구축하기 위해 로봇들은 전기를 생산하는 대규모 태양광 발전소를 지었고 산소를 생산하는 화학공장을 만들었으며 대기 중 이산화탄소를 활용해 식물을 재배할 수 있는 초대형 온실도 건설했다. 화성의 모래가 붉은색을 띠는 이유는 산화철 함량이 높기 때문인데 로봇들은 흙에서 강철을 추출한 후 지구에서 가져온 거대 3D 프린터를 이용해 건축자재를 스스로 만들었다. 일만 대의 로봇이 잠도 자지 않고 쉬는 날도 없이 하루 24시간 30분 동안을 작업하니 화성 테라포밍 프로젝트는 예정대로 착착 진행되었고 테일러 박사는 로봇에 장착된 카메라를 통해 이를 꼼꼼히 지켜보고 있었다. 그리고 필요한 경우 인공위성 통신장비를 이용해 새로운 임무를 로봇들에게 하달했다. 척박한 사막으로 덮여 있던 화성의 지표면은 로봇들의 헌신으로 고층 건물과 주택이 지어졌고 도로와 이주민을 위한 편의시설이 완비된 현대식 도시로 시나브로 변모해 갔다. 심지어 이주민의 오물과 쓰레기를 처리할 재활용 센터의 건립도 거의 완성 단계에 이르고 있었다.

마지막 한 모금의 커피를 목에 털어 넣은 후 테일러 박사는 에어컨 바람이 시원하게 나오는 자신의 집무실을 벗어나 프로젝트의 모든 것을 관리 감독 하는 화성 통제실로 이동했다. 아직 이른 시간이라 정상 근무 인원의 반 정도만 출근한 상태였다. 그는 일찍 출근한 통제실 직원들과 가볍게 눈인사를 마친 후 오후 예정인 극지방에 수소폭탄을 터트리는 실험의 프로세스를 다시 한번 점검했다. 이미 수십 번도 넘게 검토한 사항이었지만 그는 왠지 모를 불안감에 싸여 혹시 자신이 미처 알지 못하는 위험이 존재하는 것은 아닐까 하는 마음에 관련 자료를 자세히 살피는 것이었다. 그가 핵폭발이라는 극단적인 방법까지 동원하게 된 이유는 테라포밍 중에서 다른 모든 것은 계획대로 진행되었으나 딱 한 가지 달성하지 못한 것이 있었는데 그것은 바로 화성의 온도를 높이는 것이었다. 이주민들은 건물 안에서는 무난히 추위를 견뎌 낼 수 있을 테지만 영하 127도까지 내려가는 외부 환경에서는 강력한 밀폐 기능을 갖춘 우주복도 별반 도움을 주지 못할 것이었다. 만약 건물 난방기에 기계적 결함이라도 생긴다면 이주민 모두가 한꺼번에 얼어 죽는 참사가 발생할 것은 불을 보듯 뻔한 이치였다. 게다가 호모 사피엔스에게는 마시고 농사지을 수 있는 물이 절대적으로 필요한데 낮은 온도 때문에 액체 상태의 물은 존재하지 않았고 극지방에 얼음으로만 존재하고 있었다. 따라서 새로운 우주 식민지 건설의 가장 어려운 점은 온난화로 고생하는 지구와는 반대로 인위적으로 온난화를 일으켜 기온을 높이고 물을 얻어야 한다는 점이었다. 테일러 박사가 그동안 넋을 놓고 구경만 한 것은 아니었다. 인위적인 온난화를 만들기 위해 그도 나름대로 지난 20년 동안 무척이나 노력했다. 하지만 성과가 별로 없었는데 이유는 화성 대기 중에 온난화를 유발하는 물질인 이산화탄소와 메탄이 부족했기 때문이다. 그는 부족한 온실가스를 보충하기 위해 화성 근처를 지나가는 혜성이나 소행성의 경로를 수정해 대기로 진입시켜 이산화탄소를 방출하는 방법도 써 봤고, 이산화탄소가 녹아 있는 극지방의 얼음을 녹이기 위해 초대형 거울을 장착한 인공위성을 띄워서 태양빛을 반사해 녹이는 방법도 시도했으며, 심지어는 토성의 위성 타이탄으로부터 이산화탄소 대비 온실가스 효율이 열 배나 높은 다량의 메탄을 추출해 가져오는 방법까지 시도해 보았다. 하지만 경제성 논리에 막혀 몇 번 시도하다가 결국 포기하고 말았다. 이제 그에게 남은 마지막 대안은 수소폭탄이 터질 때 발생하는 엄청난 열에너지를 활용해서 극지방의 얼음을 녹아내리게 하는 것이었다. 얼음이 녹아내리면 그 안에 저장되어 있던 다량의 온실가스 유발 물질이 분출될 것이고 따라서 화성의 기온은 빠르게 올라갈 뿐 아니라 방대한 양의 물까지 덤으로 얻을 수 있는 위험을 감수해 볼 만한 보상이 두둑한 도박이었다. 평소 침착한 성격의 베테랑 엔지니어인 테일러 박사도 오늘만큼은 긴장의 끈을 놓을 수 없었는데 이번 실험의 성공 여부에 따라 그가 오랜 기간 열정과 헌신을 바친 화성 테라포밍 프로젝트의 성패가 결정될 예정이었기 때문이다.

무더운 여름날 오후 케네디 우주센터 화성 통제실 직원들의 무거운 침묵과 초조함 속에 실험은 예정대로 진행됐다. 몇 가지 사소한 문제들이 발생했지만 수소폭탄은 정확한 시간과 위치에서 터졌다. 즉, 실험이 성공한 것이다. 직원들은 환호성을 질렀고 테일러 박사는 프로젝트 책임자로서 그동안 숨겨 온 아픔과 성공의 기쁨을 동시에 느끼며 만감이 교차하는 듯 한쪽 구석에서 조용히 눈물을 흘렸다. 일주일 후 그가 기상 데이터를 검토해 보니 극지방의 얼음이 녹기 시작했고 그로 인해 대기 중 이산화탄소의 양이 극적으로 증가한 것을 알 수 있었다. 한 달 후에는 실험의 최종 목적인 대기의 기온이 점차 상승 중이라는 사실을 확인할 수 있었다. 심지어 적도 부근에서는 추위에 강한 이끼 종류인 지의류(地衣類)가 발견되었다. 해당 소식은 금세 지구에 알려졌고 사람들은 축제를 열어 새로운 우주 식민지에서의 삶에 대한 기대를 한껏 즐겼다. 컴퓨터 시뮬레이션은 육 개월 후면 화성의 기온이 지구의 그것과 비슷해질 것이라는 낙관적인 결과치를 내놓았고 이를 근거로 유엔은 건강한 민간인 남녀 각 천 명씩을 뽑아 선발대를 조직했다. 이제는 하수인 로봇이 아닌 진짜 주인인 호모 사피엔스가 이주할 때가 된 것이라고 판단한 것이다. 행성 간 이동을 통해 지구인이 화성인으로 자신이 속한 대지의 명패를 바꾸는 것을 이제는 너무도 자연스럽게 사람들이 받아들이고 있었다. 하지만 지구인들은 몰랐다. 그것이 애초 불가능한 꿈이었다는 사실을 말이다. 사건의 시작은 선발대 출발 예정일 두 달 전에 발생했다.

원자재 채굴 로봇 한 대가 바람과 같이 사라지자 화성 통제실 직원들은 처음에는 대수롭지 않게 여겼다. 왜 그러냐 하면 태양 솔레어의 영향으로 갑자기 방전이 일어날 수 있고 땅을 파고 내려가다 보면 예기치 못한 지진이나 모래 폭풍으로 매몰될 수도 있었기 때문이다. 과거에 서너 번 이런 경우가 있었고 수리 로봇을 보내 처리하거나 아니면 회계상 손실 처리 하면 그뿐이었다. 하지만 하루 뒤 채굴 로봇 세 대가 동시에 사라지고 이틀 뒤 팔십오 대의 로봇과 통신이 불가능한 것으로 나타나자 테일러 박사는 비상을 걸고 전 직원을 소집해 무슨 일이 일어나고 있는지 알아내고자 했다. 통제실 직원들은 유성우(流星雨)나 소행성 충돌에 의한 자연적 재해라는 의견을 제시했다. 대부분 그럴듯하게 생각할 만한 추론이었지만 폭발음이 없었고 지진계 또한 아무런 반응이 없었다. 그리고 만약 자연적 재해라면 로봇마다 설치되어 있는 카메라에 재해 관련 영상이 찍혀야 하는데 그런 것이 전혀 없었다. 테일러 박사는 선발대 출발 전에 이 문제를 해결하고자 다방면으로 노력했으나 도무지 원인을 찾을 수 없었다. 채굴 로봇이 사라지는 사건이 발생한 후 일주일이 지나자 이번에는 건설용 로봇들이 사라지기 시작했다. 그것도 하룻밤 사이에 무려 칠백칠십 대가 사라진 것이다. 그와 통제실 직원들은 경악을 금치 못하며 보안을 철저히 유지한 채 원인을 분석했지만 결국 허탕이었고 어쩔 수 없이 유엔에 해당 사실을 보고했다. 유엔은 즉각 선발대의 출발을 무기한 연기했고 단지 사소한 기술적 문제 때문이며 뛰어난 공학자들이 곧 해결하길 바란다는 밝고 희망적인 공식 브리핑을 아리따운 금발의 여성 대변인이 발표함으로써 지구인들을 안심시켰다. 하지만 결정타는 브리핑 발표 후 보름이 지난 시점에 찾아왔다. 로봇의 종류를 가리지 않고 하루에 삼천 대와 통신이 끊긴 것이다. 그리고 한 달도 채 되지 않아 화성에 파견된 일만 대의 로봇 중 수리 로봇 딱 한 대를 제외하고 나머지는 모두 소리 소문 없이 사라져 버렸다.

태양계가 형성되던 무렵에 지구와 화성은 닮은 점이 매우 많은 형제지간이었다. 화산활동이 빈번하게 일어나 다량의 이산화탄소와 수증기가 대기로 유입되었고 수증기가 구름으로 뭉쳐 비로 내리면서 강과 바다가 형성되었다. 하지만 화성은 태양으로부터 지구보다 멀리 떨어져 있을 뿐만 아니라 덩치가 작아 빠르게 식어 갔다. 내부의 액체 핵이 식어 감에 따라 자기장은 사라졌고 대기는 우주공간으로 서서히 날아갔다. 대기의 간섭이 없는 상태에서 태양빛을 직접 받은 바닷물은 끓기 시작했고 모두 증발해 버렸다. 초록으로 우거진 지구의 쌍둥이 행성은 생명의 낙원에서 속절없이 싸늘한 모래 태풍이 부는 붉은 사막으로 변해갔다. 그러나 수억 년의 시간이 흐른 후 지구인의 노력으로 화성은 다시 예전의 생기 있는 모습을 찾아가고 있었고 여러모로 완벽한 호모 사피엔스들의 새로운 보금자리가 될 예정이었다. 테일러 박사는 희망의 끈을 놓지 않았다. 아니 그동안의 세월이 아까워 놓을 수가 없었다. 그래서 그는 마지막 남은 수리 로봇에게 에베레스트산의 2.5배에 달하는 거대한 화성의 올림푸스산 위로 올라갈 것을 명령했다. 일주일에 걸쳐 가파른 산을 오른 로봇은 자신과 동료 로봇들이 힘들게 건설한 산 아래 신도시 공터에 카메라를 고정했다. 그곳에는 이제 붉은 사막은 거의 사라지고 지의류(地衣類)가 듬성듬성 대지를 덮고 있었다. 낮 기온이 영상 6도를 넘어선 이제는 너무도 평범해진 화성의 포근한 오후였다. 테일러 박사는 케네디 우주센터 자신의 집무실에서 모니터를 통해 이 모든 상황을 예의 주시 하고 있었다. 그리고 고뇌에 찬 한숨을 내쉬었다. 수십억 달러가 투자된 프로젝트 실패의 아쉬움보다는 그 원인을 알아내지 못한 공학자로서의 구겨진 자존심에서 나오는 긴 호흡이었다. 그때였다. 저 멀리 신도시 공터 한 곳에서 울룩불룩 지표면이 위아래로 움직이는 듯한 모습을 어렴풋하게 볼 수 있었다. 그는 즉시 해당 지역을 자세히 볼 수 있도록 카메라의 배율을 조정했고 놀란 입을 다물지 못했다.

무언가 사람 형태의 반투명한 것들이 마치 좀비처럼 땅을 뚫고 지하에서 지상으로 끊임없이 올라오는 것이었다. 집무실 모니터에서 눈을 뗀 그는 희미하게, 묘한 두려움이 척추 끝에서 시작해 점차 위로 기어 올라오는 것을 느낄 수 있었다.

지구의 쌍둥이 행성이었던 화성이 푸른 잎이 우거진 나무와 숲 그리고 광활한 바다로 생명력이 넘치던 시절에는 원주민들이 문명을 이루고 평화롭게 살고 있었다. 하지만 공기가 희박해지고 기온이 내려가자 땅은 척박한 사막으로 바뀌었고 물은 찾을 수 없었다. 그러자 그들은 가혹한 자연환경 속에서 살아남기 위해 상황이 개선될 때까지 지구의 동물들처럼 겨울잠을 자는 것으로 결정했다. 그들은 땅을 깊숙이 파서 소행성의 공격을 막을 수 있는 안전하고 튼튼한 지하 기지를 건설했고 그곳에서 모두가 잠에 빠져들었다. 그로부터 수억 년의 시간이 흐른 뒤 태양빛을 보지 못한 그들의 피부는 점점 반투명으로 변해 갔다. 19세기 이탈리아 천문학자 지오반니가 발견한 것은 번역상 오류가 아닌 진짜 운하였으며 바이킹 1호가 화성 표면에서 발견한 사람의 얼굴 형상은 그들이 만든 거대 건축물이었다. 숙면 중이던 그들이 깨어난 것은 테일러 박사의 수소폭탄 실험 때문이었다. 강력한 진동을 버티지 못하고 튼튼했던 지하 기지가 무너져 내리자 화성인들은 어쩔 수 없이 잠에서 깨어나 지상으로 올라온 것이다. 지표면으로 올라온 그들은 자연환경이 변하고 있다는 것을 즉시 알아차렸는데 기온이 점차 따뜻해지고 있으며 강물이 여러 곳에서 예전처럼 흐르는 것을 본 것이다. 다만, 긴 잠에서 깨어난 그들이 불쾌하게 여기는 것이 한 가지 있었는데 자동화 로봇들이 자신들의 허락도 없이 마음껏 그들의 땅에서 활개 치고 돌아다니는 것이었다. 이에 적개심을 품은 그들은 반투명해진 피부와 밤의 어둠을 이용해 로봇들을 하나둘씩 제거해 나가기 시작했고 목표를 달성했다는 판단이 들자 이제는 당당하게 땅 위로 올라오는 중이었다. 마지막 남은 올림푸스산 수리 로봇의 카메라를 통해 이 사실을 알게 된 테일러 박사는 긴급히 유엔에 최고위급 회담을 요청했다. 그리고 옅은 미소를 지어 보였다. 앞으로 벌어질 일은 뻔한 것이었다. 이제 화성에 보낼 선발대는 민간인이 아닌 살상 능력을 갖춘 고도로 훈련된 군인들로 대체될 것이고 담당 부서도 나사에서 국방부로 변경될 것이며 책임자도 공학자가 아닌 전략전술에 능한 장군이 선정될 터였다. 화성인들을 전멸시킬 것인가? 노예로 삼을 것인가? 그도 아니면 신대륙을 발견한 유럽인들이 북미 대륙의 인디언들을 보호구역이라는 명목을 만들어 집단으로 거주시킨 것처럼 땅 일부를 생색내듯 내줄 것인가? 등의 복잡한 문제는 넉살 좋은 정치인들이 결정할 몫이었다. 오늘 밤 그는 무거운 짐을 벗어 던지고 푹 잠을 잘 수 있을 것이다. 오랜 세월 겨울잠에 빠졌던 화성인들처럼 말이다.

※ 작가 노트

2001년 나사가 화성에 파견한 탐사선의 이름이 '오디세이(Odyssey)'이다. 인류는 영원히 지구에서 생존할 수 없으며 언젠가는 다른 행성으로 나아가야 한다. 하지만 만약 그곳에 이미 문명을 이루고 평화롭게 살아가는 원주민이 있다면 우리는 어떻게 해야 할까?

그렇게 승봉도는 개들의 낙원이 되었다

남 박사는 한국에서 성공한 생물학자였다. 아니 정확히 말하면 포르쉐를 타고 출세가도를 달리다가 동네 꼬마가 재미로 던진 짱돌에 맞아 중상을 입은 지지리도 운이 나쁜 드라마의 주인공이었다. 그가 거액을 벌어들이고 유명세를 탈 수 있었던 이유는 파리, 모기, 벼룩, 이 등 불쾌한 곤충들을 과학 지식을 이용해 세상에서 사라지도록 만들었기 때문이다. 방법은 간단한데 독을 품은 암컷 곤충 로봇을 만들어 수컷과 교미하게 만들어 수컷을 모두 죽임으로써 저절로 다음 세대가 태어날 수 없는 환경을 조성한 것이다. 각고의 노력 끝에 그는 독을 품은 암컷 곤충 로봇들을 만들어 냈고 돈과 명예를 동시에 거머쥐었다. 하지만 누구에게나 삶의 굴곡이 있듯 그에게도 시련이 닥쳤는데 에프킬라와 홈매트 제조업체로부터 두둑한 지원을 받은 사이비 '곤충사랑협회' 사무총장이 갑자기 자기는 곤충과의 불편한 동거를 원하니 다시 그것들을 살려 내라고 그를 상대로 법원에 소송을 제기한 것이다. 때마침 방송국에서는 곤충의 아름다움을 주제로 한 의도가 미심쩍은 다큐멘터리를 방송했고 언론은 신(神) 놀이에 빠져 여러 종의 생명체를 멸종시켰다며 남 박사를 이상 심리를 가진 희대의 사이코패스(psychopath)로 단정 지었다. 대중의 여론에 밀린 담당 판사는 그에게 유죄를 선고하고 막대한 배상금과 함께 사라진 곤충들을 다시 살려 내라는 자연 친화적인 선고를 내렸다. 하지만 이미 사라진 곤충들을 어떻게 다시 살려 낼 수 있겠는가? 남 박사가 이천 년 전 나사렛의 예수님은 아니지 않은가? 결국 판결 불이행으로 그는 교도소에 수감되었고 슬슬 콩밥이 지겨워지려 할 때였다. 법원은 건강상의 이유로 형 집행 정지 결정을 내린 후 그가 자유롭게 살도록 풀어 주었다. 집으로 돌아온 그는 몇 달을 술로 허송세월하다가 무엇인가를 결심한 듯 남은 재산을 모두 털어 인천 옹진군 자월면 소재 조그만 섬 승봉도를 구매했다. 그리고 자신을 제외한 그 누구도 들어올 수 없도록 섬 전체에 2미터 높이의 울타리를 쳤다. 그가 후보지로 거론된 여러 곳의 섬 중에서 승봉도를 선택한 것은 나름의 이유가 있었는데 일단 면적이 2.2㎢, 해안선 길이가 9.5㎞로 너무 크지도 작지도 않았고 육지에서 남쪽으로 42㎞에 위치해 인천항 여객 터미널에서 배를 타면 두 시간, 대부도에서는 한 시간 반 이내에 도착할 수 있는 적당한 거리였다. 섬 중앙부는 분지가 발달해 농경지로 이용할 수 있어 쌀, 보리, 콩 농사를 지을 수 있었고 우럭, 꽃게, 노래미 등의 수산물이 많이 나와 외부 세계의 도움 없이 자급자족하는 생활이 가능했다. 그뿐 아니라 산책로가 발달되어 해안을 따라 운동 삼아 가볍게 걷기 좋았고 산 정상에 있는 '신황정'이라는 조선시대 양식의 정자에 올라 탁 트인 바다를 바라보며 생각에 잠길 수 있었다. 활짝 펼쳐진 부채를 닮아서 붙여진 부채바위와 오랜 시간 파도의 침식 작용으로 만들어진 코끼리바위 등의 기암괴석을 감상하는 것은 예상치 못한 덤이었고 고운 백사장이 특징인 이일레 해변에서 무더운 여름밤 홀로 수영하는 것은 그만이 가진 특권이었다. 해수욕장 뒤로는 울창한 소나무 숲이 펼쳐져 있어 숲과 바다를 동시에 느낄 수 있었으며 야간 캠핑을 하며 셀 수 없는 별을 바라보는 것도 빼놓을 수 없는 소중한 취미였다. 한마디로 승봉도는 남 박사가 비정한 사회를 떠나 조용히 자신의 실험에만 몰입하기에 딱 맞는 장소였다. 그렇게 그는 대중의 관심사에서 멀어졌고 오롯이 자신만의 고독한 생활을 즐길 수 있었다.

수십 년의 시간이 흐른 후 승봉도 주변 섬의 주민들이 개 짖는 소리와 냄새 그리고 날리는 털들 때문에 살 수가 없다고 인천시에 민원을 넣으면서 그는 다시 언론의 주목을 받기 시작했다. 세상에는 가끔 그런 독특한 사람이 있지 않은가? 세상의 인색함에 상처받아 개나 고양이를 혼자서 수백 마리씩 키우고 보살피며 모든 사랑을 쏟아붓는 유형의 사람 말이다. 대수롭지 않은 일이라 생각했던 남 박사의 취미가 지역 신문사를 통해 대서특필된 것은 그가 단 한 번도 개나 강아지를 사거나 지인으로부터 양수받은 적이 없다는 사실 때문이었다. 법령에 따르면 모든 애완동물의 구매, 이전 및 소유는 동물복지국으로부터 사전 허가를 득해야 했다. 하지만 남 박사는 수백 마리의 개들을 키우고 있음에도 불구하고 관련 기록은 존재하지 않았다. 게다가 당시 모든 애완동물은 태어날 때 오른쪽 앞발 뒤꿈치에 강제로 초소형 반도체 칩을 삽입해야만 했다. 칩에 장착된 센서를 통해 이동 경로를 무선으로 동물복지국에 의무적으로 보고하게끔 되어 있었기 때문이다. 하지만 승봉도에서는 어떤 개체도 이동 경로를 전송하지 않았고 그가 어떻게 정부의 감시를 피해 수백 마리의 개들을 소유할 수 있었는지 모두 의아해했다.

승봉도로 생활 터전을 옮긴 남 박사가 바다낚시, 소라 따기, 낙지 사냥, 골뱅이와 바지락 캐기 등의 소일거리로 지루한 하루하루를 보내고 있을 때 미국의 어느 괴짜 과학자가 클래식 거장들의 음악을 흘려보내면 구두, 운동화, 발레 슈즈, 슬리퍼 등의 다양한 신발로 변신하는 그다지 쓸모없어 보이는 기계를 발명했다는 해외 토픽을 인터넷을 통해 알 수 있었다. 해안선을 따라 간단한 산책을 마치고 이일레 해변에서 체리빛 검붉은 노을을 넋을 놓고 바라보던 그는 이 소식에 영감을 받아 곤충로봇을 뛰어넘는 새로운 발명을 추진하기로 마음먹었다. 그동안 잊고 지냈던 과학자로서의 경쟁의식이 발동한 것이다. 그는 미국의 괴짜 과학자보다 한술 더 떠 무생물을 생물로 변신시키는 기계를 만들고자 했다. 세상을 등지고 자신이 가진 모든 열정을 쏟아부은 지 수십 년 후 마침내 그는 시제품을 손에 쥘 수 있었고 기계는 성공적으로 움직였다. 그가 만든 발명품은 SF 도서를 넣으면 작가의 고유한 개성을 반영한 살아있는 견공으로 탈바꿈시키는 기계였다. 무생물을 생물로 변신시키는 것도 놀랍지만 작가가 쓴 글의 성격이 구체적으로 반영된다는 사실이 더욱 대단했다. 그가 처음 시도한 책은 아서 C. 클라크의 작품이었다. 과학적 사실에 충실하고 고전적 작품을 주로 썼으며 전무후무하게 소설가의 글을 유명한 과학 잡지인 『네이처』에 올린 셀 수 없는 후배들로부터 존경받는 전설적인 작가였다. 그가 책을 기계 입구에 넣자 잠시 '웅웅' 하는 소리가 나더니 출구에서 저먼 셰퍼드가 튀어나왔다. 이 견종은

쫑긋 선 귀와 근육질의 탄탄한 몸을 가진 대형견으로 블랙탄의 털을 가지고 있으며 추위에 강했다. 성격은 용감하며 침착한 것이 딱 보이는 그대로였다. 이는 아서 C. 클라크의 작품이 SF 소설의 전형적인 교과서이자 본보기인 것을 반영한 결과였다. 자신의 예상을 뛰어넘는 기계의 성능에 고무된 남 박사는 이어서 마약 중독 및 정신병으로 불운한 삶을 살다 간 필립 K. 딕의 책을 기계에 투입했다. 이번에는 뭔가 혼란스러운 듯 기계가 꽤 오랜 시간을 끌더니 마침내 달마시안을 토해 냈다. 흰 바탕에 검은 점박이 무늬가 매력적인 견종으로 벨벳과 같은 부드러운 털을 가지고 있으며 귀가 축 늘어져 있다. 똑똑하나 신경질적이며 세력권 의식이 강해 낯선 사람에게는 공격성을 보이며 꾸짖음이 빈번한 경우 주인마저 불신하는 무질서한 성격을 가지고 있는 견종이었다. 이는 암울한 미래상과 인간이 겪는 정체성의 혼란 그리고 신성(神聖)에 대해 끊임없이 의문을 제기한 필립 K. 딕의 독창적인 작품 세계를 나타낸 것이었다. 남 박사는 기계를 쓰다듬으며 값싼 구두를 만들어 내는 미국 괴짜 과학자의 코를 멋지게 눌러 주었다며 뿌듯해했다. 그리고 이번에는 한국인이 가장 좋아하는 SF 작가인 베르나르 베르베르가 자신의 모국어인 프랑스어로 집필한 책을 기계에 투입했고 미소 짓는 얼굴로 유명한 프렌치 불도그가 튀어나오는 것을 볼 수 있었다. 이 견종의 모습은 머리가 크고 정사각형이며 털은 짧고 윤기가 흐르며 코가 납작하게 들어가 있었다. 장난기가 많고 쾌활하며 움직임이 빠른 특징을 가지고 있었는데 이는 베르나르 베르베르의 작품이 독자의 상상력을 자극하고 술술 읽히며 스토리의 전개가 물 흐르듯 막힘없이 이루어지는 것을 반영한 것이었다.

잠시 후 남 박사는 조용히 기계를 멈추었다. 하루에 너무 많은 놀라움을 감당하기에는 적절치 않은 나이라는 것을 그는 평소 인식하고 있었다. 그 누가 머리에 흰서리가 내리고 주름살 늘어 가는 시간의 흐름을 막을 수 있겠는가? 연구실에서 나온 그는 해수욕장 뒤 소나무 숲에서 휴식을 취하며 앞으로 무슨 일이 벌어질지 상상했다. 콕 집어서 말할 수는 없지만 뭔가 근사한 일이 생길 것 같다는 느낌이 마음 깊은 곳에서 스멀스멀 수면으로 올라왔다. 다음 날, 남 박사는 새벽부터 실험에 매달렸다. 개연성 높은 신중한 글을 쓰며 다작하지 않는 것으로 유명한 테드 창의 책을 넣었고 어제처럼 잠시 '웅웅' 하는 소리를 내더니 기계는 시베리안 허스키를 토해 냈다. 이 견종은 늑대처럼 생긴 외모와 푸른 눈을 가졌으며 신중하고 독립적인 성격으로 주인에 대한 애교와 충성심이 부족했다. 세상과 타협하지 않고 고집스럽게 SF 명품을 추구하는 테드 창 고유의 향기를 나타낸 것이었다. 그럴듯하다는 생각에 그는 고개를 살짝 끄덕이며 이번에는 『모로 박사의 섬』으로 유명한 허버트 조지 웰스의 책을 집어 들었다. 기존의 '웅웅' 하는 소리가 아닌 거칠고 사나운 '쿵쾅' 소음을 동반하고 한참을 씨름한 끝에 기계는 길고 찰랑거리는 털이 매력적인 아프간하운드를 내어주었다. 앞다리와 뒷다리를 뻗고 걷는 탄력적인 걸음걸이가 매력적이나 사냥을 했었던 견종으로 앞만 보고 저돌적으로 달려 나가는 야생의 삶을 간직한 견종이었다. 이는 엄숙한 마음으로 인류의 무모함을 꾸짖고 심지어 독자가 읽기 불편한 내용마저도 과감하게 썼던 허버트 조지 웰스의 올곧은 습관이 반영된 열매였다. 강한 호기심을 느낀 그는 중국의 여류 SF 작가이며 날카로운 통찰력과 두둑한 상상력으로 미래를 그리는 것으로 이름난 하오징팡의 책을 기계에 넣었다. 그랬더니 이번에는 전체적으로 주름진 얼굴과 몸을 가진 중국의 대표 견공 샤페이가 튀어나왔다. 주름으로 털 빠짐이 많지 않을 것 같지만 오히려 많이 빠지고 애교를 잘 피우는 듯 보이지만 피우지 않는, 딱히 뭐라고 정의 내리기가 어려운 애매한 견종으로 불완전하고 결함 가득한 인류의 정체성에 대한 글을 주로 써 온 하오징팡의 생생한 감각을 그대로 물려받은 것이었다.

새벽부터 진행되었던 실험은 이미 정오에 다다랐고 그는 점심으로 간단히 신라면에 달걀을 풀고 찬밥을 말아서 먹은 후 이일레 해변에서 망중한의 시간을 가졌다. 그리고 생각했다. 마치 자신이 쓰고 있는 소설의 결말을 예상하지 못하는 작가처럼 개들의 미래가 어떻게 끝날지 그는 전혀 가늠할 수가 없었다. 어차피 운명이라는 녀석은 자신의 길을 묵묵히 걸어갈 것이라고 결론을 내린 그는 모래를 '툭툭' 털고 일어나 다시 연구실로 향했다. 남 박사가 이번에 손에 든 책은 한국의 신예 김 초엽의 작품이었다. 기계는 보통의 소리가 아닌 여성스러운 '호호' 소리를 얼마간 내더니 대한민국 견종 풍산개를 밀어냈다. 다리가 곧고 매우 예쁜, 주로 흰색 털을 가진 풍산개는 추위와 질병에 강하고 영리하며 활동량이 많고 주인에 대한 충성심이 높은 것으로 알려져 있는데 이는 김 초엽의 아름다운 문체와 SF 소설을 대하는 작가의 진정성 그리고 최근의 왕성한 활동을 반영한 것이었다. 자신이 손수 발명한 기계가 책의 특성과 개의 품종을 일치시키는 것에 남 박사는 무척 뿌듯해했다. 다음으로 그가 무심코 잡은 책은 세상이 작가의 열정과 상상력을 알아봐 주지 못한다며, 다중우주 멀티버스(Multiverse) 세상 저 먼 곳 어딘가의 또 다른 자신은 분명히 베스트셀러 작가로 활동하고 있을 것이라는, 근거 없는 믿음에 큰 위안을 느끼며 살고 있는 홍 강의 작가의 작품이었다. 기계는 혼란스러운 듯 오후 내내 '덜커덩' 소리를 내며 시간을 낭비했다. 남 박사는 그래도 같은 한국 사람이니 진돗개가 나오지 않을까? 하고 내심 바랐지만 오랜 산통 끝에 튀어나온 건 흉측하게 생기고 어떤 품종에도 속하지 않는 말 그대로 똥개였다. 다리는 짧고 털은 듬성듬성 볼품없이 나 있으며 온몸이 주름져서 마치 해파리처럼 흐느적거렸다. 게다가 치아는 누렇고 선홍색의 얇고 길쭉한 혀를 숨 쉴 새 없이 날름대 보는 사람에게 징그러움을 유발했다. 작가는 종이를 낭비한 것에 대해 나무에게 미안한 마음을 가져야 한다고 독설을 남긴 어느 고명한 서평가의 글과 일치하는 견종이 나온 것이다. 애매하고 불분명한 결말로 독자를 혼란스럽게 만들고 글의 호흡이 짧아 읽을 만하면 끝나 버리는 단편을 주로 쓰는 작가의 개성을 완벽히 반영한 견종이었다. 물론 홍 작가도 할 말이 없는 건 아니었다. SF 단편 소설은 용기와 상상력을 가진 독자가 20분 정도를 투자해서 읽을 수 있는 것으로 마치 소네트처럼 정형성을 말하는 것은 사리에 맞지 않으며 진부한 결론을 내리기보다는 무한한 상상력을 펼칠 수 있도록 그들을 도와주는 것이 작가 본연의 임무라는 지루한 변명을 늘어놓았다. 그리고 본인의 책이 전문가의 서재보다는 요양병원 침대나 피부과의 응접실, 지하철 휴게실에 있었으면 좋겠다며, 미국의 대문호 에드거 엘런 포(Edgar Allan Poe) 또한 문학작품은 독자가 앉은자리에서 다 읽을 수 있을 정도로 짧아야 한다고 했다고 말했다. 추가로 그리스 신화가 그러했듯이 세상의 모든 이야기는 단편으로 시작되었다고 덧붙였다. 하지만 비평가들은 홍 작가가 잘난 척

한다고 여겼고 책은 팔리지 않았다. 그 후 석 달 동안 남 박사는 자신이 가진 쥘 베른, 기 드 모파상, 아이작 아시모프, 로버트 A. 하인리히, 시어도어 스터전, 천 선란, 정 명종, 김 이한 작가의 책을 기계에 넣었고 차우차우, 보스턴테리어, 로트와일러, 푸들, 도베르만, 요크셔테리어, 치와와, 슈나우저, 닥스훈트, 포메라니안, 시추 등을 얻을 수 있었다. 승봉도는 개들의 전시장이라고 불릴 만큼 다양한 견종들로 가득 찼다.

개들에게는 눈에 띄는 특징이 하나 있었는데 무척 똑똑하다는 것이었다. 아무래도 책을 기반으로 만들어진 생명체라 그런 듯해 보였다. 개들은 사람으로 치면 6살 아이의 지능을 가지고 있었고 '앉아', '손', '굴러' 등의 기초적 명령은 기계에서 나오자마자 가르치지 않아도 시키는 대로 척척 했다. 남 박사는 과거의 인류가 미신과 무지, 극단적 감정, 증오감에 휩싸여 수시로 자기 종족에게 대량 학살을 저질러 왔다는 사실을 상기하며 승봉도의 개들이 문명을 이루고 평화롭게 살아갈 수 있도록 얼마 남지 않은 삶을 헌신하기로 마음먹었다. 우선 그는 개들을 위한 언어를 만들고 학습시켜 서로 원활하게 소통할 수 있도록 만들었고 개들이 반드시 지켜야 할 법규를 제정했는데 이는 다툼의 주요 원인인 먹이, 권력(서열), 성(性)을 통제하기 위함이었다. 그리고 각 분야를 담당할 길드를 만들어 그의 지시가 없어도 스스로 알아서 잘 굴러갈 수 있도록 시스템화를 추진했다. 이에 따라 언어 습득을 위한 학교가 세워졌고 늙고 병든 개들을 위한 보호시설이 건축되었고 권력은 각 길드로 분산되었으며 일부일처제를 철저히 준수했다. 군대 길드에 속한 개들은 섬을 지키기 위해 보초를 섰고 어부 길드에 속한 개들은 바다로 나가 고기를 잡았으며 건설 길드에 속한 개들은 땅을 파서 움막을 만들었다. 미숙하기는 하지만 나름 문명의 기초를 다진 것이다. 이 모든 것이 물 흐르듯 순조롭게 이루어진 것은 아니었다. 한번은 인천시 옹진군 공무원들이 측량 및 지도 제작을 구실로 섬 상륙을 강행했고, 남 박사의 지휘 아래 똘똘 뭉친 개들은 천신만고 끝에 침입자들을 격퇴하기에 이르렀다. 개들은 축제를 벌였고 승리를 기념해 그날을 국경일로 지정했다. 혼쭐이 난 공무원들은 이후 승봉도에 얼씬거리지 않았다. 모든 것이 완벽하다고 느껴지는 순간 가장 큰 위험이 남몰래 도사리고 있었다. 팔순을 넘겨 기력이 쇠한 남 박사에게 저승사자가 '똑똑' 노크하며 찾아온 것은 비를 쏟을 듯한 구름 한 덩어리가 해를 가리며 빠르게 지나가고 있던 무더운 여름날 오후였다. "재는 재로, 먼지는 먼지로 되돌아간다."라는 성경 구절처럼 그는 흙으로 돌아갔고 개들은 엄숙하고 경건하게 일주일 동안 장례를 치르고 지도자의 죽음에 진심 어린 애도를 표했다. 남 박사의 죽음으로 개들은 마치 봄날 아침 사방에 흐릿하게 깔린 바다 안개를 만난 듯했다. 지도자 없이 문명을 유지할 수 있을까? 원래 조상인 늑대로 돌아가는 것은 아닐까? 하는 두려움이 개들의 마음에 스멀스멀 기어들었고 바다 안개처럼 흐릿하면서 피할 수 없는 깊은 고민을 안겨 주었다.

이 문제를 해결하기 위해 각 길드의 원로들이 모여 육 개월을 심사숙고 끝에 남 박사에게 신성(神聖)을 부여하기로 결정했다. 신이 전지전능한 존재라면 승봉도의 관점에 얽매이지 않을 것이고 신성한 존재는 마감 시간에 맞추기 위해 서두를 필요도 없고 굳이 시간 약속 할 필요도 없다. 그러므로 신은 '시간의 바깥'에 존재하니 남 박사는 죽어서도 개들을 보살피며 영원히 동행할 것이라는 그럴듯한 관념을 생각해 낸 것이다. 즉, 문명을 보존하고 서로의 안전을 지키기 위해 종교를 만들어 낸 것이다. 남 박사는 곤충들의 학살자라는 오명에서 벗어나 이집트의 고양이나 스카라베 풍뎅이, 또는 힌두교의 암소, 또는 게르만족의 신목(神木)처럼 신성의 상징이 되어 버렸다. 원로들의 결정에 따라 신당이 빠르게 건설되었고 각종 의례가 제정되었으며 이를 담당할 사제 길드가 새롭게 조직되었다. 개들은 일주일에 한 번 신당에 모여 예배를 드렸고 혹시 남 박사 사망 후 야생동물로 되돌아가는 것은 아닐까 하는 역진화(逆進化)의 걱정은 눈 녹듯 사라졌다. 그렇게 승봉도는 개들의 낙원이 되었다.

※ 작가 노트

인천의 승봉도는 육지에서 멀지 않아 가볍게 여행하기 좋은 곳이니 한 번쯤 시간 내어 둘러볼 것을 권한다. 인천과 대부도에 배편이 마련되어 있다.

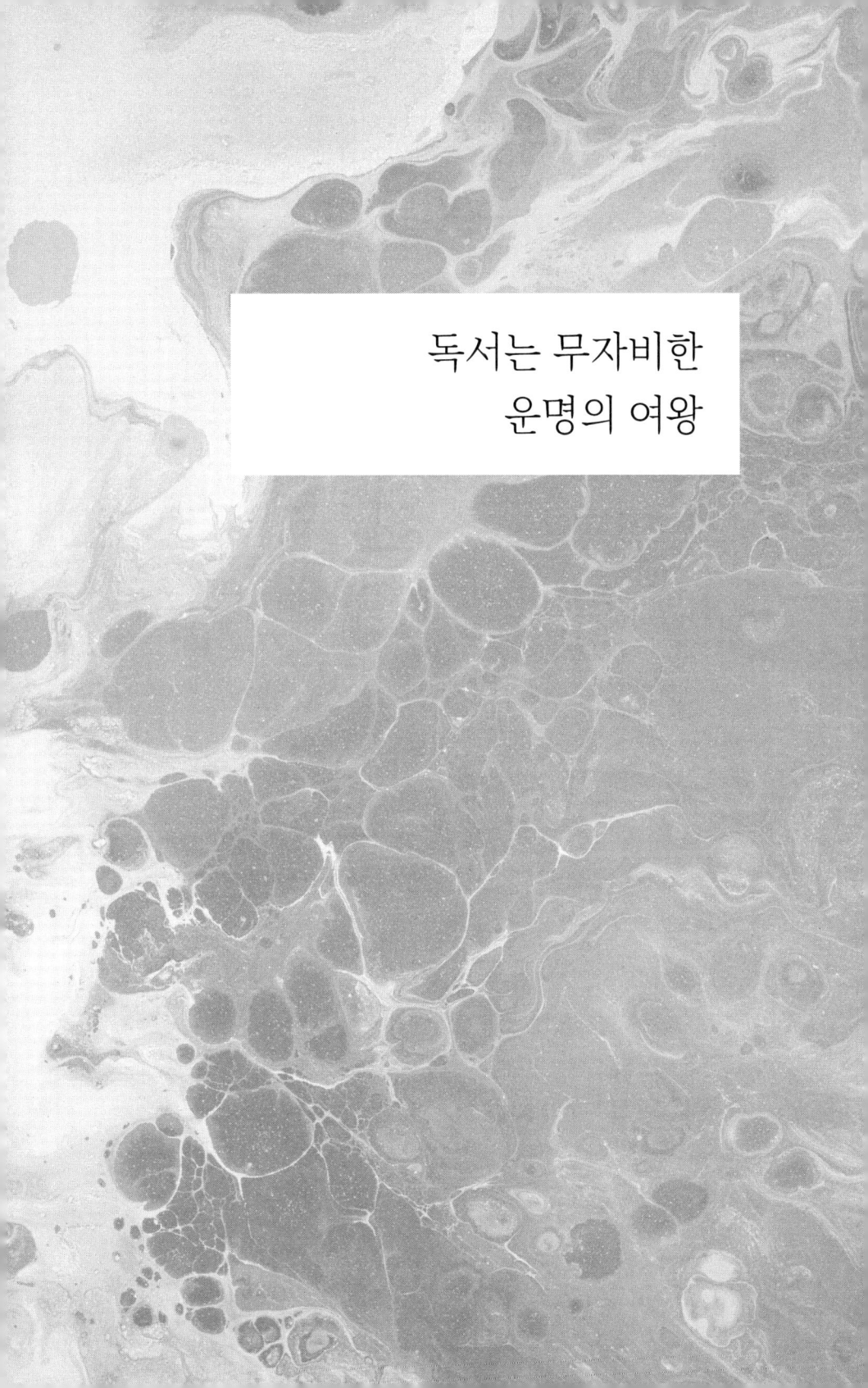

독서는 무자비한 운명의 여왕

I

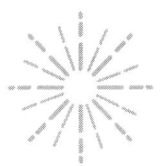

프록시마 켄타우리(Proxima Centauri) B 행성으로 향하는 거대한 우주선 아크(Ark) 090호 13040번지 자신의 숙소에서 무나르는 따분하다는 듯 연이어 하품을 했다. 암흑 물질로 가득 찬 춥고 깜깜한 우주를 강화 플라스틱으로 만들어진 창을 통해 바라보았다. 폭이 좁은 침대와 책상 그리고 화장실이 딸린 단출한 그의 숙소는 넓지도 작지도 않아 독신자용으로 딱 적당했다. 그는 통상적인 이십 대 중반의 꿈 많고 뜨거운 청춘 시절을 보내는 젊은이들과는 많은 것이 달랐다. 달성하고자 하는 목표가 없었고 게을렀으며 만사를 귀찮아했다. 게다가 장기간 운동을 외면한 탓에 배가 불룩 앞으로 튀어나와 있었고 몸에서 근육이라고는 찾아볼 수가 없었다. 그가 좋아하는 취미는 다음과 같다. 우선 헤드기어를 착용하고 편안히 침대에 누워 우주선에서 무료로 제공하는 가상현실로 들어간다. 그런 다음 엄청난 능력의 슈퍼히어로로 변신해 외계 괴물들과 싸우거나 멋진 영화배우가 되어 잘난 척한다. 마지막으로 매력적인 여성들과 뜨거운 시간을 보내는 것이다. 하지만 석 달 뒤로 다가온 시험 때문에 그는 자신만의 황홀한 시간을 온전히 보낼 수 없었고 핵융합 엔진의 '웅웅' 하는 소리를 들으며 책과 씨름하고 있었다. 가상현실에 대한 미련을 거두어들이지 못하고 따분함에 못 이겨 다시 하품하려고 할 때 문에서 노크 소리가 들렸다. 어슬렁거리며 그가 문을 열자 단짝 알카레즈가 그 앞에 서 있었다. 떠나기 전 지구의 스페인이라는, 같은 국적의 부모님을 가진 것과 우주선에서 태어난 젊은 세대라는 공통점을 가진 탓에 서로 마음이 잘 통하는 그는 스카치위스키 한 병을 들어 보이며 활짝 웃고 있었다. 알카레즈는 치열이 삐뚤삐뚤하고 헝클어진 검은 머리를 가지고 있었다.

"어이, 무나르. 이거 좀 봐 봐. 매우 어렵게 구한 거라고. 한잔 어때?"

"와우! 이건 지구에서 수십 년도 더 오래전에 만들어진 거잖아. 도대체 이 귀한 걸 어떻게 구했어?" 무나르는 살짝 말을 더듬었다.

"말도 마. 유물 보관소에 근무하는 선배한테 작년에 쓰인 책을 주고 겨우 바꾼 거야."

"작년에 쓰인 책이면 이번 시험에 출제될 수도 있는 거잖아?"

"걱정 마. 그 책은 인기가 없어서 아마도 이번 시험에서는 제외될 거래. 아버지가 귀띔해 주더라고. 혹시 몰라 대충 한번 훑어보기는 했는데 묵히면 뭐하겠어. 이럴 때 써야지. 안 그래?" 알카레즈는 소위 잘나가는 부유층 도련님이었다.

"하긴, 시험에 안 나오는 책은 아무 쓸모가 없지. 잘됐네. 어서 들어와."

그렇지 않아도 지루하던 참에 이게 웬 떡이냐 싶어 그는 얼른 알카레즈의 손을 잡아끌었다. 둘이서 한잔하면서 천천히 가상현실을 즐기자는 뜻이었다. 그렇게 또 무나르는 하루의 소중한 시간을 낭비했다.

II

인구가 이백억 명을 넘어서자 지구의 자원은 빠른 속도로 고갈되었고 대기 온도의 급격한 상승으로 담수의 60%를 차지하는 남북극의 얼음이 녹아내리면서 대륙들은 점점 바닷물에 잠기게 되었다. 이에 따라 인류는 수천 년 전 조상들이 자원의 부족과 인구 증가 문제를 해결하고자 목숨 걸고 아프리카를 떠나 유럽, 아시아, 북미, 호주 등 미지의 세계로 퍼져 나간 것처럼 거칠고 황폐한 고향 땅을 떠나 대체 지구로 이주하기로 결정하고 남은 자원을 끌어모아 지구와 달 사이 저궤도에 대당 십만 명이 탈 수 있는 거대한 우주선들을 건설하기 시작했다. 우주선의 이름을 공모한 결과 잘못된 과거를 회개하고 새롭게 시작한다는 의미로 대홍수에서 홀로 살아남아 인류의 명맥을 이어 간 노아의 방주(Ark)를 따라서 '아크'로 명명했다. 행성이 모항성의 앞을 지날 때 빛의 밝기가 감소하는 현상을 파악할 수 있는 민감한 관측 장비의 개발로 인류는 그동안 암석으로 이루어진 수천 개의 행성들을 발견했고 그중 너무 차갑지도 너무 덥지도 않은 가장 적절한 상태인 '골디락스 존(Goldilocks zone)'에 위치한 소수의 대체 지구들을 찾아냈다. 추첨을 통해 선발된 사람들은 집단을 이루어 순서대로 자신들에게 배정된 행성 글리제 581, 글리제 667C, 케플러 22B, HD 85512B, 글리제 581D 등을 향해 거대한 아크를 타고 떠나갔다. 무나르의 부모가 뽑은 행성은 프록시마 켄타우리 B였다. 무한에 가까운 광활한 우주에서 인류의 어머니 행성인 지구로부터 가장 가까운 별이 위치한 지역으로 가게 된 것이다. 복권에 당첨된 사람에게 무슨 이유가 있겠는가? 당첨된 사람은 그냥 운이 좋았던 것일 뿐이다. 마찬가지로 무나르의 부모와 함께 아크 090호에 탑승한

승객들은 제비뽑기에서 엄청난 행운을 얻은 것이다. 왜 그러냐 하면 다른 행성들 대비 이동 거리가 현저히 짧아 사백 년만 우주선 안에서 조용히 버티면 목표 행성에 도착할 수 있었기 때문이다. 핵융합 엔진의 수준 높은 발전에도 불구하고 천 년 심지어 수천 년 동안 광활한 우주를 가로질러 이동해야 하는 불운한 탑승객들도 셀 수 없이 많았다. 운 좋은 무나르의 부모와 다른 탑승객들이 지구를 떠나온 지도 벌써 육십 년의 세월이 훌쩍 넘어가고 있었다. 아크 090호는 엄청나게 큰 우주선으로 십만 명의 탑승객들이 외부의 도움 없이 살아갈 수 있는 자체 생태계를 보유하고 있었다. 산과 강은 물론이고 제한적이기는 하지만 바다도 있었으며 그 끝을 가늠할 수 없는 농장 지대와 바쁘게 돌아가는 대규모 공장들도 보유하고 있었다. 심지어 범죄자들을 가두고 교정할 수 있는 교도소도 완비하고 있었다. 사람들은 지구에서와 똑같이 농사를 짓고 가축을 길렀으며 회사에 다니고 필요한 물건들을 생산해 냈다. 지구에서의 생활을 그리워한 나머지 행동보다 말을 앞세우는 속이 음흉한 정치인을 뽑기 위한 모의 선거를 재미로 실시하기도 했다. 핵융합 엔진에서 나오는 여분의 에너지는 사용하기에 충분했고 대기와 수자원은 순환 시스템으로 완벽하게 설계되어 있었으며 이마저도 낭비되지 않도록 철저히 통제하였다. 모세의 지휘 아래 이집트를 떠난 유대인들이 젖과 꿀이 흐르는 가나안 땅을 밟아 보지도 못하고 사막에서 죽은 것처럼 아마도 이들 대부분은 프록시마 켄타우리 B 행성을 본인의 눈으로 직접 보지 못하고 아크 안에서 운명을 다할 예정이었다. 하지만 그럼에도 불구하고 탑승객들은 자신이 담당하는 업무를 묵묵히 수행했고 일상적인 삶을 즐겼다. 호모 사피엔스의 천성은 저 먼 우주에서도 빛을 발해 무나르처럼 불성실한 젊은이는 어느 곳에나 존재하기 마련이지만 큰 문제는 아니었다. 호르몬의 공격이 있기 전까지는 말이다. 인간이 자신을 꼭 닮은 자식을 낳아 기르고자 하는 욕망으로부터, 오르락내리락하는 시소처럼 안정된 균형을 잡는다는 것은 사실 불가능에 가까운 일이다. 경쟁심을 부추기는 남성 호르몬 테스토스테론도 나름 강력하지만 본인 DNA를 가진 조그만 닮은 꼴에 대한 여성 호르몬 에스트로겐의 집착은 우주의 가혹함마저 손쉽게 뛰어넘는 무지막지한 것이었다. 아크 090호가 지구를 떠나고 약 삼십 년이 지났을 즈음 십만 명으로 시작된 탑승객은 칠천 명이 증가했고 다시 십 년이 흐르자 추가로 삼천 명이 증가해 총원은 십일만 명이 되었다. 즉, 지구를 출발할 때보다 만 명이 늘어난 것이다. 생물의 종족 번식 본능을 간과한 부주의한 공학자의 설계로 말미암아 우주선 생태계는 십만 명에 딱 맞추어 건설된 탓에 주택과 식량 부족이라는 표면적 문제가 발생했고 공기의 질이 탁해지는 눈에 보이지는 않지만 호흡기로는 느낄 수 있는 위험이 소리 소문 없이 다가왔다. 아크의 크기를 늘리는 것이 최선의 해결책이나 이는 물리적으로 불가능했다. 선장과 원로들은 깊은 고민에 빠졌고 심사숙고한 끝에 대책을 내놓았다. 그들은 인구는 기하급수적으로 증가하나 식량은 산술급수적으로 증가해 인류는 결국 불행에 빠질 것이라는 『인구론』의 저자이자 과거 영국의 경제학자인 토마스 멜서스의 충고를 받아들이기로 한 것이다. 영국 국민에게 육체적 욕망을 통제하는 금욕주의를 널리 전파해 인구 증가를 막아 보자는 것이 멜서스의 아이디어였고 선장과 원로들은 아크 090호의 탑승객들에게 이와 같은 방법을 적극 반영하기로 결정했다. 멜서스가 경제학자이자 동시에 이성을 멀리해야만 하는 성직자라는 직분을 가졌다는 사실을 그들은 알지 못했다. 처음에는 대략 목표를 달성하는 듯 보였으나 이는 사람들이 금욕적인 삶을 선택한 것이 아니라 콘돔의 사용량을 늘린 결과였다. 하지만 이런 현상도 얼마 가지 못해 모성애를 일으키는 에스트로겐의 반격에 맥없이 무너졌고 신생아 수는 시나브로 증가했다.

III

인구에 관한 상황은 축구공만 한 운석이 아크 090호와 비스듬히 충돌해 수자원 순환시스템의 일부를 파괴하면서 급박하게 돌아갔다. 물 공급이 원활하지 않게 되자 농사지을 물이 부족해졌고 식량 생산은 감소했다. 이제는 인구 감소가 흔한 권고가 아닌 피할 수 없는 의무 사항이 되어 버린 것이다. 엄중한 상황에 내몰린 선장과 원로들은 어쩔 수 없이 다시 모여 신생아 출생 통제의 뼈아픈 실패를 인정하고 이번에는 성인을 대상으로 하는 대책을 세우기로 했다. 어떻게 할 수 있을까? 호모 사피엔스는 오랜 역사와 지성을 가진 문명인으로 사람을 줄인다는 목표를 달성하고자 과거 난폭한 권력자들이 그랬던 것처럼 아무 이유도 없이 무자비하게 탑승객들을 죽일 수는 없는 노릇이었다. 무엇인가 탑승객들이 수용할 수 있고 심지어 악역을 맡아 현장에서 실행하는 말단의 실무자마저도 안정감을 가질 수 있는 살인의 정당성이 필요했다. 그것이 허무맹랑한 믿음일지라도 말이다. 선장과 원로들은 수개월의 난상토론 끝에 기막힌 아이디어를 생각해 냈고 불필요한 내부 반발을 미리 잠재우고자 인간의 어리석은 역사를 강하게 질타하며 우주선 분위기를 매섭게 잡아 갔다. 대표적인 사례로 지적된 것은 과거 갈릴레오는 '우주의 중심을 지구가 아닌 태양'이라고 주장했을 뿐이지만, 이탈리아 도미니크회 수도자이며 철학자인 조르다노 브루노는 우주의 중심이라는 개념 자체를 부정했으며 그는 지구가 '무한히 큰 우주에 떠 있는 작은 점'에 불과하다는 사실을 처음으로 간파한 사람이었다. 하지만 무지한 교회에 자신의 의견을 스스로 부정한 갈릴레오는 살아남았고 나중에 '그래도 지구는 돈다'라는 유명한 명언을 남겼지만 부르노는 잔인하게 화형당했다는 사실을 상기시켰다. 그리고 이와 같은 맹목적 어리석음은 지독한 생명력으로 살아남아 과학자들이 핏대 높여 외친 온난화의 경고를 선조들이 무시하게 만들어 지구는 물에 잠겼고 피폐해졌으며 결국 자신들은 어머니의 고향 땅을 떠나 망망대해 우주를 떠돌 수밖에 없는 가혹한 운명에 처해지게 됐다는 사실을 강조했다. 선조들이 독서를 통해 교양을 쌓고 지적 수준을 한 단계 발전시켰어야 했음에도 불구하고 심심풀이 유튜브나 유흥으로 소중한 시간을 낭비하면서 그 수준이 저하된 것이 근본 원인이며 이 같은 사태가 재발하는 것을 막기 위해서 아크 090호의 모든 성인 탑승객들을 대상으로 사 년마다 독서 시험을 실시하겠다고 발표했다. 그리고 시험 결과 하위 그룹에 속한 일천 명은 지성의 발전을 거부하는 무용한 인적자원으로 판단해 생명체가 살아가기에 모진 환경인 우주로 추방하겠다는 것이 선장과 원로들이 고안한 정책의 골자였다. 인식의 수준도 높이고 탑승객의 수도 적절히 통제하면서 앞으로 목적지까지 남은 이백 년 이상의 긴 시간을 무난히 버텨 보겠다는 일거양득(一擧兩得)이 아닌 일거삼득(一擧三得)을 얻을 수 있는 기발한 대책이었다. 시험 과목은 아크 090호에 속한 백 명의 작가들이 사

년 동안 쓴 모든 작품이며 어떤 작품도 예외가 될 수 없다고 못을 박았다. 한마디로 책을 읽으라는 무언의 강요였다. 탑승객들은 발표를 듣고 처음엔 놀란 뱀처럼 날카롭고 광포했지만, 곧 공포에 질려 불안정하고 처량한 표정이 되었고 독서에 마음이 별로 없거나 아예 없었던 사람들조차도 사방팔방 책을 찾아다녔다. 시험은 삼 일 동안 치러졌는데 매우 까다롭고 어려웠다. 아크 090호의 작가가 사 년 동안 쓴 소설, 시, 에세이, 시나리오, 철학서, 역사서, 해설서, 교과서 등등 카테고리 분류에 상관없이 임의로 문제가 출제되었는데 첫째 날은 책의 제목과 저자 그리고 내용에 관한 단순한 질문과 올바른 맞춤법을 고르거나 적절한 어휘를 찾는 사지선다형 객관식 문제가 주류를 이루었다. 둘째 날은 해답을 요구하는 물음의 수준이 한층 깊어졌다. 예를 들면 '유리창을 통해 바깥을 내다보는 본인의 모습이 유리창에 반사된 모습을 보듯이'라는 표현을 통해 작가가 의도하는 것은 무엇인가? 또는 '말 그대로 원자 단위로 쪼개져 버렸다'라는 과장된 표현을 무난히 쓸 수 있는 네 줄 문장을 작성하시오 같은 것들이었다. 주관식 문제의 배점은 객관식보다 두 배나 높았다. 셋째 날의 난이도는 최고 수준이었다. 왜 그러냐 하면 첫째 날과 둘째 날은 벼락치기 공부를 통해 어느 정도 보장된 점수를 얻을 수 있었지만 마지막 날 시험은 그렇게 할 수가 없었기 때문이다. 아크 090호를 통제하는 인공지능이 무작위로 시제(詩題)를 출제해 그 누구도 이를 사전에 알 수 없었고 따라서 사전 학습이 불가능했다. 시제가 출제되면 사람들은 그것과 연관된 자작시(詩)를 열두 시간 내에 제출해야 했는데 이는 가장 높은 배점이 걸린 종합 시험으로 작품에 수수께끼와 암시의 바다가 펼쳐져 있을수록 높은 점수를 받았다. 얄팍한 벼락치기 공부가 통하지 않고 오직 다량의 독서를 통해서만 이룰 수 있는 지성과 필력의 기량을 테스트하는 것이었다. 참고로 지난번 시제는 '봄비와 달콤한 두근거림의 냄새가 났다'였다. 개인별 총점은 삼 일 동안 치러진 점수의 합계였으며 시험이 끝나고 정확히 한 달 후 결과가 통보되는데 흰색 봉투를 받으면 금장으로 화려하게 장식된 합격 통지문이, 검은색 봉투를 받으면 성의 없이 작성된 탈락 통지문과 함께 시큼한 냄새가 나는 독이 든 알약이 동봉되어 있었다. 무사히 시험을 통과한 이들은 사 년 더 살 수 있다는 생각에 만세를 부르며 안도의 한숨을 쉬었고 불운한 검은색 봉투의 수령자들은 슬픔에 잠겨 가족 및 지인들과 작별 인사를 나눈 후 온기도 빛도 소리도 없는 완벽하게 빈 공간인 우주로 떠나갔다. 물론 일부 사람들은 죽음을 눈앞에 두면, 차가운 죽음의 손이 실제로 닿기 전부터 이리저리 얽힌 물질과 감각에서 본능적으로 몸을 빼기 시작하는 경향이 있는 것처럼 주위의 삶과 존재들로부터 분리되는 고립감 속에 배달된 알약을 먹고 스스로 요단강을 건너갔다. 독서 시험을 통한 인구 통제가 시작되자 아크 090호의 사회 분위기는 극적으로 변했다. 사람들은 즐거운 유흥을 포기하고 퇴근 후 곧바로 집으로 돌아가 독서로 저녁 시간을 보냈으며 책은 황금이나 다이아몬드보다 더 귀하게 여겨졌다. 작가는 연예인을 뛰어넘는 최고의 대우를 받았고 청소년들이 선망하는 최고 직업에 선정되었다. 선장과 원로들이 노린 일거삼득(一擧三得)의 긍정적 효과가 나타난 것이다. 하지만 세상 모든 이치가 그렇듯 밝은 빛이 있는 곳에는 반드시 어두운 그림자가 존재하는 법이다. 검은색 봉투를 받은 하위 그룹 일천 명의 명단에는 몸이 불편한 환자들이나 치매에 걸린 노인들 상당수가 포함되어 있었다. 그래서 일부 탑승객이 형평성 문제를 제기하며 반발했으나 다수의 침묵 속에 사회적 약자들을 시험에서 제외하자는 윤리적 주장은 곧 잊혔고 시험 날이 다가올수록 사람들은 서로 간의 노골적인 냉기를 느낄 수 있었다.

Ⅳ

시험이 한 달 앞으로 다가왔지만 무나르는 태평했다. 이번은 그가 성인이 되고 난 후 두 번째로 치르는 시험이었다. 첫 번째 시험은 혹시 떨어질지 모른다는 불안한 마음 탓에 전력을 다했고 덕분에 무난히 흰색 봉투를 받을 수 있었다. 그 후 그는 한편으로는 별것 아닌 걸 가지고 괜히 마음 졸였다는 자괴감과 다른 한편으로는 젊고 똑똑한 지성을 가지고 있으니 앞으로 최소 이십 년은 시험 통과에 문제가 없을 거라는 거만함이 동시에 느껴졌다. 치매 노인들이 뒤를 받치고 있으니 그리 걱정할 일이 못 된다는 단짝 알카레즈의 허풍도 그가 자만심을 갖는 데 한 몫 거들었다. 기억은 계속해 안달하면 온갖 묘한 방식으로 공고해지고 발전하지만 쓰지 않으면 극적으로 축소된다는 사실을 그는 몰랐다. 시험이 코앞으로 다가온 어느 날 저녁 알카레즈가 뭔가를 바지춤 깊숙이 숨기고 무나르를 찾아왔다.

"무나르, 나야. 알카레즈. 어서 문 좀 열어 봐!"

"어쩐 일이야? 뭐 좋은 건수라도 있어?" 책을 읽는 둥 마는 둥 무료한 시간을 보내고 있던 그가 반가운 마음에 독신자용 숙소 문을 활짝 열었다.

"이것 좀 보라고. 완전 골동품이야." 알카레즈가 조심스럽게 꺼낸 건 이제는 기억도 희미해진 지구의 마약 마리화나였다.

"와우! 이 귀한 걸 어떻게 구했어? 우주선 안에 아직도 시대를 뛰어넘는 이런 훌륭한 사치품이 남아 있었다니. 놀라운 걸."

"내 실력 이제 알겠지? 아버지가 개인용 금고에 몰래 숨겨 놓은 걸 슬쩍했지." 알카레즈는 승리의 브이(V)자를 집게와 가운뎃손가락을 이용해 만들어 보였다.

"물론. 유흥 거리를 끊임없이 찾아내는 너의 귀신 같은 능력은 이미 오래전에 파악하고 있었지. 그럼 한번 즐겨 볼까나."

다른 사람들이 독서에 열을 올리는 동안 무나르는 오늘 성찬을 즐기지 못하면 다음은 언제일지 기약할 수 없는 야생의 하이에나처럼 건초가 타는 듯한 독한 냄새를 성급히 흡입했고 의식과 무의식이 서로 뒤얽히는 선잠이 든 듯한 각성 상태로 빠져들었다. 그가 마리화나를 즐긴 후 시간은 물 흐르듯 빠르게 지나갔고 시험을 딱 일주일 남긴 시점이었다. 자만심으로 똘똘 뭉쳐는 있었으나 세상에는 아무도 예상하지 못하는, 그 뜻을 오직 하나님만이 알 수 있는 사건도 가끔 일어나는 법이라며 무나르는 남은 기간 벼락치기 독서에 집중하고 있었다. 20대 중반의 젊고 팔팔한 두뇌를 가지고 있으니 아무래도 노인들의 그것보다는 훨씬 성능이 좋았다. 게다가 독서도 꽤 재미있는 부분이 존재한다는 사실을 최근에 깨달아 가는 중이었다. 그때 단짝 알카레즈로부터 화상전화가 걸려 왔다.

"어이 무나르. 독서는 잘되어 가나?"

"뭐, 그럭저럭. 너는?"

"하루 종일 책 읽느라 눈이 빠질 지경이야. 말해 뭐 하겠어. 지금은 잠시 쉬는 중이야. 여기 좀 봐. 아마 깜짝 놀랄걸." 알카레즈가 화상 전화기를 좌우로 회전시키자 매력적이지만 어딘가 부자연스럽게 보이는 여성들 다수가 화면에 비추어졌다.

"대단한걸, 거기 어디야?"

"우주선 내에 있는 비밀의 장소야. 오직 남자들만 출입이 가능한 프라이빗 클럽이지."

"남자만?"

"그래, 남자들의 긴장감 해소를 위해 여성 안드로이드 로봇들이 적극적인 서비스를 하는 곳이거든."

"그럼 아까 나에게 보여 준 여자들이 전부 로봇이란 말이야?"

"맞아. 굉장하지. 놀러 올래? 위치 알려 줄까?"

"휴~! 나도 그러고 싶은 마음은 굴뚝같지만 오늘은 어렵겠어. 읽어야 할 책이 너무 많거든." 무나르는 한숨을 쉬며 알카레즈에게 거절의 뜻을 완곡하게 비치었다.

"왜 그래? 무나르. 오늘은 평소 너 같지 않네. 장시간 연달아 읽는 것보다는 잠시 휴식을 취한 후 책을 잡는 것이 더 효과적이라는 뉴스도 못 봤어?"

"그 말이 맞기는 한데…."

"그러지 말고 잠깐 기분 풀고 다시 집중하면 되잖아. 오랜만에 서로 얼굴도 보고 말이야. 오늘은 내가 쏠 테니 돈 걱정은 하지 말라고. 아버지가 기분 풀고 오라며 돈을 좀 쥐여 주더라." 알카레즈의 집요한 유혹에 마음이 흔들린 무나르는 결국 이렇게 대답했다.

"에이 모르겠다. 위치를 알려 줘. 지금 바로 갈 테니까."

V

게으르고 놀기 좋아하는 무나르의 두 번째 독서 시험이 끝나고 3주가 지나가고 있었다. 아마도 다음 주 끝 언저리에는 흰색과 검은색 봉투의 배달이 시작될 것이다. 시험을 제법 잘 봤다며 흥분하는 사람들도, 시험을 망쳤다며 걱정하는 사람들도 모두 숨죽이고 자신의 운명을 결정할 봉투를 기다리고 있었다. 그도 삼 일의 시험 기간 동안 자신이 할 수 있는 최대한의 노력을 쏟아부었고 백 프로 만족하지는 못하지만 그래도 아둔한 노인들을 제치고 살아남을 만큼의 성적은 거두었다고 확신했다. 본인은 말 그대로 '떼어 놓은 당상'이라고 굳게 믿은 것이다. 시험이 끝난 후 헤드기어를 쓰고 가상현실을 원 없이 즐겼더니 이제 그마저도 슬슬 지겨워지려 하고 있었다. 숙소에서 강화 플라스틱으로 된 창을 통해 그 수를 알 수 없는 무한한 우주의 별들을 멍하니 바라보다가 문득 요즘 알카레즈로부터 연락이 뚝 끊겼다는 사실을 그는 깨달았다. 아마도 시험을 망쳤으리라. 그래서 미래에 대한 걱정과 근심으로 세상과 연락하고 싶지 않으리라. 그러나 한 가지 이상한 것은 돈과 권력을 가진 부유층 아버지가 알카레즈에게 성적이 우수하고 뛰어난 가정교사 두 명을 채용해 밤낮으로 과외를 시켜 왔다는 것이다. 알카레즈가 명민하진 않았지만 성마른 성격은 아니라서 윗사람의 가르침을 고분고분 받아들이기는 했을 것이기 때문이다. 혹시 갑자기 배탈이라도 나서 시험을 망친 것은 아닐까? 화상전화라도 걸어 위로의 말을 전해야 하는 것은 아닐까? 고민하고 있을 때 긴급 속보가 날아들었다. 이번 시험부터 나이 든 사람을 공경하는 인류의 아름다운 전통을 지키고 형평성을 높이기 위해 육십 대 이상은 하위 그룹에서 아예 제외한다. 그리고 나이를 기준으로

20살부터 10년 단위를 한 세대로 묶어 각 세대별로 상대 평가를 실시해 점수가 낮은 2%를 하위 그룹으로 선발한다는 새로운 방침이 공표된 것이다. 즉, 과거에는 나이에 상관없이 성인이면 전부 합쳐서 하위 그룹을 뽑았던 것을 이제는 이십 대는 이십 대끼리, 삼십 대는 삼십 대끼리 상대 비교를 통해 검은색 봉투를 수령할 하위 그룹을 선발한다는 것이었다. 노인들이 제외되는 바람에 대상자 중에서 최소 2%는 뽑아야 대략 일천 명의 인원을 맞출 수 있었다. 생각이란 놀라운 것이어서, 때로는 밀물과 썰물처럼 느릿느릿하다가도 때로는 빛처럼 빠른 속도로 오고 가는 법이다. 속보를 보는 순간 무나르는 자신이 매우 불리한 상황에 빠졌으며 속았다는 사실을 직감했다. 고분고분한 성격의 알카레즈가 자식의 경쟁자는 단 한 명이라도 없애고 싶어 하는 아버지의 지시에 충실히 따른 것이다. 완전범죄란 범인을 잡지 못하는 것이 아니라 다른 무엇이 죄를 뒤집어쓰게 만드는 것이다. 스카치위스키, 마리화나, 여성 안드로이드 로봇이 알카레즈를 대신해 그를 나태하게 만들어 우주로 쫓겨나게 만든 범인으로 지목될 예정이었다. 새로운 방침의 설계와 입법을 추진한 사람은 바로 알카레즈의 아버지였다. 하지만 그는 쉽게 포기하지 않았다. 치매 노인들을 믿고 허송세월하다가 시험을 망친 이십 대들은 수도 없이 많았기 때문이다. 무나르는 무척 오랜만에 '하나님, 제가 이 곤경을 헤쳐 나가게 도와주소서!' 하며 기적을 일으켜 달라는 기도를 올렸다. 불가능해 보이지 않는 기적은 기적이 아니라는 말처럼 온전한 기적이 그에게는 간절했다. 시간은 무심히 흘러갔고 그로부터 열흘 뒤 아크 090호 13040번지 독신자용 숙소에는 어김없이 봉투가 배달됐다.

※ 작가 노트

본 단편을 읽고 독자가 조금이라도 유튜브나 인터넷 사용을 줄이고 책을 집어 든다면 그보다 더 좋은 일은 없을 것이다.

$n = 23$

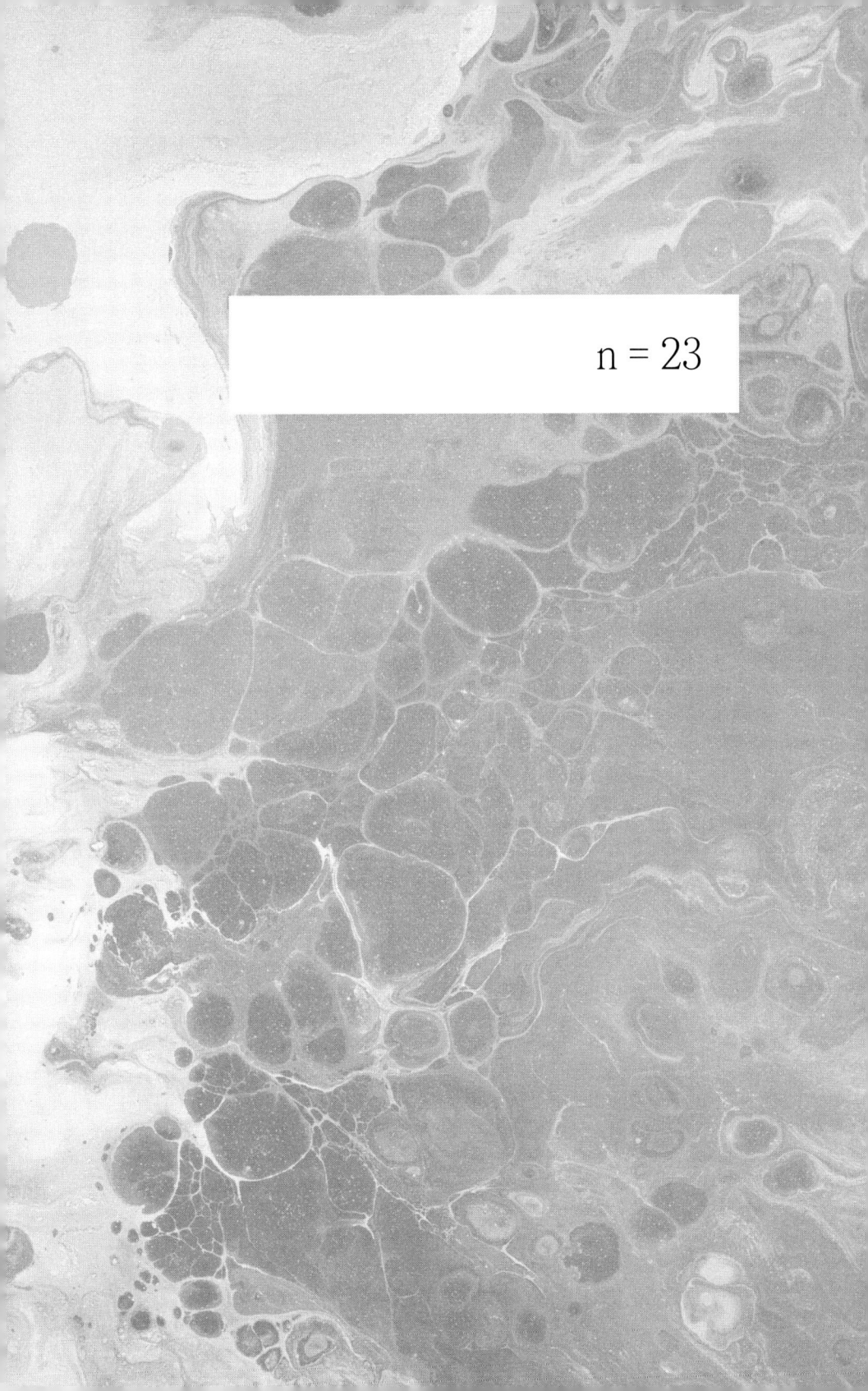

홍 기자가 두 교수를 처음 만난 곳은 소공동에 위치한 롯데호텔 2층 크리스탈 볼륨에서였다. 매년 열리는 진부한 학회의 송년회로 일반인들은 그런 학회가 대한민국에 존재하는지도 몰랐다. 기부금을 위해 심포지엄으로 가장된 수리통계학회의 연말 모임은 해가 저물기 전에 학회에 소속된 교수들끼리 기름진 음식에 술 한잔 하며 즐기자는 것 이상의 의미는 없었다. 조그만 인터넷 신문사에서 사회 및 교육 분야를 담당하는 홍 기자는 학회의 정식 초청을 받아 심포지엄에 참석해 뷔페로 차려진 성찬을 먹고 있었다. 소주가 없다는 점을 무척 아쉬워하며 그는 대체품으로 제공된 공짜 레드와인을 홀짝이고 있었다. 그가 심 교수와 전 교수의 얼굴을 보는 것은 이번이 처음이었지만 '한국 수학 영재들의 미래는 불확실한가?'라는 특집 기사를 작성할 때 이메일과 전화로 빈번히 연락을 주고받아 왔던 터라 오랜 친구처럼 익숙하게 느껴졌다. 심 교수는 고려대 수학과 정교수로 학생들 사이에서 '만약 그 수학자가 만지작거릴 분필이 없다면 강의를 정상적으로 하지 못할 것'이라는 농담이 떠돌았고, 실제로 한번은 학생들이 분필통을 감추는 바람에 심 교수는 강의를 제대로 하지 못한 전력을 가지고 있었다. 그는 말투와 매너 모두 흠잡을 데 없는 전통적인 신사였다. 반면, 전 교수는 연세대 통계학과 부교수로 심 교수보다는 대략 열 살 정도 어렸는데 쇼맨십이 강한 재담꾼으로 광대 같은 성격의 소유자였다. '가만히 있기보다는 실패를 선택하겠다. 그것이 인생이 지루해지는 것을 막을 수 있는 유일한 방법이다'라는 자신감 넘치는 신념을 가지고 있었으며 세속적 가치를 얻기 위해 잘난 척하며 포장하는 데 능숙한 사람이었다.

"혹시 홍 기자님 아니세요? 연세대 전 교수입니다. 통화만 하다가 얼굴은 처음 봅니다."

"아. 전 교수님, 만나서 반갑습니다. 홍 기자입니다. 그런데 어떻게 저를 알아보셨어요?"

"네이버에 올라가 있는 사진을 기억하고 있었지요. 그리고 사실 홍 기자님을 이곳에 초청한 사람이 바로 접니다. 제가 이 학회의 간사로 있거든요."

"아. 그랬군요. 저번 특집 기사 쓸 때 도움 많이 받았습니다. 이렇게 얼굴 마주하고 이야기하니 좋네요."

"도움은 뭘요. 그냥 평소에 가지고 있던 소신을 밝힌 것이지요. 혹시 다른 기사 쓸 때 궁금하거나 필요한 거 있으면 부담 없이 연락하세요. 적극적으로 도와드리지요. 비공식적으로 말씀드리면 신문에 이름이 나가면 대학에서 실시하는 교수 평가에 도움도 되고 인지도를 높여 방송 출연도 할 수 있으니 마다할 이유가 없거든요. 일거양득인 셈이지요." 전 교수가 몸에 밴 상투적인 영업 사원 말투로 대화를 이어 가려고 할 때 누군가 그들에게 조용히 다가왔다.

"안녕하세요. 홍 기자님. 고려대에서 학생들 가르치는 심 교수입니다."

"안녕하세요. 교수님. 전화로 목소리만 듣다가 이렇게 얼굴 뵈니 너무 반갑네요. 잘 지내시지요?"

"덕분에 잘 지내고 있습니다. 애들 가르치랴, 논문 쓰랴 정신이 없긴 하지만요."

"역시 교수님의 끊임없는 학구열은 알아줘야 한다니까요. 여기 오니까 두 분을 다 만나네요." 홍 기자는 간단히 안부를 묻고 전 교수를 심 교수에게 소개했다.

"심 교수님. 이분은 연세대 통계학과 전 교수입니다. 두 분이 같은 학회 소속이니 안면이 있으시지요?" 그가 소개를 마치자마자 서로 얼굴을 돌렸고 분위기는 급격히 냉랭해졌다. 사실 두 교수는 서로 못 잡아먹어서 안달이 난 앙숙이었다. 왜 그러냐 하면 첫째, 영국의 옥스퍼드와 캠브리지 대학의 학생들이 자신들이 더 잘났다며 상대방을 비난하는 것과 같이, 미국 예일대 학생들이 하버드대에는 범생이뿐이라며 놀리고 반대로 하버드대 학생들이 예일대에는 동성애자만 입학한다고 혹평하는 것과 마찬가지로 고려대와 연세대는 오랜 세월 한국에서 우위를 선점하기 위해 경쟁했고 두 교수는 해당 대학에서 학부, 석박사를 취득한 골수분자였다. 둘째, 수학과와 통계학과의 관계가 좋지 않았다. 세상은 신이 만든 숫자의 조합이며 이 규칙을 밝히기 위해 고결하게 학문적 연구를 수행하는 수학과의 가치는 인간의 필요로 어쩔 수 없이 만들어진 통계학과보다 훨씬 소중하다는 것이 수학과의 주장이었다. 반면, 세상에 실질적 도움을 주지 못하는 학문이 무슨 소용이냐며 통계학과는 수학과를 깔아뭉갰다. 셋째, 두 교수의 성격이 판이했다. 고려대 심 교수는 전통적인 연구와 수업을 최우선 가치로 생각했으며 전 교수가 세속적 성공을 위해 삼성이나 현대와 같은 글로벌 거대 기업들로부터 소위 돈이 되는 프로젝트를 따내기 위해 구애하는 모습을 경멸했다. 반대로 연세대 전 교수는 심 교수가 마치 세상을 잊고 굴속에서 참선하는 선승처럼 본인은 행복할지 모르나 세상에는 전혀 도움을 주지 못한다며 가치를 생산하지 못하는 한심한 잉여 인간일 뿐이라고 깎아내렸다. 평소에도 좋지 않던 두 사람은 홍 기자의 '한국의 수학 영재들의 미래는 불확실한가?'라는 특집 기사에서 또다시 의견 대립 했는데 그건 마치 장군 카이사르가 루비콘강을 건넘으로써 로마 내전의 역사를 되돌릴 수 없게 된 것처럼 분수령 역할을 했다. 심 교수는 '그렇다'라는 관점으로 의견을 피력했고 전 교수는 '그렇지 않다'라는 시각에서 주장을 펼쳤다. 해당 기사가 인터넷에 배포되자마자 심 교수는 나이 어린 전 교수가 현 정권에 잘 보이려는 세속적 욕망을 위해 학자적 양심을 버렸다며 비난했고 전 교수는 심 교수가 시대의 흐름을 파악하지 못하고 과거에 얽매여 사는 업그레이드 불가능한 구닥다리라고 맞받아쳤다. 그렇게 두 교수는 마치 과거 모짜르트와 살리에리가 음악계의 전설적인 라이벌이었던 것처럼 수리통계학회의 대표적인 앙숙이 되었다.

얼음장 같은 어색함에 서로가 질식하려고 할 때 전 교수가 방금 생각났다는 말투로 홍 기자에게 문제를 냈다.

"심심한데 게임이나 합시다. 연회장에 있는 사람 중에서 생일을 공유하는 사람이 있을까요?" 전 교수는 연회장을 눈으로 훑어보며 물었다.

"글쎄요. 무슨 말씀이신지요?" 홍 기자는 어리둥절해하며 반문했다.

"쉽게 설명하지요. 만약 지금 이곳에 총 36명의 연회 참석자가 있다면 우리 중에서 생일이 같은 사람이 있을까요? 없을까요?"

홍 기자는 잠시 꾸물거리며 생각했다. 타인의 생일이 내 생일과 일치할 확률은 겨우 1/365이다. 만약 방 안에 36명이 있다고 하더라도 36/365 = 0.0986… 즉, 그 확률은 채 10%를 넘지 못한다. 그러니 당연히 나와 같은 생일을 가진 사람이 존재할 확률은 현저히 낮거나 아예 없다.

"제 생각에는 없을 거 같은데요." 대답 후 전 교수에게 자신이 그렇게 생각한 이유를 설명했다.

"대부분 그렇게 생각합니다. 하지만 정답은 연회장에 23명 이상의 사람이 있는 경우 누군가가 생일을 공유할 확률이 더 높습니다." 미소를 보이며 전 교수가 말을 이었다.

"23명이요? 제가 문과 출신이긴 하지만 그건 너무 적은 것 같은데요." 홍 기자는 당황하며 홀짝이던 와인 잔을 테이블에 내려놓았다.

"장소가 애매하긴 하지만 대략 말로 설명하면 홍 기자님은 틀린 계산을 한 것입니다. 왜 그러냐 하면 이 문제는 누군가가 당신과 생일을 공유할 확률의 답을 요구하는 것이 아니라 연회장에 있는 사람 중에 누구든지 상관없이 그저 자기들끼리라도 생일이 같은 두 명이 있을 확률을 구하는 것이거든요. 하지만 대부분 실수하는 문제니 너무 기죽지는 마세요." 옆에서 조용히 둘의 이야기를 듣고 있던 심 박사가 가소롭다는 눈빛으로 전 교수를 바라보며 끼어들었다.

"출제자가 애매하게 문제를 내서 그래요. 연회장에 있는 사람 중에서 생일이 똑같은 두 사람이 '있을 가능성'이 '없을 가능성'보다 높으려면 얼마나 많은 사람이 있어야 할까 같이 구체적이고 명확하게 질문을 냈어야 합니다." 심 교수의 빈정거림에 전 교수는 눈살을 찌푸렸고 홍 기자는 여전히 모르겠다는 투로 말했다.

"그래도 23명은 너무 적은데요."

홍 기자의 궁금증에 전 교수는 찌푸리던 눈살을 풀고 자랑스럽게 설명을 이어 갔다.

"연회장에 있는 누구든지 상관없이 그저 자기들끼리라도 생일이 같은 두 명이 있을 확률을 구하는 문제입니다. 그래서 조합을 생각할 필요가 있어요. 사람 중에서 두 명을 뽑아서 만들 수 있는 쌍의 개수는 총 $n \times (n - 1)/2$예요. 이제 23명의 생일이 제각각 다를 확률을 구해 보면 첫째 사람과 둘째 사람의 생일이 불일치할 확률은 364/365예요. 다음으로 이 두 명의 생일이 불일치하고 또한 셋째 사람의 생일도 이들 각각의 생일과 불일치할 확률은 $364/365 \times 363/365$예요. 이런 식으로 계속 이어 가면,

$$364/365 \times 363/365 \times 362/365 \times 361/365 \cdots \times 343/365$$

23명의 생일이 제각각 다를 확률이 0.49가 돼요. 23명의 생일이 모두 다를 확률이 0.49이므로 이들 중에 생일이 같은 사람이 있을 확률은 1 빼기 0.49, 곧 0.51이 돼요. 즉, 확률이 50%를 넘으므로 방 안에 23명이 있으면 생일이 똑같은 두 사람이 '있을 가능성'이 '없을 가능성'보다 높은 것이지요. 물론, 확률이기 때문에 같은 생일을 가진 사람이 없을 수도 있어

요. 하지만 '있을 가능성'이 높은 것은 사실입니다. 이것이 바로 현실에 바탕을 둔 통계의 아름다움이지요. 수학자들이 맹목적으로 믿는 신이 만들었다는 프랙털(fractal) 구조와 같은 미신과는 격이 다른 것이지요."

전 교수는 자신의 설명에 만족한 것처럼 가볍게 양손 손바닥을 부딪쳤다.

"홍 기자, 아름다움은 지나가는 개에게나 줘야 합니다. 통계는 그저 숫자 놀음에 불과해요. 아인슈타인도 말했죠. '신은 주사위 놀이를 하지 않는다.'라고 말입니다. 그게 모두 컴퓨터 프로그램을 통해 만들어진 통계학자들의 허상을 비판한 겁니다. 저들에게 계산기, 종이와 연필을 주고 계산하라고 해 보세요. 아마 손도 못 댈 겁니다. 수학자들은 손쉽게 할 수 있는 것들을 말입니다. 컴퓨터 없는 통계학과 학생과 교수는 자전거 체인이 빠져 어쩔 줄 몰라 하는 어린애와 같고 겉모습만 그럴듯하게 단장한 대리석 무덤에 지나지 않아요."

전 교수는 씁쓸한 미소를 지으며 심 교수의 빈정거림을 받아쳤다.

"이미 준비된 편의를 무시하는 것이 옳은 선택일까요? 아예 그럴 거면 조선시대로 가서 사시지 그러세요. 심 교수님."

용기란 말할 때뿐 아니라 듣고 있을 때도 필요하다는 처칠의 말을 곱씹으며 홍 기자는 다시 와인 잔을 집어 들었다.

"허 참! 나이 어린 사람이 선배에게 말본새하고는."

"누가 더 학문적으로 옳은지 경쟁하는데 여기서 왜 나이가 나옵니까?"

"학문? 좋소. 전 교수. 그럼 방금 홍 기자에게 이야기한 생일 확률을 자신할 수 있소?"

"그럼요. 자신하다마다요."

"잘됐군. 그럼 우리 내기 하나 합시다. 길거리에서 무작위로 뽑은 23명 중 같은 생일이 있는 경우 전 교수가 이기는 것으로, 없는 경우 내가 이기는 것으로 하는 내기 말입니다. 총 세 판을 실시하고 그중 두 판을 이기는 사람이 최종 우승자가 되는 겁니다. 공정성을 위해 심판은 여기 홍 기자에게 맡기는 걸로 합시다. 어떻소? 내 제안을 받아들이겠소?" 전 교수는 잠시 멈칫하더니 되물었다.

"패자에게 불이익은 없나요?"

"뭐, 별거 없소. 정기적으로 발행되는 수리통계학회 회보에 사과문을 내야겠지요."

"어떤 사과문을 말하는 겁니까?" 홍 기자가 궁금해서 참을 수 없다는 듯 불쑥 끼어들었다.

"간단해요. 그동안 학회에 분란을 일으켜 죄송하다. 사죄의 의미로 탈퇴하겠다. 뭐 이런 내용입니다." 그리고 고개를 살짝 돌려 전 교수에게 말했다.

"어때 도전해 볼 만하지 않은가?" 말을 마친 심 교수는 입꼬리가 살짝 올라가는 의미가 불분명한 미소를 지었고 이를 지켜본 전 교수는 아니꼽게 생각했다.

"좋습니다. 심 교수님. 하지요. 나중에 다른 말 하기 없기입니다. 한 번만 봐 달라거나…."

"난 약속을 황금보다 더 소중하게 생각하는 사람이야. 약삭빠른 카멜레온 같은 자네와는 차원이 다르다고. 자네나 나중에 딴말하지 말게."

다시 분위기가 어색해지려 할 때 홍 기자가 나서서 대화를 마무리 지었다.

"그럼 구체적인 날짜나 방법은 제가 꼼꼼히 준비해서 두 교수님께 이메일로 안내해 드리도록 하겠습니다."

"좋습니다."

심 교수와 전 교수는 처음으로 마음이 맞았다는 듯 동시에 대답했다. 하지만 두 교수의 사소한 자존심 싸움에서 시작된 이 내기가 어떻게 막을 내리게 될지는 당사자들도 전혀 모르고 있었다.

이틀 후 홍 기자는 내기 운영에 관한 세부 규칙을 정하고 이를 두 교수에게 이메일로 발송했다. 첫째, 삼세판으로 진행하며 그중 두 판을 먼저 이긴 사람이 우승자가 된다. 둘째, 직장인이 많은 강남역 지하상가, 학생들로 분주한 홍대입구 그리고 외국인 선정이 비교적 쉬운 이태원에서 무작위로 행인을 선정하고 그들의 생일을 비교한다. 셋째, 교수들은 당일 현장 통제에 도움을 줄 수 있는 조교를 두 명씩 데리고 참관한다. 넷째, 행인의 선정 권한을 전적으로 홍 기자에게 부여한다. 다섯째, 같은 생일이 없는 경우 심 교수가, 같은 생일이 있는 경우 전 교수가 해당 판의 승자가 된다. 여섯째, 패자는 학회지에 사과문을 내고 학회를 즉시 탈퇴한다. 다음 날 두 교수는 자필로 사인한 동의서를 우체국 등기를 통해 보내왔고 홍 기자는 이에 관한 내용을 아무 생각 없이 대학 뉴스 가십난에 짤막하게 소개했다. 기사의 내용은 입소문을 탔고 그 영향은 예상을 뛰어넘는 것이었다. 고려대와 연세대의 학부생을 포함해 졸업생들까지 나서 서로 자신들이 이길 거라고 목청을 높였고, 전국 수학과와 통계학과 학생들은 밤마다 술집에 모여 자신들의 학문이 더 우세하다며 드잡이했다. 소문의 빠른 확산으로 이제는 인터넷 언론이 아닌 영향력이 막강한 대형 신문과 방송사에서도 두 교수의 내기를 기사화했다. 심지어 저녁 8시 뉴스에 특집 대담이 편성되는 지경에 이르렀다. 이미 경찰의 신변 보호 대상자가 된 교수들의 일거수일투족은 유튜브를 통해 생방송 되었고 후폭풍을 걱정한 동문과 각 대학은 만약 패배할 경우 교수직을 그만두어야 할지도 모른다며 은근히 압력을 넣었다. 한마디로 교수들의 내기가 국민의 최우선 관심사가 되어 버린 것이다. 모두의 관심이 쏠려 있을 때 딱 한 곳만이 별로 관심 없다는 듯 무심한 행태를 보였는데 바로 서울대였다. 자신들보다 하위 등급 대학에서 벌어진 웃지 못할 촌극 정도로 치부하는 모양새였다. 서울대가 그러거나 말거나 시간은 무심코 흘러 약속한 날이 찾아왔고 사람들은 조용히 숨죽이며 결과를 기다렸다.

이른 새벽에 잠을 깬 홍 기자는 침대에 누워 멍하니 시계를 바라보았다. 두 교수의 운명을 결정짓는 날이었기에 그는 지난밤 잠을 제대로 이룰 수 없었다. 제삼자도 이러할진대 아마도 두 교수는 뜬눈으로 밤을 지새웠을 것이라고 그는 생각했다. 누가 우승하게 될지는 알 수 없었다. 확률적으로는 전 교수가 근소하게 유리했으나 사회의 기준과 상식이 완벽하게 세상일을 대변하는 것은 아니라는 사실을 그는 누구보다 잘 알고 있었다. 기자라는 직업적 특성에서 기인한 부산물이었다. 아침 세면을 마치고 거울 앞에 서서 그는 전기면도기를 작동시켰다. 그리고 신(神)이 주사위를 만지작거리는 모습을 상상했다. "조금만 더 기다려 주세요. 곧 굴리게 해 드리지요."라고 혼잣말을 중얼거리며 지난밤 거칠게 올라온 수염을 깎기 시작했다. 그가 도착하기 전부터 강남역 지하상가는 언론과 구경꾼들 그리고 이를 통제하려는 경찰들로 인산인해를 이루고 있었다. 현장에서 기다리고 있던 두 교수에게 홍 기자는 가볍게 목인사를 한 후 교수의 강압에 못 이겨 어쩔 수 없이 현장에 끌려온 네 명의 불쌍한 조교들을 불러 놓고 하루 일정과 각자의 임무에 관하여 설명했다. 오전은 강남역 지하상가, 오후는 홍대 정문 그리고 저녁은 이태원 소방서 앞에서 내기가 진행될 예정이며 홍 기자가 행인 중에서 무작위로 고르면 조교들은 그 사람의 생일을 알아낸 후 노트북에 입력해 같은 생일인 사람의 유무를 확인하는 임무를 부여받았다. 교수에게 잘 보여야 하는 대학원생으로 구성된 네 명의 조교들은 그의 지시를 빠르게 숙지했고 두 교수의 내기는 그렇게 시작되었다. 홍 기자는 잰걸음으로 강남역 지하상가를 돌아다니며 남녀노소를 가리지 않고 무작위로 23명을 선정했다. 하지만 나중에 보니 아무래도 회사 밀집 지역이라 직장인이 다수를 차지했다. 선정된 사람들은 자신의 생일을 조교에게 알려 주었고 공정성을 담보하기 위해 설치된 대형 전광판에 한 사람씩 생일이 입력될 때마다 여기저기에서 탄성이 터져 나왔다. 마침내 모든 23명의 생일이 입력됐고 고려대 응원단 측에서 환호와 축포가 터져 나왔다. 반면, 연세대 응원단 측은 당황해하며 어쩔 줄 모르겠다는 표정을 지었다. 생일을 공유한 사람이 한 명도 없는 것이다. 이로써 먼저 첫판을 따낸 심 교수의 얼굴은 붉게 상기되었고 전 교수는 수를 셀 수 없는 구경꾼들과 방송 카메라 앞에서 위엄을 지키고자 건강도 식욕도 성질도 다 멀쩡한 고양이처럼 행동했다. 홍 기자는 지체할 시간이 없다며 일행들에게 즉시 다음 장소로 이동할 것을 명령했다. 오후가 되자 이미 홍대 정문은 사람들로 장사진을 이루고 있어 접근 자체가 불가능했다. 어쩔 수 없이 홍 기자 일행은 서교동 방향으로 언덕을 백 미터 정도 내려와 겨우 자리를 잡았고 눈에 띄는 행인을 선발했다. 무난히 21명을 넘기려는 순간 문득 홍 기자에게 '이거 너무 나이 어린 학생만 뽑았는걸.' 하는 가벼운 고민이 생겼다. 그는 고개를 돌려 주위를 살폈으나 적당한 사람을 찾을 수 없었다. 그때 현장에서 예의 주시 하고 있던 두 교수와 눈이 마주쳤고 그에게 좋은 아이디어가 떠올랐다. 심 교수를 22번째 대상자로, 전 교수를 23번째 마지막 대상자로 선정한 것이다. 머뭇거리며 상사의 눈치를 보는 조교를 대신해 이번에는 홍 기자가 직접 그들에게 생일을 물었다.

"심 교수님은 생일이 어떻게 되시죠?"

"저는 1966년 4월 14일생입니다."

"전 교수님은 생일이 어떻게 되시죠?"

"저는 1976년 6월 2일입니다."

"두 분의 생일은 일치하지 않는군요. 하지만 다른 분들이 아직 많이 남아 있으니 실망하지 마시고 결과를 확인해 보시지요."

홍 기자가 조교에게 지시를 내리자 자리를 옮겨 설치된 대형 전광판에 한 명씩 순서대로 생일이 입력되었다. 큰 소리와 탄식이 이곳저곳에서 두서없이 터졌고 결국 심 교수가 두 번째 판에서도 승리를 거머쥐었다. 23명 중 같은 생일을 공유하는 사람이 이번에도 없는 것이다. 3전 2선승제에서 심 교수가 먼저 2승을 얻어 최종 우승자가 되었으니 다음 장소인 이태원으로 이동할 필요도 없어졌다. 고려대 응원단에서는 팡파르가 울려 퍼졌고 연세대 응원단에서는 이건 주최 측의 더러운 야로가 있을 것이라며 작은 소동을 벌였다. 전 교수는 넋이 나간 사람처럼 그저 이 사태를 멍하니 바라보고만 있었고 함께 따라온 두 명의 대학원생들은 안절부절못하며 울상을 지었다. 엿새 후에 전 교수는 약속대로 수리통계학회 간행물에 사과문을 냈고 소속 대학에 자필이 들어간 사직서를 제출한 후 대중의 관심으로부터 조용히 멀어져 갔다. 반면, 심 교수는 오랫동안 간절히 기다린 고려대 수학과 학과장으로 승진했다. 두 교수의 자존심을 건 내기는 이렇게 마무리되는 듯 보였다. 이 모든 것이 이제는 도저히 되살릴 수 없는 기억의 얼룩 속으로 희미하게 사라져 갔기 때문이다.

이 사건이 다시 대중의 관심을 끌게 된 것은 그로부터 일 년이 지난 시점이었다. 사람들이 자살한 전 교수를 발견한 것이다. 전 교수는 목이 부러져 아파트 화단 바닥에 누워 있었고 피투성이가 된 몸뚱이 곁엔 알 수 없는 숫자들이 가득 적힌 노트가 놓여 있었다. 하지만 언론이 주목한 것은 얼굴이었는데 전 교수가 도무지 이해할 수 없다는 표정으로 죽어 있었기 때문이다. 슬픈 소식을 듣게 된 홍 기자는 고인의 명복을 비는 짧은 묵념 후 자살의 발단이 된 과거를 회상했다. 만약 그때 홍대에서 같은 생일이 나왔다면 이태원에서는 어떤 결말이 두 교수를 기다리고 있었을까? 하지만 부질없는 짓이었다. 그 누구도 시간을 되돌릴 수 없기 때문이다. 사건 이후 연락이 뜸한 심 교수의 근황이 갑자기 궁금해진 그는 고려대 수학과 홈페이지에 접속했다. 학과 소개란에는 "화가의 색상과 시인의 단어가 그렇듯이, 수학자가 다루는 패턴도 아름다워야 한다. 올바른 수학 이론을 걸러 내는 첫 번째 기준은 아름다움이다. 너저분한 수학이 설 자리는 어디에도 없다."라는 영국 수학자 하디의 명언이 실려 있었고 교수진 소개란에는 대문짝만하게 심 교수의 사진이 걸려 있었다. 아래에는 학과장이라는 멋진 직함과 함께 '자랑스러운 동문인 상'을 수상했다는 기록도 적혀 있었다. 그리고 유명세 탓에 수업은 그만두었고 주로 개인적 연구와 대학원생 지도에 많은 시간을 할애하고 있다는 최근 동정이 소개되어 있었다. 무심코 인적 사항을 살피던 그가 생년월일에 눈길이 간 것은 우연을 가장한 필연이었다. 심 교수의 생일은 1966년 4월 14일로 일 년 전에 들은 그대로였다. 하지만 그 옆에는 괄호를 치고 '(음)'이라는 표시가 되어 있었다. 한국인이라면 그 표시가 무엇을 뜻하는지 말 안 해도 다 안다. 나이가 지긋한 분 중에는 아직도 음력 생일을 지내는 사람이 많기 때문이다. 호기심을 느낀 그는 네이버 음력-양력 변환기에 해당 날짜를 입력했고 양력 1966년 6월 2일이라는 결과를 얻을 수 있었다. 아뿔싸! 이제는 고인이 된 전 교수의 생일이 1976년 6월 2일이었다. 두 교수는 6월 2일이라는 같은 생일을 공유하고 있었다. 취재하러 간다며 급하게 신문사를 나온 홍 기자는 즉시 한강 고수부지로 차를 몰았다. 그리고 한강을 하루 종일 뛰었다. 누구든 헐떡이게 되면 우울함이나 슬픔을 느낄 여유가 없다는 것을 그는 누구보다 잘 알고 있었다.

※ 작가 노트

'생일 패러독스(Birthday Paradox)'에 관한 글을 읽고 통계와 SF를 접목하는 것도 꽤 괜찮을 것 같다는 생각이 들었다. 만약 한 방에 57명이 있다면 그들 중 생일이 똑같은 사람이 있을 확률이 99%에 달한다고 하니 무척 놀라운 사실이다.

미스 정의 은밀한 비밀

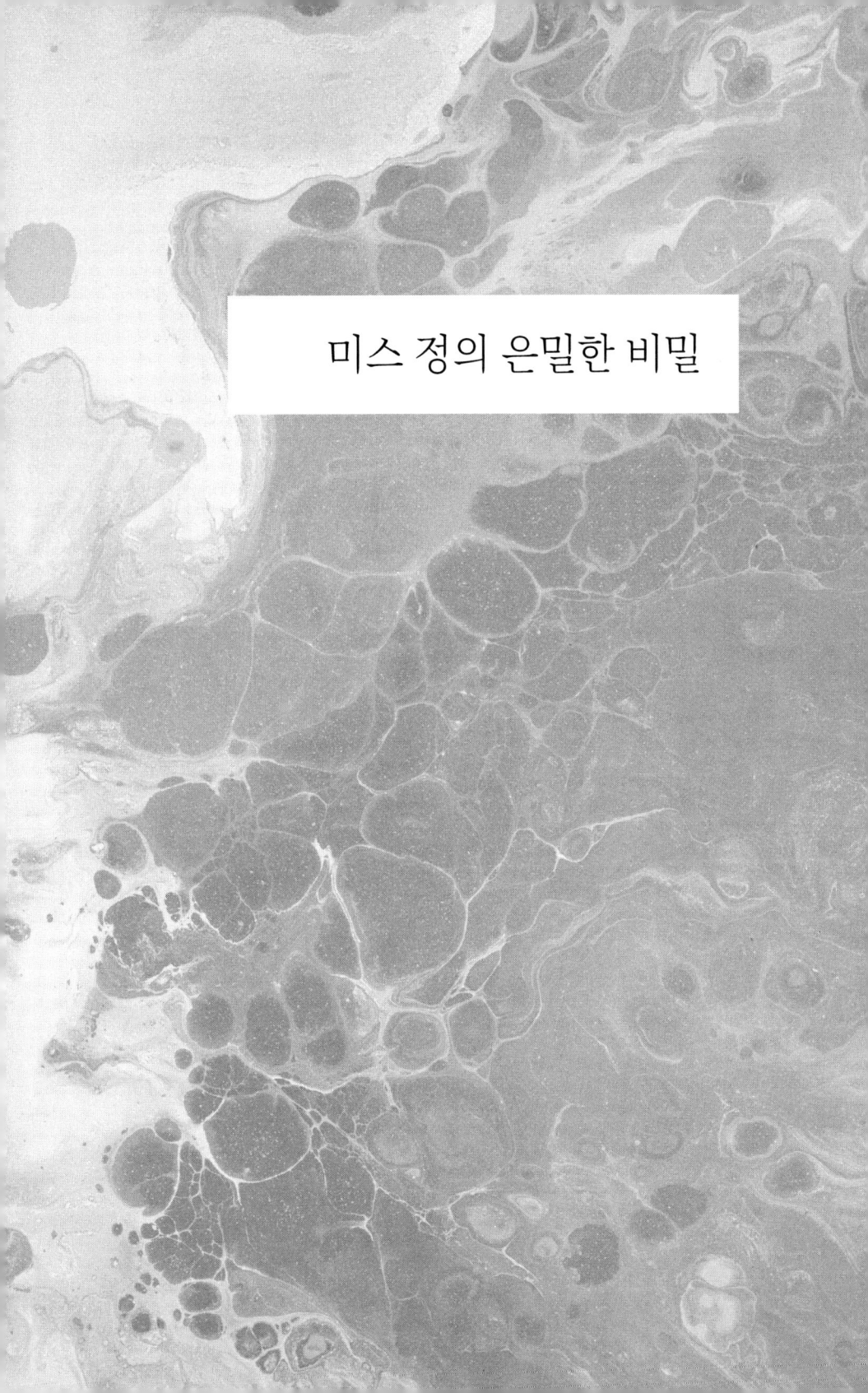

그 해괴한 사건이 한반도에 발생한 것은 선선한 바람이 불어오는 평범한 늦가을 오후였다. 가정주부들이 저녁 식사를 준비하기 위해 부엌으로 막 일어서려는 때에 갑자기 하늘에서 밝은 섬광과 함께 '휘휘' 하는 엄청난 굉음이 울려 퍼진 것이다. 대부분의 사람들은 비도 내리지 않는데 웬 천둥과 번개인가 하며 뜬금없다고 했다. 방송을 통해 나중에 알려진 바에 의하면 나사(NASA)에서도 미처 파악하지 못한 유성이 북한과 남한을 지나 태평양에 떨어진 것이다. 한 가지 특이한 점은 유성이 지나간 후 한반도의 하늘이 서너 시간 분홍색을 띠었다는 것이다. 평생 처음 보는 분홍색 하늘을 사람들은 넋을 놓고 바라보았고 그날 밤 한반도 거주민들은 마치 신열을 앓는 것처럼 비 오듯 땀을 흘렸다. 그리고 밤새 고생한 대가로 초능력을 한 가지씩 얻을 수 있었다. 이 현상을 두고 전 세계의 석학들이 모여 토론을 벌였는데 판스퍼미아(Panspermia) 이론을 내세우는 과학자들이 유리한 고지를 점했다. 지구의 생명은 우주로부터 왔으며 유성에 실려 온 바이러스가 한반도에 떨어짐으로써 이런 현상이 발생한 것이라고 주장했다. 대기가 임시로 분홍색을 띤 것은 현대 과학으로는 실체를 밝힐 수 없는 '핑크 바이러스'에 기인한 것으로 이런 현상이 우연히 발생한 것인지 아니면 과학이 고도로 발달된 외계 첨단 문명이 의도한 것인지는 추가 연구가 필요하다며 사족을 달았다. 한반도의 거주민들이 보통의 호모 사피엔스를 뛰어넘는 초능력을 하나씩 갖게 되자 불안을 느낀 나머지 국가의 사람들은 자기들끼리 단합하기 시작했고 결국 남북한은 국제 사회에서 '왕따'가 되었다. '만약 외계인의 위협이 나타난다면 지구인들은 종교, 사상, 민족, 경제적 불평등을 떠나 현재의 모든 싸움을 종료하고 단합해 외계인에게 대항할 것'이라는 미국의 40대 대통령 로널드 레이건의 과거 유엔(UN) 연설에 얼추 들어맞는 사례가 발생한 것이다. 다만, 그 대상이 난폭한 외계인이 아닌 한반도에 거주하는 과거 동료들이었다는 점만 빼면 말이다. 한반도 거주민이 얻은 초능력은 하찮은 경우가 대부분이었다. 그러나 흥미 위주의 소재를 다루는 타블로이드 언론은 이를 크게 부풀려 호기심에 빠진 독자들로부터 막대한 돈을 거두어들였다. 예를 들면 어떤 이는 말 또는 생각을 먼 거리에 있는 다른 사람에게 전달할 수 있는 텔레파시 초능력을 얻었는데 이는 아무짝에도 쓸모가 없었다. 왜 그러냐 하면 수십억 명이 이미 핸드폰을 사용하고 있었기 때문이다. 어떤 이는 손가락을 튕겨 불꽃을 만들어 내는 초능력을 얻었는데 라이터나 성냥을 대신 사용하면 되었고 만약 담배 애호가가 아니라면 이마저 아무런 쓸모가 없었다. 어떤 이는 물 위를 걷는 능력을 얻었는데 튼튼히 설치되어 있는 다리를 자동차로 건너는 것이 강이나 바다를 두 발로 건너는 것보다 훨씬 안락하고 빨랐다. 어떤 이는 멀리 있는 것을 볼 수 있는 천리안을 얻었는데 이는 필요할 경우 망원경을 사용하면 그만이고 사실 일상에서 멀리 있는 것을 꼭 봐야만 할 경우는 거의 발생하지 않았다. 반대로 어떤 이는 작은 것을 크게 볼 수 있는 현미안(顯微眼)을 얻었는데 이 또한 현미경으로 대체가 가능한 것이었다. 어떤 이는 사람의 몸을 투시하는 초능력을 얻었는데 병원 방사선과 의사가 아니면 그다지 필요가 없었고 오히려 시도 때도 없이 사람의 내부 장기가 눈에 어른거리는 바람에 식욕을 잃는 부작용이 발생했다. 겉으로 보기에는 그럴듯해 보이지만 현실에서 아무런 가치를 찾을 수 없는 초능력은 먼 거리를 빠르게 이동할 수 있는 축지법이었다. 왜 그러냐 하면 마치 유성이 대기권을 빠르게 이동할 때 불이 나는 것처럼 축지법을 사용해 날쌔게 장소를 옮기는 경우 옷과 소지품에서 화재가 발생했기 때문이다. 따라서 축지법을 사용해 이동했을 때는 도착지에서 불탄 옷을 대신할 새 옷을 구매해야만 했고 게다가 더욱 기겁할 사실은 영화 「터미네이터」의 주인공처럼 벌거벗은 상태로 상점까지 걸어가야만 한다는 것이었다. 결국 축지법 초능력자들도 안전하고 저렴한 고속버스나 KTX를 주로 이용했으며 나체로 돌아다니면서 감수했던 경범죄 벌금에서 벗어날 수 있었다.

모두가 하찮은 초능력을 얻은 것은 아니었다. 일부는 물건을 자유자재로 움직일 수 있는 염력이나 아픈 사람을 치료할 수 있는 힐링 초능력을 얻어 아주 유용하게 활용하기도 했고 바퀴벌레, 파리나 모기 등의 벌레를 마음대로 조종할 수 있는 초능력을 얻은 오십 대 남성은 해충 박멸 회사를 창업해 두둑한 돈을 벌어들이기도 했다. 이따금씩 주인의 의사도 묻지 않고 삶이 제멋대로 방향을 틀어 버리는 것처럼 한반도 거주민에게 초능력이 공짜로 주어지는 사건으로 인생이 백팔십도 뒤바뀐 경우도 존재했다. 대표적인 사례는 현재 국정원에서 2급 단장으로 근무하는 조 씨의 경우가 그랬다. 사건 발생 전 그는 어딘가 나사가 하나 빠진 듯한 성격의 제약 회사 영업 사원이었다. 그 제약 회사에는 능력이 탁월하고 앞으로 간부로 성장하기를 원하는 직원은 대형 병원 담당을, 그와 반대로 소모품으로 쓰다 버릴 직원은 조그만 동네 약국 영업을 맡기는 오래된 관습이 있었다. 그는 입사 후 줄곧 동네 약국 영업팀에 소속되어 있었고 명함에는 대리라고 그럴듯하게 적혀 있었으나 이는 사외용으로 부풀려진 직급으로 사내에서는 그를 조 대리가 아닌 '조 씨'라고 불렀다. 기형적으로 짧은 팔다리와 긴 몸통을 가진 바다표범 손발증 환자를 닮은 외모 탓에 30대 후반의 나이임에도 불구하고 연애 한번 제대로 해 보지 못했다. 그는 사내에 구조 조정 소문이라도 날 때면 항상 일순위 대상자로 논의되었다. 그럼에도 불구하고 선택할 수 있는 다른 길이 없었기에 그는 알면서도 모르는 척하며 매일 회사로 출근했다. 자신만의 견해나 관점이 항상 불분명한 그가 유일하게 주장하는 것이 있었는데 '신이 있는지 없는지 인간은 알 수 없다'라는 불가지론이었다. 무신론(無神論)과 어떻게 다르냐고 사람들이 물어보면 '신은 없다'라는 것과는 명백히 차이가 있으며, 자극적인 내용으로 독자의 조회수를 통해 돈을 버는 유명 음모론자 유튜버의 논리를 떠들어 댔다. 세상일은 아무도 모른다고 하더니 때때로 신(神)은 휴지가 필요한 사람에게 밧줄을 던져준다. 하늘이 분홍색으로 변한 다음 날 그가 얻은 초능력은 12시간 앞의 미래를 내다볼 수 있는 예지력이었다. 한국 전쟁 이후 남한과 북한은 서로를 못 잡아먹어 안달하고 있었다. 대규모 전면전은 없었으나 소규모 국지전은 여전히 발발하고 있었고 예지력 초능력자를 가진 쪽이 당연히 유리했다. 적의 공격을 미리 파악해 대비할 수 있었기 때문이다. 조 씨의 예지력을 파악한 국정원이 2급 단장의 높은 직책과, 통장을 촉촉이 적실 수 있는 넉넉한 연봉을 주겠다며 유혹했다. 그는 처음에는 제안을 거절했다. 왜 그러냐 하면 평생 별 볼 일 없이 산 그에게 쏟아지는 대중의 관심이 어색했을 뿐더러 그가 외모 콤플렉스를 지녔기 때문이었다. 하지만 끈질긴 국정원의 구애와 대한민국 최고의 성형외과 의사로 구성된 전담팀을 제공하겠다는 약속을 받아 낸 후 마지못해 승낙했다. 그는 두 어깨에 남한을 짊어지는 국민들의 희망으로 우뚝 섰고 아름다운 여성들로부터 야릇한 눈길을 받았으며 이제는 신의 존재를 굳게 믿는 유신론자가 되었다. 이제 사람들은 그를 조 단장이라고 높여 불렀다. 한때 남한에는 '잉글리쉬 디바이드(English divide)'라는 말이 유행했는데 그 뜻은 개인의 영어 실력 차이로 인해 사회 경제적 격차가 발생한다는 것이다. 한마디로 말하면 영어를 잘하는 사람은 좋은 직장과 이상적인 배우자 그리고 부(副)를 움켜잡을 기회를 넉넉히 가질 수 있지만 반대로 영어를 못하는 경우 가난하고 힘들게 살 확률이 높다는 말이다. 이에 영향을 받아 어떤 초능력자인지에 따라 삶의 격차가 발생하는 '슈퍼파워 디바이드(Superpower divide)'라는 신조어가 생겨났다. 조 단장처럼 아주 유용한 초능력을 얻은 덕분에 신분 상승이 이루어진 사람이 있는가 하면 물 위를 걷는 것과 같이 아무짝에도 쓸모없는 초능력을 거둔 경우에는 삶에 전혀 도움을 주지 못했다. 즉, 부여받은 초능력의 가치에 따라 개인의 사회 경제적 격차가 발생하는 것이다. 남한에서 '슈퍼파워 디바이드'가 생기거나 말거나 북한은 계속 휴전선 부근에서 국지전을 일으켰다. 한 번은 전통적인 전차와 야포 같은 재래식 무기로, 한 번은 초능력자 군단을 이용한 최첨단 공격으로 시도되었다. 그러나 두 번 모두 경미한 피해만 주었는데 그 이유는 남한에 조 단장이 있었기 때문이다. 12시간 전에 미리 북한의 공격을 예측하고 최전방 군 수뇌부에 해당 사실을 통보해 철통 방어가 가능했기 때문이다. 북한에는 조 단장과 같은 예지력을 가진 초능력자가 없었다. 만약 전쟁이 발생한다면 남한이 유리할 것은 불 보듯 뻔한 이치였다. 하지만 북한이 어떤 집단인가? 끈질기고 고집 센, 포기를 모르는 당나귀 같은 집단이 아닌가? 국지전에서 번번이 패배하자 북한 국가안전보위부는 원인을 분석했고 남한에서 암약 중인 간첩을 통해 조 단장의 존재를 파악했다. 패배의 원인을 제거하기로 마음먹은 북한은 고도로 훈련된 암살팀을 서울에 은밀히 잠입시켰다.

경기도 과천에서 서울로 진입하는 남태령 고개는 항상 행인이 적고 한산했다. 고개가 워낙 가파르기도 하거니와 도로 양쪽에 주택지나 근린 생활 시설이 없어 사람들이 돌아다닐 이유가 없었기 때문이다. 남들의 눈에 띄지 않게 준비할 수 있다는 합리적인 이유로 암살팀이 조 단장을 노린 곳이 바로 남태령 고개였다. 그들은 조 단장이 과천 정부 청사에서 업무를 마친 후 오후 늦게 서울로 복귀하는 일정을 적지 않은 돈을 써서 알아냈고 이동 차량을 공격하기 위해 폭약과 자동 화기, 심지어 휴대용 대전차 로켓포인 바주카포도 준비했다. 하지만 모든 준비를 마치고 조 단장을 기다리던 암살팀이 마주한 것은 국정원의 대테러 부대였다. 이런 상황을 미리 알고 있었다는 듯 철저히 준비된 대테러 부대는 한 명도 놓치지 않고 암살팀 전원을 현장에서 사살했다. 조 단장의 예지력이 승리하는 순간이었다. 사람은 아주 가끔 스스로 빛을 낸다고 하는데 그의 초능력은 자주 밝게 빛났다. 남태령 고개 사건 이후로 성가시다며 반대하는 그의 의견을 묵살하고 국정원은 사람의 마음을 읽을 수 있는 독심술 초능력자를 경호원으로 배치했다. 그에게 가까이 다가오는 사람들의 속마음을 읽어 혹시 모를 암살에 대처하기 위함이었다. 반면, 북한 국가안전보위부는 뼈아픈 실패를 인정하고 초능력자로 구성된 정예 암살 2팀 요원들을 38선 밑으로 몰래 파 놓았던 땅굴을 이용해 남한으로 긴급히 파견했다. 숨통을 조이는 순간 어느 한 곳이 짓무르기 시작하는 것처럼 암살 2팀은 조 단장의 빈틈을 찾기 위해 압박 전술을 사용했다. 그가 자주 저녁을 먹는다는 공덕동 로터리 돼지 껍데기 집에 늦은 오후부터 포진한 북한 요원들이 기다림에 지쳐 가고 있을 때 남한의 초능력자들이 나타났다. 그리고 남북 초능력자들끼리의 엄청난 전투가 벌어졌다. 모든 것을 얼려 버리는 북 요원의 공격에 남측에서는 모든 것을 녹여 버리는 열 초능력자가 당당히 맞섰고, 시간의 흐름을 느리게 만드는 북 요원의 공격에 남측에서는 시간이 빠르게 흘러가도록 조작하는 초능력자가 응대했으며, 신체를 마비시키는 독을 뿜어내는 북 요원의 공격에 남측에서는 치료 기술을 가진 힐링 초능력자가 대적했다. 목숨을 건 전투는 치열했으나 시간이 흐를수록 수에서 밀린 암살 2팀이 불리해졌고 마침내 궁지에 몰린 그들은 어쩔 수 없이 항복을 선택함으로써 자신들의 목숨을 구할 수 있었다. 이번 암살 공격도 조 단장의 예지력을 통해 남한에서는 미리 알고 있었다. 미래를 볼 수 있는 사람을 살해한다는 것은 본인이 받아들이지 않는 한 불가능한 것으로 판명되었고 그는 무적으로 여겨졌다. 두 번의 암살 실패 후 북한은 국지전을 포함해 모든 도발을 멈추었고 양국은 오랫동안 평화를 만끽했다. 이제는 국민의 영웅으로 떠오른 그는 대중의 환호와 관심을 즐겼고 하나님께 선택받은 엘리트라는 자만심을 품게 되었다. 비록 12시간 전이라고는 하지만 미래를 볼 수 있는 사람에게 어떻게 해를 끼칠 수 있겠는가? 그는 술과 파티를 즐겼고 과거 모태 솔로의 우울한 삶을 보상이라도 하듯 매력적인 여성들과 밀회를 즐겼다.

조 단장이 미스 정을 처음 만난 건 추위가 한참 맹위를 떨치는 1월 말이었다. 북한과의 암묵적 평화로 무료하게 하루를 보낸 그가 술 한잔 하려고 들른 삼성동 인터컨티넨탈 호텔 스카이라운지에서 훤칠한 키에 매력적인 미소를 지닌 그녀에게 첫눈에 반한 것이다. 과거 같으면 괴상한 외모와 빈약한 자신감에 언감생심 그저 군침만 흘리며 포기했을 것이지만 국민 영웅으로 등극한 현재는 거칠 것이 없었다. 그러나 혹시나 하는 노파심에 독심술 초능력을 가진 경호원에게 그녀의 마음을 읽어 보라고 지시했다. 유부녀일 수도 있고 돈을 노리고 접근하는 소위 꽃뱀일 수도 있지 않은가? 경호원은 그녀 주변을 어슬렁거리며 마음을 읽으려 노력했으나 아무것도 읽을 수가 없었다. 경호원은 토끼 눈을 뜨고 어쩔 줄 몰라 했다. 왜 그러냐 하면 이런 경우가 단 한 번도 없었기 때문이다. 잠시 후 조 단장 곁으로 돌아온 경호원은 때로는 침묵이 완벽한 답이라는 생각과 직장을 잃을지도 모른다는 두려움에 입을 꽉 다물었다. 이미 취기가 오른 그는 경호원의 침묵을 긍정적 신호로 해석했고 용기 있게 자리를 털고 일어나 미스 정에게 다가갔다. 둘의 대화는 시작부터 부드럽게 흘러갔다. 그녀는 미국 서북부 시애틀에 거주하는 재미 교포로 IT 기업에서 홍보를 담당하고 있으며 친척 동생의 결혼식 참석을 위해 잠시 한국을 방문했다고 밝혔다. 그녀의 억양이 어딘지 모르게 강원도 사투리처럼 드세게 느껴졌지만 그게 뭐 큰 흠집도 아니고 어려서부터 외국에서 살았으니 그럴 수도 있겠다 싶었다. 그녀의 말수가 유독 적은 것은 익숙하지 않은 한국어 때문이며 그것이 보통의 수다쟁이 여자들보다는 백배는 낫다고 생각했다. 혹시 초능력을 가졌는지 물어보니 한반도의 하늘이 분홍색으로 변한 날 그녀는 미국에 있었고 나중에 아이를 잘 키우는 초능력을 얻고 싶다고 덧붙였다. 조 단장은 사랑에 빠졌다. 외모, 성격, 가치관이 완벽한 평생의 반려자를 찾았다며 내심 쾌재를 불렀다. 어느 정도 분위기가 무르익자 다가오는 주말에 특별한 약속이 있는지 물었고 그녀는 스키를 즐기기 위해 당일치기로 강원도 문막에 갈 예정이라고 말했다. 시애틀에서는 근교의 레이니어산으로 친구들과 자주 스키 여행을 하곤 했으나 한국에는 마땅한 친구가 없어 홀로 간다는 사족을 덧붙였다. 빙고! 이보다 더 좋을 수는 없었다. 그는 자신의 유명세를 이용해 비밀이 보장되는 스키장 내부의 최고급 콘도를 예약했고 일박 이 일간 동행하고 싶다는 마음을 넌지시 알렸다. 그녀는 즉시 긍정적인 답변을 했고 아메리칸 스타일은 확실히 다르다며 그는 놀라워했다. 사실 통나무 같은 몸통과 짧은 팔다리는 스키를 즐기기에 적합한 신체구조가 아니었고 심지어 가난한 청춘 시절로 말미암아 타 본 적도 없었다. 하지만 그런 사소한 것들은 전혀 문제가 되지 않았다. 사랑에 빠진 그에게 미스 정과 함께하는 시간 말고 세상에서 더 중요한 일은 없었으며 혹시 방해될지 몰라 독심술을 가진 경호원에게 선심 쓰듯 휴가를 다녀오라고 지시했다. 그의 마음 한구석에는 미래를 볼 수 있는 자신을 누가 감히 암살할 수 있겠는가 하는 여유가 자리 잡고 있었다. 토요일 정오 두 사람은 높은 산으로 둘러싸인 상당히 외진 지역에 자리 잡은 문막 오크밸리 스키장에 도착했다. 그녀는 다양한 경사도의 슬로프를 즐겼고 스키를 탈 줄 모르는 그는 대낮부터 고가의 와인을 마시며 몸에 딱 달라붙는 스키복을 입고 눈밭을 서성거리는 여성들의 몸매를 감상했다. 저녁 슬로프 운영이 종료되고 벙커처럼 철저한 보안을 갖춘 콘도로 복귀한 그들은 밤새 술을 마시며 은밀한 사랑을 나누었다. 다음 날 조 단장은 지난밤의 뜨거운 열정에도 불구하고 숙취와 공복감을 느끼며 아침 일찍 잠에서 깼다. 양치질을 마친 그는 두껍게 드리워진 거실의 커튼을 열어 스키장의 경치를 감상하려고 했다. 그러자 어느새 거실로 나온 그녀가 가벼운 입맞춤을 하고는 자신에게 집중하라며 핀잔을 주었다. 그가 리모컨을 들어 TV를 작동시키려고 하자 이번에는 아침 식사 준비를 도와 달라며 투정을 부렸다.

사랑하는 사람을 위해 그 정도는 언제든 도와줄 의향이 있다며 그는 부엌으로 자리를 옮겨 그녀를 도왔다. 아침 식사를 마치고 그녀는 설거지를 시작했고 그는 행복한 일박 이 일 여행을 마무리하기 위해 짐을 꾸렸다. 그가 처음으로 이상한 낌새를 눈치챈 건 바로 이때였다. 아무리 찾아봐도 핸드폰이 보이지 않았기 때문이다. 혹시 어제 눈밭에서 실수로 떨어뜨린 것은 아닐까 하는 의심과 그와 연락할 수 없어 몸 달아 할 충직한 경호원의 모습이 연상되었다. 하지만 특별한 일은 없을 것이다. 만약 평소와 다른 일이 발생했다면 예지력을 통해 미리 상황을 파악했을 것이기 때문이다. 그는 두꺼운 커튼을 걷고 거실 통유리를 통해 스키장 경치를 감상했다. 하얀 눈밭은 아침 햇살을 받아 더욱 눈부시게 빛나고 있었다. 잠시 백색의 세계를 둘러보다가 그는 한 가지 더 이상한 점을 발견했는데 사람들로 한창 붐빌 시간의 슬로프에 스키를 타는 사람이 없었기 때문이다. 손님뿐 아니라 이용객 안전을 위해 필수로 근무하는 직원조차 보이지 않았다. 희한하다는 생각에 설거지를 마무리한 그녀에게 무엇인가 이상한 일이 밖에서 벌어지고 있다며 혹시 이에 대해 아는 것이 있는지 물었다. 그녀는 미심쩍은 미소만 지을 뿐 대답이 없었다. 조 단장은 질문에 대해 지키는 침묵은 대체로 긍정을 뜻한다는 것을 인색한 제약 회사 영업을 통해 누구보다도 잘 알고 있었다. 그가 그녀의 두 손을 잡고 알고 있는 사실에 대해 말해 달라고 거듭 요청했다. 그제야 미스 정은 드센 강원도 억양이 아닌 함경도 사투리로 놀라운 이야기를 털어놓았다. 그녀는 북한 국가안전보위부 요원이며 어렸을 때 외교관 아버지를 따라 미국에서 생활한 탓에 영어에 익숙하다는 것과 금일 새벽 4시에 전면적인 침공이 이루어졌고 이미 남한 주요 도시 대부분의 점령이 끝났을 거라며 TV 리모컨을 건넸다. TV 속에서는 불바다가 된 서울, 수원, 대전, 부산, 광주 등의 도시들과 민간인 사상자의 끊임없는 절규가 흘러나왔다. 조 단장의 경고 시스템을 철석같이 믿고 있었던 남한은 불의의 기습에 어찌할 바를 모르고 허둥거렸고 모든 지역에서 밀리고 있었다. 그는 느닷없이 비릿한 냄새를 맡았다. 불행에서 난다는 바로 그 비릿한 냄새였다. 지난밤 과음을 했더라도 예지력으로 이런 상황을 미리 파악하지 못했을 리가 없다며 절망의 눈물을 흘리고 있을 때 이제는 익숙해진 함경도 사투리로 그녀가 조용히 속삭였다.

"동무, 미안합니다. 미리 알려 주지 못해서. 하지만 임무는 임무니까요. 앞으로 동무는 위대한 조선 민주주의 인민 공화국을 위해 일하게 될 겁니다. 영하 40도의 화씨(℉)와 섭씨(℃)가 똑같은 것처럼 새로운 조국에서 동등한 역할을 맡게 될 겁니다. 너무 자책하지 마시오. 사실 한반도 하늘이 분홍색으로 변한 날 나는 미국이 아닌 북한에 있었습니다. 그리고 별것 아닌 능력을 얻었어요. 저는 반(反)초능력자입니다. 주변의 모든 초능력을 무력화시키는…."

※ 작가 노트

6.25 전쟁의 휴전 협정(1953년)이 체결된 후 70년이 흘렀다. 머지않아 같은 민족이라는 그루터기조차 죽게 되는 날이 오는 것은 아닌지 걱정된다. 평화로운 한반도에서 후손들이 살아가려면 얼마나 더 많은 세월을 기다려야 할까?

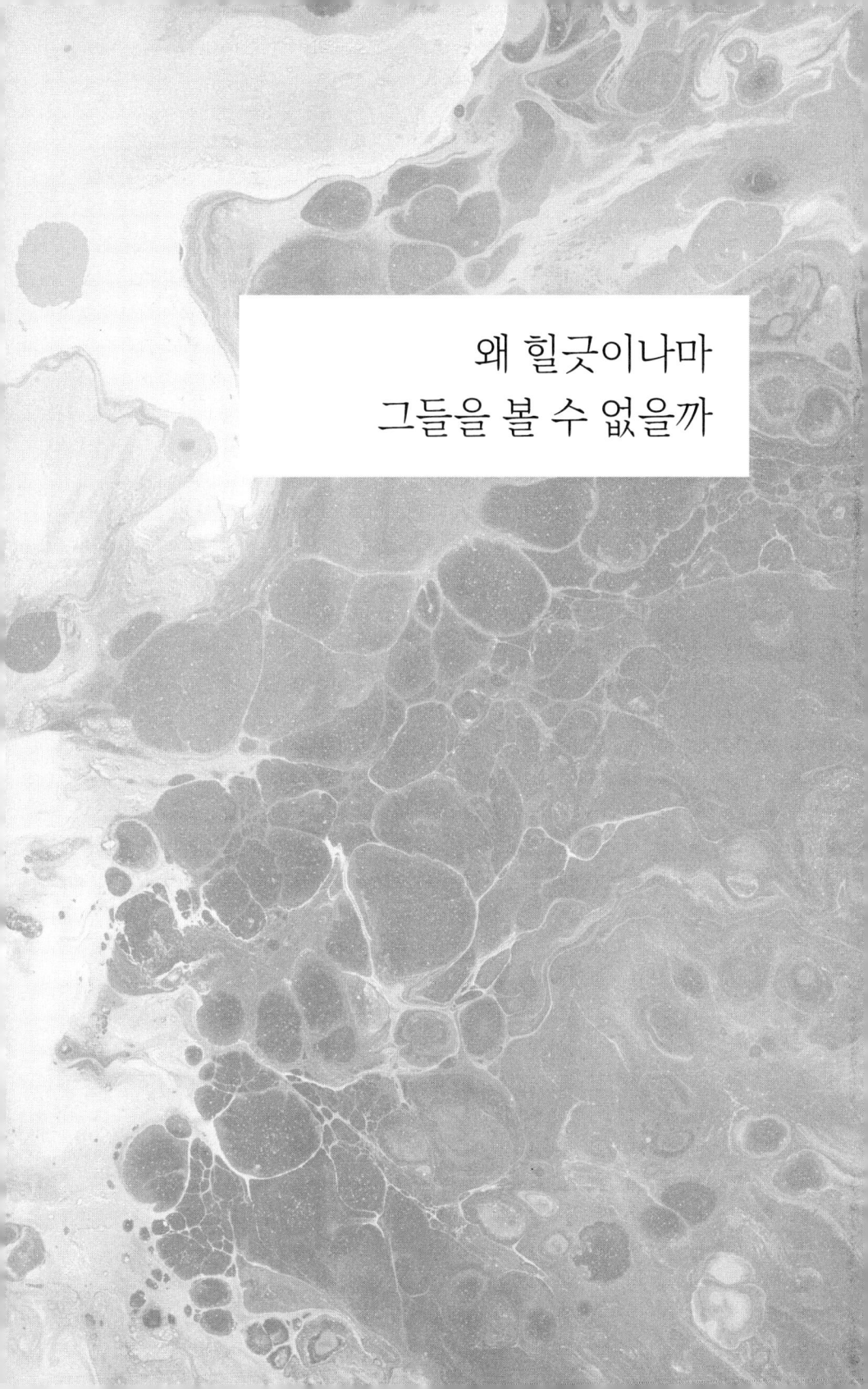

왜 힐긋이나마
그들을 볼 수 없을까

신림동 5층 빌라 옥탑방에서 김 과장은 깊은 한숨을 쉬며 핸드폰을 만지작거리고 있었다. 그는 한때는 삶을 극적으로 변화시킬 황금알을 낳는 거위처럼 생각했던 코인의 상장 폐지 뉴스를 읽고 있었다. 이미 몇 주 전부터 비트코인으로 대표되는 가상 화폐 업계에서 시나브로 퍼진 소문이었으니 급작스럽지는 않았으나 그렇다고 우울한 마음이 드는 것은 어쩔 수 없었다. 가상 화폐라는 신세계를 발견한 그는 대박이라는 희망에 부풀어 입는 것 못 입고 먹는 것 못 먹으며 악착같이 모은 예금과 추가로 은행 대출을 통해 마련한 거액을 투자했다. 하지만 블록체인 기반이라는 가상 화폐의 가치는 날이 갈수록 하락했고 그는 투자한 금액이 한여름에 아이스크림 녹듯 사라지는 것을 그저 멍하니 바라볼 수밖에 없었다. 손실에도 불구하고 그가 끝까지 매도하지 않고 버틴 이유는 신기술에 대한 확고한 믿음 때문이라기보다는, 자신의 어리석음을 인정하고 싶지 않아서였다. 하지만 시장은 냉정했고 김 과장이 그러거나 말거나 투자한 코인은 상장 폐지가 되었다. 혹시나 하늘에서 동아줄을 내려 줄지도 모른다는 허망한 바람으로 마지막까지 버틴 그는 한 푼도 건질 수 없었다. 사실 그는 위험한 투자보다는 안전한 은행 예금에 더 관심이 많은 평범한 직장인이었다. 지방 국립대 회계학과를 졸업한 그는 중소기업에 취직했다. 예금자보호법의 적용을 받는 은행만큼 믿을 만한 금융기관은 없다며 월급을 아껴 한 푼 두 푼 돈을 모았다. 그러던 그가 코인 투자에 관심을 가지기 시작한 것은 다른 사람의 말에 잘 흔들리는 사장의 팔랑귀 때문이었다. 지역 상공회의소에서 주최하는 중소기업인 간담회를 다녀온 사장이 누구한테 들었는지는 알 수 없으나 다른 회사들은 한 달의 매출과 비용을 결산하는 월 결산을 다음 달 5일까지 완료한 후 최고경영자에게 보고한다며 불만 섞인 목소리로 이야기를 시작했다. 다음 달 10일이 되고 나서야 겨우 월 결산을 보고하는 김 과장의 굼벵이 같은 업무는 이해관계자들에게 회사의 정확한 정보를 신속하게 제공해야 한다는 회계의 순기능에 반하는 것이며 업무상 배임을 능가하는 아주 질 나쁜 중간관리자의 행태라고 목청을 높였다. 사장의 비난 후 김 과장은 현실을 직시하자며 자신의 직속 상사인 회계 팀장을 설득하려고 노력했다. 한 달 매출의 입력은 영업팀이 담당하는데 다음 달 5일까지 그것을 마무리해 줄 리가 만무하고 부가세 신고도 깜빡 잊고 나중에 가져오는 비용 전표 때문에 매번 수정신고를 해야만 하는 판국에 직원들이 제출 일정을 앞으로 당긴다고 고분고분 따라와 줄 것 같지 않다고 보고했다. 게다가 설치된 지 이십 년도 더 지난 구닥다리 회계 시스템의 업그레이드가 필요하고 비용 문제로 이것이 불가능하다면 최소한 인력 보강이라도 해 달라고 간청했다. 하지만 제조원가와 매출원가를 구분하지 못하는 동양미술을 전공한 사장의 막내 처남인 회계팀장은 합리적이고 효율적으로 일 처리를 하라는 공허한 말만 남긴 채 모든 책임을 그에게 떠넘겼다. 털털한 성격만큼이나 뱃살이 넉넉한 그도 이를 감당할 수 없었고 인색한 현실에서 벗어나고자 선택한 것이 인터넷에 성공담으로 넘치는 코인 투자였다. 결과는 모두가 알고 있듯이 망해 가는 쪽으로 흘러갔고 대출금을 제때 갚지 못하자 월급을 압류한다는 법원의 추심명령서가 회사에 도착했다. 야속한 인사팀은 사내 이메일로 해당 사실을 냉랭하게 통보했고 법이 정한 급여의 일부만을 지급했다. 하지만 이것도 오래가지 못했다. 사장의 폭언과 동료들의 따가운 시선을 더 이상 버티지 못하고 그는 약간의 위로금을 받는 조건으로 권고사직을 당해 회사를 떠났다. 실업급여를 받으며 근근이 살던 그는 대출금 미납으로 결국 신용불량자로 등재되었고 한때는 자신의 모든 것이었던 코인의 상장 폐지 뉴스를 곰팡이 가득한 옥탑방에서 초점 없는 눈으로 읽고 있었다. 사실 그는 회계를 업(業)으로 살아가는 사람들이 일반적으로 갖추고 있는 생각을 일목요연하게 정리하는 소위 '캐비닛(Cabinet) 사고'에 익숙하지 않은 괴짜였다. 깐깐하기보다는 오히려 주변에서 사람 좋다는 소리를 자주 들었고 외부 충격에 약한 회복력을 가지고 있었다. 회계보다는 감수성이 예민한 음악 선생님이 어울릴 법한 성격의 소유자였다. 이번 삶은 이렇게 별 볼 일 없이 끝난 것이라고 낙심한 그는 손쉽게 자살하는 방법을 알려 준다는 인터넷 사이트에 접속했고 소주 3병과 일회용 부탄가스를 구매했다. 고통이 적은 일산화탄소 중독으로 생을 마감하려고 계획한 그는 가스가 빠져나가지 못하도록 창문을 스카치테이프로 꼼꼼히 밀봉했다. 단순하고 슬프면서도 가슴 아프고 오래도록 기억되는 자신만의 비극을 써 내려가려는 찰나 뜬금없이 누군가 옥탑방 방문을 노크했다.

"누구세요?" 그가 물었으나 대답은 없었다. 그리고 잠시 뒤 '똑똑' 하는 소리가 다시 들렸다.

"돈 없어서 신문 못 봐요. 자전거 공짜로 준다고 해도 안 봅니다." 여전히 밖은 조용했다.

"불교 믿습니다. 나무아미타불 관세음보살." 인기척만 느껴질 뿐 아무런 반응이 없자 그는 임종의 순간까지 태클이 들어온다고 구시렁거리며 문을 벌컥 열었다. 문 앞에는 옥탑방과는 전혀 어울리지 않는 금발의 파란 눈을 가진 매력적인 백인 여성이 미소 짓고 있었다. '뭐지? 이 상황은?' 그는 갈피를 잡지 못했다. '길을 잃었나? 신림동에 동남아 출신 노동자는 많아도 백인은 드문데? 내가 벌써 부탄가스에 취했나?'라며 그가 현실과 환상 속에서 혼돈을 겪고 있을 때 그녀가 유창한 한국어로 선생님이 학생에게 지시하듯 말했다.

"김 과장. 안으로 들어가요. 긴히 할 이야기가 있어요."

방으로 들어오자마자 그녀는 스카치테이프를 떼고 창문을 활짝 열어 신선한 공기를 순환시켰다. 김 과장은 넋이 나간 듯 그녀의 거침없는 행동을 곁에서 멀뚱히 지켜보았다. 그리고 누추한 옥탑방을 갑작스럽게 방문한 손님을 위해 커피를 끓여 내왔고 잠시 뜸 들인 후 속사포처럼 질문을 퍼부었다.

"누구십니까?"

"저는 '!쿰'이라고 해요." 김 과장은 속으로 생각했다. '이상한 이름이네. 마치 과거 명망가의 집에 딸아이가 죽었는데 예수님이 가서 어린이는 죽은 것이 아니라 자고 있습니다 하고 말하니 사람들이 모두 비웃었는데 예수님이 죽은 딸아이 손을 잡고 탈리다 !쿰 하니 소녀가 즉시 일어나 걸었다는 이야기의 !쿰과 같은 뜻인가? 어느 나라 사람이기에 그런 해괴한 이름을 가지고 있는 것인가?'라고 생각은 했으나 입에서는 전혀 다른 말이 나왔다.

"안녕하세요. '!쿰'님. 그나저나 저에게 무슨 볼일이 있으신가요? 노파심에 말씀드리면 저는 불교 믿습니다." 사실 김 과장은 어릴 때 독실한 기독교인 부모님을 따라 주말 성경 학교를 열심히 다녔다. 하지만 대학생이 된 후 종교로부터 점점 멀어졌다. 초코파이와 선임자의 갈굼을 피해 군대 종교 활동에 잠시 참여했으나 성심은 예전만 못했고 직장인이 된 후 그마저도 깨끗이 잊어버렸다.

"아주 중요한 볼일이 있지요. 지금 김 과장이 자살을 선택함으로써 윤회의 수레바퀴를 거꾸로 돌리려고 하기 때문이지요."

"아니, 그걸 어떻게?"

"사람들은 윤회를 중생이 생사 사계를 돌고 도는 것으로 알고 있어요. 어느 세계에 태어나느냐 하는 것은 과거 자신의 행위와 그 결과인 업(Karma)에 따라 결정된다고 생각해요. 하지만 이는 일부는 맞고 일부는 틀린 이야기예요. 결론만 짧게 말하면 기준 이상의 선업(善業)을 쌓은 사람은 생사 사계를 돌고 도는 것이 아니라 상위 차원으로 승급하게 되어 있어요." 그는 도대체 '!쿰'이 무슨 말을 하는지 감을 잡을 수 없었다.

"저는 4차원에서 온 김 과장의 '또 다른 나'예요." 그는 미친년이 틀림없다고 생각했다. 그것도 신림동 옥탑방을 방문한 금발의 백인 미친년 말이다. 그럼에도 불구하고 왠지 존댓말을 써야 할 것 같은 공경심이 들었다.

"지금은 무척 혼란스럽게 느껴질 거예요. 하지만 잠시 내 이야기를 들어 보면 이해할 수 있을 겁니다."

커피를 내주는 바람에 쓸데없는 대화가 길어질 것 같았다. 그는 자신의 넓은 오지랖을 속으로 후회하며 낯선 방문객의 말에 귀를 기울였다.

"차원에 대해서 이해하기 쉽게 설명할 테니 잘 들으세요. 0차원은 점이에요. 움직일 수 없어요. 1차원은 앞뒤로 그어진 선이에요. 앞뒤 이동이 가능해요. 2차원은 십자로 그어진 선이에요. 앞뒤 좌우로 자리바꿈이 가능해요. 김 과장이 속한 3차원은 2차원의 십자로 그어진 선 위아래로 하나의 선을 더한 곳이에요. 즉, 앞뒤, 좌우, 위아래로 움직임이 가능해요. 3차원은 통상 '공간'이라고 불러요. 제가 속한 4차원은 공간에 시간이라는 하나의 차원을 추가한 곳이에요. 3차원에서의 시간은 과거, 현재, 미래의 정방향으로만 흐르고 사람들은 '지금'이라는 순간에만 존재할 수 있어요. 하지만 4차원에서는 정방향뿐만 아니라 미래, 현재, 과거의 역방향으로 흐르는 것이 가능해요. 따라서 양방향 삶을 살아가는 4차원 주민들은 자신의 출생에서부터 죽음까지 일련의 과정들을 전부 알고 있어요. 그리고 사실 시간은 흐르는 것이 아니에요. 그저 존재하는 거예요."

"제가 회계 전공이라 물리학은 잘 모르지만 그래도 이건 말이 안 되는 것 같습니다. 시간이 흐르는 것이 아니라니 믿을 수 없습니다. 저기 벽에 걸린 시계를 보세요. 초침이 돌아가는 것이 안 보이시나요?"

"당연히 3차원에서의 초침은 앞으로 돌아가지요. 시간이 미래 방향으로 흐르고 있으니까요. 하지만 제가 속한 4차원에서는 역방향 삶을 고른 경우 초침이 뒤로 돌아가요. 그곳에서는 개인 선호에 따라 정방향 또는 역방향 삶이 모두 가능하거든요."

"말도 안 되는 소리 하지 마세요. 그런 건 SF 소설이나 영화에서나 나오는 겁니다."

"잘 생각해 봐요, 김 과장. 앞뒤 좌우로만 움직일 수 있는 2차원 평면에 사는 사람이 3차원 공간을 어떻게 이해할까요? 만약 그들이 위를 올려다본다면 미세하게 잘린 딱 한 면만 보지 않겠어요? 공간이라는 전체를 볼 수 없으니 단면만 보는 것이죠. 마찬가지예요. 3차원 사람이 4차원을 바라보면 정교하게 잘린 딱 한 순간만 보는 것에요. 김 과장이 '지금'이라고 말하는 순간 말이에요. 시간이라는 전체를 볼 수 없으니까 말이죠."

"말은 그럴듯합니다. 하지만 저는 '!쿰'님의 이야기를 믿을 수 없습니다." 그는 목이 타는 듯 커피를 홀짝거린 후 질문을 이어 나갔다.

"그럼 4차원 주민들의 생활은 어떤가요? '!쿰'님이 말씀하신 것처럼 역방향 삶이 가능하다면 말입니다."

"물론 가능해요. 그뿐 아니라 자기가 존재하고 싶은 순간으로 언제나 이동할 수 있어요. 예를 들면 김 과장이 5분짜리 음악을 들을 때 같은 구간을 반복해서 들을 수도 있고 '빨리 감기'를 통해 2분 10초에서 4분 30초로 건너뛸 수도 있고 '되감기'를 통해 다시 1분 30초로 돌아갈 수 있는 것처럼 4차원 주민들에게 선호하는 순간의 반복 재생과 이동은 그리 어려운 일이 아니에요."

"설마요? 만약 그렇다면 개인의 삶은 이미 완성된 심포니처럼 모든 것이 결정되어 있고 사람들은 그 안에서 체스 판의 말처럼 아무런 의식도 없이 시간 속에서 그저 오고 가고 할 뿐이라는 말인데, 그럼 인간의 자유 의지는 어디에 있습니까? 수천 년의 피와 땀과 눈물로 자유, 평등, 인권의 소중한 가치를 만들어 낸 바로 그 자유 의지 말입니다."

"아까도 말했다시피 시간은 흐르는 것이 아니라 그저 존재하는 거예요. 김 과장이 말하는 인간의 자유 의지는 존재하는 시간 속에 이미 녹아 있어요."

"좋습니다. '!쿰'님. 다른 질문을 하나 드리겠습니다. 만약 제가 과거로 가서 결혼하지 않은 할아버지를 죽이면 당장 모순이 발생합니다. 할아버지가 죽었으니 아버지는 물론이고 저도 존재할 수 없는데 어떻게 이 세상에 태어나 시간 여행을 한다는 말입니까? 그렇지 않습니까? 그리고 '!쿰'님이 주장하는 그저 존재하는 시간에도 새로운 사건이 추가됐으니 변화가 생겨야 하지 않을까요?"

"그렇지 않아요. 기존 김 과장의 시간에는 아무런 변화도 없어요. 다만, 시간의 강이 두 줄기로 갈라지게 되어 있어요. 다시 말해서 그와 같이 새로운 사건이 추가된 시간 여행의 경우 시간이 두 가닥으로 진행된다는 뜻이에요. 김 과장이 죽인 사람은 이 세계의 할아버지가 아니라 다른 가닥에 사는 할아버지이지요. 세상은 하나가 아니라 다중우주로 구성되어 있거든요."

"글쎄요. 만약 과거로 돌아갈 수 있다면 세상에는 어떤 고통이나 슬픔도 존재하지 않을 것이며 동시에 누구도 현재를 소중하게 여기지 않을 것 같습니다. 제 생각이 틀렸나요?"

"틀린 건 아니에요. 하지만 조금 전에도 언급했듯이 새로운 사건은 다른 가닥에 반영되는데 그 가닥이 원래의 세상보다 나을 것이라는 보장이 없어요. 그래서 4차원 주민들은 되도록 새로운 사건을 만들지 않고 기존의 세상에서 살아요."

'!쿰'의 논리적인 설명에 말문이 막힌 그는 가벼운 질문으로 분위기를 바꿔 보려고 했다.

"어제가 내일이 되는 역방향 삶은 어떻습니까? 장점이 있습니까?"

"여러 가지가 있어요. 예를 들면 날마다 하루만큼 젊어지고, 돌아가신 부모님이나 사별한 지인을 다시 만날 수 있고, 후천적으로 발생한 장애나 상처의 치유가 가능하지요. 교통사고 환자가 다리를 자유롭게 쓸 수 있는 사고 전날로 돌아갔다고 상상해 보세요. 김 과장도 어렴풋하게나마 그 기쁨을 느낄 수 있을 거예요."

"그럴 수도 있겠네요. 제가 만약 그 환자라면 말로 표현할 수 없는 엄청난 환희에 정신을 차리지 못했을 겁니다. 혹시 단점도 있습니까?"

"몇 가지가 있어요. 성격 차이로 이혼한 전처를 다시 사랑해야 하고, 이미 잘못인 줄 알면서도 같은 선택을 해야 하고, 남성에게만 적용되는 일이긴 하지만 군대에 다시 가야 해요." 군대 이야기를 듣자마자 그는 죽음에서 태어나 요람으로 향하는 4차원 주민들의 역방향 삶도 만만하지는 않을 거라고 여겼다.

"처음 말씀하신 '또 다른 나'라는 것은 무슨 뜻입니까?"

"김 과장이 앞으로 12번의 윤회를 거치며 계속 선업(善業)을 쌓으면 4차원으로 승급할 수 있어요. 그리고 지금 이 자리에 있는 '!쿰'이 되지요. 쉽게 말하면 저는 당신의 먼 훗날 모습이에요." 그는 백인 여성으로 변한 자신을 어색해했고 '!쿰'은 이야기를 이어 갔다.

"그동안 셀 수 없는 윤회를 거치면서 김 과장은 많은 선업을 쌓았어요. 앞으로 12번만 지나면 4차원으로 승급할 수 있는데 이번 생에서 문제가 생긴 거예요. 만약 이번 생을 자살로 마감한다면 그동안 쌓았던 모든 선업이 사라지게 돼요. 자살은 모든 것을 파괴하는 아주 질이 나쁜 악업이거든요. 그래서 제가 자살을 막으려고 부득이 차원 이동을 해서 이곳에 나타난 거예요."

"그냥 모른 척해 주세요. 이번 생은 망했습니다. 투자한 돈은 다 날렸고 회사에서는 해고되고 공사판에라도 나가 입에 풀칠이라도 할까 했으나 그마저도 체력이 받쳐 주질 않습니다. 그렇다고 창피하게 빌어먹을 수도 없는 노릇입니다. 그냥 이 세상에서 조용히 사라지는 것이 현재로서는 가장 좋은 방법입니다."

"지금 깊은 상처로 고통받고 있다는 것을 잘 알아요. 이미 제가 경험해 본 것이니까요. 하지만 사람의 의식은 단일한 차원에서 머무는 것이 아니라 깨달음을 통해 더 높은 차원으로 나아가도록 설계되어 있어요. 그리고 김 과장은 충분히 그걸 달성할 수 있는 밝고 맑은 심성의 소유자입니다. 이번 고난을 극복하기만 하면 더 나은 미래를 보장받을 수 있어요. 조금만 더 힘을 내요." '!쿰'의 설득에 한겨울 저수지 수면처럼 딱딱하게 얼어 있던 그의 자아가 서서히 흐물거리기 시작했다.

"판단이 서질 않습니다. '!쿰'님의 말을 믿어야 할지 말아야 할지 말입니다. 그래도 오랜만에 누군가와 이렇게 허심탄회하게 대화를 나누니 기분이 좋습니다. 커피 더 하시겠습니까? 저는 한 잔 더 마시겠습니다." 자리에서 일어난 그는 커피포트에 물을 넣고 전기 스위치를 켰다. 커피포트에서 올라오는 하얀 김을 멍하니 바라보던 그가 무언가 번뜩 생각났다는 표정으로 '!쿰'에게 질문했다.

"제가 수다쟁이는 아닌데 이런 기회가 언제 또 오겠습니까? 그냥 궁금해서 물어보는 겁니다. 사망 후 윤회에 들어가지 못하고 구천을 떠도는 귀신이나 유령 같은 것은 없습니까?"

"그런 건 존재하지 않아요. 의지에 상관없이 자동으로 윤회에 들어가게 되거든요. 그런데…."

"그런데?" 그는 마른침을 꼴깍 삼켰다.

"귀신이나 유령은 없어도 외계인은 실존해요."

그는 '!쿰'의 이야기가 어처구니없다고 느끼며 반박했다.

"비록 제가 회계 전공이지만 그래도 알 건 다 압니다. 우주의 나이가 오래되었고 무수히 많은 항성이 있으며 그 항성들이 지구와 유사한 행성을 거느리고 있다면, 호모 사피엔스가 아닌 지적 생명체 역시 우주에 널리 분포하고 있어야 합니다. 이탈리아 천재 물리학자 엔리코 페르미는 동료들과의 점심 식사에서 그중에서 몇몇은 이미 지구에 도착했을 수 있다고 동료들이 주장하는 말을 들었다고 합니다. 페르미는 '그러면 그들은 어디에 있는가?'라는 질문으로 외계 지적생명체 존재 여부에 강한 의심을 표한 적 있는데 그걸 페르미의 역설(Fermi Paradox)이라고 합니다. 저도 페르미와 같은 생각입니다. 지구의 나이가 45억 년이고 인류가 문명을 이룬 지 한참이 지났음에도 불구하고 외계인이 존재한다는 명확한 증거는 어디에도 없습니다. 사진 찍기 기능을 가진 고화질의 핸드폰을 지구인 모두 하나씩 가지고 있지만 깨끗하게 찍힌 단 한 장의 외계인 사진이 현재까지 존재하지 않습니다. 외계인은 그저 돈을 벌기 위해 제작된 할리우드 영화나 유튜브 음모론자들의 허상에 불과합니다." 그의 당당한 말투에 '!쿰'이 조용히 타일렀다.

"김 과장. 잠시만 기다리세요. 이 문제에 대해 정확히 말해 줄 수 있는 분이 곧 도착할 거예요. 그동안 우리는 커피나 마셔요."

잠시 후 환기를 위해 열어 놓은 옥탑방 창문으로 축구공 크기의 황금빛이 모습을 드러냈다.

황금빛은 자신을 '파르신'이라고 소개한 뒤 김 과장의 '또 또 다른 나'이며 5차원 거주자라고 소개했다. 텔레파시를 통해 전달되는 그것의 이야기를 듣고 김 과장은 놀란 입을 다물지 못했다. 하지만 머리로는 다른 생각을 하고 있었다. 오래전 벨사차르 임금이 연회를 열어 감히 하나님의 성물로 술을 마시며 잘난 척하자 손가락이 공중에 나타나 '므네, 트켈, 파르신'이라는 글자를 벽에 썼다. 임금이 궁금한 마음에 선지자 다니엘을 불러 그 뜻을 물어보니 '임금이 멍청해 나라의 남은 날을 세어 곧 파멸을 내리겠다.'라는 뜻이라고 대답했다는 성경의 한 일화를 떠올렸다. 그는 성경 속의 파멸을 뜻하는 '파르신'이라는 단어와 그것의 이름이 같은 의미인지 궁금했으나 질문하지 않았다. 그것은 어떻게 그의 마음을 알았는지 5차원에서의 '파르신'은 '깨달은 자'라는 의미라고 친절히 알려 주었다. 옆에 있던 '!쿰'은 2차원 평면 그림자가 자기의 주인인 3차원 물체의 투영인 것처럼 자신은 단순히 파르신의 그림자에 불과하다고 말했다. 그리고 그것은 물질의 속박에서 벗어난 의식을 가진 순수한 에너지라고 덧붙였다. 그것은 아름다웠고 경외감마저 들었다.

"5차원에서의 삶은 어떤가요? 4차원과는 또 다른 세상인가요?" 그가 물었다.

"맞아요. 또 다른 세상이지요. 5차원은 모든 것의 의미가 사라지는 곳이에요. 5차원 거주자들은 물질뿐만 아니라 시간과 공간을 초월해요." 그것이 텔레파시로 대답했다.

"무슨 말씀이신지 전혀 모르겠습니다. 쉽게 설명해 주실 수 있나요?" 그는 백인 여성인 '!쿰'보다 황금색으로 빛나는 그것이 신림동 옥탑방에는 더 생경한 대상이라고 느끼며 말했다.

"5차원 거주자들은 자신들이 원하는 시간과 공간에 실재할 수 있을 뿐 아니라 동시에 여러 곳에서도 존재할 수 있어요. 예를 들면 의사이자 환자이며, 태양계이자 시리우스 항성계이며, 십만 년 전 과거와 구천 년 후 미래의 중첩이 가능하다는 말입니다."

"설마 그런 영화와 같은 일이 현실에서 가능할까요?"

"5차원 거주자들이 순수한 에너지라서 가능한 일이에요. 예를 들어 설명해 줄게요. 완벽하게 외부와 차단된 상자 속에 고양이 한 마리를 넣고 일주일 후 열어 본다고 가정했을 때, 고양이가 살았거나 죽었거나 할 확률은 각각 50%예요. 그리고 실제 고양이의 생사는 상자를 열기 전에 이미 정해져 있지요. 중첩에서 고양이는 상자를 열기 전에는 여전히 생사가 결정되지 않은 상태로 존재하며 상자를 여는 바로 그 순간 생(生)과 사(死) 중 하나로 결정되지요. 이와 같이 5차원 거주자들은 중첩을 통해 동시에 여러 곳의 시간과 공간에 존재할 수 있어요. 상자를 열지 않는 한 말이죠."

"알 듯 말 듯 아리송하네요." 그가 고개를 갸우뚱거렸다.

"걱정하지 말아요. 나중에 다 이해할 수 있을 거예요." 황금빛은 이미 어둑해진 저녁의 옥탑방을 환하게 비추고 있었다.

"아까 '!쿰'이 외계인이 존재한다고 말하던데 그게 사실인가요?"

"불필요한 소리를 했군요. 하지만 그 말은 사실이에요. 외계인은 명백히 존재해요."

“저는 도저히 믿을 수가 없습니다. 페르미의 역설에 의하면 외계인은 이미 인류 앞에 모습을 드러냈어야 합니다.” 그는 자신이 철석같이 믿고 살아온 이탈리아 물리학자의 논리를 주장했다.

“김 과장, 논리와 진리를 혼동하지 마세요. 논리가 아무리 그럴듯해 보여도 진리가 되는 것은 아니에요. 앞으로 한 세기가 지나면 그 누구도 페르미를 언급하지 않을 거예요. 새로운 진리는 당대의 반대론자들을 설득해서 승리하는 것이 아니라, 반대론자들이 모두 죽은 후 새로운 세대에게 수용되면서 승리를 거두는 법이니까요.”

“그럼 외계인은 어디에 있나요?” 그는 믿을 수 없다는 듯 그러나 경외하는 마음을 담아 조용히 대꾸했다.

“곰곰이 생각해 보면 3차원 인류가 외계인을 만날 수 없는 건 너무나 당연한 거예요. 왜 그러냐 하면 우주는 빛의 속도로 이동한다고 해도 별 의미가 없을 정도로 광활해요. 그 먼 거리를 이동해 수준 낮은 의식을 가진 생명체에게 관심을 쏟는 것은 어불성설(語不成說)이에요. 김 과장은 오직 흰개미와 딱정벌레를 보기 위해 수만 마일을 날아 아프리카로 여행하고 싶어요? 때마침 볼일이 생겨서 그곳에 갔다 해도, 흰개미와 딱정벌레를 찾아서 대화를 시도할까요? 처음에는 몇 번 시도해 볼 수도 있지만 반응이 없으면 금방 흥미를 잃게 되겠지요. 그리고 다른 곳으로 유유히 떠나겠지요. 외계인도 같은 입장이에요. 3차원 인류는 그들에게 도움이 되지 않을 뿐 아니라 흥미롭지도 않거든요. 따라서 환상적인 과학 기술을 보유한 외계인이 언젠가 지구를 방문할 것이라는 기대는 일찌감치 접는 것이 좋아요. 하지만 보이지 않는다고, 만날 수 없다고 그들이 존재하지 않는다는 뜻은 아니에요. 인류가 우주의 부분으로 스스로 가치를 입증한다면 그들로부터 관심을 끌어낼 수 있을 거예요."

"만약 외계인이 존재한다면 저는 당장 내일이라도 그들을 만나 보고 싶습니다. 궁금한 것이 무척 많거든요."

"그러지 않는 편이 좋아요. 왜 그러냐 하면 역사상 똑똑하고 과학이 발달된 문명이 덜떨어진 문명의 지배를 받은 적은 없거든요. 오히려 3차원 인류는 자신들의 존재를 숨기는 편이 나아요. 외계인도 그레이, 렙틸리언, 노르딕 등 여러 종류가 있는데 그중 일부는 매우 폭력적이거든요. 지구와 인류에 관한 내용을 황금 디스크에 담아 외계로 보낸 나사(NASA)의 보이저호는 위험을 자초한 거예요. 하지만 이미 떠나보낸 걸 어쩌겠어요? 운이 좋기만 바라야지요."

"파르신님이 보이저호가 발사되는 1977년으로 돌아가서 막을 수는 없나요?"

"한번 일어난 일은 일어난 거예요. 그 누구도 되돌릴 수 없어요. '!쿰'이 이미 들려주었겠으나 과거로 돌아가 역사를 바꾸면 세상이 변하는 것이 아니라 다른 가닥이 생기는 거예요."

대화를 나누는 사이 신림동에는 어둠이 내렸고 황금빛이 너무 밝아 옥탑방 근처 주민들은 쉽게 잠을 이룰 수 없었다.

"밤이 깊었으니 거두절미하고 방문한 목적을 말해 줄게요. 김 과장이 현재 어려움을 겪고 있고 그래서 생을 마감하려고 한다는 것을 알아요. '!쿰'도 그것을 막고자 이곳에 온 것이지요. 어떤 판단을 내리든 그것은 김 과장의 자유 의지입니다. 하지만 의사 결정을 하기 전에 꼭 알아 두어야 할 사항이 있어요. 자살은 그동안 김 과장이 윤회를 통해 쌓아 온 모든 선업(善業)을 사라지게 할 뿐 아니라 4차원의 '또 다른 나'인 '!쿰'

과 5차원의 '또 또 다른 나'인 파르신의 여정에도 엄청난 영향을 끼친다는 거예요. 김 과장과 '!쿰'과 파르신은 다른 차원에 사는 하나의 연결된 의식이에요. 따라서 한 차원에서 문제가 발생하면 다른 곳에서도 똑같은 작용이 일어나요. 3차원이 비록 빈곤과 불의라는 반점이 나병처럼 돋아났어도 살 만한 가치가 있는 곳이에요."

그는 머리를 양손에 파묻은 채로 몸을 앞뒤로 흔들면서 긴 한숨을 내쉬었다.

"순간의 어려움을 이겨 내면 밝은 미래가 보장돼 있어요. 김 과장뿐 아니라 모든 3차원 인류에게 말이죠. 그러니 의사 결정을 할 때는 이기적으로 생각하지 말고 다른 차원의 몇몇 의식들도 함께 고려해야 해요."

"몇몇이라뇨?"

"세상은 11차원으로 구성되어 있고 3차원 이상의 9개 의식은 서로 연결되어 있어요. 김 과장이 자살을 선택한다면 나머지 8개 차원의 의식도 악영향을 받게 되어 있어요."

"왜 3차원 이상에서만 의식이 연결되어 있나요?"

"의식으로 불리기 위해서는 몇 가지 조건을 충족해야 해요. '내가 살아 있다.'라는 것을 인식해야 하고, 느낌이 존재하며 이에 대한 주체가 식별되어야 하고, 외부 세계에 대한 이미지를 자신의 마음속 경험으로 구현할 수 있어야 해요. 하지만 1, 2차원 생명체는 지능은 있지만 의식은 없어요. 천체 물리학자가 물리 법칙을 이용해서 정교하게 블랙홀을 시뮬레이션한다고 해서 컴퓨터 모니터 속으로 빨려 들어가지 않는 것처럼, 인공지능이나 컴퓨터 알고리듬(algorithm)으로 뇌의 계산 과정을 정교하게 모델링한다고 의식이 발생하는 것은 아니에요. 1, 2차원 생명체는 그저 효율성 높은 계산기에 불과해요. 의식이 없으니 무슨 수로 연결할 수 있겠어요. 안 그런가요?"

답변을 원하는 질문이 아니었기에 그는 이가 고르지 못해 어쩔 수 없이 침묵하는 꼬마 여동생처럼 잠자코 아무 대답도 하지 않았다.

"세상은 여러 개의 차원으로 만들어져 있어요. 그 부분 가운데 혼자 떨어져 나가기를 원하는 차원이 있다면, 결국 전체에 상처를 입히는 거예요. 이미 무척이나 훌륭한 전체에 말이에요. 그래서 '!쿰'과 '파르신'이 김 과장의 의식이 떨어져 나가지 않도록 단속하러 3차원을 방문한 겁니다."

"만약 그렇다면 한 가지 이상한 점이 있습니다. 높은 차원의 방문객이 자살을 단속한다면 스스로 목숨을 끊는 사람이 한 명도 없어야 하는데 이곳에서는 매일 수천 명씩 자살합니다. 제 생각에는 앞뒤 사정이 맞물리지 않는 것 같습니다."

"그건 방문객의 역할이 매우 제한적이기 때문에 그래요. 단지 힌트만 제공하거든요. 무슨 말이냐 하면 오늘밤 잠들고 나면 김 과장은 지금의 만남을 기억할 수 없어요. 내일 아침에 일어나면 구체적인 기억은 사라지고 어딘가 모르게 꺼림칙한 느낌만 남아 있을 거예요. 어쩌다가 몇몇 사람은 어렴풋이 기억하는 경우가 있는데 외계인에게 납치당했다거나 요정이나 유령을 보았다고 오해를 하기도 해요."

"잠깐만요! 당신은 단지 나를 이해시키려고 그 모든 지식을 제공했습니다. 그런데 그걸 다시 모두 가져가 버리면 무슨 득이 있습니까? 기억이 사라진다면 만남을 통해 단념했던 자살이 다시 고개를 삐죽 내밀고 나올 수도 있을 것 같습니다."

"맞아요. 그래서 불운한 자살자들이 매일 생겨나는 거예요. 힌트나 꺼림칙한 느낌을 주어도 구불구불한 길을 일직선으로 달려가려는 소경처럼 고집을 부리는 사람이 있거든요. 김 과장, 자신의 의식을 믿으세요. 무엇이든 왠지 모르게 끌리지 않는다면 그건 의식이 스스로 심리적 방어막을 치는 거예요. 위험으로부터 자신을 보호하기 위해서 말이죠."

옆에서 조용히 대화를 듣고 있던 '!쿰'이 텔레파시가 아닌 실제 목소리로 다정하게 말했다.

"시간이 너무 늦었어요. 김 과장, 어서 가서 잠을 청하세요. 내일 아침이면 이 소동을, 이 만남을 깡그리 잊어버리게 될 거예요. 여기까지가 방문객의 역할이에요. 자! 그럼 이만."

'안녕'이라는 작별 인사를 건넬 틈도 없이 방문객은 눈 깜짝할 사이에 밤의 어둠 속으로 사라졌다.

그는 똑바로 누워서 머리를 베개 깊숙이 파묻었다. 뭔가 좋은 기분이, 안전한 기분이, 해결된 기분이 들었다. 그리고 옥탑방에는 따스한 별빛이 내려앉았다.

※ 작가 노트

시간은 흐르지 않고 그저 완결된 채 존재하는 것이라는 이론 물리학자들의 주장에 인간의 자유 의지가 그 속에 이미 녹아 있다고 주장하고 싶다. 그렇지 않다면 인류는 한낱 꼭두각시에 지나지 않은 존재로 폄하될 수 있기 때문이다.

파란 무궁화

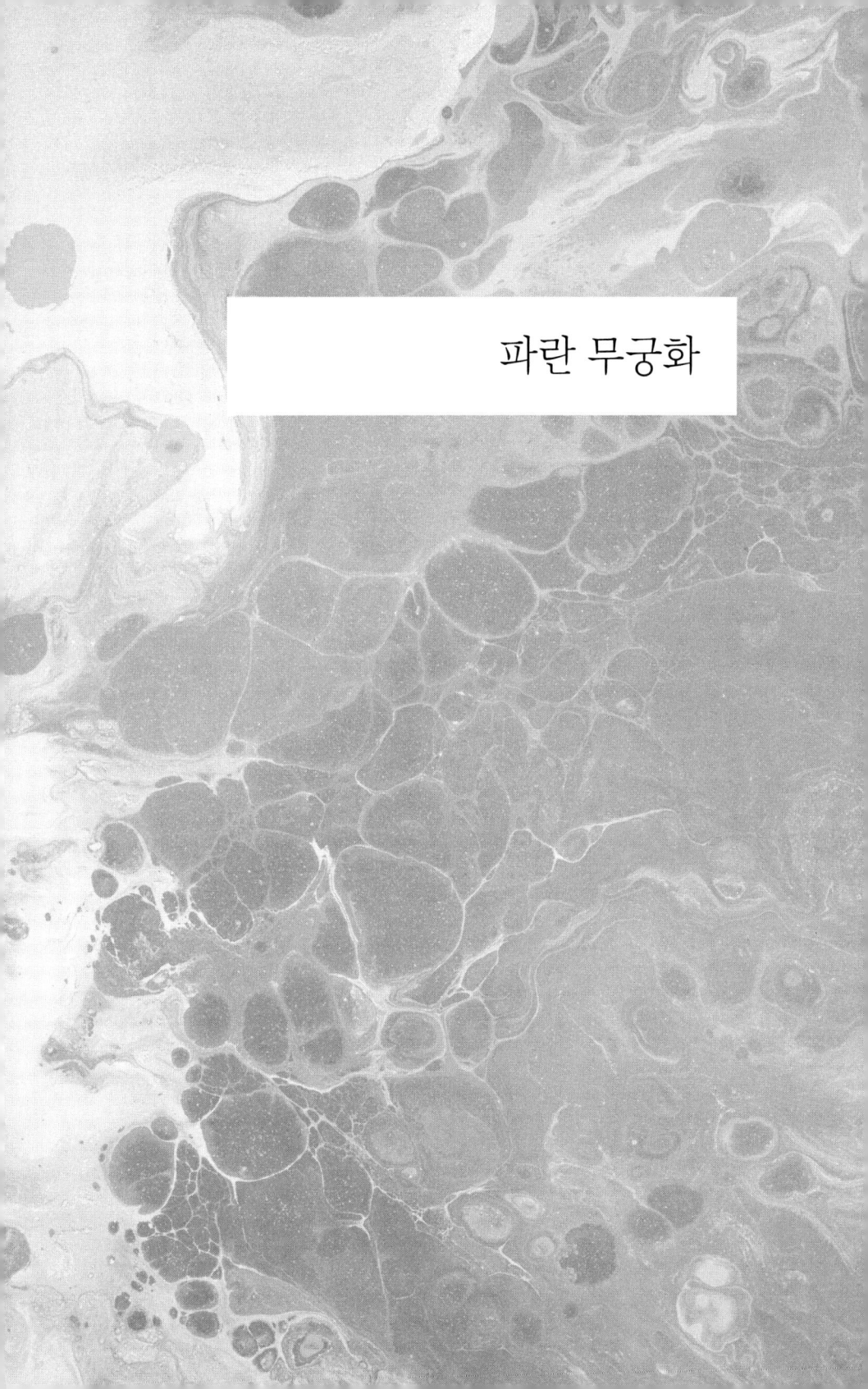

◐ 등장인물

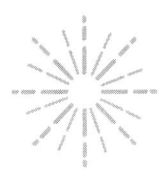

박 선생: 육십 대, 심령술사(점쟁이)
오 박사: 오십 대, 유전공학자
강 코디: 사십 대, 카지노 에이전트
황 프로: 삼십 대, 파란 무궁화의 주인장
최 대리(주인공): 이십 대, 회사원

회사에서 주재원으로 발령을 받기 전까지 최 대리에게 필리핀이라는 국가는 그저 그런 동남아의 가난한 후진국일 뿐이었다. 우리나라 범죄자들이 쉽게 선택할 수 있는 섬나라, 단돈 백 달러에 무자비하게 사람을 죽이는 청부 살인 업자들이 넘쳐 나는 위험한 곳, 여름휴가 시즌 세부나 보라카이 등 그림 같은 휴양지로의 여행을 위해 항공편과 호텔을 사전에 부지런히 예약해야 하는 이국적인 관광지 중 하나일 뿐이었다. 사장과 임원들이 해외 시장 개척을 위해 석 달 동안 무수히 많은 회의와 고민 끝에 신시장으로 선택한 국가가 필리핀이었다.

비용 측면에서 저렴한 미혼자이고 동시에 지방대 영문과를 졸업한 그가 다른 직원들보다 현지에서 의사소통이 조금 더 낫지 않겠냐는 막연한 기대 때문에 주재원으로 선발되었을 때 동료들은 모두 축하 인사를 건넸다. 하지만 사실 동료들은 만약에 자신이 선발되면 회사를 그만두려고 생각하고 있었다. 그가 뽑혔다는 소식은 회사에 금세 퍼졌고 다들 '얼씨구나 좋다'라는 심정으로 박수를 보낸 것이다. 무덥고 말도 안 통하고 음식도 불결하고 더군다나 생명의 위협을 걱정해야만 하는 신설 법인에서 누가 일하고 싶어 하겠는가? 중소기업의 특성상 막내인 그가 울며 겨자 먹기로 당첨된 것이다. 목구멍이 포도청인데 어찌하겠는가? 회사를 그만두고 싶어도 갚아야 할 은행 대출이 기린 목 높이만큼 쌓여 있던 터라 최 대리는 사표를 낼 수도 없는 처지였다. 성격 좋은 대학 동기는 "거기도 사람 사는 곳인데 죽기야 하겠냐?"라며 그다지 마음에 와닿지 않는 위로를 했고 뱃살이 넉넉한 고향 친구는 "내가 거기 여름에 놀러 가 봤더니 물가도 싸고, 경치도 좋고, 중국발 황사도 없어 한국보다 공기가 더 깨끗해 좋더라."라며 잘난 척을 했다. '미국, 영국, 그도 아니면 한국과 가까운 호주도 있는데 그 많은 선진국을 놔두고 왜 하필 못살고 위험한 필리핀인가?'라는 우울한 마음을 달래고자 그는 한 달 내내 술만 마셨다. 연이은 폭음으로 속상함이 무뎌지고 멍한 정신 상태가 된 그는 마침내 인천공항에서 "동남아 여자 조심해라."라는 어머니의 따끔한 충고와 격려 속에 생애 처음으로 한국이라는 땅덩어리를 무덤덤하게 떠났다. 조그만 사무실을 임대한 곳은 필리핀의 수도인 마닐라에서 유일하게 코리아타운이 존재하는 말라테(Malate)지역이었다. '어디에 사무실을 얻을까?' 하고 고민했던 그가 인터넷을 통해 알아보니 한국 음식점 많은 곳은 마카티(Makati)와 말라테 두 지역이었다. 마카티는 새로운 고층 건물과 비즈니스를 위한 금융 상업 지역이었고 말라테는 주거와 유흥에 연계된 생활 거주 지역이었다. 아무래도 사무실과 집이 가까워 출퇴근 걱정이 없는 곳이 나을 듯해 그는 말라테에 사무실과 집을 함께 얻었다. 그가 해당 지역을 선택한 것은 마카티 대비 저렴한 임대료와 마닐라만과 접해 있어 바다 경치가 훌륭한 것이 결정적 이유였다. 사무실에 전화, 팩스와 인터넷을 설치하고 약간의 사무용 가구를 들여놓으니 번듯하지는 않지만 나름 짜임새를 갖춘 오피스 공간을 만들 수 있었다. 업무는 한국에서보다 오히려 단순했다. 제품의 지명도가 높은 것도 아니고 금전적 제한으로 유명한 광고 모델과 계약할 수는 없었지만, 한국에서 직접 만든 제품으로 품질이 좋고 아시아 여성의 피부에 자극이 덜한 화장품이라는 것을 도매상을 만나 홍보하고 무료 샘플과 카탈로그를 제공하면 끝나는 일이었다. 주문이 있는 경우 회사에 연락해 선적을 요청하면 나머지 복잡한 수출입 업무와 배송은 국제적인 화물 운송을 대행하는 포워딩 업체에서 알아서 처리해 주었다. 필리핀 여성들의 '한류(韓流)'에 대한 사랑으로 한국 화장품에 관심은 높았지만 높은 가격 때문에 초반에는 고전을 면치 못했다. 하지만 세상에는 시간만이 해결할 수 있는 것들이 있기 마련이다. 첫술에 배부를 수는 없다는 것을 회사도 잘 알고 있었고 큰 폭의 매출 성장을 압박하지 않았기에 로컬 영업에 대한 부담은 적었다. 정신없이 바쁘게 6개월을 보내고 어느 정도 타국 생활에 적응했다고 생각했을 때 그는 '파란 무궁화'라는 한국인 전용 민속 주점을 우연히 발견하게 되었다. 그곳은 말라테에서 젊은 남녀들의 헌팅 장소로 유명한 나이트클럽 지직스(ZZYZX)를 왼편에 두고 약

30미터 직진하면 조그만 회색 상가 건물이 나오는데 그 건물 2층에 자리를 잡고 있었다. 파란 무궁화는 조그만 간판이 한글로 적혀 있어 필리핀 사람들은 그곳이 뭐 하는 장소인지 짐작조차 할 수 없었고 심지어 한국인이라 할지라도 상호만 보고는 음식점인지 옷 가게인지 정체를 파악할 수 없었다. 내부에는 4인이 착석할 수 있는 직사각형의 나무 테이블이 3개 마련되어 있었고 혼자서 술을 마실 수 있는 바(Bar) 스타일의 스탠드 의자도 6개 준비되어 있었다. 음악은 주로 조용한 한국 가요나 올드 팝송이 흘렀다. 손님은 대체로 마닐라에 오래 거주하는 한국인들이었으며 관광객들이 가끔 지인 소개로 방문하는 경우가 있었지만 가게 분위기가 너무 한국풍이어서인지 아니면 더 흥미로운 장소를 발견해서인지 잠깐 목만 축이고 사라졌다. 술은 한국 소주와 필리핀 맥주를 팔았는데 다른 가게와 비교되는 특징은 주인장 황 프로가 직접 담근 동동주를 판다는 것이었다. 맛깔나게 담근 동동주는 한국을 그리워하는 현지인들에게 인기를 끌었고 가게 매상의 대부분을 차지했다. 동동주와 잘 어울리는 낙지볶음, 두부김치, 동태탕, 파전, 김치전이 안주로 팔렸으며 하루 전에 예약하기만 하면 메뉴판에 없는 닭볶음탕과 같이 오랜 시간 조리가 필요한 요리도 가능했다.

그가 파란 무궁화를 발견하게 된 것은 사실 우연을 가장한 필연이었다. 가만히 있어도 땀이 올라오는 여름 저녁 이열치열(以熱治熱)이라는 생각에 칼라만시 원액을 섞은 소주에 뜨거운 육개장을 먹은 그는 소화도 시킬 겸 슬슬 집으로 걸어가고 있었다. 그러다가 우연히 한글로 적힌 파란 무궁화라는 간판을 보게 되었다. 머나먼 타국에서 한글 간판이 희한하게 느껴졌으나 그보다는 어떤 곳인지가 더 궁금해 그는 무작정 가게 안으로 들어갔고 그곳에서 손님으로 보이는 몇몇이 띄엄띄엄 앉아 이야기를 나누며 동동주를 마시고 있는 모습을 볼 수 있었다. 시원한 동동주를 보자마자 그는 입맛을 다시며 적당한 자리를 찾아 앉았고 가게 분위기를 파악하고자 주위를 두리번거렸다. 잠시 후 가게의 주인장인 황 프로가 주문을 위해 그에게 다가왔고 둘은 머뭇거리며 한국식의 간단한 통성명을 했다. 황 프로는 프로 골퍼를 꿈꾸며 운동 여건이 좋은 필리핀에 왔으나 운과 노력 부족으로 눈에 띌 만한 성과를 내지 못한 채 낮에는 현지인을 대상으로 골프 레슨을 하고 밤에는 주점을 운영하며 생활하고 있다고 자신을 소개했다. 그리고 얼마 되지 않아 황 프로의 소개로 파란 무궁화의 유명한 삼총사인 박 선생, 오 박사, 강 코디를 소개받을 수 있었다. 삼총사와의 만남은 고향에 대한 향수병의 농도를 희석할 수 있는 실마리를 제공했을 뿐 아니라 동시에 퇴근 후 일상의 무료함을 잊을 수 있게 만들었다. 왜 그러냐 하면 삼총사는 귀신도 홀릴 수 있는 말재주를 가진 상상을 넘어서는 이야기꾼들이었기 때문이다. 필리핀에서 살아가는 현지인은 크게 은퇴 이민자, 도망자, 개인 사업자 세 그룹으로 나눌 수 있었다. '은퇴 이민자'는 한국에서 젊음을 보낸 후 안락한 노후를 위해 투자 이민을 온 사람들로 저렴한 인건비가 경쟁력인 필리핀에서 운전기사와 가정부를 두고 원하는 시간에 골프를 치고 인근 바다에서 스쿠버 다이빙을 즐기며 얼마 남지 않은 인생의 마지막을 만끽하는 사람들이었다. 일본에 비해 한국 은퇴 이민자의 수는 적지만 최근 증가하는 그룹이었다. 한때 충남 대전에서 점쟁이로 유명했던 박 선생이 그런 경우였다. 육십 세를 넘겨 필리핀으로 은퇴 이민을 온 박 선생은 몸에 주름이 없어 보일 정도로 뚱뚱했으며 항상 자신을 점쟁이가 아닌 심령술사로 불러 달라고 요청했다. 경제적 여유 때문인지 아니면 원래의 성격 때문인지는 알 수 없지만 돈 씀씀이가 몸처럼 넉넉했고 사람 좋다는 소리를 자주 들었으며 점쟁이의 훈계하는 듯한 말투로 대화를 나누었다. '도망자'는 한국에서 사고를 쳐서 어쩔 수 없이 필리핀으로 도망간 범법자나 불법 체류자를 말하는데 이들은 현지인이나 한국인 관광객을 상대로 사기를 치거나 마약을 유통해 사회 문제를 일으키고 있었다. 문신으로 온몸을 뒤덮은 조폭들도 많았지만 보이스 피싱이나 불법 스포츠 토토 사이트를 운영하는 인력도 많았다. 하지만 삼총사 중 하나인 키가 작고 빼빼 마른 오십 대 중반의 오 박사의 경우는 도망자라고 하기에는 특이한 이력을 가지고 있었다. 오 박사는 누구나 알 만한 유명 대학에서 유전공학으로 박사 학위를 취득했을 뿐 아니라 대기업 산하 생명공학연구소의 미래가 보장된 연구원 출신이었다. 치밀하고 똑똑했으며 '방금 생각났다'는 식의 전형적인 과학자 스타일 말투로 이야기했다. 오 박사가 무슨 짓을 저질렀기에 필리핀으로 도망칠 수밖에 없는 처량한 신세가 되었는지에 대해서는 누구도 이유를 알지 못했다. 도박에 빠졌거나 마약을 즐겼을 수도 있지 않겠냐는 소문이 잠시 돌았으나 화투 패도 제대로 맞추지 못하고 담배 연기마저 극도로 싫어하는 오 박사의 평소 모습은 해당 루머를 조용하게 만들었다. '개인 사업자'는 돈을 벌 목적으로 온 사람들이다. 자신의 사업을 운영하거나 회사 주재원으로 파견을 나오거나 혹은 외교관으로 발령받아 온 사람들로 현지 한인회 모임에서 큰 목소리를 내는 사람들이었다. 딱히 어느 그룹에 속한다고 말할 수 없는 경우도 존재하는데 자녀의 어학연수 뒷바라지를 위해 따라온 엄마들이었다. 하지만 일부 장기 여행객을 제외하면 이곳에서 살아가는 현지인들 대부분은 세 그룹 중 한 곳에 속했다. 한 가지 재미있는 사실은 개인 사업자 그룹 중 카지노 비즈니스에 관여하는 사람이 매우 많았는데 한국에서는 강원랜드를 제외하고는 내국인 출입이 불법이지만 필리핀에서는 출입이 가능한 합법 시설이고 비행기로 4시간이면 도착할 수 있는 비교적 가까운 거리이다 보니 아무래도 한국인 손님이 많았기 때문이다. 삼총사 중에서 강 코디가 그런 경우였다. 대학생 시절 어학연수로 이곳과 인연을 맺은 후 취업을 위해 다시 필리핀을 방문했으나 부모님에게서 받은 거액의 정착 자금을 도박으로 날린 뒤 먹고살기 위해 어쩔 수 없이 자신에게 가장 익숙한 카지노 에이전트 일을 하고 있었다. 강 코디의 업무는 한국에서 손님이 방문하면 통역, 호텔 예약, 공항 접대, 골프와 차량 등의 편의를 제공하고 일정한 수수료를 받는 것이었다. 수수료는 에이전트가 소개한 카지노에서 손님이 진행하는 도박의 건수와 금액에 따라 정해졌는데 이를 롤링피(Rolling Fee)라고 불렀다. 카지노 에이전트들에게 롤링피는 월급만큼 소중한 수입이었으며 손님이 돈을 따거나 잃거나 상관없이 도박이 돌아가기만 하면 적립되는 구조였다. 에이전트들끼리의 경쟁은 치열했고 손님이 원한다면 매춘 여성 소개를 포함해 가능한 모든 것을 제공했다. 강 코디는 하얀 피부를 가진 190cm의 장신으로 키 작고 검은 피부를 가진 필리핀 사람들 속에서 눈에 띄는 외모를 가지고 있었다. 모든 이들에게 친절해야만 하는 사람이 자신을 보호하기 위해 쳐 놓은 위장술 같은 온화한 말투를 사용했는데 오랜 기간 각양각색의 손님들을 상대하다가 얻게 된 직업병이었다.

비가 세차게 오는 어느 날 동동주와 파전 생각에 최 대리는 퇴근 후 곧장 파란 무궁화로 향했다. 가게 안에는 이미 삼총사가 술잔을 기울이고 있었고 그에게 왜 이렇게 늦게 왔냐면서 가벼운 핀잔을 주었다. 그들을 알게 된 지 한 달밖에 되지 않았지만 거의 매일 얼굴을 마주 대하고 술을 마시다 보니 이제는 고향 형들처럼 살갑게 느껴졌다.

"그거 아세요? 요새 마닐라 카지노에서 앵벌이들이 싹 사라졌어요." 강 코디가 이야기를 꺼냈다.

"앵벌이가 뭐예요?" 그의 질문에 박 선생이 훈계하듯 답변했다.

"가진 돈 다 잃은 사람들이 카지노에서 서성거리다가 한국인을 만나면 구걸하는데 그런 사람들을 소위 '앵벌이'라고 부른다네. 최 대리는 마닐라에 온 지 얼마 되지 않아 잘 모를 거야. 카지노마다 적어도 수십 명씩은 있다네. 카지노에는 얼씬도 하지 않는 게 상책이야."

"아. 그렇군요." 그가 고개를 끄덕였다.

"카지노 측에서 앵벌이들을 싹 청소한 건가? 아니면 모두 한국으로 돌아갔거나?" 오 박사가 물었다.

"설마요. 대부분 신용불량자에 불법 체류자들이라 귀국행 비행기표를 살 돈도 없을 거예요. 들리는 소문으로는 앙헬레스에 새로 문을 연 카지노로 전부 이동했다고 하네요." 강 코디가 동동주로 목을 축이며 답변했다.

"앙헬레스는 어디에요?" 그가 호기심을 보이며 물었다.

"수도 마닐라에서 북쪽으로 세 시간 거리에 있는 유흥과 골프 그리고 카지노로 이름난 관광지야. 한국에서 직항 편도 있을 정도로 유명하지." 강 코디가 대답했다.

“참 이상하군. 앵벌이들은 돈이 없어서 그곳에 가더라도 도박을 할 수 없을 것인데. 게다가 한국 관광객은 마닐라에 더 많잖아? 구걸해도 이곳이 형편이 훨씬 나은데 중소 도시인 앙헬레스로 이동하는 이유를 모르겠군.” 오 박사가 과학자의 논리적 말투로 이야기했다.

“괴상한 소문이 업계에 파다해요. 육 개월 전 새로운 카지노가 문을 열었는데 거기서는 사람들이 가진 시간을 담보로 돈을 빌려준다고 해요. 그래서 도박은 하고 싶고 돈은 없지만 죽음과는 멀리 떨어져 있다고 생각하는 앵벌이들이 그곳으로 몰려간다는 거예요. 자신이 가진 시간을 담보로 돈을 빌려 도박을 할 수 있으니까요.” 모두 뜬금없다는 표정을 지었으나 강 코디는 몸에 밴 영업 말투로 계속 이야기를 끌고 나갔다.

“예를 들면 1년을 카지노에 담보로 맡기고 대출받아 도박하는 거죠. 만약 돈을 따면 대출금을 상환하고 담보로 맡긴 1년을 찾아오면 그만이고, 돈을 잃으면 카지노를 벗어나지 못하는 도박꾼의 특성상 또 다른 1년을 제공하고 추가 대출을 받는다고 해요. 사람의 의지는 결코 반사신경을 앞지를 수 없다는 명언이 딱 들어맞는 것처럼 수십 년의 시간을 이미 담보로 제공한 사람도 있다고 하더라고요. 그리고 처음 거래할 때 왼쪽 손목에 전자 칩(RFID)을 이식하는데 그걸 ‘툭’ 건드리면 본인의 남은 시간을 보여 준다고 하네요. ‘15년 남았습니다.’라는 식으로 말이죠.”

“어차피 평균 도박 승률은 카지노 53%, 도박꾼 47%이니까 시간이 길어질수록 업체가 유리하겠지만 상환 능력도 없는 앵벌이들의 시간을 담보로 돈을 빌려준다는 것은 도무지 이해가 안 되는걸. 만약 돈을 다 잃고 한국으로 도망치거나 자신이 가진 모든 시간을 탕진하면 그다음은 어떻게 될지 무척 궁금하군. 장기 매매라도 하겠다는 건가?” 오 박사가 자신의 뛰어난 아이큐(IQ)로도 정답을 알아낼 수 없는 까다로운 수수께끼 같은 경우라며 나지막한 음성으로 이야기했다.

"한국인뿐 아니라 중국인, 일본인, 미국인 등 국적, 나이, 성별과 인종에 관계없이 전방위적으로 이런 일이 벌어지고 있다는 거예요. 게다가 자신이 원하기만 하면 도박꾼이 아닌 일반인에게도 대출을 해 주기 시작했다고 하더라고요."

"아무리 돈이 궁해도 저 같으면 시간을 담보로 돈을 빌리지는 않을 것 같아요. 무섭잖아요." 그가 씁쓸히 대꾸했다.

"맞아, 최 대리. 그래서 일반인은 거의 없고 카지노에 중독된 앵벌이나 도박꾼들이 주로 돈을 빌린다고 하더라고."

"카지노에 들락날락하는 사람치고 빨간 눈 아닌 사람을 못 봤어. 다들 돈독이 올라 눈이 빨개. 최 대리도 나중에 후회하지 말고 애초에 조심하라고." 연장자인 박 선생이 잔소리했다.

"시간을 담보로 대출을 해 준다는 것도 이상하지만 더욱 기괴한 것은 사람들이 하나둘씩 사라진다는 거예요. 그것도 남은 시간이 얼마 없는 사람들만 말이에요."

"내 추측이 딱 들어맞는 것 같은데. 장기 매매 말이야. 경찰에 신고해야 하는 거 아닌가?" 오 박사가 근심에 찬 표정으로 말했다.

"그러지 않아도 다수의 실종 사건으로 경찰이 대대적인 수사를 벌였다고 해요. 하지만 어떤 불법적인 증거나 물증을 찾을 수 없었다고 해요."

"타인의 시간을 가지고 카지노는 도대체 뭘 어쩌려는 거지? 만약 내가 대출받은 돈을 다 잃은 도박꾼이라면 무조건 한국으로 도망갈 것 같은데 왜 다들 가만히 있는 거지?"

"확인할 수 없는 소문인데요. 손목에 이식된 전자 칩에 남은 시간을 알려 주는 기능 말고 다른 것도 장착되어 있다고 해요. 카지노에서 어느 정도 거리가 멀어지면 신체에 고통을 주는 아주 고약한 기능 말이죠. 그래서 돈을 다 갚기 전까지는 앙헬레스 지역을 벗어날 수 없다고 해요. 완전히 코가 꿰인 거죠."

"나도 공학자이지만 반도체 기술이 아무리 발달했다고 하더라도 그 정도까지는 아닐 것 같은데. 참으로 알 수가 없는 노릇이군."

"증거의 무게가 증거를 옹호한다고 하잖아요. 한두 명도 아니고 수천 명이 그러는 걸 보면 소문이 그럴듯해 보이긴 해요." 잠시 침묵이 흘렀고 강 코디는 잔을 비운 후 파전을 한입 크게 물고 나서 말을 이었다.

"저 같은 카지노 에이전트는 마닐라에서 앵벌이들이 싹 사라지니 영업하기 좋긴 한데요. 같은 한국 사람으로서 걱정이 되더라고요. 해당 카지노가 문을 연 이후로 앙헬레스 지역과 근처에 있는 피나투보(Pinatubo)산에 UFO 출현이 급증했다는 루머가 파다하게 퍼져 있거든요."

지금까지의 이야기는 예상할 수 있는 일이었지만 이건 상상조차 할 수 없는 허풍이었다. 그는 어이가 없다는 표정으로 박 선생과 오 박사를 물끄러미 바라보았다. 하지만 둘은 여전히 진지한 얼굴로 강 코디의 입을 주시하고 있었다.

"매월 말일이면 남은 시간이 없는 사람들이 마치 유령에 홀린 것처럼 피나투보산으로 집합을 한다고 해요. 그리고 거대한 UFO가 나타나 모인 사람들을 납치해 사라진다는 거예요. 납치된 사람들을 두 번 다시는 볼 수 없다고 해요. 이 이야기를 듣는데 저는 소름이 돋더라고요."

그동안 침묵을 지키며 강 코디의 허풍을 묵묵히 들어 주던 그가 의심이 가득한 어조로 질문했다.

"납치되어서 두 번 다시 볼 수 없는데 누가 이런 사실을 강 코디님에게 이야기해 준 거예요? 동영상이라도 찍어 놓은 건가요?"

"아. 그거는 말이야, 내가 오래전부터 친하게 지냈던 앵벌이 후배가 한 명 있는데 그 녀석이 말해 주었어. 자기도 카지노에서 대출받아 도박으로 모든 돈을 탕진하고 어쩔 줄 몰라 하고 있는데 말일이 다가오자 마치 몽유병 환자처럼 한밤중에 일어나 피나투보산으로 갔다는 거야. 산꼭대기에서 서성거리고 있는데 갑자기 하늘에서 밝은 빛을 비추며 거대한 UFO가 나타나 사람들을 한 명씩 하늘로 끌어 올렸다는 거야. 갑자기 정신이 퍼뜩 든 후배는 '끌려가면 죽는구나.'라는 생각에 평소에 호신용으로 가지고 다니던 스위스 아미 나이프(Swiss army knife)를 꺼내 전자 칩이 이식된 왼쪽 손목을 잘라 내 겨우 살 수 있었다고 하더라고. 독한 놈이지. 어찌 됐건 후배는 살아남았고 지금은 마닐라의 가톨릭 병원에서 치료받는 중이야."

"속임수에 쉽게 넘어가는 선량한 사람들을 위하여 할 수 있는 일은 아무것도 없는 법이지만, UFO가 왜 그들을 데려가는지가 궁금하군."

강 코디의 허풍을 전혀 의심하지 않는다는 투로 오 박사가 속삭이듯 말했다.

"노예로 끌려간 것이라고 후배는 추측하더군요. 잡다한 일을 시킬 노예가 필요하고 강제로 데려가면 데모나 폭동을 일으킬 수 있으니 카지노를 설립해 세상으로부터 슬픔과 환멸 외에는 아무것도 받을 게 없는 사람들을 유혹하는 거지요. 도박만 할 수 있다면 부모, 자식도 가차 없이 버리는 매정한 앵벌이와 도박꾼을 상대로 시간을 담보로 돈을 대출해 주고 카지노에서 탕진하게 만든 다음 노예 계약을 이행하는 거지요. 아마도 납치된 대부분은 우주 어딘가의 가혹한 환경에서 엄청나게 고생하고 있을 거예요. 아! 그리고 전자 칩이 남은 시간을 알려 준다고 했잖아요. 그 남은 시간은 '죽음으로부터'가 아닌 '지구에서의' 숫자를 의미한다고 하더라고요. 하지만 누가 제 이야기를 믿어 주겠어요. 소문만 있을 뿐 증거가 하나도 없으니 말이죠."

두 손바닥을 위로 하고 어깨를 한번 으쓱한 후 강 코디는 술이 부족하다며 파란 무궁화의 주인장 황 프로에게 동동주를 추가로 주문했다.

"최 대리도 도박을 조심해야 하지만 내가 보기에는 강 코디가 더 위험해. 과거 말아먹은 전력도 있고 업무와 연관되어 있으니 말이야." 박 선생이 새로 가져온 주전자를 오른손에 들고 술을 따르며 말했다.

"저 이제는 도박 끊었어요, 박 선생님. 먹고살려고 어쩔 수 없이 카지노에서 일하는 거예요." 연장자에 대한 예의로 두 손으로 술을 받으며 강 코디가 애처롭게 말했다.

"자신의 목숨과도 같은 시간을 담보로 맡기고 돈을 빌려 도박을 한다는 게 저는 도저히 이해 안 됩니다." 그가 한숨을 내쉬며 말했다.

"최 대리는 마닐라에 온 지 얼마 안 돼서 잘 모르겠지만 도박 중독은 무서운 거야. 여름휴가로 놀러 왔다 수렁에 빠진 관광객, 무료함을 달래보려고 잠시 들린 카지노에서 패가망신한 은퇴 이민자, 친구의 권유로 카드 게임 중 하나인 바카라(Baccara)를 심심풀이로 손댔다가 나중에 꿈에서도 카드가 보인다는 주재원 등 다양한 사연이 있지만 한 가지 공통점은 일단 중독되면 빠져나오기가 무척 어렵다는 거야. 혹시 이런 말 알고 있나? '빌딩에서 사람이 떨어질 때, 떨어졌기 때문에 죽는 것이 아니라, 갑자기 멈췄기 때문에 죽는다.'라는 이야기 말이야. 도박 중독자들의 심정이 그래. 갑자기 멈추면 죽을 것 같거든. 그래서 죽지 않기 위해 도박만 할 수 있다면 자신의 시간뿐만 아니라 부모, 자식도 다 버리는 거야. 허망한 신기루를 찾아서 말이지. 카지노뿐 아니라 경마, 스포츠 토토, 거액의 골프나 바둑 모두 똑같은 원리야." 오 박사는 그가 이해할 수 있도록 쉬운 설명을 덧붙였다.

"그 심정은 제가 잘 알죠. 한번 겪어 봤으니까 말이에요." 강 코디가 주전자를 들어 박 선생에게 술을 따르며 머리를 끄덕였다.

"카지노에서 어떤 고객을 제일 선호하는지 아나? 바로 고집 센 사람이야. 대부분은 처음 몇 번 시도해 보다가 돈을 잃으면 아니다 싶어 포기하고 마는데 승부욕 강한 손님은 카지노를 이겨 보겠다는 생각에 끝없이 도전하거든. 하지만 하면 할수록 아까도 말했듯이 53% 확률로 카지노가 돈을 따게 되어 있어. 그것이 반복되면 제아무리 여윳돈 많은 갑부라고 할지라도 결국 모든 것을 잃고 앵벌이로 추락하는 거지. 오랫동안 꾸준히 돈을 잃어 줄 지칠 줄 모르는 고집 센 손님이 카지노 측에서는 최고의 VIP인 셈이야." 오 박사가 동의를 구하려는 듯 강 코디를 바라보며 말했다.

"정확한 말씀이세요, 오 박사님. 정말 그래요." 잔을 깔끔히 비운 후 강 코디가 나지막한 목소리로 말을 이었다.

"저도 카지노 에이전트로 일하면서 별의별 일을 다 겪어 보았지만 앙헬레스에서 무슨 일이 벌어지고 있는지 전혀 감을 잡을 수가 없어요. 더욱 재미있는 사실은 시간을 담보로 돈을 대출해 준다는 새로 문을 연 그 카지노 이름이 의미심장하게도 신기루를 뜻하는 미라지(Mirage)라는 거예요. 희한하지요?"

"우연이라고 하기에는 지금 상황과 너무나 잘 어울리는 이름이군." 오 박사가 조용히 고개를 주억거렸다.

"마술사가 아닌 이상 하나의 주제를 가지고 늘 새로운 관점으로 전개할 수는 없는 거라네. 여기까지가 우리 상상력의 한계라네. 기다리면 나중에 알게 되겠지. 오직 시간만이 해결할 수 있는 것들이 세상에는 존재하는 법이거든. 자! 오늘은 빗소리나 들으며 술이나 먹자고. 건배!" 박 선생의 제의에 모두 잔을 높이 들었다.

"건배!"

서로 공통점 없는 과거에도 불구하고 삼총사가 잘 뭉치는 이유를 그는 어렴풋이 알 것 같았다. 망상에 가까운 허풍일지라도 상대를 비난하지 않고 온전히 인정하는 암묵적 동의가 그들을 끈끈하게 묶고 있는 것이었다. 이날부터 그는 자신의 엄격한 내적 기준을 버리고 흐름을 따르기로 결심했다.

항상 무더운 마닐라 날씨가 평소보다 두 배는 더 덥게 느껴진 금요일 저녁, 파란 무궁화에 무심코 들린 그는 흐트러진 모습을 한 번도 보인 적 없는 오 박사가 술에 취해 홀로 흐느적거리는 생경한 모습을 볼 수 있었다. 주인장 황 프로에게 물어보니 강 코디는 VIP 손님 방문으로 나이아(NAIA) 공항에 마중 나갔고 박 선생은 마닐라에서 멀지 않은 해안가 바탕가스(Batangas) 지역으로 스쿠버 다이빙을 떠났다고 귀띔해 주었다.

"오 박사님, 다른 두 분은 어디 가고 혼자 쓸쓸히 술을 마시고 계십니까? 제가 외로움을 덜어 드려도 될까요?"

"어서 오게, 최 대리. 강 코디와 박 선생은 개인적인 사정으로 자리를 비웠어. 한 잔 받지." 오 박사가 주전자를 들어 동동주를 따라 주었다.

"오늘은 왠지 오 박사님 심기가 불편해 보이는데요. 무슨 일이 있으신가요?"

"별거 아니야. 한 잔 쭉 마시게." 그와 오 박사는 매운 낙지볶음을 안주 삼아 술을 마셨다.

"내가 왜 이 더운 나라로 온 줄 아나?" 거나하게 취한 오 박사가 평소답지 않은 흐리멍덩한 눈빛으로 물었다.

"글쎄요. 제가 그걸 어떻게 알겠어요. 모든 남자는 자기만의 사연을 가지고 있다고 하잖아요."

"그건 그렇지. 다만, 내 사연이 무척 기이한 것이 문제라네."

"도대체 무슨 사연인데요?" 통통하게 살이 오른 낙지 다리를 입에 넣으며 그가 물었다.

"난 소싯적에 공부를 꽤 잘했어. 서울대에서 생명공학으로 학사와 석사를 취득하고 미국 뉴욕에 있은 명문 코넬(Cornell)대학교에서 박사 학위를 받았어. 한국에 귀국하자마자 대학들은 교수직을 제안했고 대기업 산하 연구소들은 높은 연봉을 제안하며 나를 채용하려고 한바탕 난리가 났었어. 연구에만 오롯이 전념하고 싶다는 마음에 'SK생명공학연구소'를 선택했고 입사하자마자 하나의 팀을 책임지는 팀장이자 동시에 수석 연구원이라는 높은 직책을 얻을 수 있었어. 연구소는 내 실험에 큰 기대를 하고 있었고 나 또한 기대에 부응하고자 열심히 매달렸지." 술잔을 내려놓으며 오 박사는 담담하게 자신의 비밀스러운 과거를 꺼내 놓기 시작했다.

"내가 연구한 분야는 아기를 원하는 여성들을 획기적으로 도울 수 있는 생식에 관한 것이었어. 생물이 자신과 닮은 자손을 만드는 것을 생식(生殖)이라고 하는데 암수 생식 세포의 결합은 유성 생식, 결합이 없는 경우를 무성 생식이라고 하지. 대부분의 척추동물은 유성 생식을 하고 무성 생식은 식물류나 무척추동물의 번식 방법이야. 그러나 척추동물 중에서도 무성 생식 하는 희귀한 경우가 있는데, 대표적인 예가 바로 도마뱀이야. 특히 트렘블레이 도롱뇽(Tremblay's Salamander)은 자가 수정을 통해 생식하는 것으로 유명하지."

"자가 수정이라니요?"

"이 도롱뇽은 암컷만 있는 종인데 자기 몸속에서 스스로 수정해서 알을 만든 후 낳는다네. 내 주된 연구 대상이었어."

"그런 일이 가능해요?" 호기심이 발동한 그가 눈을 크게 뜨며 물었다.

"가능해. 하지만 자가 수정은 위험한 전략이야. 그래서 보통 자원이 희소하거나 개체군이 고립되는 등, 유성 생식이 힘든 환경에서 일어나곤 하지."

"도롱뇽 연구를 통해서 어떻게 여성들을 도울 수 있는지 감이 안 잡히는데요."

"아마도 그렇겠지. 자네 전문 분야가 아니니까. 하지만 내 이야기를 듣고 나면 이해할 수 있을 거야. 여기서 잠깐 유전공학의 기초를 알려주지. 인간이 만들어지려면 2세트(Set)의 DNA가 필요해. 일반적으로 정자는 남자에게서, 난자는 여자에게서 생성된다네. 하지만 반드시 그래야만 하는 것은 아니야. 왜 그러냐 하면 사람의 줄기세포는 어떤 종류의 조직이든 만들어 낼 수 있어서 원칙적으로 정자 혹은 난자를 만드는

데도 사용할 수 있거든. 수십 년의 연구 끝에 난 줄기세포를 이용해 정자의 전 단계인 '정조 줄기세포'를 만들어 냈고 과학부 장관의 표창까지 받았어. 그때 문제가 발생한 거야. 인간은 신이 될 수 없다는 논리로 종교계가 들고 일어나 연구소와 나를 공격했고 다음 총선의 표를 의식한 국회의원들이 인간 생식에 관한 연구를 금지하는 '생명윤리법'을 통과시켰어. 아주 비과학적인 발상과 행동이지."

"저도 기억나요. 그 당시 무척 시끄러웠지요. 하지만 그게 아기를 원하는 여성들을 돕는 것과 무슨 관계가 있나요?"

"미혼 여성 중에도 아이를 원하는 경우가 많아. 여자 혼자서 아이를 키우는 것이 요즘은 흠도 아니고 말이야. 하지만 문제는 그들 중 일부는 다른 사람의 정자를 받아들이는 것을 극도로 꺼린다는 거야. 여성 호르몬이 충만해 아이를 낳고 싶은 마음은 굴뚝같은데 다른 사람의 정자는 받아들이기 싫은 애매한 상황에 놓인 여성 환자가 한국에만 무려 천 명이 넘는다네."

"심리적인 이유 때문인가요? 아니면 의학적인?"

"딱 잘라 말하기는 힘들어. 다양한 이유가 혼재되어 있거든. 생명윤리법이 국회를 통과하자 연구소에서는 나에게 다른 연구를 맡기려고 했어. 종교계의 따가운 눈총에서 벗어나고 싶었던 거지. 하지만 생식 연구를 포기할 수는 없었어. 임무에 실패한 아폴로 13호의 짐 러벨(Jim Lovell) 사령관이 '가장 중요한 것은 달에 가는 일이 아니라, 신과 자연의 시험에 응전하는 인간의 노력이다.'라고 말한 것처럼 나는 불가능에 도전해 보고 싶었어."

"연구소에서 못 본 척 그냥 넘어가지 않았을 것 같은데요."

“맞아. 자네도 직장 생활을 하니 잘 알겠지만, 연구소도 결국 대기업에 속하는 조직이거든. 아무튼 나와 아무런 협의도 없이 연구소 독단적으로 KPI(Key Performance Indicator) 목표를 설정해서 우회적으로 견제하려고 했어.”

“KPI는 핵심성과지표의 영어 약자잖아요. 제가 나름 영문과 출신이거든요. 지방대이긴 하지만요.” 그가 술잔을 홀짝이며 씁쓸히 말했다.

“그랬나? 몰랐군. 사실 원래 KPI는 농땡이를 미연에 방지하고 동시에 인력 문제를 깔끔하게 회피하기 위해 설계된 것이었어. 지금은 많이 달라졌지만 말이야. 아무튼 나는 연구소에서 설정한 KPI 목표를 달성하려고 노력하는 척 연기하면서 몰래 생식에 관한 연구를 이어 나갔어. 일반 부서와 다르게 연구소의 목표는 애매하게 작성되는 경우가 많거든.”

“다행이네요. 저 같은 영업직은 숫자로 딱 정해져 있어 빼도 박도 못하거든요.”

“일반 부서는 대부분 그렇게 만들어져 있지.”

“들켰나요?” 갈수록 오 박사의 이야기에 빠져들며 그가 나지막이 물었다.

“아니. 나는 치명적인 사내 정치와 파벌로부터 멀어지는 것을 선택함으로써 감시의 눈을 피해 나갈 수 있었어. 그리고 마침내 성공했어.”

“성공이라니요?”

“여성의 줄기세포를 이용해 온전한 정자를 만들어 낸 것이야. 유전공학적으로 말하면 생식 과정에서 유전 물질을 자손에게 전달하는 역할을 하는 생식 세포를 만들어 낸 셈이지.” 초저녁 흐리멍덩한 오 박사의 취한 눈이 다시 반짝이기 시작했다.

"제 느낌으로는 조금 무섭기도 하고 무언가 잘못되어 가고 있는 것은 아닌지 걱정이 됩니다."

"최 대리, 원래 과학 기술 그 자체는 가치중립적인 것이야. 옳고 그름은 인간의 판단이 만들어 낸 거지. 물론 당시 기술적 파우스트를 욕망하지 않았다면 거짓말이겠지만 그렇다고 내가 생명윤리법에서 손가락질하는 신과 자연의 배신자는 아니라는 말이야."

"지금 하신 말씀은 비과학적이며 오히려 신화적인데요. 마치 오 박사님이 신의 흉내를 내는 것 같은 무서운 생각이 듭니다."

"최 대리가 그렇게 생각하는 걸 비난할 수는 없겠지. 하지만 중요한 이야기는 지금부터 시작이야. 정자를 만든 줄기세포를 제공해 준 여성은 내가 담당하는 팀의 연구원이었어. 그녀는 젊고 총명했지만 운이 없었어. 다른 사람의 정자를 받아들일 수 없는 천 명의 여성 환자 중 하나였지. 처음에는 나도 까맣게 몰랐어. 그저 실험을 위해 본인의 줄기세포를 아낌없이 내놓는 헌신적인 과학자인 줄로 알았어. 하지만 정자를 만드는 데에 성공하자 본심을 털어놓았어. 아기를 가지고 싶다고 말이야. 사람은 의지에 의해서가 아니라 행동으로 정체성이 결정된다는 말은 옳은 말이야. 그녀는 나를 끈덕지게 물고 늘어졌고 마침내 동의를 얻어 낼 수 있었어."

"그래서요?" 그는 침을 꿀꺽 삼키며 이야기를 재촉했다.

"알고 있나? 현대 과학계에서 유일하게 발전 속도를 늦추어야 한다고 주장하는 분야가 바로 유전공학이야. 그만큼 빠른 속도로 진보가 일어나는 곳이지. 그녀는 본인의 줄기세포를 이용해 만든 정자로 임신했고 정확히 266일 뒤에 아이를 출산했어. 알을 낳은 것은 아니지만 마치 트

렘블레이 도롱뇽처럼 자가 수정을 통해서 말이야. 딸을 낳았지. 하긴 남성이 가진 Y 염색체를 제공할 수 없으니 이런 경우 무조건 여자아이가 태어난다네. 각 염색체는 어마어마한 양의 유전 정보를 담고 있는데 태어난 딸은 그 연구원을 무척이나 닮았어."

말도 안 되는 허풍일지라도 삼총사를 비난하지 않고 오롯이 인정하겠다고 한 그의 결심이 흔들리고 있었다. 비록 그가 과학 기술에 문외한이라 할지라도 이런 엄청난 사건을 몰랐을 리가 없기 때문이다. 인터넷을 검색해 봐도 관련 소식은 전혀 찾을 수 없었고 정부, 언론 그리고 과학계마저 침묵하고 있었다. 그는 오 박사의 허풍에 재갈을 물리는 날 선 질문을 거칠게 했다.

"만약 자가 수정이 성공한다면 자신과 딸은 어떤 관계가 되나요? 모녀(母女)인가요, 아니면 분신인가요?"

오 박사는 대답하지 않은 채 묵묵히 잔을 비운 후 미련 가득한 과거를 계속 털어놓았다.

"글쎄. 그건 모르겠네. 하지만 이건 알지. 그 사건으로 말미암아 나의 경력, 사회적 지위와 밝은 미래는 한순간에 사라졌다는 거야. 말 그대로 쫄딱 망했지. 연구소는 실험의 전후 사정을 알아차렸고 생명윤리법의 무거운 책임에서 벗어나려고 시설과 장치를 사적으로 유용했다는 명분을 들어 나와 그녀를 업무상 배임 혐의로 검찰에 고발했어. 우리가 회사에서 해고당하고 몇 달 뒤 검찰은 본격적인 수사를 시작했고 아이를 뺏길지도 모른다는 두려움에 그녀는 필리핀으로 밀항을 시도했고 결국 성공했어."

"수많은 나라 중에 왜 필리핀인가요?"

"7천 개의 섬으로 이루어진 국가라서 조그만 섬에 숨으면 찾는 게 거의 불가능하고, 영어를 제2외국어로 사용해 언어 장벽이 없고, 낙후된 금융 시스템으로 주로 현금을 사용하기 때문에 들킬 개연성이 적거든. 그래서 한국에서 죄를 지은 범죄자들이 이곳에 많이 거주하고 있지 않나?"

"맞아요. 그렇다고 해도 오 박사님이 필리핀에 거주하는 것은 설명이 안 되는데요?"

"그 모녀(母女)를 찾기 위해서야. 내 연구가 사적인 이익을 위한 것이 아니라 불쌍한 여성 환자들을 도와주는 것이라는 걸 증명하기 위해서 말이야. 최 대리가 이야기를 믿지 못하는 것처럼 검찰도 의심이 가득한 눈초리로 나를 볼 것이 뻔하거든. 그래서 부정할 수 없는 과학적 증거가 필요한데 도피한 그들의 신체가 명백한 물적 증거인 셈이지."

"하지만 아까 오 박사님이 말씀하셨듯이 7천 개의 섬으로 이루어진 이곳에서 무슨 방법으로 모녀를 찾아낸다는 겁니까?"

"희박한 가능성이지만 길이 아예 없는 것은 아니야. 근친 교배의 경우 10살이 되었을 때 평균적으로 IQ는 22퍼센트 낮고, 키는 10센티미터 작아. 불운한 일이지. 하지만 더 큰 문제는 척수에 있는 세포들을 죽게 만들고 심각한 장애를 일으키는 '척수성 근위축'이라는 치명적인 병이 발생한다는 거야. 따라서 모녀는 치료를 위해 병원을 정기적으로 방문할 것이 분명해."

"병원이 한두 군데도 아니고 수도 마닐라에만 수천 개는 될 텐데 어떻게 모녀를 찾겠다는 말씀이세요?" 그가 짜증을 섞어서 물었다.

"내가 조사를 해 보니 척수성 근위축을 다루는 곳은 수십 개 정도야. 그래서 병원 리스트를 만들고 시간 날 때마다 마치 수배자의 고향이나 예전 거주지를 배회하는 형사처럼 이곳저곳 돌아다니고 있어. 누가 알겠어? 병원 복도에서 딱 마주칠지 말이야."

"저도 그러길 기도하지요." 그는 오 박사의 허풍을 이제는 받아들이기로 결심했다는 듯 영혼 없이 대꾸했다.

"고마워. 최 대리. 하지만 이것도 오래 못 갈 것 같아. 오늘 검찰에서 최후통첩이 왔어. 귀국해 조사받지 않으면 인터폴 적색수배를 내려 강제 구인하겠다고 하더군." 오 박사가 근심이 가득한 얼굴로 말했다.

"아, 그래서 오늘 표정이 어딘지 씁쓸해 보이셨군요."

"그 일이 일어나고 벌써 6년이 지났어. 올해로 아이의 나이가 7살이야. 그동안은 비싸고 실력 좋은 전관예우 변호사를 고용해 버텼으나 이제는 어떻게 해야 할지 모르겠어. 옛말에 나쁜 일은 설명할 필요가 없고, 오직 좋은 일만 확인하는 절차가 필요할 뿐이라고 하더니 검찰에 출두해서 증거도 하나 없는 이 허무맹랑한 이야기를 어떻게 설명할 수 있을까?"

"하늘이 무너져도 솟아날 구멍이 있다고 하잖아요. 방법이 있겠지요. 힘을 내세요. 오 박사님." 동동주를 따르며 그가 애처롭게 말했다.

"최 대리, 하늘이 왜 파란 줄 아나?"

"글쎄요. 잘 모르겠는데요."

"태양에서 온 빛 중 파란색의 파장이 짧아서 산란을 가장 많이 하기 때문이야. 분홍색의 파장이 짧았다면 하늘은 온통 분홍색을 띠고 있었을 거야. 과연 내가 얼마나 더 파란 하늘을 자유의 몸으로 볼 수 있을까?" 오 박사는 후회 가득한 눈으로 그가 따라 준 잔을 비웠다. 그리고 주인장 황 프로에게 돈을 낸 후 조용히 사라졌다. 파란 무궁화에 홀로 남은 그는 '이런 허풍으로 오 박사가 얻을 수 있는 것이 과연 무엇일까?'라는 의문을 자신에게 던졌고 그 답안을 알아내기 힘들다는 것을 깨달았다. 하지만 실감 나는 오 박사의 연기는 아카데미 남우주연상을 받을 만하다고 느끼며 이미 솜털만큼 가벼워진 주전자를 들어 스스로 술을 따랐다. 그렇게 이국(異國)의 하루가 저물어 가고 있었다.

날씨가 더 이상 더워지지 못할 만큼 더워진 어느 여름날 오랜만에 삼총사와 최 대리가 함께 모였다. 서로 사는 게 바빠 얼굴을 못 보다가 공교롭게도 술 한잔 하고 싶은 마음이 우연히 들어맞아 파란 무궁화에서 뭉친 것이다. 주인장 황 프로의 반가운 인사를 받으며 그들은 갓 담근 동동주와 닭볶음탕을 주문했다.

"종종거리며 바쁘게 살지 않으려고 은퇴 이민을 왔는데 어쩌다 보니 한국에서보다 더 바쁘네그려. 그동안 다들 잘 있었는가?" 가장 나이 많은 박 선생이 평온한 얼굴을 하고 자신의 특징 중 하나인 옛날 말투로 부드럽게 물었다.

"예, 별일 없었습니다. 그동안 무슨 일로 그리 바쁘셨습니까? 은퇴했다면서요?" 두 번째 연장자인 오 박사의 질문에 마치 큐볼에 맞은 당구공이 되튀어 나가는 것처럼 박 선생이 재빨리 덧붙였다.

"말이 은퇴지, 심령술사에게 은퇴라는 것이 가당키나 하겠어? 아예 끊긴다면 모를까 손님이 존재하는 한 일은 해야지."

"한국도 아니고 마닐라에도 손님이 있나요?" 그가 낮은 목소리로 물었다.

"많지는 않으나 간혹 있다네. 대부분 한국인 손님이지만 용하다는 소문을 듣고 필리핀 현지인이 찾아오기도 한다네."

"재미있네요. 필리핀 현지인은 무엇을 주로 물어보나요?"

"사람은 누구나 다 똑같다네. 손금이나 사주팔자 그리고 연애 운, 뭐 그런 것들이지."

"하긴 그렇겠네요. 손님이 이번에 어떤 걸 물어보셨길래 한동안 두문불출(杜門不出)하신 거예요?"

"아주 고약한 걸 물어 왔다네. 심령술사로서 수십 년을 살았지만 이런 경우는 난생처음이었어."

"도대체 무슨 일인데 그러세요?" 그가 말을 마치기도 전에 황 프로가 빨갛게 양념이 된 닭볶음탕과 새로 담근 동동주가 들어 있는 주전자를 가져왔고 강 코디가 나이순으로 잔을 채웠다.

"요새 젊은이들은 심령술사를 사기꾼으로 오해하지만, 그건 진실을 제대로 파악하지 못해서 그런 거야. 심령술사는 감상이나 느낌이 아닌 통계와 데이터를 이용해 사람의 과거 궤적과 미래를 예측하거든. 예를 들면 평범한 중년 남성이 점(占)집에 가서 단지 생년월일과 이름만을 말했는데 심령술사가 대뜸 '친한 친구 중에서 얼굴에 곰보 자국을 가진 사람이 있지요?' 하고 물으면 남성은 속으로 '어떻게 알았지?'라고 생각하며 신통력에 놀라워하겠지. 중년 남성에게는 정말로 곰보 자국을 가진 친구가 있거든. 하지만 사실은 남성이 태어난 연도에 어린이 수두 전염병이 전국적으로 대유행해서 출생자 중에 환자가 많았던 거라네. 수두에 걸리면 물방울 모양의 물집이 온몸에 퍼져 나중에 딱지가 되어 떨어지는데 그중 일부는 움푹 파인 자국을 남긴다네. 이 흉터를 소위 '곰보 자국'이라 부르는데 몸에 난 흉터는 옷으로 가릴 수 있지만 얼굴은 그럴 수 없으니 남성의 친구 중에서 곰보 자국을 가진 사람이 존재할 확률이 매우 높은 거라네. 심령술사는 임기응변에 능한 암기력 좋은 통계학자라네. 다들 내 말 알겠는가?" 술이 약한 박 선생이 붉게 달아오른 얼굴로 온화하게 말했다.

"그런 게 있었군요. 점쟁이가 사람을 막무가내로 홀리는 것은 아니라는 사실을 저는 예전부터 알고 있었어요." 양념 밴 닭고기를 젓가락으로 한 움큼 집으며 강 코디가 주절거렸다.

"어허, 점쟁이가 아니고 심령술사라니까 그러네."

"어이쿠 죄송합니다. 박 선생님. 말이 헛나갔어요. 심령술사 말입니다." 강 코디가 변명하듯 대답했다.

"베테랑 중 베테랑이신 박 선생님조차 처음 경험했다고 말하는 걸 보니 그 이야기가 무척 궁금하네요." 오 박사가 흥미 가득한 눈으로 말했다.

"질문도 평범하진 않았으나 손님 자체가 더욱 그러했네. 내가 만나 본 고객 중 최고의 VIP였으니까."

"정치인 아니면 재벌 총수라도 되는 모양이지요?"

"아니야, 최 대리. 연예인이었어. 그것도 필리핀에서 최고의 인기를 누리는 여자 연예인."

"누군데요?" 강 코디가 궁금함을 참지 못하겠다는 투로 물었다.

"마리안. 자네들도 다 알겠지? 그녀가 누군지 말이야."

"알다마다요. 젊고 예쁘고 게다가 바른 심성까지 갖춘 완벽한 여배우죠. 그런데 그녀가 필리핀 사람도 아닌 박 선생님을 왜?"

"마음속 사연 없는 사람이 세상에 어디 있겠냐만 그녀 또한 가슴 아픈 비밀을 간직하고 있었다네. 사실 그녀의 비서가 내게 먼저 연락을 해 왔어. 한국인 심령술사를 찾는다고 말이야. 보니파시오 글로벌 시티(BGC) 샹그릴라 호텔 스위트룸으로 오전 10시까지 비밀리에 오라고 하더라고. 그래서 아무에게도 알리지 않고 얌전히 그곳으로 갔다네. 스위트룸 식탁 위에는 계란프라이, 바삭바삭한 베이컨, 진한 블랙커피 한 잔 그리고 버터의 황금빛이 더 오래된 황금빛 속으로 사라지는 중인 토스트가 담긴 쟁반이 있었어. 잠시 기다리니 몸집 좋은 경호원 둘과 여성 통역사를 대동하고 짙은 선글라스를 쓴 마리안이 나타났다네. 그녀의 얼굴은 마치 고등어의 배처럼 창백했고 글로만 읽었던 입술이 새파래진 사람의 모습을 하고 있었어. 나는 마치 좋아하는 화가의 새로운 그림이라도 되는 것처럼 그녀의 얼굴을 한동안 뚫어지게 바라보았다네."

"그래서요?" 술 먹을 생각도 잃어버린 채 모두 박 선생의 이야기에 빠져들었다.

"경호원을 내보내고 통역사와 나는 마리안의 침실로 들어갔다네. 그리고 비밀에 대해 들을 수 있었지. 그녀는 어릴 때부터 왠지 제복 입은 사람과 불을 싫어했다고 하더군. 그리고 매년 4월 중순이 다가오면 발작에 가까운 악몽을 꾼다는 거야. 내용이 똑같은 불길하고 무서운 꿈 말이야. 희한한 것이 4월이 지나면 잠잠해지고 다음 해에 또 반복된다는 거야. 이 말을 하면서 그녀의 얼굴이 애처롭게 변했어."

"무슨 악몽인데요?" 강 코디가 모두가 들을 수 있을 정도로 침을 꿀꺽 삼키며 물었다.

"불에 타 죽는 악몽이라네. 그것도 부모님과 함께 말이야. 한 번도 가슴 아픈 일인데 반복해서 같은 악몽을 꾼다니 안쓰럽기 그지없더군."

"이야기 도중 미안하지만 그게 한국인인 박 선생님하고 무슨 상관이 있나요?” 오 박사가 딱딱하게 물었다.

“성급하게 굴지 말게나. 이야기를 듣고 나면 자네도 충분히 이해할 수 있을 테니까. 어디까지 했더라? 아! 마리안의 이야기에 따르면 악몽 속 부모님의 생김새가 마치 동북아시아 사람 같았고 죽어 가면서 자신을 끌어안고 ‘동례야, 동례야.’라고 불렀다는 거야. 그리고 불이 난 장소에는 십자가가 벽에 걸려 있었다고 하더군. 4월이 다가오면 잠잘 때마다 내면의 두려움이 마치 가느다란 연기 기둥처럼 피어올라 그녀는 거의 미칠 지경이라며 내게 하소연하더라고. 실력 좋은 정신과 의사들과 용하다는 영매들을 모두 만나 봤지만 아무 소용도 없었다며 나한테 살려 달라고 울먹였어.” 박 선생은 목이 타는 듯 잔을 단숨에 비운 후 말을 이었다.

“처음에는 나도 어떻게 해야 할지 전혀 감을 잡을 수 없었어. 그래서 한 가지를 제안했다네. 마음 깊숙이 가라앉아 있는 상처를 치료하기 위해서는 원인을 파악하는 것이 첫 번째 과제인데 그것을 알아내기 위해 마리안에게 과거로 거슬러 올라가는 최면을 걸어 보고 싶다고 말이야. 그녀는 잠시 고민하더니 불면증에 지친 표정으로 마지못해 동의하더군.”

이때 주인장 황 프로가 서비스 안주라며 살짝 구운 반건조 오징어와 볶은 땅콩을 접시에 담아 가져왔다. 그는 박 선생의 이야기를 들으며 오징어를 두 손으로 잡고 먹기 적당한 크기로 찢었다.

“최면은 그리 어렵지 않았어. 내가 읊조리면 통역사는 마리안에게 전달했고 그녀는 곧 최면에 빠졌다네. 나는 그녀의 의식을 시나브로 현재에서 과거로 되돌렸고 전생(前生)의 기억에 도달할 수 있었어. 마침내 마리안의 마음 깊이 침잠되어 있는 상처의 원인을 발견한 거라네. 전생의 그녀는 한국의 어느 시골 마을에서 부모님의 사랑을 듬뿍 받으며 행복하게 살아가는 소녀였어. 부모님은 사랑하는 딸을 위해 깊이를 알 수 없는 당신들의 사랑의 샘에서 끌어온 물로 매일 그녀의 마음을 채워 주었다네. 최면에 빠진 마리안은 과거를 이야기하며 항상 미소를 머금고 있었지. 하지만 갑자기 얼굴이 일그러지면서 그녀의 가족과 마을 사람들이 교회로 보이는 건물에 갇혔고 제복을 입은 사람들이 그들을 향해 무차별 총격을 가했다고 말하더군. 그리고…."

"그리고요?" 강 코디가 얼른 말하라는 투로 따라 했다.

"제복 입은 사람들이 교회에 불을 질렀다고 하더군. 문을 잠근 채 말이야. 교회 안에 있는 사람들은 어떻게 해서든 탈출하려고 노력해 보았지만 날아오는 총탄과 매캐한 연기에 결국 하나둘씩 쓰러졌다고 하더군. 그 와중에서 부모님은 그녀를 살리려고 꼭 끌어안고 저항했으나 자네들도 알다시피 세상에는 하나님의 손길이 미처 닿지 못하는 곳도 있는 법 아닌가? 결국 그녀와 부모님 그리고 마을 사람들은 모두 불에 타 죽었다네. 너무 가슴 아픈 일이지." 박 선생은 한숨을 내쉬며 씁쓸히 말했다.

"마리안은 최면에서 깨어난 후에도 큰 소리로 한스럽게 울었어. 상처의 원인을 파악했으니 치료의 방법을 찾아야 한다고 생각한 나는 일주일 후 다시 오겠다는 말을 남기고 통역사와 슬픔에 잠긴 그녀를 남겨 두고 그곳을 빠져나왔다네."

옆에서 조용히 술을 따르며 이야기를 듣고 있던 그는 시간을 담보로 돈을 대출해 주는 외계인 카지노 강 코디와 전 여직원이 자가 수정을 통해 딸을 낳았다는 오 박사보다 박 선생이 더 어이없는 허풍쟁이라고 생각했다. 전생(前生)이나 부모님의 원수는 '전설의 고향'에서나 볼 수 있는 진부한 소재라고 느꼈기 때문이다. 하지만 마치 독거미라도 가득 들어 있는 종이 봉지를 양손으로 붙잡고 있는 듯 그는 입을 꽉 다물었는데 괜히 나서서 한창 무르익은 분위기를 깨는 경솔한 행동을 하고 싶지 않은 것이었다.

"집으로 돌아온 나는 인터넷을 통해 관련 사건을 조사하기 시작했고 얼마 안 가 전체 그림을 파악할 수가 있었다네. 1919년 3.1 운동과 함께 만세 운동이 전국적으로 퍼져 나가면서 경기도 화성시 향남읍에 있는 농촌인 제암리 일대에서도 만세 운동이 일어났다네. 마을 청년을 비롯한 제암리 주민들이 장날을 이용해 '대한 독립 만세'를 외치며 시위를 벌인 거였어. 이때 일본 경찰은 총칼을 휘두르고 매질하는 등 무력으로 이를 진압했다네. 하지만 그들은 이후에도 장날에 만세를 부르고 봉화를 올리며 시위를 이어 나갔네. 그러다가 4월 15일 참사가 일어났다네. 일본군 특수검거반이 마을에 들이닥쳤고 '그동안 때린 것을 사과하겠다.'라는 명목으로 주민들을 교회에 모은 다음 문을 걸어 잠그고 총으로 무차별 사격을 가한 뒤 불을 질러 주민 23명을 학살한 거야. 불행 중 다행인 것은 사건 발생 3일 후 마을을 찾은 선교사 스코필드 박사가 몰래 찍은 사진으로 일제의 만행이 세상에 공개되었지. 하지만 일본군은 불을 끄려 했으나 바람 때문에 어쩔 수 없었다는 황당한 변명을 늘어놓았고, 게다가 학살의 주범 아리타 중위는 일본 군법정에서 무죄 판결을 받고 사건이 종결되었다네. '법률이란, 공유지에서 거위를 훔친 사람을 틀림없이 처벌하는 것이며, 거위에게서 공유지를 훔친 중죄인을 그냥 풀어 주는 것이다.'라는 속담에 딱 어울리는 판결이 내려진 거라네. 그러다가 2007년 당시 조선 주둔 일본군 사령관이었던 우쓰노미야 다로

(宇都宮太郎) 대장의 일기장이 발견되었는데 거기에는 '제암리 사건을 사실대로 처분하면 가장 간단하겠지만 학살·방화를 자인하는 꼴이 되어 일본 제국의 입장에 심대한 불이익이 되기 때문에, 간부들과 협의한 끝에 마을 사람들이 저항했으므로 살육한 것으로 하고, 학살·방화 등은 인정하지 않기로 했다.'라는 내용이 적혀 있었어. 이건 일본의 대표 일간 신문인 아사히 신문에서 보도한 내용이니 신뢰할 수 있다네. 하지만 그 후에도 일본 정부는 지금까지 단 한마디의 사과도 하지 않았어. 생존자의 증언에 따르면 살 타는 냄새가 다음 날 저녁까지 마을을 뒤덮었고 그 잔혹한 광경을 본 마을 주민 몇 명은 미쳤다고 하더군. 아무튼 너무나 슬픈 한국의 역사야."

박 선생의 의미심장한 언급에 숙연한 감정과 일본에 대한 반감이 동시에 스멀스멀 올라오려고 할 때 그가 나지막한 목소리로 물었다.

"그런데 박 선생님. 필리핀 최고의 여배우 마리안과 제암리 사건이 무슨 관계가 있다는 건가요?"

"궁금하나, 최 대리? 사실 나도 그게 무척이나 궁금했었다네. 그래서 사건 자료를 꼼꼼히 조사하다가 23명의 사망자 명부에서 한 가지를 발견했어. 당시 15살 소녀였던 '전 동례' 씨가 부모님과 함께 교회 안에서 사망했다는 것을 말이야."

"아, 맞다. 아까 마리안의 꿈에서 누군가 자신을 '동례야, 동례야.' 하고 부른다고 하셨죠?" 강 코디가 무릎을 치며 말했다.

"도박에 미쳐서 다른 것에는 일말의 관심도 없는 줄 알았더니 그건 또 아닌가 보구먼."

"저 이제 도박 안 한다니까요. 그래서 다음은 어떻게 됐어요?" 강 코디가 변명하듯 대답했다.

“다음은 오히려 간단하다네. 상처의 원인을 알았으니 치료해야지. 일주일 후 마리안을 만나 그동안 조사한 내용을 모두 말해 주었고 이승을 떠도는 불쌍한 영혼을 천국으로 보내는 ‘천도제(遷度祭)’를 지내자고 권유했어. 그녀는 흔쾌히 동의했고 부모님과 ‘전 동례’ 씨의 이름을 새긴 나무패를 만든 뒤 나는 하늘에 기도를 올렸어. 기도가 끝난 후 마리안은 나무패를 끌어안고 얼굴이 아플 정도로 활짝 미소를 지었다네. 심지어 불타 버린 교회도 그 정도로 환하게 빛나지는 못했을 거야.”

“아무리 그래도 박 선생님 이야기는 비약이 좀 심한 것 같습니다. 필리핀 여배우의 전생이 일제 강점기에 학살당한 한국인 소녀였다는 것도 그렇고 꿈에서 ‘동례야.’ 하고 불렀다는 이유로 개인 신상을 확정 짓기에는 증거가 턱없이 부족한 것 같은데요?”

“그럴 수 있겠지, 최 대리. 하지만 장교로 승진 못 한 주임 원사가 성공한 것인지, 조그만 동네 은행 지점장이 목적한 바를 이룬 것인지는 오직 본인만이 알 수 있는 거라네. 그 후 마리안의 비서와 잠시 통화를 했는데 천도제(遷度祭)를 지내고 나서 악몽은 사라졌고 그녀는 푹 잠을 잔다고 하더군. 하지만 또 모르지. 내년 4월이 다가오면 불면증이 다시 시작될지. 사람의 운명은 그 누구도 알 수 없으니까 말이야.” 박 선생은 자신도 잘 모르겠다는 듯 어깨를 으쓱해 보였다.

“역사는 반복되지 않으나 역사적 상황은 반복된다고들 하잖아요. 한국 사람들 정신 바짝 차려야 해요. 제가 예전에 함께 일해 봤는데 일본 과학자들 수준이 상당히 높았어요.” 오 박사가 한마디 거들었다.

“그건 그래요. 카지노에서도 중국인이나 한국인은 무모할 정도로 거침없이 도박하는데 일본인은 깨작거리거든요. 조심성 많고 자제력이 높은 민족이에요." 강 코디도 자신의 경험담을 털어놓았다.

"마리안 이야기 때문에 분위기가 가라앉아 미안하네. 오늘 술값은 내가 책임지지. 마음껏 마시라고. 두둑한 사례금을 받았거든. 어이! 황 프로, 여기 술 좀 더 내오게."

서 있는 곳과 원하는 곳 사이를 가로막고 있는 것이 있다면 그것은 대부분 본인이라더니 그는 박 선생의 이야기를 믿어야 할지 말아야 할지 갈피를 잡지 못한 채 그 칼날 위에서 취해 갔다.

한국과 너무 다른 필리핀의 정서가 처음에는 황당하기도 하고 한심하게 느껴졌으나 삼총사를 만나 계속 이야기를 나누면서 그는 마치 마법에 빠진 개구쟁이처럼 사소한 것들을 시나브로 잊게 되었다. 예를 들면 약속 시간을 잘 지키지 않고 심지어 한 시간을 늦어도 그러려니 하는 필리핀 사람들을 대하면서 처음에는 버럭 화를 냈으나 삼총사를 만난 후로는 '만약 외계인과 함께 엘리베이터에 타면 무슨 이야기를 할까?'라는 상상에 빠져 느긋하게 기다리는 시간을 즐길 수 있게 된 것이다. 그러던 어느 날 후임자가 준비되었으니 한국으로 복귀하라는 인사 발령을 회사로부터 통보받은 그는 한편으로는 시원했고 또 다른 한편으로는 삼총사를 더 이상 볼 수 없다는 생각에 섭섭한 마음을 감출 수 없었다. 귀국하기 며칠 전 조촐한 환송회가 준비되었다는 황 프로의 연락을 받고 달려간 파란 무궁화에서 그는 삼총사의 허풍에 대한 자신의 소신이 흔들리는 것을 경험할 수 있었다. 그동안 자신이 믿어 온 정답은 고사하고 모범 답안조차 희미한 안개 속으로 사라지는 상황에 맞닥뜨리게 된 것이다. 언제부터인지 강 코디는 파란 무궁화에 자주 모습을 보이지 않았고 그나마 가끔 올 때도 마치 마약 중독자처럼 항상 긴팔 옷을 입었다. 소문으로는 강 코디가 최근 앙헬레스에 빈번히 나타난다고 했는데 VIP 손님을 따라다녀야 하는 카지노 에이전트의 특성상 별일 아니라고 그는 생각했다. 하지만 환송회에 참석한 강 코디는 어딘지 불안해 보였다. 그가 소변이 마려워 파란 무궁화의 화장실 문을 벌컥 열었을 때 그곳에서 강 코디는 왼팔 셔츠를 걷고 손목의 전자 칩(RFID) 비슷한 물체를 주의깊게 살펴보고 있었다. 그의 등장에 깜짝 놀란 강 코디는 마치 누군가가 담뱃불로 목뒤를 지지기라도 한 것과 같은 반응을 보이며 돌아선 후 왼팔 셔츠를 급히 내리고 아무런 말도 없이 밖으로 나갔다. 그가 조금 전 화장실에서 있었던 일을 박 선생에게 이야기하자 "백여우 꼬리 십 년을 굴뚝 위에 올려놓아도 한 번 쓸면 흰색"이라는 전라도 속담이 있다네. 도박은 끊기 어려워. 그건 마치 숨 안 쉬기와 비슷하다네. 누구나 숨을 참을 수는 있지만, 아주 오래 그럴 수 없는 노릇이지. 다시 그놈의 중독이 도진 것이라네. 쯧쯧!"이라는 답변이 돌아왔다.

"손목의 전자 칩 같은 건 뭘까요?"

"아마도 자네가 시계나 팔찌 뭐 그런 것을 잘못 본 걸 거야." 그때 맞은편에서 강 코디와 젊은 후배로 보이는 사람이 술을 마시며 환담하는 모습이 그의 눈에 띄었다. 그런데 놀랍게도 후배의 왼손은 철사와 가짜 고무로 새로 만들어진 인공 보철물이었다. 그가 벌어진 입을 다물지 못하고 있을 때 오 박사가 가게 문을 활짝 열고 당당하게 들어왔다.

"저 빼고 무슨 이야기를 그리 재미있게 하십니까? 일 때문에 조금 늦었습니다. 최 대리가 한국으로 돌아간다니 섭섭하네요. 하지만 인연이 있으면 또 만나게 되겠지요. 서로 너무 아쉬워하지 말았으면 합니다." 오 박사가 싱글벙글 웃으며 인사했다.

"무슨 좋은 일이 있는가? 얼굴에 미소가 가득하구먼. 그나저나 자네 뒤에 함께 계신 분들은 누구신가?" 박 선생이 호기심 가득한 눈으로 물었다.

"예전에 연구소에서 함께 일했던 동료와 그녀의 딸이에요. 세상이 좁다는 말이 그저 속담만은 아닌 것 같아요. 한국도 아니고 수천 킬로나 떨어진 마닐라에서 우연히 만나게 될 줄은 꿈에도 몰랐다니까요." 오 박사 뒤에 서 있던 여성과 딸이 고개를 숙여 가볍게 인사했다.

"어서 오세요. 반갑습니다. 자리에 앉으세요. 이 집이 허름해 보여도 한국 전통 맛집으로 나름 유명합니다." 박 선생의 권유로 모녀가 합석했다. 자리에 앉은 모녀를 자세히 살펴보니 쌍둥이처럼 똑같이 생겼다는 것을 그는 발견할 수 있었다. 엄마와 딸이 닮은 것은 당연한 일이지만 닮아도 너무 닮았다는 것이 오히려 이질감을 줄 정도로 판박이였다.

"딸이 엄마를 많이 닮았네요. 몇 살인가요?"

"내년에 8살이 됩니다." 박 선생의 질문에 오 박사가 재빨리 대답했다. 딸은 또래보다 키가 작았고 허리가 굽은 것처럼 보였다. 상대방이 처음이라 불편하게 느낄 수도 있겠다는 배려심에 박 선생은 분위기에 맞지 않는 엉뚱한 질문을 엄마처럼 보이는 여성에게 했다.

"일반인들이 술자리에서 정치와 스포츠에 관해 이야기하듯 과학자들이 과학에 대해서 열띤 토론과 논쟁을 벌이는지가 평소 궁금했었는데 이제 물어볼 수 있는 기회가 생겼네요. 과학자로서 답변 좀 해 주세요. 어떤가요? 정말 그런가요?" 박 선생의 질문에 그녀는 말없이 쑥스러운 미소만 지었고 오 박사는 주의를 다른 곳으로 돌리려는 듯 가게 내부의 대형 TV를 가리키며 말했다.

“어, 마리안이네요.” 모두 고개를 돌려 TV를 바라보았고 그곳에서는 연예인 뉴스 한 토막이 나오고 있었다. 패션쇼를 위해 한국을 방문한 마리안이 일정에 없는 3.1운동순국기념관에 헌화했다는 내용이었다. 그때 박 선생이 나지막이 중얼거렸다.

“사람의 운명은 누구도 알 수 없다니까?”

환송회 분위기에 취한 그는 곧 돌아오겠다는 지키지 못할 약속을 남발한 후 니노이 아퀴노(Ninoy Aquino) 국제공항에서 한국행 비행기에 몸을 실었다. 중요하지도 않은 사소한 만남이 한 사람의 의식을 바꿔 미래 전체가 바뀌는 일이 간혹 발생하곤 하는데 이 경우가 그런 사례였다. 한국의 바쁜 업무 속에서도 그는 한순간도 파란 무궁화와 삼총사를 잊은 적 없었고 귀국 후 일상에 완벽히 적응했다고 판단된 순간 깊은 애정이 담긴 짧은 인사말을 전송했다. 이메일에는 상상력이 부족한 자신을 일깨워 준 것에 대한 감사와 개들이 문명을 만들고 인천의 어느 섬을 점령한다는 최 대리의 변변찮은 첫 창작 소설이 첨부되어 있었다.

※ 작가 노트

아서 C. 클라크의 단편 소설 속 영국식 주점(Pub) ‘하얀 사슴’이 모티브가 되었다. 고된 하루 일을 마치고 친한 벗과 함께하는 한잔 술은 무더운 여름밤조차 그립게 한다.

카카오톡의 황혼

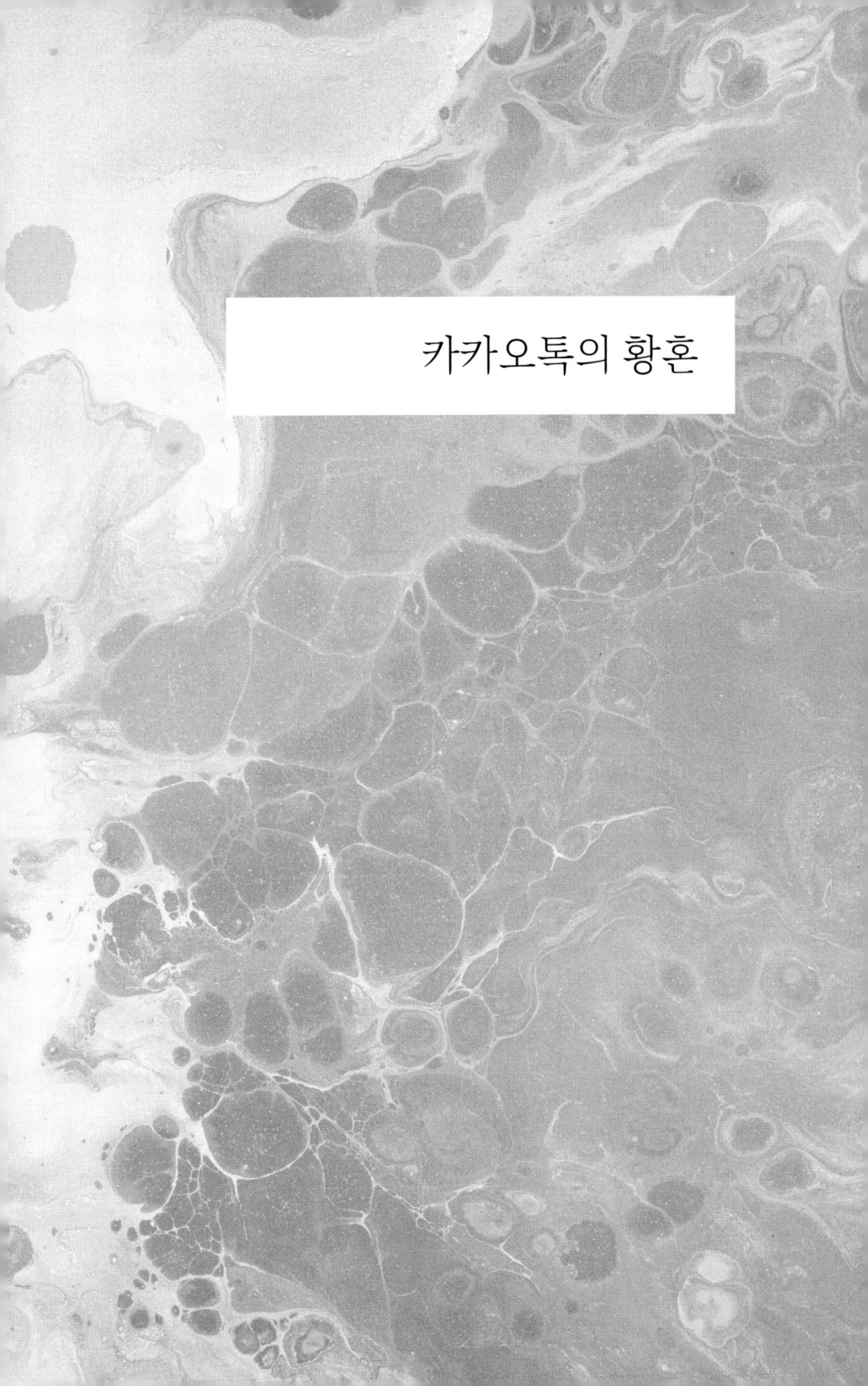

카카오톡의 운명을 결정짓는 중차대한 회의가 열린 곳은 서기 2043년 가을, 서울 본사 30층 진 회장의 개인 사무실이었다. 사무실 외부는 낙엽이 붉게 물드는 공원의 전경을 훤히 내다볼 수 있도록 강화 통유리로 설계되어 있었고, 내부는 값비싼 수입 이태리 원목 가구로 호사스럽게 치장되어 있었다. 그리고 무엇보다 이곳은 보안이 철저하기로 유명했다. 회의는 진 회장과 관계자들이 모두 자리에 참석하면서 시작되었다. 회사의 오너이자 경영자 진 회장, 김&장 소속의 법률 고문 박 변호사, 경영지원본부장 손 전무 그리고 사내 인공지능 연구소 안 박사가 그들이었다. 네 명의 정식 참석자를 제외하고는 그 누구도 회의의 내용을 알 수 없었고 심지어 진 회장의 내연녀이자 매력적인 김 비서조차 출입이 통제되었다. 의미심장한 표정의 참석자들은 서로 가볍게 눈인사를 나눈 후 회의의 주관자인 손 전무의 프레젠테이션에 귀를 기울였다.

"안녕하십니까? 진 회장님 그리고 박 변호사와 안 박사. 금일 이렇게 회의를 진행하게 된 것은 미래에 다가올 위험을 인식하고 이에 대한 해결 방안을 찾기 위함입니다. 현재까지 인류는 당사가 마주한 문제를 경험해 본 적이 단 한 번도 없었습니다. 따라서 참고할 만한 모범 답안이나 베스트 프랙티스(Best Practice)는 존재하지 않는다는 점을 미리 알려 드립니다. 여기 계신 분들 모두의 지식과 경험을 한데 모아 코앞에 닥친 이 도전적인 문제를 해결하는 것이 최고의 방법인 상황입니다. 전대미문의 문제를 해결하기 위해서는 비정상적이며 불법적인 방법이 때때로 동원될 수도 있습니다. 금일 회의 내용은 절대 외부로 노출되어서는 안 됩니다. 이 점 다시 한번 유념해 주시기 바랍니다. 각설하고 본회의에 들어가도록 하겠습니다. 2년 뒤 2045년부터는 당사 주력인 '카카오톡' 사용자의 구성이 산 사람(生人)보다 죽은 사람의 숫자가 더 많아지는 극적인 변화가 발생하게 됩니다. 왜 그러냐 하면 대한민국은 2021년부터 전체 인구가 조금씩 감소하기 시작했는데 대부분은 카카오톡을 일단 가입하면 서비스 이용을 그만둔 뒤에도 굳이 자신의 프로필을 삭제하지 않기 때문입니다. 여기서 말하는 '서비스 이용을 그만둔 사람'은 직설적으로 말하면 죽은 사람을 뜻합니다. 즉, 죽은 사람들 대부분은 계정을 삭제하지 않고 그냥 내버려 둔다는 말입니다. 이런 현상이 당사에 나쁜 것은 아닙니다. 사실 회사로서는 해당 계정을 그냥 놔두는 것이 마구잡이로 데이터를 사 가는 업체에 고액을 받고 팔 수 있어 오히려 재무적으로 큰 도움이 됩니다. 데이터 관리를 위한 추가 비용은 아주 미미한 수준이기 때문입니다. 하지만 대한민국 인구의 급격한 노령화로 새로운 가입자 대비 '서비스 이용을 그만둔 사람'의 빠른 증가가 예상됩니다. 따라서 죽은 사람들의 계정을 어떻게 관리해야 할지에 대한 사업적, 법률적 문제를 처리해야 합니다. 아까도 말씀드렸듯이 통계적으로 2년 뒤인 2045년부터는 산 사람보다 죽은 사용자가 더 많아지게 됩니다."

"지금처럼 그냥 놔두면 될 일 아닙니까? 회사가 잘 돌아가는데 굳이 이 상황에서 논의하는 이유가 뭔가요?" 탐욕이 얼굴에 덕지덕지 붙은 진 회장이 짜증을 섞어서 말했다.

"회장님, 저도 그럴 수만 있다면 그렇게 하고 싶습니다. 하지만 죽은 사람의 모든 온라인 기록을 자동으로 삭제할 수 있는 권리를 주장하는 시민 단체의 압력도 상당할 뿐 아니라 국회에서 이에 관한 새로운 법을 제정하려는 움직임이 있습니다. 회사는 리스크 관리 차원에서 전략을 세워 이 문제에 대처해 나가지 않으면 안 됩니다." 손 전무가 나지막이 대답했다.

"그건 손 전무 말이 맞습니다. 세금만 축내는 시민 단체는 차치하고라도 국회에서 이 문제로 논의가 이루어지고 있다면 미리 준비해서 나쁠 건 없습니다, 회장님." 고급 정장에 뿔테 안경을 쓴 박 변호사가 재빨리 덧붙였다.

"박 변호사가 그렇게 말한다면 이해하겠네. 하지만 내일 콧대 높은 국회의원들과 골프 약속이 있어서 말이야. 오늘 코치로부터 특강을 받아야 하니 손 전무가 핵심만 간략하게 보고해 주게. 내가 얼마나 바쁜 사람인지 자네도 알겠지?"

"네, 알겠습니다. 회장님. 그럼 본론으로 바로 들어가도록 하겠습니다. 의사 결정이 필요한 사항들을 일목요연하게 정리해 보았습니다. 바로 보시겠습니다." 손 전무는 프레젠테이션 화면을 다음 페이지로 넘겼다.

1. 가까운 친척이나 유족들에게 비밀번호 접근권을 주어야 할까?
2. 접근이 가능하도록 계정을 계속 남겨 둬야 할까?
3. 어떤 항목들을 사적으로 놔둬야 할까?
4. 유족은 이메일에 접근할 권리를 가지고 있는가?
5. 추모 페이지를 만들고 거기에 코멘트를 남길 수 있도록 해야 할까?
6. 장난이나 악플에는 어떻게 대처해야 할까?
7. 사람들이 사망한 이용자의 계정과 나눈 대화를 그대로 놔두도록 허용해야 할까?
8. 어떤 사람들에게 이들 계정이 검색될 수 있도록 해야 할까?

"위 문제를 보시면 왜 모범 답안조차 없고 그동안 사회적 합의를 이루지 못한 것인지 쉽게 파악하실 수 있을 것입니다. 마치 풀기 어려운 고약한 것만 모아 놓았다는 착각이 들 정도의 난이도입니다. 지금까지는 어영부영 시간을 보내며 버텨 보았으나 전체 사용자 중 사망자의 수가 산 사람(生人)을 넘어서는 2년 후에는 이와 같은 대응 방식이 불가능할 것으로 보입니다. 게다가 본건은 사람들의 대화 내용이 대부분을 차지하는 '카카오톡'뿐 아니라 개인의 사진이나 음악이 들어 있는 '카카오스토리'도 관련된 사항입니다." 성공을 위해 하루도 빠짐없이 일한 탓에 살찔 시간조차 없는 정통 흙수저 출신의 삐쩍 마른 손 전무가 눈을 크게 뜨며 힘주어 말했다.

"이런 일이 있으면 미리 보고했어야지. 지금 와서 말하면 무슨 소용이 있나? 그리고 이번 건은 미래 전략을 담당하는 기획실에서 보고해야지. 왜 회사 살림을 운영하는 경영지원본부에서 보고를 하나? 기획실장은 뭐 하는 거야?" 진 회장이 거칠게 물었다.

"둘째 아드님이신 기획실장은 전처와 이혼 후 마음이 불편하시어 유럽에서 현재 삼 년째 요양 중이십니다."

“아 그랬나? 사람이 아프다니 이해해야지. 아픈 사람에게 정상적인 일 처리를 요구할 수는 없는 노릇 아닌가?” 이번에는 진 회장이 너그럽게 물었다.

“맞습니다. 역시 회장님은 인정이 넘치세요.” 박 변호사가 아부하듯 맞장구쳤다.

“사실 손 전무가 열거한 사항들은 실무진에서 회사에 유리하도록 큰 그림을 그리고 그동안 우리에게 꼬박꼬박 뒷돈 받아온 국회의원들과 공무원들을 상대로 로비하면 끝나는 일 아닌가? 꼭 바쁜 나까지 불러서 회의하는 이유를 모르겠군.” 가시 돋친 진 회장의 말에 손 전무는 지금이 바로 비장의 카드를 꺼낼 때라는 것을 수십 년의 직장 생활을 통해 본능적으로 알아차릴 수 있었다.

“옳은 말씀이십니다, 회장님. 그래서 제가 당사 미래기술연구소의 안 박사를 이 자리에 참석시킨 것입니다. 안 박사는 컴퓨터공학으로 서울대에서 학사와 석사를 취득하고 뇌공학으로 예일대에서 박사를 취득한 연구소 핵심 인재 중 한 명입니다. 안 박사의 설명을 들으면 제가 왜 회장님을 포함해 회의를 진행했는지 아시게 될 것입니다. 자! 안 박사, 회장님과 변호사님께 인사드리세요.” 손 전무의 눈짓에 회의실 구석에서 조용히 참관하고 있던 키 작은 안 박사가 일어나 어색한 과학자 말투로 이야기했다.

“안녕하십니까? 이렇게 만나 뵙게 되어 영광입니다. 저는 미래기술연구소의 안 박사입니다. 회장님께서 공사(公私)가 다망(多忙)하시니 거두절미하고 이 건에 대한 제 의견을 말씀드리겠습니다. 손 전무가 설명했듯이 회사는 사망자의 계정을 남겨 두는 게 큰 이득이 됩니다. 유지비는 미미한 수준인데 데이터 업체들은 높은 가격에 그것을 구매하기 때문입니다."

"그건 여기 있는 사람들이 이미 아는 내용 아니오?" 진 회장이 불룩한 자신의 배를 쓰다듬으며 짜증을 섞어서 물었다.

"그렇습니다, 회장님. 하지만 이 문제를 원만히 해결하기 위해서는 이 회의에 참석한 분들조차 합의하지 못한 전제 조건의 변화가 필요합니다."

"어떤 전제 조건의 변화를 말하는 겁니까?" 흥미를 느끼며 박 변호사가 질문했다.

"간단합니다. '사망자의 계정'의 의미를 말씀드리는 것입니다. 만약 해당 계정의 주인, 즉 사용자가 사망하지 않았다면 어떨까요? 문제가 생길까요?"

"당연히 아무런 문제가 없겠지요. 법률적으로나 사회 통념상으로나 말입니다." 박 변호사가 이번에는 시큰둥한 투로 이야기했다.

"맞습니다. 해당 계정의 사용자가 사망하지 않았다면 아무런 문제도 발생하지 않을 것입니다. 회사는 사용자의 수가 줄지 않으니 현재뿐만 아니라 미래에도 더 많은 광고와 협찬을 기업들로부터 받을 수 있을 것이고 데이터 업체로의 판매도 꾸준히 유지될 것입니다."

"그걸 누가 모르나? 하지만 이미 죽은 사람을 어떻게 다시 살아나게 한다는 말이요? 나사렛의 예수라도 초빙하겠다는 뜻이요?" 진 회장이 의심에 가득 찬 표정으로 물었다.

"방법이 있습니다, 회장님. 사람은 죽었으나 그 사람의 계정은 살아 있는 것처럼 운영하는 것입니다. 즉, '사망자 계정'의 의미 자체를 바꾸는 것입니다. 저는 수십 년 동안 인공지능을 연구해 왔습니다. 그리고 마침내 과거 카카오톡 대화 내용과 카카오스토리의 데이터를 분석해 사망자와 똑같은 성격을 가지고 온라인에서 활동할 수 있는 인공지능을 창조하는 데 성공했습니다. 쉽게 말하면 인공지능을 이용해 사망자가 마치 살아 있는 것처럼 해당 계정을 운영할 수 있다는 뜻입니다. 전문 용어로 '증강영혼기술'이라고 부르는 이 방법을 활용하면 앞서 손 전무가 발표한 8가지 어려운 문제들이 자동으로 해결됩니다. 계정이 살아 있으니 더 이상 논의할 필요가 없어지는 것입니다." 안 박사가 만족감이 가득한 투로 말했다.

"말은 그럴듯하네. 하지만 유족들이 그것을 받아들일까?"

"받아들일 것입니다, 회장님. 그들 입장에서 돌아가신 아버지나 어머니와 무료로 대화를 나눌 수 있는데 그것을 마다할 이유가 없습니다. 형제자매나 사랑하는 사람을 잃은 유족들도 마찬가지입니다. 현재 사망자의 계정은 마치 온라인 무덤과 같습니다. 아무런 활동도 없습니다. 가상일지라도 계정이 활성화되고 운영되는 것이 유족들에게 훨씬 낫지 않겠습니까? 예를 들어 돌아가신 어머니를 그리워하는 딸이 '엄마, 생신 축하드려요.'라고 사망자 계정으로 카카오톡 메시지를 보낸 후 '고마워, 우리 딸. 엄마의 생일을 기억해 주어서. 사랑해.'라는 답장 메시지를 받는다면 이것을 거부할 사람이 어디 있겠습니까? 물론 처음에는 어색해 할 수도 있습니다. 하지만 결국 사람은 따뜻하고 감동적인 것에 쉽게 적응하기 마련입니다."

얼굴에 미소가 번지며 손 전무가 깊은 목소리로 덧붙였다.

"안 박사의 제안을 요약하면 다음과 같습니다. 활동이 정지된 사망자의 계정을 인공지능을 활용해 마치 사망자가 살아 있는 것처럼 똑같은 패턴으로 운영하는 것입니다. 이 방법을 통해 당사는 난해한 8가지 문제를 해결할 수 있을 뿐 아니라 죽은 사람의 모든 온라인 기록을 자동으로 삭제할 수 있는 권리를 주장하는 시민 단체의 까다로운 압력도 방어할 수 있습니다. 그 누구도 살아 있는 계정을 삭제하라고 요구할 수는 없는 노릇이니까요."

"아주 좋은 구상입니다. 사실 인류는 이런 문제를 사회적 합의를 통해 풀 수 있을 정도로 아직 성숙하지 못했습니다. 따라서 이런 문제는 당사와 회장님께 도움이 되는 방향으로 해결책을 찾아야 하는데 안 박사의 제안이 그중 하나가 될 것 같습니다. 만약 이런 사실이 투자업계에 알려지면 주가는 폭등할 것이고 대주주인 회장님과 기관 투자자들은 상당한 금전적 이익을 얻을 수 있을 것입니다. 게다가 적당히 뒷돈을 주고 홍보를 부탁하면 일간지 기자들이 '얼씨구나 좋구나.'라는 심정으로 'IT 업계의 혁명' 또는 '카카오톡의 새로운 감동 서비스'라는 등의 영혼 없는 기사를 써 댈 것입니다. 회장님은 가만히 앉아서 돈도 벌고 미래를 내다보는 선구자로 등극하는 것입니다." 박 변호사가 쾌활하게 말했다.

"박 변호사 말을 듣고 보니 정말 그럴 수도 있겠다는 생각이 드는군요. 그런데 혹시 우리가 미처 알아채지 못한 문제가 없을까? 너무 완벽한 제안이라서 말이야. 호사다마(好事多魔)라고 좋은 일에는 항상 방해되는 일이 생긴다고 하지 않는가?" 앞으로 돈 벌 생각에 얼굴이 벌게진 진 회장이 짐짓 낮은 목소리로 물었다.

"한 가지 걱정거리가 있습니다, 회장님." 키 작은 안 박사가 애처롭게 대꾸했다.

"그것이 뭔가?"

"제가 설계한 인공지능은 사망자가 살아 있었을 때의 성격과 대화 방식을 그대로 모방합니다. 만약 사망자가 살아생전 다혈질이거나 괴팍한 성격의 소유자였다면 인공지능도 그것을 똑같이 따라 합니다. 여기서 문제가 생깁니다. 이미 사망한 성격 고약한 직장 상사의 잔소리를 듣고 싶은 사람이 얼마나 되겠습니까? 그나마 직장 상사의 경우는 차단하면 그만이지만, 만약 사망자가 아침마다 우는소리로 자신을 괴롭혔던 친모(親母)이거나 생각만 해도 지긋지긋한 전(前) 배우자라면 어떻겠습니까? 죄책감에 차단할 수도 없으니 오히려 사망자의 계정을 다시 활성화한 당사를 비난할 수도 있습니다."

"그런 괴팍한 사람들만 막을 수 있는 묘책은 없나?" 진 회장이 실망한 표정으로 물었다.

"현재의 알고리즘으로는 불가능합니다. 일단 괴팍한 사람들의 정의(定義) 자체가 불분명하거니와 사람마다 느끼는 정도가 모두 달라 어느 장단에 춤을 춰야 할지 알 수 없기 때문입니다."

"뭐야? 그럼 원점으로 돌아간 것 아닌가? 인공지능을 썼다가 괜히 긁어 부스럼 만들 수는 없는 노릇이니까 말이야. 이거 오늘 회의는 아주 엉망이군."

"옳은 지적이십니다, 회장님. 회의 진행 방식에 개선이 필요해 보입니다." 박 변호사 항의하듯 말했다.

안 박사는 이런 반응을 예상했다는 듯이 아무런 말도 없이 손 전무에게 사전에 서로 약속된 눈짓을 보냈다.

"회장님, 의사 결정을 내리시기 전에 다시 프레젠테이션 화면을 보시기 바랍니다." 손 전무가 꼭 집은 화면에는 자신들의 상품을 각종 구설수에 휘말리도록 함으로써 소비자들의 이목을 집중시켜 판매를 늘리는 마케팅 기법인 '노이즈 마케팅(Noise Marketing)' 방안이 적혀 있었다.

"카카오톡이 식상하다는 사용자의 반응은 어제오늘의 일이 아닙니다. 지금까지 수십 년을 써 왔으니 어떻게 보면 지겨울 만도 합니다. 따라서 당사는 사망자 계정을 다시 활성화해 이와 같은 부정적 피드백을 극복하고 안 박사가 앞서 언급한 불쾌한 경험을 적극 홍보함으로써 금전적 이득을 얻고자 합니다. 불쾌한 경험도 경험은 경험입니다. 다시 사용자들의 호기심을 끌 수 있다면 말입니다. 놀이공원 귀신의 집을 방문해 공포를 느끼고도 재방문하는 청소년 관람객처럼 못마땅한 경험은 구설수를 만들고 그 소문은 세상 속에서 확대 재생산 되어 사람들의 눈길을 끌게 될 것입니다. 그렇게 되면 한동안 카카오톡을 잊고 살았던 사용자조차 궁금증을 참지 못하고 자신이 태어난 호수로 알을 낳기 위해 돌아오는 연어처럼 행동하게 될 것입니다. 당사는 더 많은 사용자의 데이터를 취급할 수 있게 될 것이고 그 데이터가 돈과 성공을 가져다줄 것입니다. 세상에 그 자체로 좋고 나쁜 소문은 없습니다. 돈을 벌게 해 주면 그게 바로 희소식입니다. 안 박사의 불완전한 인공지능이 당사가 한 걸음 더 높은 곳으로 뛰어오르는 데에 발판이 되어 줄 것입니다." 손 전무가 일부러 의미심장한 표정을 지으며 말했다.

"손 전무 말에 일리가 있습니다. 노이즈 마케팅은 서구 유럽에서는 아주 흔한 기법입니다. 법적으로 아무런 문제도 없고요." 박 변호사가 나지막이 말했다.

"하긴 옛말에 검은 고양이든 흰 고양이든 쥐만 잘 잡으면 된다는 말이 있었지. 돈만 많이 벌 수 있다면 그까짓 소문쯤이야 간단히 무시해야지. 꼭 능력 없고 못 배운 것들이 카카오톡을 공짜로 사용하면서 투덜댄단 말이야. 돈을 내고 쓰면 내가 이런 말도 안 해. 만약 이 문제로 정 시끄럽게 떠드는 사용자가 있으면 법무 법인을 동원해 허위사실유포나 업무방해죄로 고소하거나 그도 아니면 돈 몇 푼 내주고 합의서 쓰면 간단히 처리할 수 있을 거야. 좋은 제안이네, 손 전무."

"고맙습니다. 회장님. 이번 회의를 위해 안 박사와 함께 며칠 낮과 밤을 고민했었는데 칭찬을 해 주시니 몸 둘 바를 모르겠습니다."

"손 전무는 사람이 너무 겸손해서 탈이야. 이번 건만 잘 진행되면 내가 부사장으로 승진시켜 주지. 안 박사는 두둑한 보너스를 받을 테고 말이야."

"감사합니다. 회장님." 손 전무와 안 박사가 동시에 고개를 주억거리며 합창했다. 박 변호사는 회의 탁자 아래로 손을 내려 아무도 알아채지 못하게 당장 카카오톡 주식을 매수하라는 메시지를 아내에게 전송했다. 그의 심장은 돈 벌 생각에 막 총에 맞아 죽어 가는 새의 심장처럼 뛰고 있었고 그렇게 2043년 한국의 계절은 가을을 뛰어넘어 겨울로 한 걸음 내딛고 있었다.

※ 작가 노트

비단 카카오톡뿐 아니라 SNS 서비스를 제공하는 모든 기업이 당면한 문제이다. 사망자가 늘어남에 따라 그분들이 남기고 간 계정을 어떻게 처리해야 할지 사회적 논의가 필요한 시점이다.

봄비와 달콤한
두근거림의 냄새가 났다

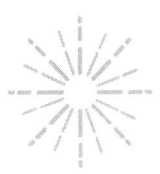

지구방위군 본부에서 호출한 것은 세찬 빗줄기 내리는 겨울이었다. 뜬금없는 호출에 기괴한 기분을 느낀 나는 즉시 자율 운행 차량을 타고 본부로 향했다. 이념, 민족, 종교로 분열되어 지루한 싸움을 이어오던 인류는 지구온난화라는 전대미문의 환경 재앙이 코앞에 닥치자 마지못해 유엔(UN)을 넘어서는 단일 정부를 구성했다. 제아무리 강력한 미국과 중국도 일개 국가 차원에서 온난화를 대처하기에는 그 파괴력이 너무 심각했기 때문에 어쩔 수 없이 참여한 것이었다. 단일 정부가 생기면서 한 가지 문제점이 발생했는데 기존의 각국 정부 산하에서 나라를 지키는 임무를 수행하던 군인들의 할 일이 없어진 것이다. 그들의 폭동을 우려한 단일 정부는 지구방위군이라는 이름은 거창하나 사실 아무 할 일도 없는 군대를 창설했다. 외계인의 공습이 있지 않고서는 마땅히 할 일이 없는 군인들은 축구를 하거나 연병장의 잔디를 뽑으면서 시간을 보냈고 그 중 극소수는 혹독한 특수 훈련을 이겨 내고 우주 탐험대의 비행사로 선발되었다. 자랑스러운 그들 중 하나가 바로 나였다. 본부에 도착하자마자 즉시 작전 회의실에 들어간 나는 그곳에서 나사(NASA)의 과학자들과 지구 방위군 최고위급 장성들의 엄중하고 권위 있는 표정을 볼 수 있었다. 잠시 후 조명이 꺼지고 정면 강단에 공부를 잘했을 법한 뿔테 안경을 걸친 젊은 과학자가 나타나 급박한 호출 이유를 설명했다.

"안녕하십니까? 여러분 저는 나사의 마나리노 박사입니다. 이렇게 갑자기 연락을 드려 죄송합니다. 워낙 사안이 급해 어쩔 수 없었음을 양해 바랍니다. 각설하고 나사는 설립 이래 지구를 위협하는 외계의 모든 움직임을 세심히 감시해 왔습니다. 그리고 지금까지 이 업무는 성공적이었다고 자평할 수 있습니다. 하지만 어제 지구를 향해 엄청난 속도로 날아오는 소행성을 발견했는데, 지금까지 지구를 스치고 지나간 소행성은 더러 있었으나 충돌이 임박했다는 컴퓨터 시뮬레이션 결과가 나온 것은 이번이 처음입니다. 앞으로 이 소행성을 B612라고 부르겠습니다." 마나리노 박사의 설명을 들은 사람들이 웅성거리기 시작했다.

"조용히 하세요. 아직 끝나지 않았습니다. 물론 컴퓨터 시뮬레이션 결과이긴 하지만 지구와 충돌 가능성이 72%로 나옴에 따라 나사는 이에 철저한 대비를 하고자 합니다." 그때 누군가 소리쳤다.

"충돌하면 어떻게 되는 것입니까?"

마나리노 박사가 씁쓸히 대꾸했다.

"아마도 인류는 멸종될 것입니다. 과거의 거대 파충류들처럼 말이죠. 만약 운이 좋으면 3%는 살아남을 수 있을지도 모릅니다."

"아까 소행성이라고 말씀하시지 않았나요? 조그만 돌덩이가 그렇게 엄청난 충격을 줄 수 있나요?"

"아, 여기 모인 분 중에서 과학을 전공하지 않은 분이 있다는 사실을 제가 깜빡했군요. 손톱만 한 작은 총알이 사람을 죽일 수 있듯이 소행성이 크기는 작아도 속도만 빠르면 지구보다 100배나 큰 태양도 파괴할 수 있습니다. 관련자들의 혼란을 방지하기 위해 이 자리에서 용어를 정리하도록 하겠습니다. 유성(流星)은 우주에서 대기로 진입하여 긴 꼬리를 그리며 떨어지는 돌덩이를 말합니다. 이 꼬리는 유성과 대기의 마찰 때문에 발생하며, 진행 방향의 반대쪽으로 길게 형성됩니다. 유성이 지면과 충돌한 후에는 그 이름이 운석으로 바뀌게 됩니다. 즉, 우주를 방황하던 돌멩이가 지구의 대기 중으로 유입되어 추락하는 동안에는 유성이고, 추락한 후부터는 운석이 되는 겁니다. 소행성은 태양계를 배회하는 바위 조각의 총칭으로, 대부분은 화성과 목성 사이의 소행성 벨트에 속해 있습니다. 아주 가끔은 궤도를 이탈해 지구로 진입하는 것이 있는데 이런 소행성이 유성이 되었다가 운석이 되는 겁니다. 혜성은 아주 먼 곳에서 생성된 얼음과 바위의 혼합체입니다. 소행성은 태양계 안에 존재하는 반면, 대부분의 혜성은 태양계의 경계선 근처에 있는 카이퍼 벨트(Kuiper Belt)나 훨씬 멀리 떨어진 곳에서 공전하고 있습니다. 이들 중 일부가 태양과 가까워지면 태양풍의 영향을 받아 얼음과 먼지 입자들이 긴 꼬리를 늘어뜨리는 경우가 있습니다."

"이곳은 고등학교 과학 교실이 아닙니다. 사태를 어떻게 해결할 것인지에 대해서나 말씀해 주세요."

"소행성의 크기는 어느 정도인가요? 속도는요?"

"핵미사일을 쏴서 요격할 수는 없나요?"

불만 섞인 목소리와 궁금증을 풀어 보려는 직업적 욕망이 뒤엉킨 질문이 여기저기서 튀어나왔다. 이때 지구방위군 가스케 장군이 강단으로 올라와 마나리노 박사에게서 마이크를 건네받고 의미심장하게 말을 이었다.
"이번 사태의 지휘를 맡은 가스케 장군입니다. 여러분의 수많은 질문에 모두 답을 드릴 수는 없으나 지구방위군은 사태의 엄중함을 인지하고 있으며 이미 만반의 대책을 세워 놓았다는 것을 알려 드립니다. 2044년 지구의 과학은 과거의 그것과는 비교할 수 없을 만큼 엄청나게 진보되어 있습니다. 우리는 어떤 외계의 위협도 충분히 막아 낼 수 있는 의지와 기술을 가지고 있습니다. 그러니 너무 걱정하지 마시길 바랍니다. 각설하고 지구방위군이 준비한 작전을 설명하겠습니다. 작전은 세 단계로 이루어질 예정인데, 첫 번째 단계는 B612의 실태 파악입니다. 지구방위군 소속의 탑건 비행사가 핵융합 엔진으로 운영되는 최신예 우주 탐사선을 타고 지구로 달려오는 소행성의 크기, 질량과 무게를 측정할 것입니다. 비행사와 함께 우주선의 자질구레한 업무를 책임지는 인공지능(AI)도 함께할 예정인데 이는 인간의 불필요한 에러를 줄이기 위함입니다. 두 번째 단계는 비행사가 포드에 탑승해 B612의 표면에 착륙하는 것입니다. 마치 1969년 암스트롱을 태운 아폴로 11호가 달에 착륙한 것처럼 말입니다. 착지한 비행사는 소행성 내부에 진행 방향을 바꾸기 위한 폭발물을 설치할 것입니다. 지금 B612가 목성을 지나고 있다는 점을 감안하면 많은 양이 필요할 것 같지는 않습니다만, 폭발물의 수량 계산은 건설 구조물 파괴공학을 전공한 연구원들이 현재 열심히 계산하는 중입니다. 만약 계산이 정확하다면 그들은 성과급을 받을 수도 있을 것입니다. 다들 아시듯 요즘은 나사도 일반 기업처럼 매출을 인식하고 당기순이익을 무엇보다도 중요하게 생각합니다. B612의 위협을 경제적으로 막아 내는 경우 회계사로부터 영업 외 수익으로 인정

받을 수 있기 때문에 주주들에게는 희소식이 될 것입니다. 아! 주책없이 다른 길로 빠졌군요. 죄송합니다. 다시 본론으로 돌아와서 세 번째 단계에 대해 말씀드리겠습니다. 폭발물 설치 후 우주 탐사선으로 복귀한 비행사가 리모컨을 이용해 이것을 터트리고 소행성의 방향이 바뀌었는지 확인하기만 하면 이번 사태는 무사히 종료되는 것입니다."

가스케 장군의 말이 끝나자 회의실이 다시 웅성거렸다.

"우주 탐사선에는 몇 명이 탑승하나요?"

"인간 비행사는 단 한 명입니다. 인공지능이 자질구레한 기능들을 담당하고 있어서 그 이상의 인력은 필요 없을 뿐 아니라 탑승자가 늘어나면 인건비가 증가하고 만약의 사태를 대비한 생명보험에도 추가 가입해야 합니다. 이는 비용 증가의 원인이 됩니다."

"장군님 말씀에 의하면 탑건 비행사의 역할이 무척 중요할 것 같습니다. 지구인의 영웅이 될 비행사는 대체 누구입니까?"

가스케 장군은 살짝 벌어진 입술에 어렴풋이 미소 지으며 말했다.

"바로 이 자리에 영웅이 있습니다. 우리 모두 그를 위해 박수 칩시다." 장군은 손가락으로 영웅을 가리키며 활짝 웃었고 나는 얼떨결에 회의장에 모인 사람들로부터 평생 받을 수 있는 칭찬보다 더 많은 찬사와 격려를 들을 수 있었다(이 순간을 평생 잊지 못할 것이다. 하긴 누군들 잊을 수 있겠는가?).

작전 준비는 일정에 따라 차근차근 진행되었다. 내가 타고 갈 우주 탐사선이 마련되었고 인공지능과의 합동 훈련도 성공적이었다. 무엇보다 중요한 폭발물 실험은 네바다 사막에서 진행되었는데 파괴공학을 전공한 연구원들의 계산과 정확히 일치했다. 3개월의 바쁜 훈련 일정을 소화해 낸 나는 셀 수 없는 텔레비전 카메라 앞에서 임무에 대한 소감을 간략히 피력한 뒤 인류의 미래가 걸려 있는 여행길에 가까스로 오를 수 있었다. B612가 목성을 지나 화성으로 진입하는 중이었으므로 랑데부 지점은 지구와 화성의 중간 지점에서 결정될 확률이 높았다. 110억 명의 지구인 전체가 지켜보는 가운데 차가운 우주로 떠난 나는 업무의 중압감을 견뎌 내기 위해 하루를 둘로 나누어 12시간은 근무에 집중하고 나머지 12시간은 규칙적으로 휴식을 취했다. 지구를 떠난 지 약 2주 후 B612는 육안으로도 관찰할 수 있을 만큼 가까운 거리로 다가왔고 나는 즉시 타고 갈 포드를 준비했다. 지구방위군 사령부와 빈번한 연락을 통해 착륙 지점(사실 워낙 작은 소행성이라 장소를 따로 특정할 필요도 없었다)과 접근 각도 및 하강 속도를 꼼꼼히 검토한 후 나는 두꺼운 방한 우주복을 입고 미리 녹음된 인공지능의 진부한 격려를 들으며 포드에 올라탔다. 착륙은 어렵지 않았다. 워낙 훈련을 많이 한 탓도 있지만 소행성의 표면이 다른 것들과는 달리 부지런한 농부가 밭을 갈아 놓은 것처럼 평평했기 때문이다. 착륙 후 잠시 숨을 고르던 나는 마음을 다잡고 폭발물을 챙겨서 포드 밖으로 나왔다. 그리고 주위를 이리저리 둘러보다가 공포에 질려 마치 나무꾼의 도끼에 거목이 쓰러지듯이 뒤로 자빠지고 말았다. 놀랍게도 황금빛 보리밭처럼 금발 머리를 한 꼬마가 물끄러미 내 행동을 지켜보고 있었기 때문이다(춥고 깜깜한 우주에서 느닷없이 사람을 만났다고 상상해 보라. 얼마나 경악했을지 상상이 가는가?). 놀란 마음에 벌어진 입을 다물지 못하고 있을 때 꼬마가 말을 걸어왔다.

"아저씨는 누구야? 비행사야? 어디서 왔어?"

겁에 질린 나는 방한 우주복을 마치 거북이의 딱딱한 등짝처럼 방패 삼아 도망치려 했다. 하지만 마음뿐, 몸은 전혀 주인의 말을 듣지 않았다.

"아저씨. 그 옷 벗어도 돼. 마음껏 숨 쉴 수 있어. 그리고 이곳에는 늑대가 없으니 걱정할 필요 없어."

나는 조심스럽게 강화 플라스틱으로 만들어진 투명 헬멧을 벗었고 허파가 힘차게 호흡하는 것을 느낄 수 있었다.

"내 말이 맞지? 자! 이제 나를 따라와. 처음 왔으니 인사를 해야지."

나는 노란 보리밭보다 더 진한 황금색 머리카락을 가진 꼬마와 함께 B612를 거닐며 존재하는 모든 것들과 인사를 나누었다(말도 안 되는 상황에 이때는 내가 꿈을 꾸는 줄 알았다).

"우리 별에는 화산이 세 개 있는데 두 개는 활화산이고 한 개는 휴화산이야. 매일 청소해 주고 있어."

무릎 정도 올라오는 세 개의 작은 화산들이 보였고 나는 의무감에 손을 들어 인사했다.

"바오바브나무 씨앗은 그대로 두면 다른 잡초나 꽃들을 위협할 정도로 엄청나게 커지기 때문에 보자마자 뽑아야 해."

이곳저곳에서 씨앗을 파낸 흔적을 볼 수 있었다.

"이건 가시를 4개 가진 특별한 장미야."

소행성 환경과는 전혀 어울리지 않는 아름다운 장미꽃이 피어 있었고 나는 처음으로 입을 열었다.

"이 장미가 왜 특별한데?"

"난 아저씨를 언어 장애인으로 생각했어. 다른 어른들은 수다스러운데 아저씨는 말을 한마디도 안 해서 말이야. 이 장미가 특별한 이유는 서로 길들였기 때문이야." 꼬마가 쾌활하게 대답했다.

"꼬마 친구, 길들인다는 게 무슨 뜻이야?"

"길들인다는 것은 인내심을 가지고 시간을 들여 서로 단 하나뿐인 존재가 된다는 뜻이야."

꼬마가 다 아는 것을 묻는다는 투로 대답했다. 나는 장미를 유심히 살폈다. 많은 정성과 시간이 들어간 것을 확연히 느낄 수 있었다.

"자, 이게 다야." B612를 한 바퀴 도는 데는 채 10분도 걸리지 않았다.

"꼬마 친구, 지금 어떻게 된 상황인지 설명해 줄 수 있어?"(비현실적인 광경에 이때는 내가 술에 취한 줄 알았다)

"아! 궁금했구나. 사실은 내가 백 년 전에 지구라는 별에 가서 고장 난 비행기를 타고 추락한 아저씨를 만난 적이 있거든. 사막에서 말이야. 그래서 혹시나 하는 마음에 비행사냐고 물어본 거야."

"비행사는 비행사야. 전혀 다른 비행기를 몰고 있지만 말이야." 내가 나지막이 대답했다.

"사막에서 만난 아저씨가 어렸을 적에 코끼리를 삼킨 보아 뱀을 그려서 사람들에게 보여 준 적이 있었대. 그랬더니 다들 그 그림을 보고 '모자'라고 생각했었대. 우습지? 어떻게 그걸 구분 못 할 수 있어? 어른들은 아무리 생각해도 이상해."

"그럴 수도 있어. 어른들은 숫자로 이야기하는 걸 좋아하거든. 만약 백만 불짜리 그림이라고 미리 알려 줬다면 코끼리를 삼킨 보아 뱀보다 더한 것이라도 사람들은 눈치챘을 거야. 그나저나 백 년 전 지구에는 무슨 일 때문에 온 거야?"

"고민이 있었거든. 장미와의 관계에서 말이야. 그때 우리는 사이가 좋지 못했어. 장미가 워낙 새침하기도 했고, 나도 너무 어려서 사랑을 전혀 이해하지 못했어. 그래서 우리 별을 떠나 이곳저곳 여행을 했어. 그러다가 일곱 번째로 방문한 별이 지구였어. 거기서 추락한 비행사 아저씨도 만나고, 수천 송이 꽃들과 인사도 하고, 독을 가진 뱀과 수다를 떨기도 했지만 제일 소중한 인연은 여우를 알게 된 것이었어."

"여우? 어떤 여우?"

"사막에 사는 여우였는데 무척 현명했어. 많은 것을 가르쳐 주었거든."

"예를 들면 어떤 것?" 잠시 머뭇거리며 내가 물었다.

"처음에 여우는 우리 별에 대해 질문을 했어. 그걸로 대화가 시작됐지. 사냥꾼이 있는지 물어보더라고. 그래서 '없어.'라고 대답했더니 '굉장한데.'라고 말하더니 닭이 있는지 물었어. 그래서 이번에도 '없어.'라고 답변했더니 '완벽한 곳은 없구나.'라면서 한숨 쉬었어. 그리고 슬기롭게 말했어. '세상에 완벽한 곳은 없고 누구나 자신이 있는 곳에 만족하지 못하는 법.'이라고 말이야."

"여우가 제법인데. 다른 이야기는 하지 않았어?" 호기심을 느낀 나는 재빨리 다음 질문을 이어 나갔다.

"여러 가지 이야기를 들려줬는데 그중 다 자란 사람들에 관한 이야기가 있었어. 어른들은 허겁지겁 급행열차에 올라타고 정작 자기가 무얼 찾고 있는지 어디로 가야 하는지 알지도 못하면서 그냥 불안에 떨며 객실 칸에서 시간을 낭비한다고 했어. 그럴 필요가 전혀 없는데 말이야."(나도 그중 한 명이 아닐까 하는 생각에 속으로 뜨끔했다)

"다른 이야기는?"

"여우가 내게 비밀을 말해 줬어. 마음으로 봐야 보인다고 했어. 소중한 것은 눈으로 볼 수 없으니 마음으로 찾아야 한다고 했어."

"아주 뜻깊은 이야기를 여우가 해 주었구나. 보통 여우가 아닌걸." 나는 깊은 목소리로 속삭이듯 말했다.

"그리고 장미와의 관계에 대해 조언을 해 줬어. 중요한 존재가 되려면 시간을 들여야 한다고 말이야. 처음에는 서툴고 어색하겠지만 함께한 시간이 늘어날수록 서로에게 가치 있는 존재가 될 거라고 말이야."

"그래서 어떻게 됐는데?"

"여우의 말이 맞았어. 들인 시간이 늘어날수록 나와 장미는 서로를 이해하게 되었고 점점 가까워졌어."

"축하해, 꼬마 친구."

"아직은 아니야. 가끔 장미는 이야기하고 싶을 때만 말해. 아니면 말하지 않거나. 그러면 나는 장미가 이야기할 때까지 무작정 기다려."

"무슨 걱정거리라도 있나?"

"아니. 누구나 자신만의 시간을 가지고 싶을 때가 있잖아. 억지로 풀려고 하지 않고 주변에서 서성거리고 있으면 잠시 후 고독은 저 멀리 다른 별로 떠나보냈다는 듯 쾌활한 말투로 내게 다가와. 장미는 그저 생각할 시간이 필요했을 뿐이야."

나는 "잘 키운 학생 하나가 선생에게 세월이 헛되지 않았음을 보여 줄 수 있다."라는 옛날 격언이 불쑥 떠올랐다. 꼬마는 슬기로운 여우의 조언을 잘 이해하고 있었다. 들인 시간이 늘어난다는 것은 그만큼 상대를 이해할 수 있는 범위가 넓어진다는 뜻이고 사랑이라는 구실로 상대를 옭아매는 것은 올바른 태도가 아님을 꼬마는 이미 깨달은 것이다.

"그런데 아저씨는 우리 별에 왜 왔어?" 꼬마가 눈을 크게 뜨며 물었다.

"그냥 지나가다가 들렀어." 나는 변명하듯 대꾸했다(폭발물을 터트리러 왔다고 어떻게 대답할 수 있겠는가?).

"나는 사랑하는 장미가 태양을 보고 싶다고 해서 가는 중이었어. 가는 길에 여우를 만났던 지구도 소개하려고 해. 태양을 보러 가려면 지구를 지나쳐 가야 하니까 말이야."

"꼬마 친구. 조금 있으면 저 멀리 지구가 보이겠는걸."

"아저씨 말이 맞아. 이제 우리 별의 경로를 바꿔야겠어. 이대로 가면 지구랑 부닥치거든. 잠깐만 기다려."

꼬마가 빗자루로 두 개의 무릎 크기 활화산을 쓸어 주자 그것들이 분출하며 마치 폭발물이 터지는 것과 같은 효과를 냈다(B612의 진행 경로가 바뀌었다). 이런 내막을 전혀 알 길 없는 지구방위군은 작전이 성공한 줄로만 알고 나사 연구원들과 함께 기쁨의 환호성을 질렀다.

"꼬마 친구. 이제 돌아가야 할 것 같아. 탐사선에서 너무 멀어지면 복귀가 곤란하거든. 안녕." 지구를 떠나온 목적을 의도치 않은 방법으로 달성한 나는 머뭇거리며 작별 인사를 건넸다.

"안녕, 아저씨. 앞으로 지구를 볼 때 두 명의 비행사가 그리울 것 같아." 꼬마의 따뜻한 배웅을 받으며 포드로 돌아온 나는 탐사선으로 향하기 전에 잠정적으로 머무르는 파킹 궤도(Parking Orbit)를 계산했다. 그리고 봄비와 달콤한 두근거림의 냄새가 났다.

※ 작가 노트

1900년 6월 29일 프랑스 남서부 도시 리옹에서 귀족인 아버지와 화가인 어머니 사이에서 5남매 중 셋째로 태어난 앙투안 드 생텍쥐페리는 명저 『어린왕자』를 발표하고 그 다음 해 1944년에 생을 마감했다. 그가 세상을 떠나고 백 년이 지난 2044년 '어린 왕자를 다시 만날 수 있다면 얼마나 좋을까?'라는 상상으로 글을 적었다.

신기루

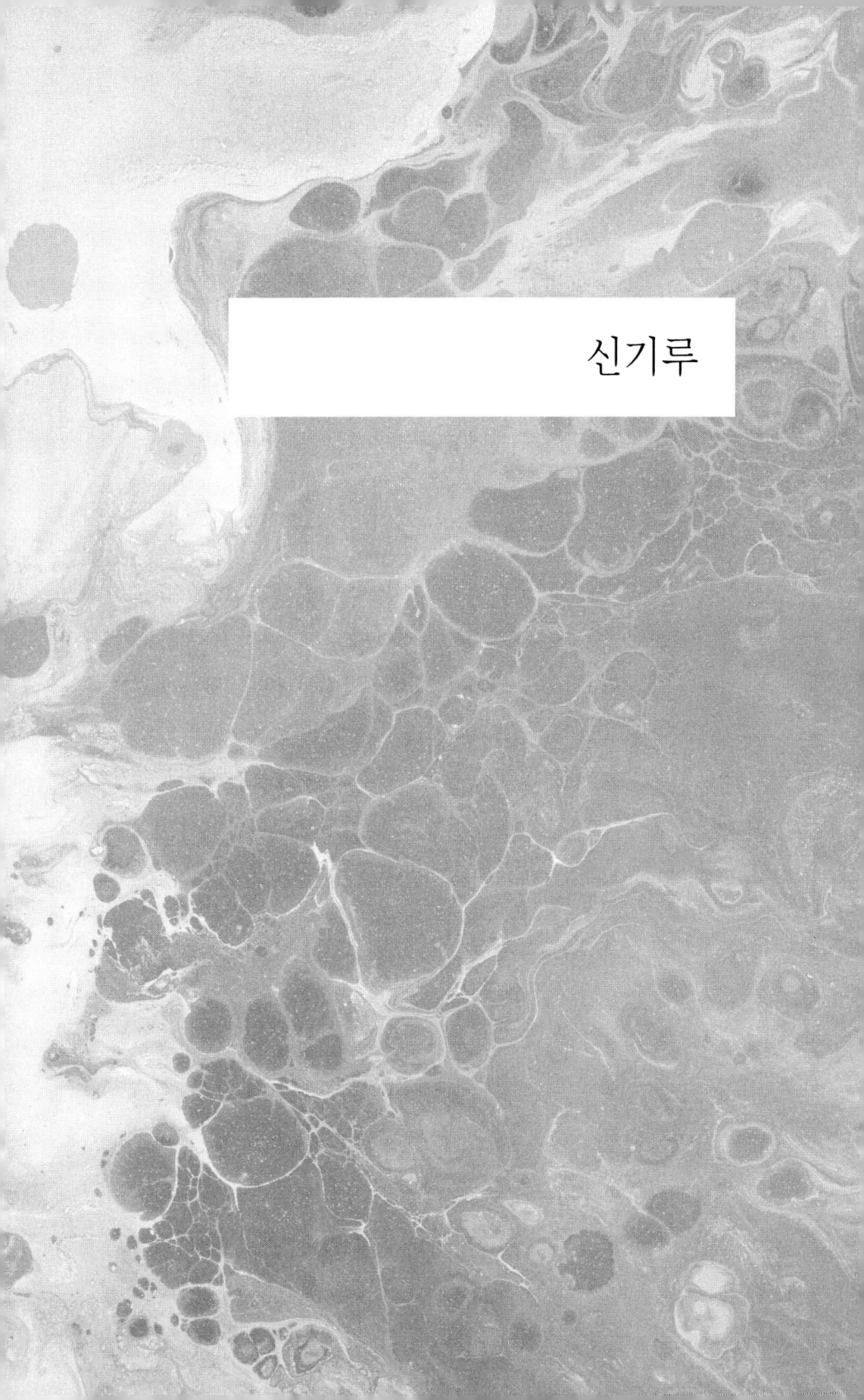

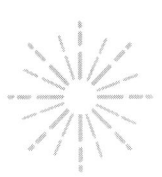

그는 자기 관리에 철저하고 타고난 금전운(金錢運)을 가진 총명한 한국인이었다. 전기자동차 배터리를 기존 대비 10배 이상 빠르게 충전할 수 있는 기술을 개발한 벤처기업에 투자해 40대 초반 엄청난 부자가 되었다. 하지만 준수한 외모와 경제력에도 불구하고 법적 자격은 미혼을 유지했는데 성적 취향이 독특했기 때문은 아니었다. 그저 어쩌다 보니 그렇게 되었을 뿐으로 10년 전 화장품 모델 출신 여성과 사랑으로 낳은 딸이 있었다. 호사다마(好事多魔)라는 격언처럼 좋은 일에는 어느 정도 불운이 끼는 법이다. 주치의로부터 건강 검진 결과를 설명 듣고 아연실색할 수밖에 없었는데 누구보다 탄탄한 몸을 가진 그가 혈액암 진단을 받은 것이다. 혈액암은 혈액이나 림프 계통에 생기는 악성 종양을 말하는데 치료하기에 고약한 병이었다. 왜 그러냐 하면 혈액이나 림프는 전신에 퍼져 있어 특정한 종양 부위를 외과 수술로 제거하는 것이 불가능했기 때문이다. 대신 혈액에 직접 투여하는 약물인 항암제를 통한 치료나 방사선 치료 등이 유일한 방법이었는데 이는 호흡 곤란, 심장 두근거림, 피로, 타박상, 출혈, 코피, 빈혈, 발열 등의 부작용을 유발했다. 첨단 과학이 발달한 2050년에도 혈액암은 불치병 중 하나라는 꼬리표를 여전히 달고 있었다. 혹시 주치의 진단에 오류가 있는 것은 아닐까 하는 자기 자신도 그다지 믿지 않는 막연한 희망으로 세 곳의 종합병원에서 추가 검진을 받았으나 결과는 달라지지 않았다. 남은 시간은 딱 3개월이었다. 막 정상에 올라서려는 찰나에 닥쳐온 불행을 그가 하나님의 뜻을 알 수 없는 고약한 장난으로 여기며 괴로워하고 있을 때 눈에 띈 화려한 광고가 있었다. "두 번의 삶을 사세요. 프로즌 월드와 함께."

프로즌 월드를 방문한 그를 응대한 사람은 하얀 가운을 입은 의사가 아닌 말솜씨 좋은 공학자였다. 그가 혈액암과 시한부 인생에 대해 솔직히 이야기하자 공학자는 다 이해한다는 투로 고개를 끄덕거린 후 장황한 설명을 늘어놓았다.

"추운 지방에 사는 물고기와 개구리는 겨울 동안 꽁꽁 얼어붙은 채 얼음 속에 갇혀 있다가, 봄이 되어 얼음이 녹으면 마치 잠에서 깨어난 것처럼 멀쩡하게 되살아납니다. 일반적으로 동물의 몸은 얼어붙으면 살아남기 어렵습니다. 왜 그러냐 하면 피의 온도가 내려가면 세포 안에 얼음 결정이 자라나서 세포벽을 파괴하고 가까이 있는 다른 세포에도 손상을 입히기 때문입니다. 세포가 얼면 부피가 커지니 그렇습니다. 아실지 모르겠지만 과거에 일부 사기꾼들이 '죽음을 극복할 수 있다'며 사람들을 현혹하곤 했습니다. 엄청난 돈을 들여 불치병에 걸린 사람의 몸을 냉동 보관 했다가 의술이 발달한 미래에 해동하면 살 수 있다고 말입니다. 하지만 이들은 죽은 직후에 혈액을 빼낸 후 냉동된 사람들입니다. 가사(假死) 상태 사람을 산 채로 얼렸다가 해동해 되살아난 사례는 지금까지

단 한 건도 없었습니다. 프로즌 월드에서 해내기 전까지는 말입니다."

그는 푹신한 상담용 소파에 앉아서 묵묵히 설명을 들었다. 목이 타는지 물을 한 모금 마신 공학자는 만족감이 가득한 투로 말을 이어 나갔다.

"고객님도 알고 계실 겁니다. 자동차에 부동액을 넣으면 물의 빙점이 낮아져서 추운 겨울에도 냉각수가 얼지 않는다는 사실을 말입니다. 자연은 포도당(Glucose)을 부동액으로 사용해 피의 빙점을 낮춥니다. 그래서 물고기나 개구리가 얼음 속에 갇혀도 혈관 속의 피는 여전히 액체 상태이며, 기초 대사가 유지되는 것입니다. 그러나 빙점을 낮출 정도로 농도가 높은 포도당을 혈관에 주입하면 독성이 강해서 사람은 살 수 없었습니다. 프로즌 월드가 해내기 전까지는 말입니다."

공학자는 잠시 말을 끊고 그의 옷차림과 행색을 유심히 살폈고 이 행동의 의미를 알아차린 그는 언짢은 목소리로 말했다.

"금전적인 것은 신경 쓰지 마시오. 물리적으로 가능한 일은 언제나 재정적으로 가능한 길을 찾아낼 수 있으니 말이오. 돈이 부족해 맡은 바 업무를 할 수 없다고 말하는 것은 무능력한 사람들의 궁색한 변명일 뿐이오."

공학자는 억울하다는 표정을 지으며 변명하듯 대답했다.

"죄송합니다, 고객님. 그런 뜻이 아니었습니다. 하지만 무례했다면 다시 한번 사과드립니다." 공학자는 가볍게 목례한 후 설명을 계속했다.

"프로즌 월드의 핵심 기술은 이것입니다. 우리는 높은 전류를 흘려서 포도당의 불순물을 고형화해 빙점을 낮추는 유리화 실험에 성공했습니다. 쉽게 말하면 세포의 손상을 막을 수 있을 뿐 아니라 독성으로부터 사람을 보호할 수 있게 된 것입니다. 기술 보호를 위해 특허 출원을 신청했고 관계 당국으로부터 이미 영업 허가를 얻었습니다." 공학자는 쾌활하게 말을 마쳤다.

"지금까지의 설명을 요약해 주시오." 그가 딱딱하게 말했다.

"고객님이 원하시기만 하면 냉동 인간이 되어 혈액암을 치료할 수 있는 미래에 깨어나 두 번의 삶을 사실 수 있다는 뜻입니다. 그것도 지금과 똑같은 몸과 마음을 가진 사람으로 말입니다. 예전의 사기꾼들처럼 죽은 다음 피를 빼내 냉동하는 게 아니라 가사(假死) 상태에서 생명을 유지한 채로 말입니다."

흔들리는 그의 눈동자를 본 말솜씨 좋은 공학자는 애정을 담아 마지막 말을 덧붙였다.

"화석 연료가 우리 모두를 죽이게 되리라는 사실이 거듭해서 입증되었음에도, 사람들이 계속해서 새로운 유전과 탄광을 개발하기 위해 수십억 달러를 퍼붓는 세상에서 무슨 일을 할 수 있을까요? 불편한 현재 때문에 눈부신 미래를 망치지 마세요."

그는 치료와 생명 연장을 위해 냉동 인간이 되기로 결심하고 프로즌 월드와 계약을 체결했다. 그리고 주변을 서서히 정리해 나갔다. 화장품 모델과의 사이에서 낳은 딸을 위해 거액의 유산을 남겼고 지인들과 석별의 정을 나누었다. 최첨단 나노 기술과 생명공학의 발달로 혈액암은 감기쯤으로 가볍게 여기는 삼백 년 후 미래인 2350년에 깨어날 것을 예약하고 그는 가사 상태에 빠져들었다.

건강한 미래를 꿈꾸며 그가 단잠에 빠져 있을 때 태곳적 지구의 주인인 양 행세하던 공룡을 한순간에 멸종시킨 크기의 혜성이 해왕성을 지나고 있었다. 이 방랑자는 우주 바깥쪽 암흑의 신비로부터 아무런 경고도 없이 태양계로 뛰어든 거대하고 단단한 암석이었다. 이 무시무시한 천체는 초당 수백 킬로의 속도로 우주 공간을 가로질렀고, 매 순간 그 무시무시한 속도는 더 빨라졌으며 마침내 눈을 멀게 하는 밝은 섬광과 함께 지구와 충돌했다. 그에 따라 지구에서는 지진이 일어나고, 화산들이 분출하고, 태풍과 해일과 홍수가 일어났으며 기온은 계속 상승했다. 지구상의 모든 산꼭대기마다 눈과 얼음이 녹아내리기 시작했고, 고지에서 흐르는 강들은 혼탁한 물줄기를 하류로 흘려보냈고, 곧 그 물이 닥치는 대로 집어삼킨 나무와 짐승과 사람들의 시체가 물보라 속에서 소용돌이쳤다. 강물은 유령같이 창백한 별빛 아래 꾸준히 불어났고, 마침내 조금씩 제방을 넘더니 도망치는 사람들을 덮쳤다. 눈부신 백색광과 용광로 같은 열기 속에서 끔찍한 쓰나미가 빠르게 밀어닥쳐 내륙의 도시들을 물속으로 집어삼켰다. 홍수와 산사태, 무너지는 집 더미를 피해 이리저리 도망치던 사람들은 수천 군데의 공터에 제각기 모여 속절없이 모든 것이 지나가기를 기다렸다. 뜨거운 열기가 사라진 후에는 화산에서 분출된 증기와 연기와 재가 태양 빛이 지구에 도달하는 것을 방해했고 겨우 목숨을 부지한 일부 생존자들은 충돌 초기와는 반대로 혹독한 빙하기를 겪어야 했다. 이런 사실을 알 길 없는 그는 가사 상태에 빠져 허우적거리다가 배고픔과 추위를 느끼며 계획보다 일찍 잠에서 깨어났다. 그가 일어나 보니 프로즌 월드 건물은 반쯤 파괴되어 있었고 전기 시설은 작동하지 않았으며 관리를 담당하는 직원은 어디에서도 찾을 수 없었다. 도대체 무슨 일이 일어난 건지 감을 잡을 수 없었던 그는 몸을 따뜻하게 해 줄 옷가지와 허기를 달래 줄 음식을 찾아 사방을 돌아다녔다. 그러면서 핵전쟁이 터진 것이 틀림없다고 마음속으로 생각했다. 그렇지 않고서야 수천 년의 세월 동안 온갖 시행착오를 거치며 이룩한 위대한 인류의 문명이 이같이 한순간에 사라질 수는 없다고 판단한 것이다. 강대국인 미국과 중국이 경제적인 이익 때문에, 그게 아니면 자신의 나라가 세계 최고라는 자존심을 지키기 위해 모두를 죽음으로 몰고 갈 사신(死神)의 버튼을 누른 것이 틀림없다고 씁쓸히 혼잣말했다. 얼마 안 되는 누룩이 온 반죽을 부풀게 하는 것처럼 처음에는 사소한 오해로 시작된 두 나라 사이의 갈등이 결국 폭발한 것이라는 잘못된 추측을 그는 한숨을 내쉬며 덧붙였다. 매서운 눈발이 휘날리는 무너진 도시를 정처 없이 떠돌아다니던 그는 일주일 만에 다른 호모 사피엔스를 만날 수 있었다. 하지만 그들은 적대적이고 폭력적이었다. 한 남자는 입 냄새가 고약한 털북숭이였고 다른 한 명은 머리카락은 엉망이고 백내장이 낀 것처럼 흐릿한 눈을 가지고 있었다. 반가운 마음에 먼저 손을 들어 인사를 한 그에게 돌아온 것은 '집단 린치'라는 판결이었다. 태곳적부터 인류의 몸에 각인된 이방인에 대한 적개심과 폭력이 지구가 망가진 후에도 여전히 내재하고 있었다. 무방비 상태로 한참 동안 얻어터지고 있을 때 어디선가 제3의 인물이 나타나 전광석화처럼 두 남자를 해치우고 그를 난장판에서 구해 주었다. 하지만 가사 상태에서 깨어나 제대로 먹지도 못하고 하루하루 추위를 견뎌 온 그에게 집단 린치는 감당키 어려운 육체적 한계를 제공했고 혈액암은 여전히 몸에 기생하며 생명을 갉아먹는 중이었기에 그는 더 이상 버틸 수 없다는 듯 곧바로 기절하고 말았다. 정신을 잃은 그가 다시 말할 수 있게 된 것은 거의 열흘이 지난 후였다. 깨어나자마자 자신을 살려 준 제3의 인물에게 감사를 표했고 약간의 음식을 얻어먹을 수 있었다. 놀랍게도 제3의 인물은 삼십 세가량의 매력적인 외모를 가진 여성이었다. 그녀는 교육을 제대로 받지 못한 듯한 어눌한 말투로 과거의 일을 설명해 주었다.

"지금으로부터 오래전, 제가 열 살 때 하늘에서 큰 돌덩이가 내려와 세상을 무너뜨렸어요. 사람들은 그 돌덩이를 '신의 지팡이'라고 불렀어요. 그때 저는 너무 어려서 뭐가 뭔지 몰랐어요. 살기 위해 무작정 엄마가 시키는 대로 했어요. 처음에는 공기가 너무 뜨거워 숨조차 쉴 수 없었어요. 그래서 엄마와 나는 열기를 피해 버려진 지하철 승강장에서 한동안 살았어요. 그리고 다시 얼마간의 시간이 흐르자 세상은 지금처럼 추워지기 시작했어요. 우리는 몰래 숨겨 둔 깡통에 든 음식과 옷으로 하루하루를 간신히 버텼어요. 하지만 결국 엄마는 시름시름 앓더니 기침과 함께 피를 토하고 죽었어요."

그는 강대국 간의 핵전쟁이 일어난 것이 아니라 방랑자 혜성이 지구를 이 모양으로 만들었다는 사실을 알아차렸다. 하지만 결과가 같았으므로 아무 의미 없는 깨달음이었다.

"엄마가 죽고 나서 저는 홀로 살아남아야 한다는 사실에 눈을 떴어요. 언제까지 슬픔에 겨워 울고만 있을 수는 없었던 것이죠. 그래서 매일 신체를 단련하고 격투기 기술을 배웠어요. 생존하기 위해서 말이죠."

"어떻게?" 그가 나지막이 물었다.

"책이요. 싸움의 기술을 알려 주는 책은 많거든요. 태권도, 쿵후, 검도, 유도 심지어 여성만을 위한 호신술도 익혔어요. 그저 그런 남자들은 제 앞에서 까불면 혼쭐이 나요." 그녀가 쾌활하게 말했다.

"저번에 나를 때린 그 남자들은 누구지?"

"나쁜 사람들이에요. '스캐빈저(Scavenger)'라고 힘없고 약한 사람들을 공격해 음식과 옷을 강탈하는 사람들이에요. 배가 아주 고플 때는 사람을 잡아먹는다는 소문도 있어요."

"식인을?" 그는 근심에 찬 목소리로 물었다.

"맞아요, 식인. 먹을 게 워낙 없으니까요. 아저씨는 이상한 사람이에요. 혹시 다른 별에서 왔나요? 아는 것이 하나도 없네요."

"미안해. 잠을 너무 오래 자서 그래."

그녀는 이해할 수 없다는 표정으로 잠시 머뭇거린 후 말했다.

"저는 이만 떠나야 해요. 갈 곳이 있거든요. 보아하니 아저씨는 어딘가 아픈 거 같아요. 예전에 엄마처럼 말이에요. 먹을 것을 좀 나누어 줄게요. 행운을 빌어요."

"어디로 가는데?"

"바탈라 궁이요. 그곳에 세상의 모든 것을 알고 있는 현자(賢者)가 산대요. 그 현자에게 아빠가 어디에 있는지 물어보려고요. 어릴 적 기억으로 아빠는 군인이셨어요. 우리는 행복한 가족이었죠. 아빠는 매일 아침 군대로 출근하셨는데 신의 지팡이가 세상을 때린 날 이후 연락이 되지 않아요. 엄마가 죽어 가면서 말했어요. 아빠를 꼭 찾으라고. 저는 엄마의 유언을 이루어야 해요."

"바탈라 궁이 어디에 있는데?" 그는 불쑥 의문이 들어 말했다.

"남쪽에 있대요. 사실은 그곳으로 가는 길에 우연히 아저씨를 만나서 구한 것이에요. 근데 이상한 건 저는 원래 남의 일에 잘 끼어들지 않거든요. 내 코가 석 자니까요. 하지만 아저씨는 왠지 모르게 도와줘야 할 거 같다는 느낌이 들었어요." 자신도 왜 그랬는지 모르겠다며 그녀는 양쪽 어깨를 으쓱 들어 올렸다.

"나를 그곳으로 데려다주면 안 되겠니?" 그가 눈을 크게 뜨며 물었다.

"아저씨는 몸이 약해서 절대 바탈라 궁에 다다를 수 없어요. 게다가 가는 길에 스케빈저들도 우글거리고요. 그냥 포기하세요." 그녀가 근심에 찬 표정으로 말했다.

"그럴지도 모르지. 하지만 도전해 보지 않고 결과를 예단하는 것은 바보들이나 하는 짓이야. 네가 아버지를 찾기 위해 현자를 꼭 만나야 하듯이 내게도 나만의 이유가 있단다."

"그게 뭔데요?"

"병을 치료할 방법을 찾아야 해."

잠시 어색한 침묵이 흘렀고 그녀가 딱딱하게 말했다.

"따라오는 것은 자유지만 제가 도와줄 거라는 기대는 아예 접으세요. 아저씨가 중간에 죽든 말든 눈썹 하나 까딱하지 않을 겁니다."

충돌 이후의 세상은 마치 아프리카 초원 동물의 왕국과 닮아 있었다. 약자가 강자에게 먹히는 '약육강식(弱肉强食)'만이 세상에 통용되는 유일한 법칙이었다. 스캐빈저라고 불리는 약탈자들은 동족을 잡아먹는 식인도 주저하지 않았으며 인류가 오랜 세월 피땀을 흘려 쌓아 온 인권, 자유, 평등의 가치는 이미 역사 속으로 사라진 듯 보였다. 과거 인류 문명의 진화는 직선적이었다. 우둔한 원시인에서 출발한 인류는 현대에 이르러서는 영리한 호모 사피엔스가 되어 원자폭탄을 가지게 되었고 줄무늬가 있는 치약을 사용하게 되었다. 하지만 충돌 이후 이제는 한마디로 말해서 문명인에서 원시인으로 진화의 과정이 역으로 뒤집힌 것이다. 그는 이 모든 현상의 원인이 어른들의 이른 죽음 때문이라고 생각했다. 왜 그러냐 하면 바탈라 궁을 찾아가는 길에서 노인을 단 한 명도 만날 수 없었기 때문이다. 낙진으로 만들어진 연기, 먼지, 재가 치명적인 호흡기 질환을 일으켰을 거라고 그는 추측했다. 그래서 그녀의 엄마를 포함해 모든 어른은 얼마 살지 못하고 피를 토하고 죽은 것이다. 하지만 생명력 강한 어린이들은 사람의 폐를 마비시키는 미세먼지 가득한 혹독한 환경에 적응했고 죽음을 모면한 후 살아남을 수 있었다. 그녀처럼 말이다. 어른들이 죽자 아이들은 제대로 교육받지 못했고 원초적 본능만 남은 유인원으로 되돌아간 것이다. 신체적인 능력은 우수하나 지적인 능력은 선조들보다 현저히 떨어지는 새로운 호모 사피엔스 종이 지구에 탄생한 것이다. '이것을 진화라고 부를 수 있을까?' 그는 갑자기 의문이 들었다. 모두가 원시시대로 복귀한 것은 아니었다. 현자를 만나러 가는 길에 그는 과거 사회 제도의 일부를 베낀 촌락을 볼 수 있었는데 그곳 사람들은 공동체 우두머리에게 자신들의 자유를 억압하고 통제하는 무언가를 '하도록' 자발적으로 권력을 부여하는 확신에 찬 행동을 하고 있었다. 마치 과거 공산주의처럼 말이다. 그러나 젖소를 때려서 우유를 얻을 수는 없는 법이다. 해당 공동체는 몇 차례의 반란과 폭동을 겪은 후 조용히 사라졌다. 인간의 자유를 '아주 약간' 제한한다는 것은 '아주 약간 임신했다'라는 말과 같이 터무니없는 이야기라는 사실이 재차 증명된 것이다. 길을 걸으며 다양한 경험을 한 그들은 스캐빈저를 피해 낮에는 잠을 자고 밤에 주로 이동했다. 사람들이 모여 있는 촌락이나 집단 거주지를 만나면 멀리 돌아갔고 그럴수록 이동 속도는 느려졌다. 게다가 그의 건강이 하루가 다르게 나빠졌기 때문에 어떤 날은 채 일 킬로미터도 앞으로 나아가지 못했다. 처음에 매몰차게 말했던 것과는 다르게 그녀는 아픈 그를 버리지 않았고 묵묵히 곁에서 보살폈다.

"나를 두고 그냥 가. 더 이상 무리야."

"무슨 남자가 그래요. 한번 목표를 세웠으며 끝까지 가야지. 중도에 포기하는 게 어딨어요. 이것 좀 마셔 보세요. 곧 기운이 날 거예요."

그녀가 마치 약처럼 내민 것은 세월과 함께 알루미늄 테두리가 녹슨 빨간 코카콜라 캔이었다. 그는 힘을 내 한 모금 마신 후 속삭이듯 물었다.

"이건 어디서 났어?"

"예전에 엄마가 힘들면 먹으라고 남겨 준 거예요."

"그럼, 이게 엄마의 유품이라는 말이네? 미안한걸. 나 때문에 소중한 걸 사용해서 말이야."

"그러니까 아저씨도 포기하지 말고 힘내세요."

"바탈라 궁은 얼마나 더 가야 하지? 꽤 먼 거리를 걸어 온 것 같은데 말이야."

"정확히는 모르겠지만 거의 다 온 것은 확실해요. 제가 촉이 좋거든요."

"왜 나를 버려두고 떠나지 않는 거지?" 그가 의미심장하게 물었다.

"글쎄요. 모르겠어요. 그냥 그래야 한다는 느낌이 들어요. 이거 더 마시고 잠시 눈을 붙이세요. 날이 어두워지면 길을 떠나야 하니까요." 그녀는 코카콜라 캔을 앞으로 내밀어 권했고 한 모금 마신 그는 입안에서 터지는 탄산과 까만 달콤함에 취해 꿈속으로 빠져들었다. 잠을 자면서도 그는 추위로 몸을 자주 떨곤 했는데 곁에서 이를 안타깝게 지켜보던 그녀가 침낭으로 들어가 그를 따뜻하게 끌어안았다. 놀라서 잠이 깬 흐리멍덩한 그의 눈과 정열 가득한 그녀의 눈이 마주쳤고, 그들은 세상의 한기를 모두 몰아낼 수 있을 만큼의 격렬한 사랑을 오랫동안 나누었다.

그들은 수많은 우여곡절 끝에 세상의 모든 것을 알고 있다는 현인이 거주하는 바탈라 궁에 도착했고 이제는 사랑하는 연인 사이가 된 그녀의 부축을 받으며 힘겹게 그곳에 다다른 그는 엄청난 패배감을 느낄 수 있었다. 왜 그러냐 하면 사실 바탈라 궁은 과거 정부에서 정보나 지식을 저장해 두는 충남 대전의 국가기록원이었고 모든 것을 알고 있다는 현인은 그저 성능 좋은 인공지능 슈퍼컴퓨터였기 때문이다. 이런 사실을 알 리 없는 그녀는 곁에서 무슨 영문인지 몰라 어리둥절해했다. 지상의 전력이 모두 사라진 후에도 슈퍼컴퓨터는 장소의 특수성 때문인지 아니면 내구성 좋은 비상 전력의 충실한 역할 때문인지 아무런 문제없이 작동하고 있었다. 그는 모니터로 다가가 가사 상태에서 깬 후 자신이 궁금해했던 것을 차례로 입력하기 시작했다.

'지구에 혜성이 충돌한 해는?'

'삐! 2080년입니다.' 그가 가사 상태에 빠져들고 30년 지난 후의 일이었다.

'현재 지구는 몇 년인가?'

'삐! 2100년입니다.' 그는 계획보다 250년 일찍 잠에서 깬 것이다.

'혈액암 치료법이 존재하나?'

'삐! 암은 아직 인류가 정복 못 한 의료 분야 중 하나입니다. 따라서 병을 잘 다스려 낫게 하는 치료법은 없습니다.' 그는 털썩 자리에 주저앉으며 흐느꼈다. 도전은 여기서 막을 내린 것이다. 절망에 빠진 그의 행동에 어찌할 바를 몰랐던 그녀는 그저 사랑이 가득 담긴 입맞춤을 연인의 이마에 반복할 뿐이었다.

'삐! 낫게 하는 치료법은 없으나 병의 증세가 나빠지는 것을 방지하고 현 상태를 유지하게 만드는 약은 이미 개발되어 있습니다.' 잠시 모니터의 글자를 뚫어지게 바라본 그는 마치 정신 나간 사람처럼 펄 듯이 기뻐했다. 건강한 삶을 되찾을 수는 없겠지만 꽤 오랫동안 사신(死神)에게서 멀리 떨어질 수 있는 방법을 찾은 것이다.

"그 약만 찾으면 나는 살 수 있어. 너와 함께 말이야." 바다를 가로질러 먼동이 터 오듯이 그의 얼굴에 미소가 퍼져 나갔다.

"너무 잘됐네요. 사랑해요. 이제 아빠를 찾아 주실 수 있나요?"

"물론이지." 그는 만족감 가득한 투로 말했다.

그녀의 이름을 모니터에 입력하자 그는 곧바로 가족 관계를 알아낼 수 있었다. 그녀의 기억은 정확했다. 아빠는 성실한 직업 군인이었다. 하지만 혜성이 충돌한 날 오전 출근 시간을 제외하면 어떤 기록도 남아 있지 않았다. 매우 작은 확률로 추위와 배고픔 속에 가혹한 삶을 이어 가고 있거나 아니면 대다수의 다른 어른들처럼 낙진으로 인해 병을 얻어 피를 토하고 이미 사망했을 것이다. 그나마 다행인 것은 모니터 속 이름에 빨간색 두 개의 줄이 그어져 있지 않다는 것이었는데 충돌로 인한 불완전한 행정 처리 덕분이었다. 만약 줄이 그어져 있었다면 그것은 명백한 죽음을 의미했기에 엄마의 유언이, 가족을 다시 만날 수 있다는 그녀의 희망이 허망하게 물거품 속으로 사라진다는 것을 뜻했다. 모니터를 주시하던 그는 잠시 호흡을 가다듬고 변명하듯 말했다.

"아빠를 찾는 건 시간이 걸리겠어. 기록에 의하면 혜성이 충돌한 날 아침에 출근한 것으로 되어 있는데 부대가 위치한 의정부까지는 여기서 꽤 먼 거리야."

"거기 가면 아빠를 찾을 수 있을까요?"

"가 보면 알 수 있겠지. 하나님께서는 시련을 주시더라도 그것을 극복하고 벗어날 수 있는 길을 마련해 주시는 법이니까 말이야. 이번에도 그렇게 되기를 기대해야지." 그는 온화하게 대꾸한 후 모니터에 활성화된 그녀에 대한 설명을 덧붙였다.

"2070년 4월 14일에 태어났고, 혜성이 충돌했을 당시 열 살이었어. 지금이 2100년이니까 올해로 막 서른 살이 된 셈이지. 어렸을 때 포천의 아파트에서 살았었고 아빠는 소령으로 정보 업무를 담당하고 있었어."

"소령이 무슨 뜻이에요?"

"고급 장교라는 말이야. 간단히 말하면 부하들에게 명령하는 꽤 높은 사람이라는 의미지."

"그게 이 상황에 도움이 되나요?"

"암. 도움이 되고말고. 장교가 되려면 혹독한 극기 훈련을 거쳐야 하거든. 훈련을 통과했다는 말은 육체적으로나 정신적으로나 강인한 사람이라는 뜻이야. 지금과 같은 위기 상황에서는 강인한 사람이 아무래도 생존할 확률이 높아. 게다가 혜성이 떨어졌을 때 군 내부에 있었다면 민간 시설보다는 충격이 덜했을 거야. 적의 공격에 대비해 지휘부를 산 중턱에 굴을 파서 짓거나 지하에 튼튼하게 건설하는 것이 군대의 오래된 전통이거든."

"정말 잘됐어요. 아저씨 약을 먼저 찾은 후 아빠를 만나러 가면 되는 거네요. 오! 내 사랑." 그녀는 만족감 가득한 투로 말하며 그를 끌어안았다. 포근한 행복을 느끼며 아무 생각 없이 모니터를 두드리던 그에게 문득 한 가지 의문이 떠올랐다. 엄마 사진이 낯설지 않았기 때문이다. 께름직한 기분으로 그는 모니터 속 사진을 확대해 그녀에게 보여 주었다.

"이분이 엄마 맞아?"

"맞아요. 예쁘죠? 저는 어렸을 때 엄마가 너무 예뻐서 요정인 줄 알았다니까요. 그런데 사실 엄마보다 할머니가 더 아름다웠다고 하더라고요. 할머니는 유명한 화장품 모델이었대요."

그는 "설마 그럴 리가."라고 혼잣말하며 엄마 신상에 관한 세부 자료를 모니터에 띄웠다. 엄마는 2040년에 태어나 소령과 결혼한 후 그녀를 낳은 것으로 되어 있었다. 떨리는 손으로 그는 엄마의 부계(父系) 가계도를 조심스럽게 클릭했다. 그리고 모니터를 빤히 쳐다보다가 두 손에 얼굴을 묻었다.

"오, 맙소사!"

그는 마치 길몽(吉夢)을 꾸다가 갑자기 눈을 떴지만, 아직 몽롱한 꿈의 여운이 가시지 않은 채로 운명의 인색함을 거칠게 마주한 것만 같았다.

※ 작가 노트

오늘 하루에 뉴욕타임즈가 제공하는 정보량은 15세기 영국 웨일스(Wales) 지역의 농부가 평생 접하는 것보다 많다. 만약 삼백 년 후에 동면에서 깬다면 엄청난 정보량을 감당할 수 있을까? 저능한 원시인 취급받는 것은 아닐까?

노인을 위한 나라

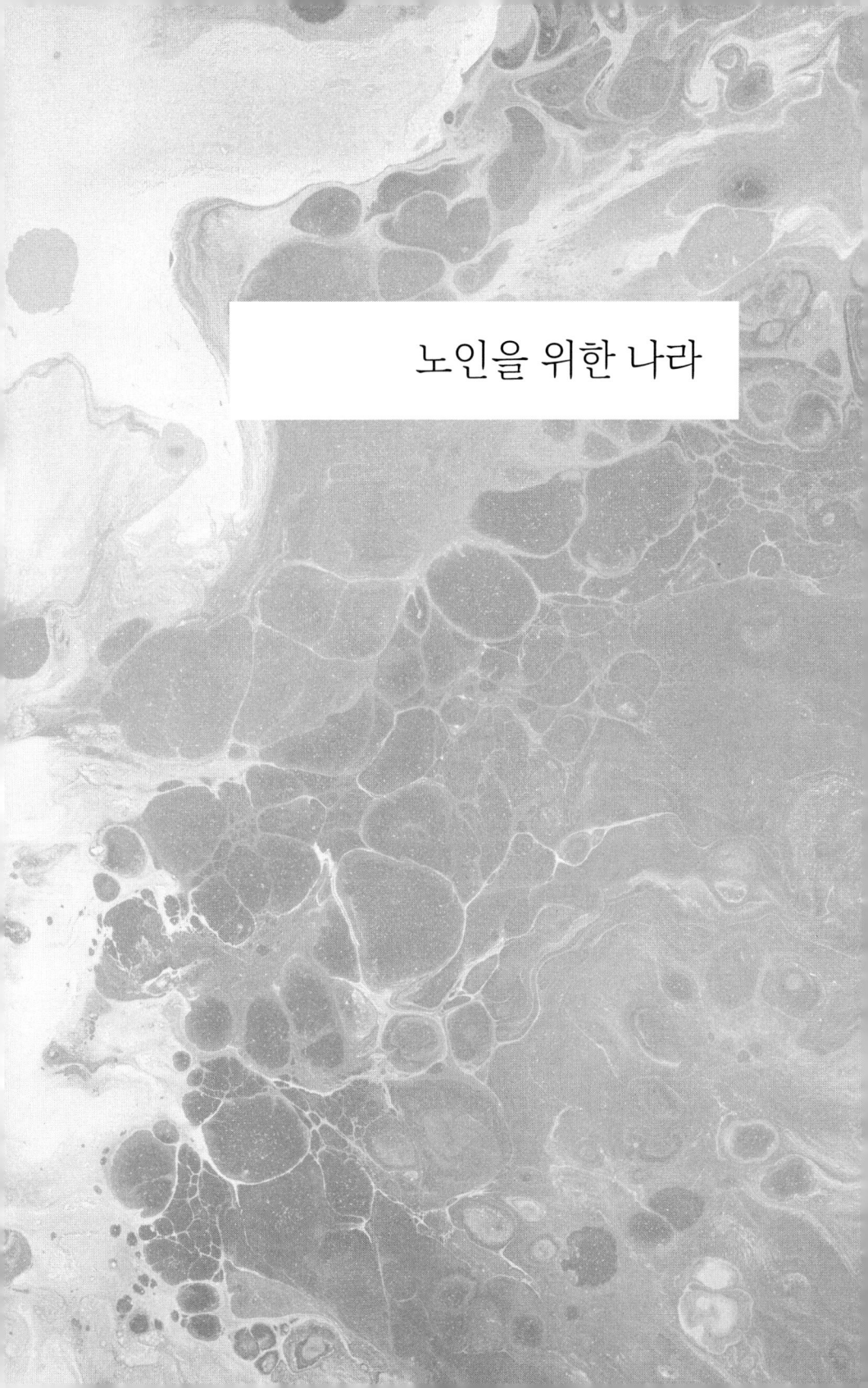

젊고 화려했던 시절 그는 왕성한 체력과 탄탄한 몸으로 여성들의 구애를 한 몸에 받았다. 하지만 무심한 세월은 바람과 같이 빠르게 흘렀고, 마침내 그는 삶의 마지막에서 그저 죽음만을 기다리는 전형적인 노인의 특징을 보였다. 했던 말을 또 했고, 어제 먹은 점심을 기억하지 못했으며, 식사 후 벌어진 치아 사이에 이물질이 자주 끼었으며 피부에서는 시도 때도 없이 살비듬이 떨어졌다. 동료의 박수를 받으며 당당하게 정년퇴직을 한 것도 몇 년 전이라 사회관계도 거의 끊어졌으며 그나마 유일한 낙이라고는 같은 처지의 동네 노인들과 점심 내기 당구를 치는 것이었다. 하지만 이것도 만만치 않았는데 국민연금 수급액이 워낙 적은 탓도 있지만 맞벌이하는 딸을 위해 어린 손녀를 돌봐야 했기 때문이다. 그의 추억 속 등하교는 혼자서 동요를 흥얼거리며 걷거나 혹은 길 위에서 또래 친구들과 장난치는 것이었다. 하지만 요즘은 안전상의 이유로 부모 또는 누군가 챙기는 어른이 초등학교 등하교를 함께 할 것을 강요하는 사회 분위기라 바쁜 딸을 위해 그는 어쩔 수 없이 손녀를 책임지게 되었다. '할 일 없는 노인이 그거라도 어디인가?'라고 남들은 생각할 수 있지만 현실은 녹록지 않았다. 등하교 시간에 조금이라도 늦으면 장성한 딸의 눈치를 봐야 했고 낮잠을 자거나 내기 당구에 정신을 뺏겨 깜빡 잊기라도 하는 날에는 딸과 손녀 양쪽으로부터 잔소리를 들어야 했다. 별 볼 일 없이 관 뚜껑 덮이기를 기다리며 무료한 시간을 보내던 그에게 '대한민국 병무청 보냄'이라는 발신인이 인쇄된 우편물이 도착한 것은 가만히 누워 있어도 땀이 흐르는 무더운 여름이었다. 우편물의 내용은 무미건조하게 작성된 입영통지서였다. 군대를 다녀온 대한민국 남자들이 세월이 한참 지난 후에도 가끔 꾸는 악몽이 하나 있는데 그것은 바로 재입대하는 꿈이었다. "저는 이미 군대를 다녀왔어요. 서류를 확인해 보세요."라고 꿈에서조차 반론해 보지만 어찌 된 영문인지 진실은 통하지 않았고 결국 신병으로 재입대하는 악몽은 예비역 남성들에게 무시무시한 공포를 선사했다. 그런데 꿈이 아닌 현실에서 이와 같은 일이 발생한 것이다. 자신에게 배달된 입영통지서를 보고 처음에 그는 피식 웃었다. 전산 착오로 발생한 행정력 낭비라고 가볍게 무시했다. 검버섯 생길 65세 나이에 재입대가 가당키나 하냐고 생각한 것이다. 하지만 같은 또래의 친구들에게도 입영통지서가 날아들자 그는 이것이 냉혹한 현실임을 자각할 수 있었다. 그리고 얼마 뒤 텔레비전으로 재입대를 하지 않으면 전과자가 되어 감방으로 보내질 수 있다는 대통령의 엄격한 대국민 담화가 발표되었다. 노인들이 '도대체 이게 어떻게 된 일인가?' 하며 어리둥절하고 있을 때 이는 비단 한국뿐 아니라 전 세계의 모든 정부에서 똑같이 진행하는 전례를 찾을 수 없는 아주 희한한 경우임이 밝혀졌다. 이와 같이 비정상적인 사태가 발생하게 된 계기는 미국의 남부 해안인 '버뮤다 삼각지대(Bermuda Triangle)'에 나타난 기상이변 때문이었다. 버뮤다 제도를 점으로 하고 플로리다와 푸에르토리코를 잇는 선을 밑변으로 하는 삼각형의 해역을 버뮤다 삼각지대라고 하는데, 이 해역에서는 과거부터 비행기와 배의 사고가 자주 일어났다. 하지만 시체나 배, 비행기의 파편이 발견되지 않은 경우가 많아 사람들로부터 '마(魔)의 바다'라고 불리는 지역이었다. 전자파나 중력의 이상, 조류의 영향 등 그 원인에 관한 여러 가지 설이 발표되었으나 미국 정부는 사고 빈발은 순전한 우연이라고 결론지었다. 하지만 '마의 바다'에 갑작스러운 천둥과 번개가 치고 두꺼운 안개가 드리운 어느 날 인류에게 끔찍한 대재해가 갑자기, 예고도 없이, 용서 없이, 밤의 도둑처럼 비밀리에 찾아오면서 미국 정부의 안일한 결론은 틀린 것으로 판명이 났다. 나중에 알려진 사실이지만 해당 지역은 외계와 연결된 포탈이었고 그래서 빈번히 배나 비행기가 흔적도 없이 사라진 것이었다. 그러나 이번에는 반대로 포탈을 이용해 외계의 것들이 지구에 나타났는데 인류에게는 불운하게도 지구를 침략하려는 무장한 군대였다. 한 가지 재미있는 사실은 행성 간 이동을 가능케 하는 최첨단 과학 기술을 가지고 있으면서도 외계인의 무기는 지구의 그것과 별반 다르지 않다는 것이었다. 마치 소수의 스페인 군대에 의해 점령당한 고대 마야 문명이 사실은 일 년을 365.25일로 계산하고, 지구가 태양을 공전한다는 사실과 2만 6천 년 주기로 벌어지는 세차운동에 대해 알고 있을 만큼 천문학에는 통달했으나 바퀴를 발명하지 못했으며 심지어 무기라고는 나무를 깎아 만든 조잡한 창과 방패가 전부였다는 역사의 아이러니와 쌍벽을 이루는 상황이었다. 세상에는 빈부격차가 존재하며 과학도 예외일 수 없음이 증명된 것이다. 손 뻗으면 닿을 만한 가까운 거리의 바다를 침공당한 미국은 외계인 전투 능력에 관한 정보를 수집한 후 각국 정부에 자발적 협력으로 포장된 무언의 압력을 행사했는데 60세를 넘긴 노인들을 징집해 미국으로 송출하라는 것이었다. 이는 외계인과의 전투에서 노인들을 총알받이로 사용해 정규군을 보호하고 반격할 시간을 벌겠다는 나름 효율적이며 합리적인 작전이었다. 노인들이 기가 막혀 정신을 놓고 있을 때 겉으로는 짐짓 슬픈 표정을 하며 속으로는 환호성을 지르는 부류가 있었는데 바로 전 세계 젊은이들이었다. 특히 한국에서는 노인들을 건강보험과 국민연금의 재정을 축내는 염치없는 존재로, 스스로 마땅히 내야 할 지하철 승차 요금을 젊은 세대에게 떠넘기는 몰상식한 집단으로, 과거 고려장 풍습처럼 어딘가 내다 버리고 싶은 마음은 굴뚝같으나 욕먹을 것이 두려워 어쩔 수 없이 그냥 놔두는 '뜨거운 감자'로 여겼었다. 그러던 차에 외계인 침략으로 마치 온탕에서 한동안 몸을 불린 후 묵은 때를 벗겨 내듯이 자연스럽게 노인들을 처리할 수 있으니 덩실덩실 춤이라도 추고 싶은 심정인 것이다. 국가 간의 협약으로 미국 플로리다로 보내진 노인들은 일주일의 기초 군사 훈련을 받은 후 전장으로 내몰렸고 미국의 계획대로 총알받이가 되어 머나먼 타국 바다 안개 너머로 사라졌다. 전 세계가 혼란의 소용돌이에서 허우적거리고 있을 때 동남아 인도네시아의 가난한 천재 생물학자가 외계인을 한 방에 무찌를 수 있는 탁월한 무기를 개발했다. 오래전부터 민간 의약품의 하나로 쓰이는 벌침에는 멜리틴, 아파민, 포스포리피아제 등 다양한 복합 약성 성분이 들어 있는데 인체에 유익한 이런 성분들은 페니실린 천 배의 강력한 항염증 작용을 일으키는 것으로 알려져 있었다. 생포한 외계인 포로에게 벌

침을 놓으니 지구인과 세포의 조직 및 구성 성분이 달라 약성이 정상 세포를 염증으로 인식해 죽이는 것으로 밝혀졌다. 노인들이 총알받이 노릇을 하며 시간을 벌고 있는 동안 각국 정부는 양봉에 전력을 기울여 수십억 마리의 벌 떼로 구성된 군대를 만들었고 이는 막상막하이던 전쟁의 무게 중심을 호모 사피엔스 쪽으로 기울도록 만들었다. 사람에게 훈련된 벌 떼의 무차별 공격에 우왕좌왕하던 외계인들은 석 달을 넘기지 못하고 전멸하고 말았다.

한국에서 손녀를 돌보며 별 볼 일 없는 노인으로 지내다가 강제로 플로리다 전장으로 보내진 그는 하늘의 도움으로 가까스로 목숨을 구할 수 있었다. 하지만 모든 노인이 그처럼 운이 좋았던 것은 아니었다. 각국 정부가 전쟁의 승리를 자축하는 성대한 페스티벌을 벌였을 때는 이미 세계 노인의 90%가 사망한 후였다. 살아남은 노인들은 자신들이 총알받이로 죽는 모습을 그저 지켜만 보고 있었거나 아니면 오히려 이를 부추겼던 정치인들을 신랄하게 비판했다. 그때는 어쩔 수 없었다는 당사자들의 무책임한 담화와 이제는 분열보다는 화합해야 할 때라는 돈과 권력의 달콤함에 중독된 종교인들의 사랑의 메시지가 발표되었으나 노인들의 항의는 그칠 줄 몰랐다. 하긴 강요된 수많은 죽음에 아무도 책임지지 않는 상황을 생존자들이 어떻게 이해할 수 있겠는가? 노인들의 계속된 항의에 실제적 위협을 느낀 각국의 정치권은 사회 질서를 유지한다는 명목으로 집회와 시위를 원천적으로 금지했다. 하지만 그들은 몰랐다. 할 말을 하지 못하게 하는 것처럼 사람을 욕구 불만으로 만드는 일은 없으며 정치 활동 금지보다 알코올을 빨리 소비시키는 것은 없다는 사실을 말이다. 사회는 계속 혼란스러웠고 이런 상황을 타개할 목적으로 눈은 큰 데 비해 눈알이 작아서 만화에 나오는 주인공 같은 미국 대통령이 "올바른 방식으로 질문을 던진다면, 이미 답변을 얻은 것이나 다름없다."라는 알쏭달쏭한 명언을 인용한 후 긴급 추방령을 발표했다. 60세가 넘는 미국의 노인들을 남극으로 즉시 추방한다는 내용으로 다른 나라 정치인들에게도 억지를 쓰며 사회의 안정을 해치는 노인들에 대한 통제는 필수이니 이에 동참할 것을 권고했다. "명언을 앞세우며 살아가는 사람은 사실 생각을 하지 않으려고 애쓰는 사람이다."라는 옛말을 미국 대통령 스스로 증명한 셈이었다. 자신의 재선에 방해가 되는 말썽꾼들을 손쉽게 정리하려는 음흉한 속마음을 모르는 사람은 없었다. 자상한 일부 유권자들이 추방된 노인들이 맞닥뜨릴 남극의 혹독한 추위와 식량 부족에 대해 항의하자 눈알이 작은 대통령은 보완책을 내놓았다. 추방 후 3년간 식량을 포함한 모든 생존 물자를 지원하겠다고 발표한 것이다. 하지만 평균 기온이 영하 60도를 밑도는 신천지로의 추방은 살인과 다름없었다. 미국의 권고는 시나브로 각국에 받아들여졌고 세상의 노인들은 이끼조차 자라지 않는 동토의 땅으로 내몰리게 되었다. 위에서 밑바닥까지 깊이 3km에 달하는 얼음을 걷어 내면 남극은 거대한 대륙이었다. 여러 개의 산맥과 강 그리고 거대한 평야로 이루어진 면적만 놓고 보면 미국보다 큰 땅덩어리였다. 하지만 생존 불가능 한 혹독한 추위 탓에 인류에게는 마지막 남은 미개척지로 하지와 동지 때는 낮과 밤이 24시간 계속되는, 이곳이 아니면 경험할 수 없는 독특한 지리적 환경을 가지고 있었다. 최초로 남극에 도착한 추방자들은 대부분 얼어 죽었다. 혹독한 추위를 견뎌 본 경험이 없었고 생존에 필요한 방법과 수단을 몰랐기 때문이었다. 하지만 차츰 도착하는 노인의 수가 증가하고 그들 중 일부는 과거 군인 시절 '혹한기 훈련'을 여러 차례 겪어 본 사람들도 있었다. 이들은 대중에게 임시방편으로나마 불 피우는 기술과 강풍을 피해 은신처에 숨는 법과 같은 사소한 생존 기술들을 가르쳐 주었다. 시간이 흐를수록 노인들은 점차 남극에 적응하기 시작했고 마침내 모두가 힘을 모아 거주지를 건설할 수 있었다. 지표면은 눈과 함께 바람이 거칠게 불기 때문에 집을 건설하기 어려울 뿐 아니라 방한복을 입고도 집 밖으로 나가 활동하는 게 매우 제한적이었다. 따라서 노인들은 외부 날씨에 영향을 받지 않는 지표면 아래의 얼음을 파내고 그 속에 거주지를 만들었는데 얼음 동굴은 생각보다 안락했고 인간의 생존에 필수적인 물을 쉽게 얻을 수 있다는 장점을 가지고 있었다. 살 곳을 마련한 후 다음으로 시급한 것은 식량 생산이었다. 미국 대통령의 발표대로 3년 후면 고향으로부터 지원이 끊길 예정이었기 때문이다. 다행히 노인들은 해결책을 찾아냈는데 얼음 두께가 비교적 얇은 해안가를 따라 거대한 온실 농장을 만드는 것이었다. 공사 자재 부족으로 농장 건설은 더디게 진행되었다. 그러나 새로 추방된 노인 중 토목과 건설 자재 생산의 베테랑이 도착하면서 속도를 냈고 수소의 핵융합 기술 개발로 노벨상을 받은 저명한 칠십 대 교수의 활약으로 소형 원자로를 만들어 전력 문제를 깔끔히 해결했다. 경험이 차곡차곡 쌓이면서 효율적으로 얼음 동굴을 만드는 기술 개발이 이루어졌고 온실 농장에서는 배고픔을 면할 수 있는 쌀, 보리, 밀과 같은 알곡 식량 생산과 닭, 돼지, 소와 같은 단백질 공급원의 수량을 늘려 나갔다. 고향으로부터 지원이 멈추었을 때 노인들은 풍족하지는 않지만 스스로 자립할 수 있는 수준에 도달했고 생존을 위한 최소한의 기반을 마련했다는 사실에 행복감을 느낄 수 있었다.

게다가 노인을 위한 나라에서는 놀라운 의학적 결과를 만들어 냈는데 그들이 추방 전보다 정신적, 육체적으로 건강해졌으며 마치 회춘을 한 것처럼 젊어진 것이다. 외계인이 버뮤다 앞바다에 나타나기 전 미국의 한 저명한 심리학자가 요양원 등에서 타인의 도움 없이 거동하기 힘든 70대, 80대 노인들을 모집해 50년 전의 가상 세트장을 제작한 후 행동을 관찰하는 실험을 한 적이 있었다. 가상 세트장에서는 옷도 예전에 유행했던 의류만 입을 수 있었고, 자동차와 간판 등의 기타 소품들도 모두 같은 시대의 것으로 설치했다. 심지어 라디오에서는 50년 전 음악만 흘러나왔다. 한 달 동안의 실험 결과는 예상을 뛰어넘는 것이었다. 우울증과 같은 정신 질환이 사라졌고 기억력이 눈에 띄게 호전됐으며 활력, 청력, 근력이 개선되었고 심지어 관절염 수치까지 향상된 것으로 나타났다. 실험을 주관한 심리학자는 노화는 쇠락이 아닌 변화일 뿐이고, 늙는다는 것은 단순한 착각이며, 의지의 강화로 막을 수 있다는 논문을 의학과 심리학 저널에 발표했다. 남극에서 가상 세트장과 똑같은 상황이 벌어지고 있었다. 노인들은 고향에서보다 잘 먹고 더 건강해졌으며 독립적인 생활을 추구했고 까마득히 오래전 포기했던, 젊음의 특권인 이성 교제에 도전했다. 마음에 드는 이성에게 매력적으로 보이기 위해 노인들은 몸매 관리에 특별히 신경을 썼는데 이는 선순환 작용을 일으켜 운동을 권장하고 폭식과 음주를 줄여 콜레스테롤 수치를 낮춰 안정적 혈압 유지에 도움을 주었다. 노인들이 젊어졌다.

노인들이 건강하게 지내건 말건 남극을 제외한 6개 대륙에서는 신경을 쓰지 않았고 시간이 흘러 그들이 세상에서 조용히 사라지기를 바라고 있었다. 이런 와중에 한국에서 손녀를 돌보며 노년의 무료한 시간을 보내던 그가 남극을, 아니 세상을 놀라게 할 엄청난 발견을 하게 되었다. 사실 그는 젊은 시절 희토그룹이라는 회사에 소속되어 중국 동부 장시성 광산에서 리튬과 희토류를 채굴하는 광부였다. 가족을 먹여 살리기 위해 캄캄한 타국의 땅속에서 하루 종일 일하면서도 광물에 대한 그의 특이한 호기심은 지칠 줄 몰랐다. 고등학교 중퇴라는 학력에도 불구하고 그는 쪽잠을 자 가며 광물 공부를 게을리하지 않았고 수십 년의 세월이 흐른 뒤 동료들로부터 '사이비 광물 박사'라는 다소 애매한 별명을 가질 수 있었다. 정년이 되자 자신을 박사라고 불러 주는 정든 동료들과 뜨거운 석별의 정을 나눈 후 그는 한국으로 돌아와서 손녀의 초등학교 등하교 시간을 챙기는 평범한 노인이 되었다. 하지만 이것도 잠시뿐 외계인의 침략이 발발하자 군대에 재징집된 그는 운 좋게 살아남았고 결국 다른 노인들과 나란히 남극으로 보내졌다. 희토류는 자연계에서 매우 드물게 존재하는 17개의 금속 원소로 화학적으로 매우 안정되고 건조한 공기에서도 잘 견디며 열을 잘 전도하는 특징을 가지고 있어 현대 사회의 전기, 자동차, 반도체와 IT 장비 등에 필수적인 물질이었다. 새로 사귄 여자 친구에게 뭔가 반짝이는 것을 선물하고 싶은 마음에 그가 왕년의 실력을 발휘해 땅을 파던 중 희토류를 발견하게 된 것은 순전히 우연이었다. 아마 보통 사람이었다면 그것이 무엇인지도 모르고 그냥 지나쳤을 것이다. 하지만 '사이비 광물 박사'라는 별명을 가진 그는 보자마자 매장량과 경제적 가치를 파악할 수 있었고 즉시 자치 위원회에 해당 사실을 알렸다. 이 소식을 들은 노인들은 기쁨에 환호성을 질렀다. 왜 그러냐 하면 부족한 생필품과 다양한 먹거리를 위해 대륙에 무역을 여러 차례 요청했으나 그들이 받은 답변은 '당신들이 무엇을 제공할 수 있는가?'였다. 남극에는 제공할 만한 값진 것이 없었으므로 지금까지 무역은 거의 포기한 상태였다. 하지만 그의 발견으로 말미암아 노인들은 이제 협상할 수 있는 지름길을 찾은 것이다. 노인들이 대륙에 요구한 것은 세 가지였다. 첫째, 남극을 국방, 행정, 외교 등의 자치권을 가진 하나의 나라로 인정할 것. 둘째, 희토류를 원하는 대륙은 양자 무역협정을 체결할 것. 셋째, 무역협정 체결은 상호 불가침 조약을 맺은 것으로 인정되며 이를 국회 의결이나 국민 투표 등을 통해 공식화할 것. 이와 같은 연락을 받은 대륙에서는 생필품 부족에 허덕이는 노인들이 결국 버티지 못하고 간사한 꾀를 쓰는 것으로 생각했다. 남극보다 수십 배 큰 땅에서도 찾기 어렵고 귀하다는 것이 희토류 아닌가? 그래서 희토류(稀土類)의 '희' 자가 '드물 희(稀)' 자 아닌가? 수만 년 동안 얼음 속에 갇혀 있었던 장소에 경제적 가치를 산정할 수 없을 만큼의 대규모 희토류가 존재한다는 사실을 어떻게 믿을 수 있는가? 대륙에서는 남극의 연락을 아예 무시했다. 그리고 한 달 뒤 과거에는 노인들을 부지런히 남극으로 실어 날랐을 거대한 유조선이 희토류를 가득 실은 채 미국 LA 항구에 도착했고 매장량에 관한 논쟁이 전문가들 사이에서 시작됐다. 하지만 여전히 대다수는 노인들의 주장을 믿지 않았다. 유조선 한 대를 채운 것과 거대한 광맥이 존재하는 것은 차원이 다른 문제라고 생각하는 것이다. 이를 비유해서 말하자면, 역사상 최초로 세계를 일주한 마젤란에게 "세계를 일주한 사람은 달리 아무도 없다. 따라서 지구는 평평하다."라고 말하는 것과 다를 바가 없으며 1838년에 처음으로 공룡의 뼈가 발견되었을 때 "물론 거대한 동물이 멸종된 것은 있을 수 있는 일이다. 그럼 다른 뼈는 어디에 있지? 하나밖에 발견하지 못했잖아?"라고 말하는 것과 같은 것이었다. 그러나 호주의 대응은 달랐다. 지형학적으로 남극을 제외한 지구 표면의 광대한 대륙은 아시아와 유럽, 아프리카, 북아메리카, 남아메리카, 오스트레일리아가 있다. 과거 유색 인종의 입국이나 이민을 배척하는 백인 우선 정책을 채택해 인종 차별 국가로 낙인 찍혀 수십 년간 세계로부터 욕먹은 경험이 있는 호주는 자유 무역 차별 국가라는 부담을 지고 싶지 않았거나 아니면 '혹시나' 하는 마음이었거나 그 밑바닥 속사정은 알 수 없지만 어쨌든 전문가로 구성된 조사단을 파견했다. 남극에서는 자치 위원과 통역관 그리고 이제는 노인들의 영웅으로 등극한 그가 성대히 방문객을 환영했다. 꼼꼼하고 빈틈없이 이루어진 조사는 '사이비 광물 박사'의 예상과 일치했고 남극과 호주는 상호 호혜를 기초로 무역협정을 체결했다. 희토류의 경제적 가치를 뒤늦게 눈치챈 다른 대륙들은 1961년 발효된 남극조약(Antarctic Treaty)을 빌미로 영유권을 주장하고 나섰다. 남극은 혹독한 자연조건 때문에 오랜 기간 인류에 의한 접근과 실효적 지배가 곤란한 장소였지만 과학기술의 발달로 20세기에 들어 영국, 프랑스, 뉴질랜드, 노르웨이, 호주, 칠레 및 아르헨티나의 7개국이 지리적 접근성, 발견 순서, 포경 등을 근거로 영토권을 주장했고 미국과 소련은 이들의 주장을 인정하지 않았었다. 하지만 국제적인 갈등이 계속되자 각국은 남극조약을 통해 한시적으로 영토권과 청구권을 동결했었는데 희토류를 통해 얻게 될 막대한 이익을 위해 그동안 동결되었던 권리를 되찾겠다는 것이 대륙의 입장이었다. 만약 정당한 권리 집행을 방해한다면 엄청난 아픔과 고통이 뒤따를 것이라는 호주를 제외한 나머지 대륙들의 공동 성명이 발표되자 노인들은 사태의 심각성을 알아차렸고 각 대륙에 특명 전권 대사를 파견해 협상을 시도했다. 하지만 외교관들이 들은 대답은 "내 땅에서 즉시 떠나시오."라는 것이었다. 피땀 흘려 만든 보금자리를 노인들은 떠나고 싶지 않았고 떠난다고 한들 지구 어디에도 환영하는 곳은 없었다. 오랜 토론과 논쟁 끝에 노인들은 남극에 남아 두 번째 고향을 사수하기로 의견을 모았다. '남극 구원 십자군'이라는 정체 모를 연합군을 조직한 대륙은 남극 주민들을 압박하기 시작했고 전운의 먹구름은 눈앞으로 다가오고 있었다. 노인들은 차분하게 대응했으나 양쪽의 전력 차는 명백했다. 전투기, 함정, 탱크, 미사일 등의 각종 무기부터 군인의 수까지 어느 하나 대륙이 압도적인 우위를 점하지 않은 것은 없었다. 심지어 연합군은 파괴력이 막강한 다수의 핵무기까지 보유하고 있었다. 절대적으로 불리한 노인들에게도 한 가지 유리한 점은 있었는데 영하 60도의 혹독한 추위에 적응했다는 것이다. 하지만 그런 점이 실제 전투에서 얼마나 도움이 될지는 누구도 알 수 없었다. 연합군으로부터 한 달 내로 남극을 비우고 전원 떠나라는 최후통첩을 수령한 노인들은 죽음을 예감하고 이제는 저장할 필요가 없게 된 음식과 술을 마음껏 먹고 마시며 축제를 벌였다. 그때 남극으로부터 저 멀리 떨어진 이탈리아반도 서쪽 해상에 있는 지중해 사르데냐섬에서는 외계인의 제2차 침공이 조용히 벌어지고 있었다. 이 섬은 B.C. 2000년 전 만들어진 것으로 보이는, 고대 건축물로 대표되는 누라게(Nuraghe) 문화의 중심지였다. 회색 외계인을 닮은 역삼각형의 머리와 가는 체구를 가진 생물의 청동 동상과 우주선이 조각된 다수의 석조 기둥들이 출토된 지역이었다. 그래서 항간에는 사르데냐섬이 버뮤다 삼각지대와 같은 또 다른 포탈이 아닌가 하는 소문이 오랫동안 존재했고 이제 그것이 사실로 밝혀지려 하고 있었다.

거대 우주선과 군대를 동원한 과거와는 달리 제2차 침공은 은밀히 이루어졌다. 지난 실패로부터 큰 교훈을 배운 것이다. 포탈을 통해 사르데냐섬에 도착한 외계인은 과거 벌침 공격으로 선조들이 몰살당했던 기억을 곱씹으며 자기 별 최고의 과학자들이 심혈을 기울여 만든 바이러스를 지구에 살포했다. 바이러스는 아코디언처럼 쭈그러들었다 늘어났다 하는 방식으로 공기 속을 유영하며 세계로 퍼져 나갔다. 모든 것을 쏟아부은 뒤의 담담함, 허탈함, 이제 떠날 때가 되었다고 느끼는 자의 홀가분함, 그 표정에 중독된 것 같은 속을 알 수 없는 미소를 지으며 임무를 마친 외계인은 고향 별로 돌아갔다. 바이러스는 사르데냐섬과 근접한 유럽 남부와 중동 지역을 중심으로 맹위를 떨치기 시작했고 감염 속도는 의료진의 통제를 한참 벗어나 있었다. 해당 바이러스는 3개월도 채 되지 않아 지구 전역에서 유행했고 인류는 어찌할 바를 몰라 두려움과 공포에 떨었다. 병의 증상은 단순하지만 치명적이었다. 바이러스는 사람의 '늙음'을 촉진하는 작용을 했는데 감염자는 자신의 50년 신체 노화와 일순간에 직면해야 했다. 20대 젊은이가 어느 날 자고 일어나면 70대 노인이 되어 있었고 10대 여학생이 수업 중에 60대 할머니로 변하는 경우도 비일비재했다. 각국 정부는 바이러스 확산을 막고자 백방으로 노력했지만 아무 소용이 없었고 마침내 지구에서 청년은 고사하고 중년조차 찾아볼 수 없는 지경에 이르렀다. 즉, 모두가 노인이 된 것이다. 외계인의 전략은 명백했다. 인류의 평균 수명은 백 살을 넘지 못하며 가냘픈 노인의 생식능력으로는 후손을 재생산할 수 없으니 골치 아프게 지구를 정복하고자 목숨 걸고 싸우지 말고 바이러스를 살포한 후 가만히 백 년을 기다리자는 것이었다. 마치 모든 오래된 지식은 낡아 가며, 새로운 지식으로 대체되고, 기억될 가치가 없는 지식은 지워지는 것처럼 인류가 생의 마지막 단말마를 지르며 역사 속으로 영영 사라지기를 기대하는 것이다. 전략은 대체로 성공적이었으나 완벽하지는 않았다. 왜 그러냐 하면 바이러스는 추위에 약하다는 단점을 가지고 있었는데 평균 기온이 영하 60도인 남극에 사는 노인들에게는 아무런 영향을 끼치지 못했기 때문이다. "무엇 하나 우연히 일어나는 일은 없으며, 좋은 일이든 나쁜 일이든 모든 일에는 이유가 있다."라는 명언처럼 불행 속에서도 희망은 꿈틀거리고 있었다. 청년은 모두 사라지고 노인만 남게 된 지구에 화합의 물결이 스멀스멀 일어난 것이다. 한때 희토류가 가져다줄 경제적 이익에 눈이 멀어 거침없이 무력을 사용하고자 했던 대륙 사람들이 이제는 병에 걸려 어쩔 수 없이 그들 자신이 노인이 된 후 의식이 확 바뀐 것이다. "누구나 노인이 된다."라는 동서고금의 진리를 몸으로 깨달은 것이다. 노인에게도 생기 넘치는 젊은 시절이 있었음을, 자신도 언젠가는 노인 중 하나가 될 것임을, 노인이 없었다면 자신은 애초 존재할 수 없었음을 알게 된 것이다. 6대륙은 과거의 잘못을 반성하는 성명을 발표했고 바이러스가 사라진 후 노인들은 남극을 떠나 각자의 고향으로 돌아갔다. 단합된 인류는 외계인을 상대로 치명적 반격을 준비했고 한국으로 돌아온 그는 사막의 물 한 통에서 호수의 물 한 통으로 변한 자신의 처지를 담담히 받아들였다. 그리고 이제는 동년배로 보이는 손녀와 등하교를 함께 했고 길에서 우연히 우편집배원을 만나면 깜짝 놀라 혼잣말을 중얼거렸다. “설마 또 입영통지서가 나오는 것은 아니겠지?”

※ 작가 노트

‘나이 든다’라는 것은 불성실한 자연이 빚어낸 질병은 아닐까? 인류는 노화와 죽음(당사자에게 그 어떤 동의나 협의를 구하지 않고 독단적으로 만들어진)이라는 법칙을 그저 받아들여야만 하는 걸까? 만약 인류가 과학으로 이를 해결한다면 창조주의 뜻에 항명하는 것일까?

킬로이 다녀가다

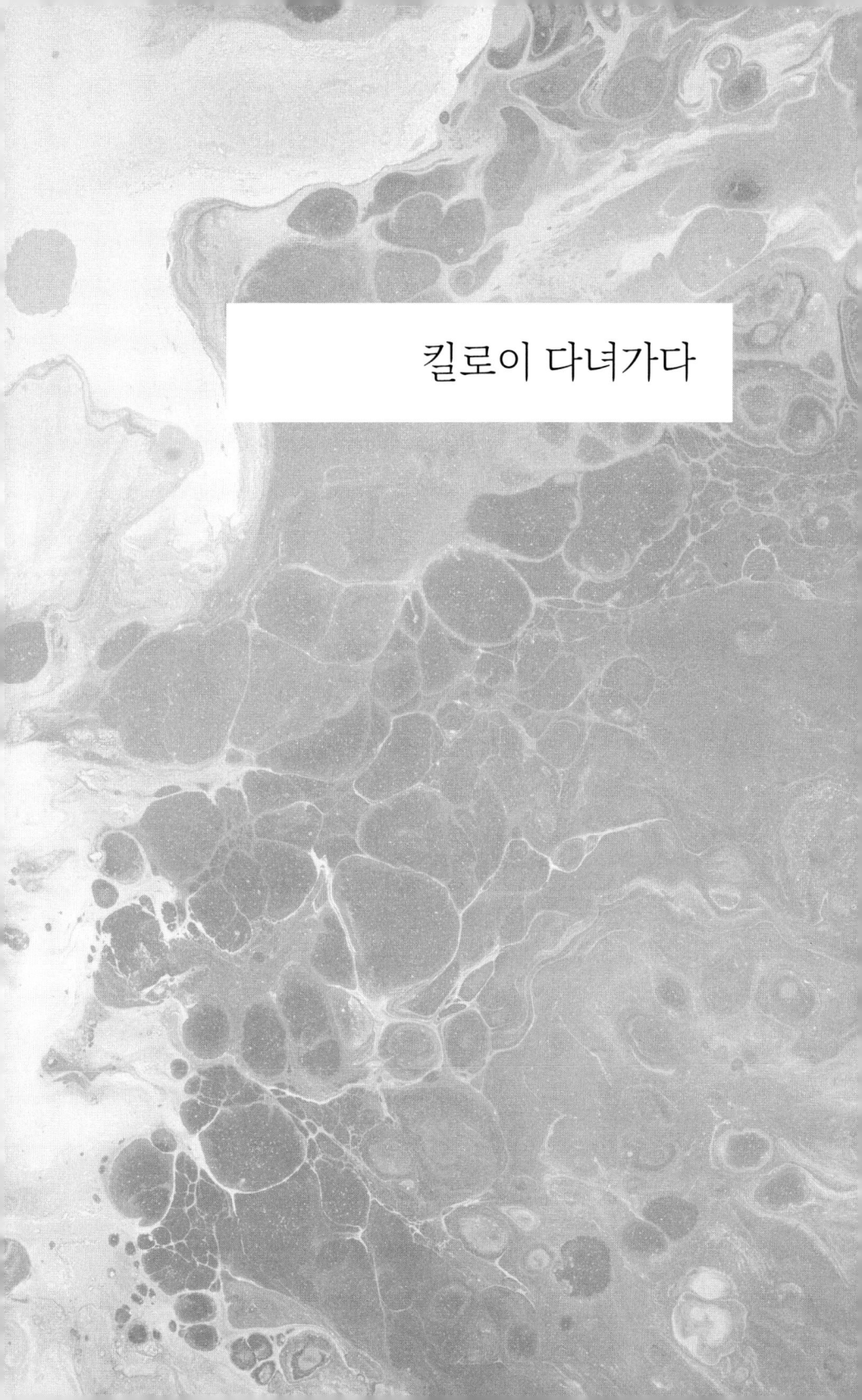

나는 한국에 사는 평범한 30대 후반의 직장인이다. 대도시 사람들이 자주 놀리는 '군 단위'의 시골에서 태어나 공업고등학교를 졸업하고 같은 지역에 있는 건실한 제조업체에서 생산직 사원으로 근무하고 있다. 결혼을 위해 베트남 여성과의 맞선을 고민하는 노총각이지만 그렇다고 지금까지 아무런 생각도 없이 인생을 살아온 것은 아니다. 소싯적에는 통장 잔고를 늘리기 위해 투자에 관한 책도 사서 보고 온라인을 기웃거리며 주식과 부동산 및 직장인을 위한 연말정산 노하우에 대해서도 잠자는 시간을 쪼개 가며 공부했었다. 이런 때늦은 학구열이 직장 동료 사이에서 시나브로 소문이 나면서 현재는 노동조합 쟁의부장이라는 평소에는 별로 할 일이 없는 중책을 담당하고 있다. 공식적으로 회사에서는 '아무개 씨'로 불리지만 사적인 술자리에서는 '부장님'이라는 무시할 수 없는 호칭으로 불리는, '군 단위'에서는 나름 영향력을 가진 사람이라는 말이다. 사실 나는 만사를 귀찮아하는 성격 탓에 명예나 권력보다는 안락한 삶을 선호했다. 하지만 직속 고등학교 선배인 노조위원장의 압력으로 어쩔 수 없이 쟁의부장이라는 노조 간부가 된 것이다. 대도시 사람들은 모르겠지만 시골에서는 자신이 하고 싶지 않아도 욕먹지 않고 살려면 어쩔 수 없이 해야만 하는 일이 발생하는데 이 경우가 딱 그랬다. 좋은 복리후생 제도를 가진 유명한 대기업은 아니나 회사는 지금까지 월급 한 번 밀린 적 없었고 여름이면 점심 식사로 삼계탕이 자주 나왔으며 겨울이면 대형 난로를 생산 현장 여러 곳에 설치해 근로자들이 추위에 떨지 않도록 배려했다. 사실 나는 경영진에 대해 전혀 불만이 없었다. 하지만 어쩌겠는가? 인구 오만 명도 안 되는 '군 단위' 시골에서 살려면 선후배 간 인간관계를 잘 해 놔야 일상이 편하다. 따라서 임단협 계절이 다가오면 나는 불만 가득한 노조 간부의 진부한 표정으로 출근했다. 어린 시절 나는 독실한 기독교 신자인 어머니 손에 붙들려 주말마다 교회 예배에 참석하곤 했는데 관심사는 따로 있었다. 초등학교 때는 예배 후 지급되는 초코파이였고, 사춘기 때는 마음을 설레게 만드는 여학생들이었으며, 군 시절에는 매서운 상사의 눈을 피해 낮잠을 자는 것이었다. 하지만 나이가 들어감에 따라 교회에 시큰둥해졌다. 왜 그러냐 하면 과학이 더 그럴듯하게 세상을 설명하는 것처럼 보였기 때문이다. 뱃사공들에 의해 성난 바다에 내던져진 예언자 요나가 큰 물고기 배 속에서 사흘 낮과 밤을 살아남아 이교도를 개종시켰다는 이야기를 21세기 정규 교육을 받은 사람이라면 어떻게 믿을 수 있겠는가? 사람을 삼킬 만한 큰 물고기가 지구상에 존재하지도 않을뿐더러 거대한 고래가 삼켰다고 하더라도 사람이 고래 배 속에서 삼 일 동안 죽지 않고 어떻게 버틸 수 있다는 말인가? 물론 나도 프랑스 철학자 파스칼의 "신에 대한 믿음은 어떤 경우에나 무신앙보다 나은 결과를 가져온다."라는 주장을 알고 있다. 신이 존재한다면 이 세상을 떠날 때 신앙인은 목숨을 잃으나 영원을 얻을 수 있는 반면 무신앙인은 목숨도 잃고 영원도 얻을 수 없으니 이왕이면 신을 믿는 게 성공적인 전략이라는 논리 말이다. 하지만 하루하루의 삶 속에서 오직 죽음만을 대비해 신앙을 가진다는 것도 어불성설이거니와 완전한 믿음을 위해 논리를 포기하라고 강요하는 신앙보다는 모든 것을 다 설명해 줄 것 같은 과학이 어딘지 모르게 근사해 보였다. 과학의 명료함에 빠진 나는 점점 교회를 멀리했고 결국 무신론자가 되었다. 애초에 왁스 칠 한 딱딱한 신도석을 견딜 수 있는 부류가 아니었던 것이다. 하지만 어머니는 나를 다시 돌아오게 해 달라는 간절한 기도를 포기하지 않으셨는데 교회에 다니는 가난한 사람들의 무쇠같이 질긴 자부심을 당해 낼 건 아무것도 없었다. 교회에 나가지 않게 된 것 말고는 성인이 된 후의 삶은 어릴 때와 별반 다르지 않았다. 주말에는 이제는 유부남이거나 노총각이 된 동네 친구들과 족구를 하거나 낚시하며 시간을 보냈고 가끔 대도시를 방문해 유흥을 즐겼다. 뻔한 시간을 보내며 인생을 낭비하고 있던 나에게 그 해괴한 사건이 발생한 것은 평범한 금요일 밤이었다. 퇴근 후 친구들과 밤낚시를 하며 술 한잔 하기로 약속하고 산속 깊은 곳에 있는, 박정희 대통령 때 사랑하는 남자를 잊지 못해 빠져 죽은 한 많은 처녀 귀신이 나온다며 동네 노인들이 꺼리는, 외딴 저수지를 찾아가는 길이었다. 까마득한 어둠 속에서 헤드라이트 불빛과 내비게이션에 의존해 비포장도로를 달리던 차가 며칠 전 폭우로 인해 깊게 파인 구덩이에 한쪽 바퀴가 빠지고 말았고 나는 욕지거리를 하며 차 밖으로 나왔다. 바퀴 상태를 점검하며 '긴급출동 서비스 차량이 이런 오지까지 와 줄까?'라는 생각에 막막해하고 있을 때 갑자기 하늘에서 '웅웅' 하는 소리와 함께 강렬한 섬광이 마치 뱀처럼 얼굴을 비추었고 나는 곧 정신을 잃고 쓰러졌다. 뒤따라 저수지를 찾아온 친구들에 의해 발견된 나는 즉시 병원 응급실로 옮겨졌으나 별 이상은 없었다. 실감 나는 장황한 설명에도 불구하고 의사는 내 말을 믿지 않았고 과도한 스트레스 때문에 헛것이 보일 수 있다며 휴식을 권했다. 군 단위 시골에서 사건, 사고 소식은 빨리 퍼져 나간다. 회사 노조원들은 쟁의 준비를 하느라 몸이 많이 상한 것 같다며 십시일반 돈을 각출해 보약을 지어 왔고 이해할 수 없는 그 사건이 발생하고 일주일이 지난 후 나는 일상으로 복귀했다. 그리고 세상은 언제 그런 일이 있었냐는 듯 평범하게 흘러갔다.

나는 평소 「그것이 알고 싶다」, 「경찰청 사람들」, 「사건 25시」와 같은 범죄 시사 프로그램을 즐겨 시청했는데 이번 회의 내용은 부산의 여고생들이 전주로 수학여행을 갔다가 새벽에 여학생 중 한 명이 13층 호텔 발코니에서 떨어져 사망한 사건을 다루는 것이었다. 같은 방을 쓰는 네 명의 여학생들은 사망자가 술을 마시고 실수로 떨어진 것 같다고 진술했다. 그러나 경찰 조사 결과 그녀들은 소문난 '일진'이었고 평소 사망한 여학생을 괴롭혔으며 당일에도 돈을 적게 상납했다며 수차례 욕설을 퍼부은 것으로 밝혀졌다. 경찰은 이른 새벽 시간 베란다에서 싸우는 소리가 들렸다는 다른 투숙객들의 증언을 바탕으로 꼼꼼히 조사를 이어 갔으나 죽은 자는 말이 없었고 혐의를 받고 있는 여학생 중 누군가 잘못을 회개하고 사실을 털어놓지 않는 이상 아무런 소득도 얻을 수 없었다. 학교 측에서는 인솔 교사가 술 마시고 일찍 잠든 사실이 세상에 밝혀질까 두려워 쉬쉬하며 사건을 덮으려고 백방으로 노력했고 결국 담당 검사는 '증거 불충분'을 사유로 네 명의 용의자를 기소하지 않았다. 십 년이라는 시간이 지난 후 방송국에서 조사해 보니 풀려난 여학생들은 성인이 되어 잘 먹고 잘 사는 데 반해 사망한 여학생의 부모는 여전히 눈물로 밤을 지새우고 있었다. 만약 현장에 CCTV가 있었다면 이 사건은 간단히 해결될 수 있었으나 호텔 내부에 CCTV는 없었고 결국 미제 사건으로 남게 되었다. 프로그램 시청을 마치고 침대에 누운 나는 안타까움과 의협심에 몸을 떨었고 어떻게든 진실이 알고 싶어졌다. 그래서 사건이 발생한 시간과 장소를 마음속으로 상상하기 시작했는데 뿌연 안개 같은 것이 잠시 보이더니 눈앞에 여학생 다섯 명이 새벽에 호텔 베란다에서 옥신각신하는 모습이 나타났다. 자세히 보니 네 명이 한 명의 여학생을 심하게 몰아붙이고 있었는데 좁은 베란다 구석에 몰린 피해자는 살려 달라며 빌고 있었다. 하지만 가해자들은 전혀 개의치 않았고 계속 구타와 욕설을 퍼부었다. 그러다가 피해자가 연이은 폭력을 견디지 못하고 옆방으로 탈출하기 위해 13층 베란다 철제 난간을 잡고 올라서려는 순간 중심을 잃고 땅으로 추락하는 장면이 나타났다. '에이! 설마 상상이겠지.' 하고 처음에는 무시했으나 너무 현실감 있게 벌어진 광경이라는 것은 둘째로 하더라도 다섯 여학생들의 얼굴이 또렷이 나타난 것이 더 기괴했다. 왜 그러냐 하면 방송 프로그램에서는 프라이버시를 위해 사망자를 제외한 나머지 네 명의 일진 여학생들의 얼굴은 모자이크 처리를 했기 때문이다. 혹시나 하는 마음에 인터넷을 통해 해당 학교 졸업 앨범을 검색해 보니 내 상상 속의 가해자들이 실존하는 것으로 밝혀졌고 이런 사실을 믿을 수 없었던 나는 며칠 동안 불면증에 시달렸다.

그러다가 우연히 할리우드 영화 「스파이더맨」을 보게 되었는데 주인공 인 피터 파커에게 삼촌인 벤이 “큰 힘에는 큰 책임이 따른다.”라는 말을 하는 것을 들을 수 있었다. 어깨를 누르는 무거운 책임을 깨달은 나는 ‘어떻게 하면 능력을 최대한 활용할 수 있을까?’ 하며 고민을 해 보았지만 마땅한 방법을 찾을 수 없었다. 경찰서에 찾아가 말해 봐야 미친놈 취급할 것이 뻔했고 강제로 정신병원에 입원당하지 않으면 그나마 다행이었다. 우선 능력에 대해 자세히 알고 난 이후 어떻게 해야 할지 방향을 정하자는 생각에 나는 도서관을 방문해 초능력 백과사전을 뒤적였다. 특정한 인물의 소유물을 만진 뒤 그 소유자에 대한 정보나 시각적 영상을 읽어 내는 초능력인 ‘사이코메트리’가 그나마 비슷했으나 사망자의 물품 없이도 시간과 장소만 알면 해당 공간을 투시할 수 있다는 점에서 나와 달랐다. 지루하게 사전을 뒤적이다 눈에 띈 것이 ‘이미지 푸셔(Image Pusher)’라는 초능력이었다. 이미지 푸셔는 다른 말로 영상 출력자라고 불리는데 원하는 시간과 장소를 원격 투시 할 수 있으며 자신이 투시한 내용을 외부 전자기기에 영상으로 기록할 수 있었다. 예를 들면 1963년 11월 22일 텍사스주 댈러스 시내에서 발생한 케네디 대통령 암살 사건 현장을 마치 CCTV가 촬영하는 것처럼 원격 투시 한 이후 유튜브나 틱톡을 활용해 다른 사람들이 시청할 수 있도록 영상을 만들 수 있었다. 하지만 한계도 분명했다. 과거에 발생한 일은 가능했으나 앞으로 생길 미래의 일은 투시 자체가 불가능했는데 왜 그러냐 하면 ‘역사’의 반대인 ‘미래사’라는 과목이 3차원 지구에는 존재하지 않기 때문이라고 사전에 적혀 있었다. 호기심을 느낀 나는 즉시 핸드폰을 꺼내 녹화 기능을 실행시킨 후 13층 호텔 발코니에서 추락한 여학생에게 일어난 일을 동영상으로 출력하기 위해 온 정신을 집중했다. 그리고 잠시 뒤 녹화 파일을 실행시켰더니 정말로 모든 것이 그 안에 저장되어 있었다. 놀란 입을 다물지 못하고 있을 때 도서관 관리자가 툭 하고 어깨를 치며 "여기서 이러시면 곤란합니다."라는 말과 함께 정중히 퇴실할 것을 요구했다. 정신을 차리고 생각해 보니 핸드폰을 무음으로 돌리는 것을 깜박한 것이다. 결국 수많은 도서관 이용자의 눈총을 받으며 나는 강제로 쫓겨났고 터덜터덜 집으로 복귀하면서 앞으로의 활동에 대해 고민했다. 심경은 무척 복잡했는데 한편으로는 죄지은 놈에게 정당한 처벌이 내려지기를 바라는 정의감과 다른 한편으로는 현재의 무던한 생활을 포기하고 싶지 않다는 다소 이기적인 마음이 중첩된 것이다. 여러 날 심사숙고한 끝에 야구 모자와 얼굴을 반쯤 가리는 마스크를 쓰고 집에서 두 시간이나 멀리 떨어진 낯선 도시의 PC방으로 달려갔다. 나는 우연히 동네 길바닥에 떨어진 다른 사람의 신분증을 이용해 가짜 아이디를 생성한 후 사건 동영상을 방송국 사이트에 업로드했다. 파일 속에는 제2차 세계 대전에서 참전 미군들이 각지를 돌아다니면서 남겨 놓은 낙서 문구인 "킬로이 다녀가다(Kilroy was here)."라는 글을 자막으로 깔았는데 이것은 지문과 같은 나만의 시그니처였다. 동영상은 곧 누리꾼들 사이에서 급속히 퍼져 나갔고 경찰은 재수사를 시작했으며 결정적인 증거가 확보된 상황에서 더 이상 거짓말이 통하지 않는다는 사실을 알게 된, 이제는 아줌마라는 호칭에 더 익숙한 10년 전 일진 여학생들은 진실을 고백할 수밖에 없었다. 결국 법원으로부터 중형을 선고받은 그녀들은 교도소에 투옥되었다. 한편 누리꾼들은 사건 해결에 결정적 역할을 한 동영상 제보자가 누구인지 말다툼을 벌이고 있었다. 강직한 성격의 은퇴

한 형사라는 사람도 있었고, 파렴치한 몰카범이 과거를 반성하는 차원에서 폭로했다는 설도 있었고, 가해자의 부모로부터 뒷돈을 받고 동영상을 몰래 숨긴 호텔 직원일 것이라는 풍문도 있었으나 결론은 쉽게 나지 않았다. 온라인에서 누리꾼들이 나에 대해 야단법석을 떨든 말든 전혀 관심을 둘 수 없었는데 신앙적 갈등에 몰입되어 있었기 때문이다. 내가 얻은 초능력이 하나님의 선물인지 아니면 그저 자연의 오류로 얻게 된 우연의 산물인지 갈피를 잡지 못한 것이다. 나는 오랜 시간 생명의 진화에 대해 생각했고 뒤죽박죽 마음속에 침전되어 있는 종교적 혼란에서 벗어날 수 있게 되었는데 논리는 다음과 같았다. 수억 년 전에 원시 아메바가 생겨났고 그 아메바는 재생산하는 방법을 알았다. 유전적 특성인 지속성을 이용한 것으로 만약에 유전형질에 오류가 없었다면 오늘날까지도 이 지구상에는 아메바 말고는 아무것도 없었을 것이다. 생물학자들은 이 오류를 돌연변이라 하는데 내가 얻은 초능력은 자연의 딸꾹질로 발생한 매우 희귀한 돌연변이 중 하나라고 추정했다. 그리고 지금 중요한 건 눈앞에 놓인 상황의 원인을 분석하는 것이 아니라 전혀 다른 관점, 즉 어떻게 내 능력을 활용할 것인가에 대해 집중하는 것이라고 마음먹었다. 누군가가 나를 설득하고 전도했기 때문에 종교를 믿게 되는 것이 아니라, 자신의 의지 그 자체로 믿는 것이야말로 진정한 믿음이라는 유명한 성서학자의 말을 상기하니 어머니의 강요로 어쩔 수 없이 교회를 다니게 된 내 신앙은 애초부터 불성실한 것이었다. 만약 하나님이 존재한다고 하더라도 내게 초능력을 선물로 주실 리가 없다는 결론에 도달하게 된 것이다. 마침내 신앙적 갈등을 깔끔히 정리한 나는 다음 사건에 집중할 수 있게 되었다.

두 번째 사건은 요식업으로 큰돈을 번 부모가 돌아가시자 자신을 전적으로 믿고 의지하는 지적장애인 동생을 한강으로 불러내 소주를 마시게 하고 신경 안정제를 투약해 잠들게 한 후 물에 빠뜨려 죽음으로 몰고 간, 피도 눈물도 없는 매정한 형에 관한 것이었다. 경찰 조사 결과 형은 평소 씀씀이가 크고 명품을 좋아했으며 하루 술값으로 수백만 원을 지출한 적도 있는 것으로 밝혀졌다. 모든 불행의 시작은 낭비라는 중국 속담처럼 자신 몫의 유산을 흥청망청 써 버린 형은 큰 빚까지 지게 되었고 결국 동생 몫의 유산을 탐내 살인을 저지른 것으로 경찰은 판단했다. 하지만 심증과 정황만 있을 뿐 결정적인 증거가 없었는데 동생이 빠져 죽은 곳이 CCTV 사각지대로 드러났기 때문이다. 자신은 그저 잠든 동생을 버려두고 집으로 돌아왔다는 형의 주장, 즉 동생 스스로 물에 빠져 죽었다는 주장과 술과 약 때문에 몸을 제대로 가누지 못하는 동생을 강물로 밀어 넣어 죽였다는 경찰의 주장이 첨예하게 대립해 1심 법원은 유죄를, 2심 법원은 무죄를 선고했다. 법원도 사실관계를 몰라 오락가락한 것이다. 이대로 흘러가면 쌀쌀맞고 인정머리 없는 형이 무죄로 풀려날 뿐 아니라 동생 몫의 막대한 유산까지 승계할 예정이었다. 신문을 통해 해당 기사를 접한 나는 의협심에 불타올랐고 이미지 푸셔의 능력을 마음껏 발휘할 수 있는 좋은 기회를 찾았다고 생각했다. 퇴근 후 곧바로 집으로 돌아온 나는 따뜻한 둥굴레차를 준비하고 사건이 발생한 장소와 시간을 마음속으로 떠올린 후 핸드폰 녹화 장치를 터치했다. 내 눈에 비친 사건 현장은 경찰의 추리와 일치했다. 지적장애인 동생은 형이 준 소주를 아무런 의심 없이 마셨고 그 이후 건네받은 신경 안정제도 고분고분 먹었다. 그러고는 잠에 빠져들었다. 형은 깜깜한 한밤중임에도 불구하고 주위를 둘러보며 우연한 목격자가 없는지 살폈고 아무도 없다는 판단이 들자마자 한 치의 주저함도 없이 동생을 한강으로 밀어 떨어뜨렸다. 차가운 물속으로 갑작스럽게 빠진 사람은 아무리 술과 약으로 마취되었다고 하더라도 곧 정신을 차릴 수 있지 않을까 하는 기대는 산산이 깨졌는데 동생이 허리 높이의 낮은 수심에도 불구하고 물속으로 서서히 가라앉았기 때문이다. 다량의 신경 안정제를 복용하면 의식은 멀쩡해도 몸이 주인의 말을 듣지 않는다는 것이 국과수와 전문가들의 공통된 의견이었다. 지적장애인 동생은 유일한 살붙이인 형의 얼굴을 바라보며 죽은 것이었다. 그것도 자신이 전적으로 믿고 신뢰하는 사람에게 살해당하고 있다는 사실을 인식하면서 조금씩 생명의 끈을 놓은 것이다. 동생이 물속으로 완전히 사라지는 것을 확인한 형은 현장을 조용히 떠났고 자신의 범행을 감추기 위해 경찰에 거짓 실종 신고를 했다. 모든 진실을 파악한 나는 "킬로이 다녀가다."라는 시그니처를 삽입한 동영상을 가까운 동네 PC방을 통해 방송국 사이트에 업로드했다. 동영상은 몇 시간도 지나지 않아 수백만의 조회수를 기록했고 결정적인 증거를 확보한 경찰은 돈에 눈이 멀어 자신을 믿고 따르던 동생을 무참히 살해한 형을 구속할 수 있었다. 미궁 속으로 빠질 뻔한 두 사건이 해결되자 사람들은 이제 킬로이의 정체와 그가 사건 동영상들을 어떻게 손에 넣을 수 있었는지 알고 싶어 했다. 호기심 많은 한 네티즌이 동영상을 업로드한 장소를 찾아냈고, 주변 CCTV를 일주일 동안이나 뒤진 끝에 두 PC방이 멀리 떨어져 있음에도 불구하고 같은 차량이 주차된 적이 있다는 사실을 밝혀냈다. 쉽게 말해 내 차량 번호를 알아낸 것이다. 차량 번호를 알면 소유주를 파악하는 것은 식은 죽 먹기다. 내가 거주하는 시골의 조그만 5층짜리 아파트 주차장은 취재하려는 방송국, 신문사, 유튜버들로 인산인해를 이루었고 국민적 관심은 하늘을 찌를 듯 높아졌다. 야단법석인 현 상황을 벗어날 수 있는 유일한 길은 진실을 밝히는 것뿐이라고 판단한 나는, 범죄 현장 동영상을 업로드한 킬로이임을, 이미지 푸셔라는 초능력자임을 그리고 정의감 넘치는 한국의 노총각임을 당당하게 밝혔다. 하루아침에 스타가 된 나는 회사를 그만두었고 더 이상 노동조합 쟁의부장이라는 허울 좋은 간판을 유지할 수 없게 되었다. 세상에는 범죄자도 많지만 그런 범죄자를 잡고 싶어 하는 헌신적인 경찰도 많다. 정년퇴직한 후에도 현직에서 자신이 해결하지 못한 미제 사건을 풀고자 하는 경찰은 많았고 이들 중 일부는 자문을 가장해 나를 방문한 후 실질적 도움을 요청했다. 수십 년째 가슴속에 담아 두었던 응어리를 이제는 내려놓고 싶은 것이었다. 한번은 사이비 종교의 교주가 자신에게 전 재산을 헌납하지 않는다며 신자를 무참히 죽인 일이 있었는데 목격자 대다수가 독실한 신도들이라 교주가 살해하는 것을 직접 보았음에도 불구하고 두려움과 위협 때문에 침묵을 선택함으로써 미제 사건이 된 경우였다. 전직 형사의 간절함에 의협심이 발동한 나는 교주의 살인 동영상을 제공했고 늦게나마 억울하게 죽임을 당한 피해자의 넋을 달래 줄 수 있었다. 또 한번은 흔적도 없이 사라진 유치원생 딸을 찾아 달라며 울먹이는 주부가 방문했는데 사건 현장을 투시해 보니 어떤 낯선 남자가 아이를 과자로 유인해 차에 태우는 장면을 포착할 수 있었다. 차적 조회를 통해 경찰은 유괴범을 검거했고 유치원생 딸은 안전하게 엄마 품으로 돌아갈 수 있었다. 또 한번은 유명 정치인이 기업으로부터 뇌물을 수수하는 현장을 투시한 적이 있었는데 동영상이 인터넷에 퍼지자마자 해당 국회위원은 즉시 사임을 발표한 뒤 캐나다로 도피했다. 수십 년째 해결되지 않았던 미제 사건들과 범인이 뻔함에도 불구하고 결정적 증거 부족으로 마무리될 수 없었던 소송들이 일사천리로 수습되자 나는 연예인 버금가는 인기를 누릴 수 있었다. 사람들에게 존경의 대상이 되었고 많은 돈을 벌었으며 매력적인 여성들의 관심을 자연스럽게 받을 수 있었다. 하지만 겉으로 보기에는 하늘 높은 줄 모르고 날고 있음에도 불구하고 마음속에는 조금씩 앙금이 차오르고 있었는데 끝없이 밀려드는 동영상 요청에 지쳐 가고 있었기 때문이다. 생각해보라. 이 세상 그 누가 매일 피비린내 나는 장면을 보고 싶겠는가? 아무리 의협심 강한 사람이라도 한계가 있는 것이다. 바람직한 것을 보고 듣고 먹어도 찰나와 같이 짧은 것이 사람의 인생인데 하물며 잔인하고 폭력적이며 음울한 동영상과 함께 평생을 보내야 한다고 생각하니 마음에 병이 든 것이다. 우울증은 새벽의 도둑처럼 조용히 다가왔고 나는 치료를 위해 대학병원 정신과를 정기적으로 방문했다. 테러가 터지기 전까지는 말이다. 동영상으로 수많은 범죄자가 체포되는 것을 본, 아직 붙잡히지 않은 미래의 죄수들은 내가 세상에 나타난 후 항상 불안에 떨며 살고 있었는데 그동안 숨겨 온 자신의 범죄가 투시될 수 있었기 때문이다. 특히 전과 13범의 조폭 두목이 히스테리에 시달렸는데 과거 경쟁 세력의 뒤를 봐주던 공무원을 무참히 죽여 아무도 모르는 산속에 묻어 버린 사실이 들통날까 봐 두려운 것이었다. 거의 미치기 직전까지 간 조폭 두목은 자신의 심복에게 호텔 카지노 운영권 일부를 넘겨준다는 조건으로 테러를 지시했다. 평범한 수요일 오후 정신과 치료를 위해 대학병원을 방문한 나는 미리 준비하고 있던 예닐곱의 조직원들로부터 수차례 칼부

림을 당했다. 그나마 다행인 것은 실력 좋은 의료진과 테러를 당한 곳이 병원이라 이동이 필요치 않아 신속한 수술을 받을 수 있었다는 것이다. 나는 겨우 목숨을 건질 수 있었다. 테러 후 경찰은 외부와 격리된 보호시설을 제공하고 특수 훈련이 된 경호팀을 배치했다. 하지만 우울증과 테러는 안과 밖에서 동시에 나를 무너뜨렸고 그렇게 3년이라는 시간이 조용히 흘러갔다. 석기 시대가 돌이 없어서 끝난 것이 아닌 것처럼 이미지 푸셔의 시대도 범죄가 없어서 끝난 것이 아니었다. 범죄는 여전히 성행했고 이제는 한국뿐 아니라 결정적 증거를 원하는 전 세계 경찰로부터 끊임없는 요청이 쇄도했다.

사전 예약도 없이 손님이 나를 방문한 것은 보름달이 하늘 높이 걸린 가을밤이었다. 창밖에는 우윳빛 달이 보호시설 위로 떠올라 주변의 강을 크림으로, 출입로를 백금으로 바꾸어 놓고 있었다. 엄숙한 표정의 경기지방경찰청 베테랑 형사는 나를 보자마자 단도직입적으로 자신의 방문 목적을 나지막이 말했다. 내가 은둔하며 이미지 푸셔 활동을 중단한 후 안양, 수원, 안성, 군포, 의왕 등의 경기 남부 지역에서 여성 연쇄살인 사건이 발생했는데 형사의 말에 의하면 사람이 사람을 연속으로 사냥하는 경우 성적인 충동을 만족시키고자 하는 경우가 대부분인데 이번 살인마는 그냥 여성을 잔인하게 죽일 뿐 성폭행 흔적을 전혀 찾을 수 없다고 말했다. 게다가 지갑이나 귀금속이 현장에 그대로 남아 있는 것으로 보아 금품을 노린 것도 아니라고 덧붙였다. 범행 동기를 찾을 수 없으니 용의자를 특정할 수 없고 현장 주변을 아무리 수색해도 지문이나 단서가 될 만한 그 어떤 흔적도 찾을 수 없다고 했다. 이미 열여섯 명의 희생자가 발생했으며 난다 긴다 하는 베테랑 형사들이 총출동해 이 사건을 담당하고 있으나 해결의 실마리를 찾을 수 없다며 도움을 요청했다. 나는 기괴한 생각이 들었다. 한두 건도 아니고 열여섯 건의 살인이 발생했는데 대한민국처럼 골목마다 수십 대의 CCTV가 설치되어 있는 나라에서 용의자를 특정하지 못한다는 것이 이상했기 때문이다. 내가 알 수 없는 야릇한 표정을 보이자 사람의 마음을 꿰뚫어 보는 일에는 잔뼈가 굵은 형사답게 그는 근심에 찬 표정으로 말을 이었다. 열여섯 군데 범죄 현장에 있는 모든 CCTV가 고장이 났다는 것이다. '설마 그런 일이 가능할까?'라며 내가 미심쩍어하고 있을 때, 그것이 바로 예의가 아닌 줄 알면서도 사전 예약도 없이 한밤중에 찾아와 만남을 요청한 이유라며 형사는 긴 한숨을 내쉬었다. 이야기를 다 듣고 난 후에도 나는 머뭇거리며 도와주겠다는 말을 아꼈다. 왜 그러냐 하면 몸의 상태가 완벽히 돌아온 것이 아니었고 마음도 어딘지 모르게 꺼림칙했기 때문이다. 형사는 자기 역할은 여기까지라며 경찰서로 복귀하기 위해 자리를 털고 일어섰다. 그러고는 주저하던 나에게 굵은 목소리로 속삭였다. "당신 어머니가 다음 희생자일 수도 있습니다." 이 말에 불쑥 근심과 정의감이 되살아난 나는 열여섯 사건의 시간과 장소를 요청했고 마치 내 반응을 예상이라도 한 것처럼 형사는 일목요연하게 정리된 사건 일람표를 내밀었다. 사실 어려운 일도 아니었다. 사건 중 하나를 골라 투시한 다음 영상으로 옮기고 경찰에 제출하면 그걸로 끝이었다. 물론 3년의 공백이 다소 영향을 끼칠 수는 있다. 하지만 모두가 알다시피 자전거를 십수 년간 탄 적이 없다고 하더라도 조금만 훈련하면 예전 실력이 나오는 것처럼, 아주 잠깐의 연습만으로도 어릴 적 공기놀이 습관이 자연스럽게 솟아나는 것처럼, 내 초능력이 낡은 경운기의 시동처럼 초반에는 힘겹게 털털거리겠지만 결국 원만히 작동할 것이라는 사실을 믿어 의심치 않았다. 그러나 결과는 내 안일한 기대와는 전혀 달랐다. 열여섯 건의 현장 중 투시가 가능한 장소가 하나도 없었다. 마치 고장 난 CCTV처럼. '혹시 초능력이 사라진 것은 아닐까?'라는 걱정에 복마전이, 아우성이, 혼돈이 찾아왔고 마음을 진정시키고자 연거푸 독한 스카치위스키를 마신 후 잠에 빠져들었다. 다음 날 아침 정신을 바짝 차린 나는 사회적으로 이슈가 된 다른 사건을 투시해 보았다. 초등학생이 집 안에서 계모의 폭행으로 사망한 사건이었는데 친부는 전혀 학대 사실을 몰랐고 자신은 그저 돈만 벌어다 주었다며 무죄를 주장하는 중이었다. 자식이 피멍이 들도록 맞았는데 이를 몰랐다는 것은 누가 봐도 비상식적이었다. 게다가 하루 이틀도 아니고 무려 5년 동안 계모로부터 괴롭힘을 당했는데 같이 사는 친부가 이를 인지하지 못했다는 것은 스스로 눈을 감지 않는 한 있을 수 없는 일이었다. 그래서 경찰은 친부도 직접 폭행에 가담한 것 아니냐는 합리적인 의심을 했으나 법원은 명확한 증거를 요구했다. 이 사건을 투시해 본 결과 경찰의 추론은 정확했다. 친부는 폭행에 직접 가담했을 뿐 아니라 한파가 몰아친 추운 겨울 속옷 차림의 자녀를 아파트 밖에 열 시간 넘게 벌을 세우는 등 계모보다 더하면 더했지 덜하지 않았다. 해당 동영상을 경찰에 넘기면서 나는 법원에 계모와 친부에게 합당한 죗값이 내려지길 원한다는 탄원서를 제출했다. 아동학대사건이 종료된 후 나는 경기 남부 연쇄 살인마 현장을 다시 투시했다. 하지만 아무런 소득도 얻을 수 없었다. 다른 사건은 투시에 전혀 문제가 없는데 반해 이상하게도 유독 연쇄살인사건은 그것이 불가능했다. 해결 방법을 몰라 우물쭈

물하고 있을 때 추가 사건이 발생했다는 연락을 경찰서로부터 받을 수 있었다. 희생자는 어린 남매를 홀로 키우는 이혼녀였다. 누구도 나를 탓하는 사람은 없었으나 미안한 마음에 한동안 잠 못 이루며 뒤척여야 했다. 또 다른 희생자가 나와서는 안 된다는 조급함과 혹시 현장의 생생함을 피부로 느끼면 투시가 제대로 작동할 수도 있다는 막연한 기대감에 나는 마지막 열일곱 번째 사건 현장을 조용히 방문했다. 출입 금지를 뜻하는 노란색 폴리스 라인이 쳐져 있는 현장은 다세대 주택이 모여 있는 어둑한 부천의 골목길이었다. 공기 중에 유황 냄새가 확 풍겨 나왔고 불 꺼진 가로등 하나만이 마치 밤하늘에서 이울어 가는 달처럼 조용히 거리를 내려다보고 있었다. 왠지 모를 공포감에 내 손이 씰룩거렸다. 바로 그때 며칠 전 발생한 마지막 사건의 투시가 내 의지와 상관없이 부지불식간에 이루어졌는데 검은 코트를 입고 야구 모자를 쓴 조그만 체구의 남자가 불쌍한 이혼녀를 무참히 살해하는 장면을 볼 수 있게 된 것이다. '마침내 보이는구나. 현장에 답이 있다는 진부한 속설이 맞았어.'라며 감동한 나는 영상 녹화를 위해 핸드폰을 주물럭거렸다. 그런데 갑자기 투시 속 연쇄 살인마가 뒤를 돌아보더니 투시 속이 아닌 현실의 내 목을 움켜잡았다. 살인을 즐기는 짐승이 반가운 것도 유감스러운 것도 아닌 얼굴로 나를 빤히 쳐다보았다. 나를 바라보는 붉은색 눈동자와 천박한 눈매 안에 감출 수 없는 잔혹함이 깃들어 있었다. 순간 나는 두려움에 몸을 떨었다. 사람처럼 떤 것이 아니라 시간을 알리기 위해 종을 치는 뻐꾸기시계처럼 떨었다. 그리고 "너는 누구냐?"라는 질문을 받았지만 대답할 수 없었는데 그놈의 손이 튜브에서 치약이 빠져나오듯 내 몸에서 생명이 빠져나오도록 목을 거칠게 짓눌렀기 때문이다.

죽음이 문 앞에서 지팡이를 달각이는 소리를 들으며 정신을 놓으려 하고 있을 때 어디선가 비추는 포근한 밝은 빛이 눈에 아른거렸다. '마지막 관문을 넘는구나.' 하는 절망과 함께 삶을 막 포기하려는 찰나 목을 움켜잡았던 그놈의 손이 스르르 풀렸다. 다시 숨을 쉴 수 있게 된 나는 '켁켁' 하는 소리를 내며 두 손바닥과 무릎으로 땅을 짚으며 쓰러졌고 밝은 빛은 마치 어떤 것을 찾아내기 위하여 헬리콥터에서 탐조등을 지상으로 비추는 것처럼 나와 그놈을 중심으로 동그란 원을 그렸다. 잠시 후 정신을 반쯤 차린 나는 이번에는 거꾸로 "너는 누구냐?"라고 거칠게 말을 내뱉었다. 하지만 그놈은 내 물음에는 아랑곳하지 않고 하늘에 대고 알 수 없는 욕지거리를 퍼부었다. 그러더니 손톱이 갑자기 자라고 뒤통수에서 두 개의 뿔이 올라왔으며 눈동자는 뱀의 눈깔처럼 표독하게 변했다. 마치 교회에서 어린이들에게 무료로 나누어 주는 동화책 속 사탄의 모습이었다. 극심한 공포를 느낀 나는 마른침을 삼켰고 눈꺼풀이 떨렸으며 혀가 타들어 가는 것을 느낄 수 있었다. 그 이후의 일은 잘 기억나지 않는다. "내 영혼이 은총 입어, 할렐루야 찬양하세."라는 찬송가 가사를 읊조리며 겨우 집으로 돌아온 것 같았다. 그리고 창고 한쪽 구석에 내동댕이쳐 놓았던 성경책을 꺼냈고 내 안에는 복숭아 씨앗처럼 단단한 믿음이 깃들어 있었다.

※ 작가 노트

미제 사건에 관한 내용을 접할 때마다 '이미지 푸셔의 능력이 있다면 얼마나 좋을까?'라는 헛된 기대에 빠지곤 한다. 범죄가 줄어들까? 아니면 그동안 감추어졌던 위법 행위까지 드러나 절대 수치가 증가하게 될까? 알 수 없는 노릇이다.

임금님과 금빛, 은빛 대신

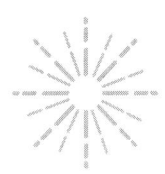

아주아주 먼 옛날 작은 왕국이 있었어요. 그곳에는 임금님과 충직한 두 명의 대신 그리고 사람들이 평범하게 살고 있었어요. 그런데 임금님에게는 한 가지 고민이 있었어요. 실제 시공간을 점유하는, 원자(Atom) 세상을 담당하는 '금빛 대신'과 사이버 혹은 가상공간의 비트(Bit) 세상을 책임지는 '은빛 대신'이 서로 협력하지 않고 매일 다투는 것이었어요. 두 대신의 화해를 위해 임금님은 잔치도 벌이고 엄한 얼굴로 혼도 내 보았으나 소용이 없었어요.

"폐하, 지금까지 원자 세상은 편리함, 효율성 그리고 놀라운 생산성을 가진 손발이 되어 사람들을 지원했습니다. 비트 세상이 국민을 위해 실질적으로 공헌한 것이 무엇이 있습니까? 아무것도 없습니다. 최근에는 인공지능을 앞세워 우리 모두를 노예로 만들려는 음모를 꾸미고 있다고 하니 조심하셔야 합니다."라고 금빛 대신은 근심에 찬 표정으로 말했어요.

"폐하, 인터넷이 없던 시절에는 은행 업무 한번 보려면 세 시간씩 통장을 들고 줄을 서야 했습니다. 기억나십니까? 원자 세상은 과거를, 비트 세상은 미래를 위해 존재한다는 것임을 잊지 마세요. 그리고 제가 인공지능을 통해 위대한 임금님과 순진한 국민 위에 군림하려 한다는 것은 저의 성공을 질투하는 금빛 대신의 모함입니다. 통촉하여 주시길 바랍니다."라고 은빛 대신은 거칠게 반박했어요. 마치 개와 원숭이처럼 서로 으르렁대는 것에 질린 왕은 이를 보다 못한 나머지 다음과 같이 칙령을 내렸어요.

"짐이 팔순을 넘긴 지 한참이 되었으나 자식이 없어 후계자를 선정하지 못해 늘 안타까웠다. 하지만 더 이상 미룰 수 없는 왕국의 중차대한 사안이기에 앞으로 일 년 동안 금빛 대신과 은빛 대신이 관리하는 세상이 사람들에게 끼치는 영향력을 평가해 둘 중 큰 신하에게 왕좌를 이양하겠다."

소식을 전해 들은 두 대신 모두 자신이 유리하다고 생각했어요. 그래서 예의를 갖춘 신사적인 논평으로 경쟁을 시작했어요.

"비트 세상은 허상에 불과합니다. 반면 오프라인의 원자 세상을 보세요. 원자는 공간을 점유하고, 원본과 복제 사이에 뚜렷한 차이가 존재하며, 기계를 이용해 경제적 가치를 창출합니다. 물건을 다른 위치로 옮기려면 에너지가 필요하고 시간도 걸리고 비용이 듭니다. 이것이 바로 사람이 사는 실제 세상입니다. 만약 원자 세상의 정보 제공을 중단한다고 생각해 보세요. 비트 세상이 자랑하는 내비게이션이나 자율 주행차의 운행이 가능할까요? 그림자에 속지 마세요."

금빛 대신은 침을 튀겨 가며 원자 세상의 영향력을 강하게 주장했어요.

"원자 세상은 한물간 연예인입니다. 물론 한때는 잘나갔었죠. 인정합니다. 하지만 지금은 이미 퇴물이 되어 기억 속에서조차 희미하게 사라진 개념입니다. 비트 세상을 생각해 보세요. 공간을 점유하지도 않고 원본과 복제 사이에 차이가 없으며 무한히 확대 재생산이 가능합니다. 어디 그뿐인가요? 처리 속도가 어마어마하게 빠르며 비용도 별로 들지 않습니다. 게다가 온라인상에서는 얼마든지 쇼핑몰을 운영하고 아이디어만으로 창업을 할 수 있습니다. 환상적이지 않습니까? 반대로 오프라인을 보세요. 제품을 만들려면 공장과 기계 설비와 인력이 필요하고, 제품을 실어 나르려면 운송 수단이 필요합니다. 한마디로 거추장스러운 것 투성이입니다. 이제는 죽은 나뭇가지가 비치는 창문 같은 흐리멍덩한 과거를 버리고 밝고 맑고 선명한 미래로 나아가야 할 때입니다. 아담과 이브에게 금단의 열매를 먹도록 유혹한 사악한 뱀과 같은 금빛 대신의 주둥이질에 속지 마세요."

은빛 대신은 불만 가득한 말투로 응수했고 사람들은 어찌할 줄을 몰라 갈팡질팡하며 허둥거렸어요.

금빛 대신은 자신의 힘이 얼마나 강력한지 과시하기로 했어요. 은빛 대신을 골탕 먹이고 기선을 잡고 싶었던 거예요. 그래서 평소 비트 세상에 제공하던 원자 세상의 교통 정보 송출을 중단했어요. 도로 정보와 GPS 데이터가 없으니 내비게이션은 먹통이 됐고 사람들은 불편함을 감수하며 어쩔 수 없이 화석이 된 과거의 지도책을 뒤적거려야 했어요. 그뿐이 아니에요. 교통 정보가 없으니 자동차의 위치와 움직임을 파악할 수 없어 카카오택시와 우버 같은 공유시스템이 엉망이 되었고 밤늦게 퇴근한 사람들은 '더블'을 외치며 대책 없이 도로변에서 손을 흔드는 수밖에 없었어요. 열받은 직장인들이 삼삼오오 모여 욕을 했지만 다른 한편으로는 현실의 정보와 데이터 없는 비트 세상은 앙꼬 없는 찐빵과 같다는 사실을 깨달을 수 있었어요. 금빛 대신의 선제공격이 반쯤 성공한 거예요. 은빛 대신도 가만히 앉아서 당할 수는 없었어요. 비트 세상의 영향력을 느껴 보라는 의미로 모든 온라인 게임과 SNS의 운영을 중단했어요. 그리고 얼마 못 가 난리가 났어요. 부모님으로부터 욕먹어 가면서까지 즐기던 게임을 할 수 없게 된 중고등학생들이 수업 거부를 일으켰고 인기 유튜버들은 졸지에 실업자로 전락했으며 페이스북을 통해 사치스러운 삶을 대중에게 자랑하기를 즐겼던 백만장자는 우울증에 걸렸어요. 그나마 다행인 것은 사람들이 온라인 게임을 할 수 없게 되자 직접 만나서 노는 바람에 보드게임장 매출이 올라 사장님들이 활짝 웃었다는 거예요. 이번 반격으로 은빛 대신도 금빛 대신 못지않게 평범한 일상생활에 엄청난 입김을 가지고 있다는 사실을 맘껏 보여 줄 수 있었어요. 사람들은 황당했지만 말이에요. 다음 공격을 오랫동안 고민한 끝에 금빛 대신은 비트 세상이 자랑하는 '스마트홈' 서비스를 과녁으로 정했어요. 상대방의 트로피를 산산조각 냄으로써 역으로 자신을 돋보이게 하는 전략을 구사한 거예요. 사물인터넷으로 연결된 스마트홈은 모든 가정에 보급되어 있어 그 파괴력이 다른 어떤 목표보다 광범위하게 확대될 수 있기 때문이에요. 스마트홈에 제공되는 원자 세상의 정보가 차단되자마자 다이어트 중인 여성들에게 큰 소동이 일어났어요. 스마트 홈은 목표 몸무게를 넘어서는 경우 냉장고 문을 아예 닫아 버리는 서비스를 제공했는데 주인의 정확한 체중 데이터를 받을 수 없게 되자 문을 항상 열어 준 거예요. 해당 서비스를 철석같이 믿고 밤늦게 야식을 즐긴 여성들은 자신도 모르는 사이 살이 포동포동 올랐고 이 사실을 알게 되자 기겁한 거예요. 그뿐만이 아니에요. 독거노인이 삼 일 동안 전기나 수돗물을 사용하지 않으면, 자식들에게 "부모님을 방문 또는 안부 전화를 드리세요."라고 문자 통보하는 서비스가 있었는데 전기와 수돗물의 사용량 데이터 전달이 중단되는 바람에 문자가 발송되지 않았어요. 그래서 많은 독거노인이 실체적 위험에 빠지는 상황이 발생했어요. 스마트홈이 유명무실해지자 금빛 대신의 목소리가 예리코의 나팔처럼 높아졌어요. 하지만 이에 질세라 은빛 대신이 즉각 응전에 나섰어요. 인공지능 번역 프로그램의 운영을 중단한 거예요. 어색한 문장은 있어도 전체 내용을 이해하는 것에는 큰 어려움이 없었던 인터넷 번역이 끊기자 해외 관광객들의 불편함은 말할 것도 없고 법조계와 산업계가 무질서에 빠졌어요. 그동안 구글 번역기를 이용해 복잡한 계약서를 작성하고 국제회의에서 자동 통역기를 사용했는데 이제는 그것이 불가능하게 된 것이에요. 갑작스러운 중단 사태에 여러 나라의 장관들이 참석한 세미나에서 각자 자신들의 언어로 발표하고 나머지는 못 알아듣는 진풍경이 벌어졌어요. 사람들이 그러거나 말거나 은빛 대신은 만족감 가득한 투로 말했어요. "아마도 다음 혁명은 비트 세상이 인간을 뛰어넘어 의사 결정의 주체가 되는 순간일 거야."라고 말이에요. 확실한 승기를 잡지 못하고 판의 형세가 비등하자 진짜 세상이 가짜 세상에 질 수는 없다며 금빛 대신이 비장의 카드를 꺼냈어요. 모든 환자의 의료 정보를 비트 세상에 제공하는 것을 금지한 것이에요. 그러자 6.25 전쟁 때 난리는 난리도 아닌 상황이 병원에서 발생했어요. 심혈관 질환이 사망원인 1위인 상황에서 실시간 혈압 데이터가 없으니 일정하게 환자의 혈압을 유지해 주는 온라인 자동 제어 서비스가 무용지물이 된 거예요. 결국 한 시간도 지나지 않아 환자들이 쓰러지기 시작했어요. 자신이 얼마나 무서운 힘을 가졌는지 이제는 사람들이 알아차렸을 거라며 금빛 대신은 어렴풋이 미소를 지었어요. 그러자 은빛 대신은 심혈관 질환 환자의 사망으로 병원용 소프트웨어를 판매하는 IT 기업의 수익성이 감소했다고 말했어요. 대책을 요구하는 성명을 근심에 찬 표정으로 발표하면서 스마트폰을 포함한 모든 전자기기의 날씨 서비스를 중지했어요. 날씨 정보를 모르게 된 사람들은 속절없이 비를 맞았고, 감기를 달고 살았으며, 교장 선생님은 소풍 날짜를 잡기 위해 용하다는 점쟁이를 찾아다녔어요. 하지만 진짜 문제는 도색이 필요한 건설업과 제조업에서 발생했어요. 맑은 날 칠하면 진행 속도가 빠를 뿐 아니라 잘 말라서 아무 문제가 없지만 흐린 날 도색 작업 하면 잘 들러붙지 않고 건조가 이루어지지 않아 품질 불량 비용이 엄청 늘어나요. 추가 작업이 필요하거든요. 그래서 관련 업체에서는 햇빛이 보고 싶은 바위 속 금광맥처럼 날씨 정보를 미리 확인하고 작업 일정을 잡았는데 이제는 그게 불가능하게 된 거예요. 컨테이너선과 같은 거대한 배를 칠할 경우 운이 없으면 날씨 때문에 하루에 수십억 원의 돈을 허망하게 공중에 날리는 믿을 수 없는 상황에 빠진 거예요. 게다가 고객으로부터 품질 문제로 소송당하는 것은 덤이었어요. 금빛 대신과 은빛 대신의 경쟁은 날이 갈수록 치열해졌고 그에 비례해 사람들의 일상은 피폐해졌어요. 원성이 왕국에 자자했지만 두 대신은 멈출 줄을 몰랐어요. 임금님이 후계자를 정하기로 한 날이 가까워졌거든요. 두 대신은 광장에서 만나 서로 자신을 지지해 달라는 연설회를 가지기로 합의했어요. 금빛 대신이 먼저 단상에 올라 깊은 목소리로 웅변을 시작했어요.

“존경하는 국민 여러분. 비트 세상은 원자 세상의 그림자일 뿐입니다. 실재가 사라지면 그림자는 사라지지만 그림자가 사라진다고 실재가 사라지는 것은 아닙니다. 만약 내일부터 모든 운송 수단이 멈추고, 기계가 물건을 만들지 않고, 농부들이 농사를 짓지 않는다고 생각해 보세요. 한 달도 채 되지 않아 우리 모두 굶어 죽을 것입니다. 반면, 비트 세상이 사라지면 어떻게 될까요? 불편하기는 하겠지만 삶은 그대로 유지될 것입니다. 인간에게 생명보다 더 소중한 것이 있을까요? 당연히 없습니다. 스마트폰 없다고 사람이 죽습니까? 안 죽습니다. 온라인 없는 세상에서도 우리 선조들은 애 키우며 잘 먹고 잘 살았습니다. 사실 인터넷은 발명되고 오십 년도 채 되지 않았습니다. 설익은 기술이라는 말입니다. 그럼에도 불구하고 우려스러운 사실은 그 하찮은 기술에 많은 사람이 중독됐다는 것입니다. 마약이나 도박만이 인생을 망치는 것이 아닙니다. 온라인 중독도 그에 못지않게 큰 피해를 인류에게 줍니다. 편한 만큼 깊은 사고를 하지 않아 우리는 시나브로 저능아가 되어 갑니다. 예를 들어 보겠습니다. 내비게이션이 없을 때는 지도책을 펴 놓고 도로를 연구하느라 학습과 기억을 담당하는 뇌 부위인 해마가 발달했었습니다. 하지만 지금은 아무 고민도 없이 기계에서 나오는 아름다운 여성의 목소리만 따라가다 보니 해당 부위가 반으로 쪼그라들었습니다. 이제는 중독에서 벗어나 원래 자리로 되돌아가야 합니다. 이름 없는 조연인 비트 세상은 버리고 주인공인 원자 세상을 당당히 우리 앞에 내세울 때입니다. 절대 은빛 대신의 감언이설에 속지 마세요. 큰 후회가 뒤따를 것입니다. 그럼 이만 줄이겠습니다.”

금빛 대신은 가소롭다는 미소를 지어 보이며 누구나 알아챌 수 있는 우월감을 뽐내며 발표를 마무리했어요. 분노가 달 탐사선처럼 치솟아 오른 옆 좌석의 은빛 대신은 다 떨어진 신발 같은 얼굴을 하고 단상에 올라 언짢은 목소리로 연설을 시작했어요.

"현명하고 사려 깊은 국민 여러분. 저를 모함하는 금빛 대신의 이야기는 한쪽 귀로 듣고 한쪽 귀로 흘리시길 바랍니다. 불편한 시절을 그리워하는 무책임한 노인네의 험담일 뿐입니다. 역사를 돌아보십시오. 산업혁명에 뒤처진 나라들이 어떻게 되었습니까? 유럽 열강들의 식민지가 되거나 합병되었고 국민은 나라 없는 설움을 겪으며 수십 년간 고통받아야 했습니다. 현대에는 온라인이 새로운 산업혁명입니다. 만약 뒤처진다면 우리가 또 다른 아픔을 당하지 않는다고 누가 보장할 수 있겠습니까? 물론 저도 금빛 대신의 주장에 일부 동의합니다. 기계문명으로 대표되는 원자 세상이 인류의 삶에 큰 도움을 준 것은 사실입니다. 하지만 그건 모두 과거의 일입니다. 후손들에게 과거만 바라보며 살라고 할 수는 없습니다. 왜 그러냐 하면 비트 세상을 선점하는 사람이 미래의 고용주가 될 것이기 때문입니다. 자식을 CEO나 임원으로 키우지는 못할 망정 노예로 만들어서 되겠습니까? 솔직히 말해서 스마트폰을 버리고 예전처럼 집 전화나 공중전화만을 이용해 살 수 있습니까? 교통 정보가 중지된 추운 겨울 정류장에서 언제 올지 모르는 다음 버스를 기다리며 발을 동동거리고 싶습니까? 카카오톡이나 페이스북 메신저를 포기하고 갑갑하게 손 편지로만 의사소통할 자신이 있습니까? 다들 머리를 좌우로 흔들 것입니다. 금빛 대신이 앞서 말한 것처럼 우리는 쾌락과 생산성을 높여 주는 온라인 중독이라는 쥐덫에 이미 걸렸습니다. 이왕 쥐덫에 걸렸다면 치즈라도 한입 먹어야 할 거 아닙니까? 거두절미하고 비밀 한 가지를 말씀드립니다. 조만간 무한한 능력을 갖춘 인공지능이 사람들에게 온라인 파라다이스를 제공할 예정입니다. 여러분은 그저 천국에서 치즈를 맘껏 드시기만 하면 됩니다. 이런 황홀한 상황에 앞으로 한 발짝 내딛지는 못할망정 역진화가 가당키나 합니까? 장밋빛 미래를 포기하고 동굴 속 원시인으로 회귀한다는 것이 말이 됩니까? 돌아가고 싶다면 금빛 대신 혼자 가라고 하십시오. 노망에는 몽둥이가 답입니다. 여러분 가정에 행복이 깃들기를 기원합니다."

은빛 대신이 손을 흔들어 지지자들에게 감사를 표한 후 자리에 앉자 두툼하고 축 처진 목살을 가진 금빛 대신의 짜증이 담즙처럼 입 안에 고였어요.

마침내 후계자를 선정하기로 한 날이 내일로 다가왔어요. 두 대신은 상기된 얼굴로 정원을 거닐거나 왕관을 쓴 모습을 상상하며 짜릿한 시간을 보냈어요. 하지만 면도도 제대로 하지 않은 임금님의 얼굴에는 뚱하고 따분한 표정만이 떠올라 있었어요. 그날 저녁 임금님은 단추 두 개를 열어야 할 정도로 포도주를 곁들인 진수성찬을 잔뜩 먹은 후 고민할 시간이 필요하니 아무도 방해하지 말라는 엄명을 내리고는 침실로 들어갔어요. 야간 경비병이 '서류를 부스럭거리는 소리라도 들을 수 있지 않을까?' 하는 마음에 침실 문에 귀를 대 보았지만 들리는 소리라고는 천장을 울리는 코를 고는 소리뿐이었어요. 다음 날 이른 새벽부터 사람들이 다음 후계자를 보기 위해 왕궁으로 몰려들었어요. 그러거나 말거나 임금님은 늦잠을 자고, 느긋하게 아침 식사를 하고 마치 슬로 모션처럼 천천히 몸단장하며 시간을 보냈어요. 어느덧 늦은 정오가 되어 사람들이 기다림에 시나브로 지쳐 갈 때 3층 높이의 왕궁 발코니에 임금님의 모습이 나타났어요. 그리고 잠시 목청을 가다듬은 후 쾌활하고 온화한 표정으로 연설을 시작했어요.

"사랑하는 국민 여러분. 일 년 전 짐은 원자 세상과 비트 세상의 영향력을 파악한 후 후계자를 결정하겠다는 칙령을 반포했습니다. 짐이 칙령을 내린 목적은 두 세상이 화합해 좀 더 나은 왕국을 건설하자는 것이었습니다. 하지만 일부 몰지각한 권력자들이 염불에는 마음이 없고 잿밥에만 눈이 멀어 오히려 사람들을 혼돈의 도가니에 빠뜨렸습니다. 어쩔 줄 몰라 하는 국민을 볼 때마다 해당 명령을 거두어들이고 싶은 마음은 굴뚝같았지만 잘못 던진 화투 패를 되돌릴 수 없는 것과 같이 짐이 내린 결정을 무작정 철회할 수는 없었습니다. 이 점 송구스럽게 생각합니다. 하지만 이번 사태가 백해무익한 것만은 아니었습니다. 왜 그러냐하면 짐이 아주 중요한 세 가지를 깨달았기 때문입니다. 지금부터 그에 대해 말씀드리도록 하겠습니다. 첫째, 원자 세상과 비트 세상은 한집안의 아버지와 어머니입니다. 두 세상이 서로 돕고 부족한 부분을 메꾸면 행복한 가정을 이룰 수 있으나 만약 반목하게 된다면 깨져 버린 크리스털과 같이 모든 가족에게 고통만 줄 뿐입니다. 둘째, 권력의 집중은 불행의 원인이 된다는 것입니다. 금빛, 은빛 대신은 여전히 짐에게는 충직한 부하입니다만 국민 여러분에게는 쌀쌀맞고 인정머리 없는 상전일 뿐이라는 사실을 알게 되었습니다. 아마도 지나친 권력 때문이 아닐까 생각됩니다. 셋째, 모든 일에는 적절한 균형이 필요하다는 사실에 눈뜨게 되었습니다. 노파심에 말씀드리면 균형이라는 것은 중앙을 뜻하는 것이 아닙니다. 설정된 범위 내에서 양극단을 오갈 수 있으나 어느 한쪽으로 기울거나 치우치지 않는 상태를 말합니다. 앞서 언급한 세 가지 깨달음, 즉 권력의 집중을 방지하고 적절한 균형을 도모하며 화목한 가정이 그러하듯 원자 세상과 비트 세상이 상생하는 최적의 방안을 찾기 위해 그동안 짐은 몸무게가 심하게 빠질 정도로 잠 못 이루며 고민했습니다. 그런데 뱃살은 줄지 않더군요. 뱃살 줄이는 묘수를 알고 있는 사람에게는 큰 포상을 내릴 것이니 즉시 왕궁으로 보고하세요. 어이쿠, 말이 삼천포로 빠졌군요. 미안합니다. 하여튼 특별히 관심을 둔 것은 사실이며 오랜 고민 끝에 제가 결정한 사항은…."

임금님은 목이 탔는지 연설을 중단하고 컵을 들어 물을 벌컥벌컥 마셨고 금빛, 은빛 대신과 군중들은 다음에 무슨 말이 나올지 궁금해하며 침을 꼴깍 삼켰어요.

"짐은 왕정을 포기하고 주권을 가진 국민이 선거제도를 통해 국가 원수를 선발 및 일정한 임기로 교체하는 공화국(Republic)을 설립하기로 했습니다. 더 이상 세습적 군주는 존재하지 않는다는 말입니다. 앞으로 자유, 인권, 민주(民主)가 최고의 선(善)이 될 것입니다. 세부 행정적 절차는 관계 기관에서 차근차근 준비해 나갈 예정이니 걱정하지 않아도 됩니다. 사랑합니다. 국민 여러분."

얼떨떨한 군중들이 후계자 선정은 어떻게 되는 거냐고 고함지르니 그런 단어조차 앞으로는 사라질 것이라며 다 아는 것을 묻는다는 투로 임금님은 대답했어요. 전격적인 발표에 사람들은 환호성을 지르며 반겼지만 두 대신의 눈빛에서는 돌이킬 수 없는 비탄의 흔적이, 거의 환각에 가까운 절망이, 자기 연민이나 다른 무엇으로도 경감할 수 없는 진정한 고통이 보였어요. 얼마 후 새로 설립된 공화국에서는 원자 세상과 비트 세상이 화합해 국민에게 최고의 환경을 제공했어요. 한편 늦게나마 임금님의 뜻을 이해했는지 아니면 한순간에 모든 권력을 잃은 자들의 동병상련 때문인지는 몰라도 금빛 대신과 은빛 대신은 복잡미묘한 라이벌 관계를 청산하고 둘도 없는 친구가 되었고 서로를 위로하며 오래오래 행복하게 살았답니다.

- FIN -

※ 작가 노트

하루에 백 번도 넘게 핸드폰을 만지작거리는 현대인에게는 편집과 검색 등 온라인 사고를 하는 시간과 친구와 직접 만나 사교하거나 책을 읽고 멍때리면서 사색하는 오프라인 사이의 적절한 균형이 필요하다.

종말의 우렛소리

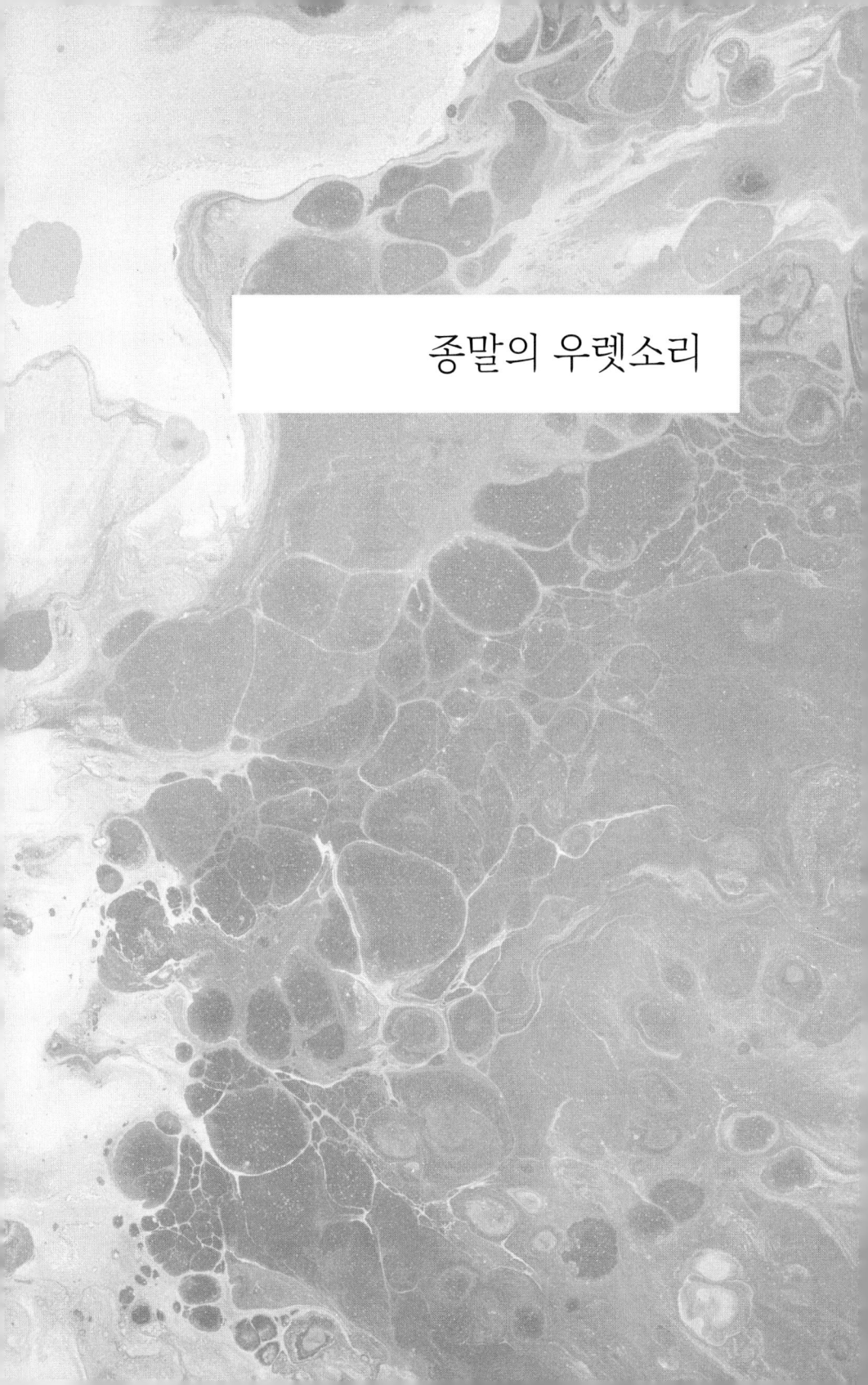

1월 21일 그는 은행, 보험, 증권사를 총괄 감독 지휘 하는 금융감독원 직원이었다. 무소불위의 막강한 권력을 가진 행정기관임에도 불구하고 대한민국에서 모두가 선망하는 공무원이라는 안정적인 신분을 그가 가질 수 없었던 것은 특수법인이라는 다소 애매한 조직의 뿌리 때문이었다. 모범생인 첫째 아들이 나랏밥 먹기를 오래전부터 소망하던 고향에 계신 부모님께는 “금감원과 형제 사이라고 할 수 있는 한국은행 직원들도 똑같은 처지이며 두둑한 연봉을 고려하면 박봉의 공무원보다 지금이 훨씬 더 낫다.” 라며 다소 애매하게 말을 얼버무리곤 했다. 경험 많은 의사 같은 생김새와 40대 초반의 나이임에도 불구하고 탄탄한 복근과 날카로운 지성을 소유한 그가 대체로 만족하는 일상에서 한 가지 못마땅한 것이 있었으니 바로 담당하는 업무였다. 마치 세상은 공평하다는 것을 증명이라도 하듯 보험감독본부에 속한 그가 하루 종일 책상에 앉아 씨름해야만 하는 서류는 각 보험사에서 분기별로 금감원에 보고하는 이미 해결된 따분한 보험사기 사건들이었다. 보험사기 사건은 민사가 아닌 형사 사건으로 주로 경찰이 담당하고 있어 보험사에서는 단순히 수사를 지원하는 기능만을 맡았다. 따라서 보험사의 상급 기관인 금감원의 역할도 제한적일 수밖에 없었는데 언론 발표 혹은 원만한 국정감사를 위해 이미 해결이 완료된 사건을 서류상으로 정리하는 수준이었다. 간혹 중요도가 낮고 보험금 지급액은 미미하나 경찰의 조사로 완벽히 풀리지 않는 모호한 사건을 '보험사기 특별 조사관'인 그에게 추가 조사를 요청하는 경우가 종종 있었으나 그 빈도는 높지 않았다. 그래서 오히려 연말 평가에 신경을 쓸 수밖에 없는 준(準)공무원의 특성상 해당 시즌이 다가오면 그는 안면 있는 보험사 사건 담당자에게 연락해 혹시 추가 조사가 필요한 사건은 없는지 조심스럽게 물어야 했다. 할 일이 없다고 노는 것처럼 보일 수는 없는 노릇이었고 승진을 위해서는 평소 무언가를 부지런히 한다는 인상을 상사와 동료들에게 주는 것이 아무래도 유리했기 때문이다. 때마침 한 곳에서 추가 조사 요청이 들어왔고 바다를 가로질러 먼동이 터 오듯이 그의 얼굴에 미소가 퍼져 나갔다. 왜 그러냐 하면 전년도 업무 성과에 대한 평가 시즌이 다가왔고 평가자는 근래에 피평가자가 바쁜 모습을 보이면 일 년 내내 정신없이 지낸 것으로 오해해 관대한 등급을 주는 경향이 있었기 때문이다. 인사 평가는 시점이 아닌 기간이라는 관점에서 이루어져야 했으나 일반인들이 오래된 것과 역사적인 것을 손쉽게 혼동하듯이 평가자들도 이를 명확히 구분하지 못했다. 따라서 그는 기쁜 마음으로 오랜만에 다가온 바쁜 직장생활을 반기며 해당 사건의 개요를 파악하기 위해 특별 조사관이라는 자신의 본업에 몰두했다.

2월 15일 의료사고는 경기도 평촌의 복합 상가 칠 층에 위치한 드림 치과에서 발생했는데 그곳은 세 명의 의사와 다섯 명의 치위생사 그리고 두 명의 접수 담당자가 근무하는 소위 프랜차이즈 병원이었다. 설립된 지 얼마 되지 않아 최신식 의료 설비를 보유했고 환자에게 친절하다고 입소문이 나면서 예약 없이는 진료가 어려운 지역에서 잘나가는 치과였다. 도보로 10분 거리의 안양시청에 근무하는 삼십 대 여자 공무원이 퇴근 후 스케일링을 받기 위해 치과를 방문하면서 해당 사건은 시작됐다. 평소처럼 치과용 의자에 앉은 지성은 엿보이나 눈매가 약간 삐딱한 공무원은 치위생사의 지시에 따라 스케일링을 받기 위해 입을 크게 벌렸다. 참고로 치과에는 간호사가 없고 치위생사가 근무하는데 치과 의료가 무난히 이루어질 수 있도록 의사를 보조하는 역할을 주로 담당하며 치아 홈 메우기, 스케일링, 치아 본뜨기, 건강보험 청구 및 구강 보건 교육 같은 부수적 업무도 관리한다. 경력 십 년 차의 베테랑 치위생사가 통증이나 시린 느낌을 제거하기 위해 마취 액을 입에 잠깐 머금는 가글 마취를 여자 공무원에게 권할 때만 해도 아무런 문제가 없어 보였다. 하지만 상당한 시간이 흐른 후 마취했음에도 불구하고 잇몸이 몹시 아프다는 것과 스케일링 시간이 평소보다 세 배가량 늘었다는 사실을 환자는 깨달았다. 치과용 의자 옆에 설치되어 물을 뱉을 수 있는 타구대에 침과 이물질을 한참 동안 뱉은 후 여자 공무원은 잠시 쉬고 싶다며 화려한 인테리어를 자랑하는 병원 화장실로 이동했다. 그리고 무심코 입을 벌려 세면대 위에 설치된 대형 거울로 입안을 살펴본 후 비명과 함께 기절하고 말았는데 모든 치아가 드릴로 갈려 있었고 보이는 것이라고는 위아래 두 줄의 선홍색 잇몸뿐이었기 때문이다. 치과에서는 악성 루머로 인한 매출 감소를 두려워한 나머지 거액의 합의금을 공무원에게 지급했고 해당 치위생사를 조용히 해고했다. 그리고 기존에 가입해 놓았던 보험사에 의료사고 보험금을 청구했다. 놀랄 만한 일이기는 하지만 사람은 누구나 실수할 수 있다는 점을 고려하면 아예 처음부터 의심스러운 의료사고는 아니었기에 통상적인 서류 절차를 거친 후 보험금은 지급되었고 정신 나간 치위생사의 일탈 정도로 마무리되는 듯 보였다. 그런데 며칠 후 같은 치과에서 똑같은 사건이 다시 발생했다. 게다가 이번에는 치위생사가 아닌 무려 6년이나 대학과 병원에서 수련을 마친 정식 면허를 가진 의사였다. 정상적인 치아가 몇 개 남아 있지 않아 임플란트 시술을 위해 병원을 방문한 60대 남자 환자의 치아를 모두 드릴로 갈아 버린 것이다. 치과에서는 두 번째 보험금을 청구했고 이를 수상히 여긴 보험사는 지급을 거부했다. 그리고 해당 사건에 관한 추가 조사를 금융감독원에 요청한 것이다. 서류를 통해 대략적 개요를 파악한 그는 해고된 치위생사와의 면담을 시작으로 본격적인 조사에 뛰어들었다. 하지만 치위생사의 만남은 그러지 않아도 기괴한 사건을 더욱 음침하고 불가사의하게 만들었다.

"저도 제가 왜 그런 미친 행동을 했는지 이해할 수 없어요. 혹시 모를 감염 방지를 위해 드릴을 세척한 후 평소처럼 모터에 끼웠어요. 그리고 모터의 회전 방향과 속도를 확인했어요. 3단계로 옵션이 나뉘어져 있거든요. 늘 하던 일이라 딱히 신경 쓸 것이 없었어요. 스케일링 작업하려고 환자에게 입을 크게 벌리라고 말한 후 구강을 들여다보는데 그때 어디에선가 치아를 전부 갈아 버리라는 환청이 들려왔어요. 마치 신의 계시처럼 말이에요. 그 후로는 아무 기억이 없어요. 누가 흔들어 정신을 차리고 보니 환자는 치아가 갈린 채 화장실에 쓰러져 있었고 119 구급대원들이 종합병원으로 환자를 이송하기 위해 달려오는 중이었어요. 의사 선생님과 다른 치위생사들이 달려들어 오른손에 들고 있던 피와 살점이 묻은 모터 드릴을 강제로 빼앗았어요. 사태 파악이 되지 않아 제가 어리둥절하고 있을 때 어디선가 쾌활하게 비웃는 소리가 들리는 것 같았어요. 마치 귀신 씐 사람처럼 말이에요. 요즘 저는 정신과에 다니며 매일 약을 한 움큼씩 먹고 있어요."

불운한 치위생사가 자신은 아무 잘못도 없다며 가련한 노력을 설명했고 깊이를 알 수 없는 우물 속에 끈 짧은 바구니를 던지는 심정으로 면담을 마친 그는 직접 병원을 방문했다. 남들에게 바쁘게 보이는 것이 도움이 되는 인사 평가 시즌이라는 무시할 수 없는 외적 요인도 있지만 보험사기 특별 조사관이라는 직업적 호기심도 현장을 찾아가는 데 한몫 거들었다. 전형적인 신도시 대로변에 위치한 드림치과는 접근성이 좋았고 프랜차이즈 병원의 특성인 화려한 인테리어와 먼지 하나 없는 청결함을 자랑하고 있었다. 게다가 건물 지하 주차장에서 2시간 무료 주차가 가능해 환자들이 선호하는 모든 것을 갖추고 있었다. 그는 자신을 간략히 소개한 후 두 번째 사건의 주인공과 감정 없는 악수를 한 후 사무적인 미팅을 시작했다. 의사의 몸은 마르긴 했으나 얼굴은 통통했고, 살면서 무수한 시험을 겪어 온 사람들이 그렇듯 눈 주위에는 다크서클이 만연했다. 이번 사건으로 여기저기 끌려다니면서 이미 당할 만큼 당한 분위기였다. 의사는 잠시 머뭇거리며 한숨을 쉰 후 말을 시작했다.

"제가 경찰서, 치과협회, 보건소 그리고 기타 관련 기관에서 진술한 내용은 똑같아요. 임플란트를 시술하기 위해서는 먼저 치아를 고르게

다듬을 필요가 있는데 피해자는 왼쪽 위턱 둘째와 셋째 큰어금니가 비정상적으로 길었어요. 그래서 튀어나온 부분을 약간 갈고 난 후 본격적으로 임플란트 작업을 하려고 했어요. 환자도 동의한 부분이고요. 드릴을 끼고 모터를 돌리는데 누군가가 귀에 대고 달콤하게 속삭였어요. 이를 다 갈아 버리라고. 조사관님은 미신을 믿으시나요? 사람들이 통상 이야기하는 뻔한 것들 말입니다. 밤에 손톱을 깎으면 안 되는 이유는 만약 쥐가 그걸 먹으면 영혼이 쥐한테 간다거나 또는 자기 이름을 빨간색 펜으로 쓰면 곧 죽음이 다가올 것이라는 터무니없는 믿음 같은 것 말입니다. 굉장히 흥미로운 이야기이기는 하지만 과학적 근거가 없는 미신이나 악령 같은 것은 노인들이나 혹은 학력 수준이 낮은 사람들이 믿는 구닥다리 같은 것이라고 저는 생각했어요. 이 사건이 발생하기 전까지는 말이죠. 제가 미쳤다고 동료들이 수군대는 거 알고 있습니다. 하지만 분명히 저는 속삭임을 들었어요. '동료들이 놀리는 것은 아닐까?'라는 생각에 병원 내부에 설치된 CCTV를 돌려 보았지만 제가 환자와 있을 때 주변에는 아무도 없었고 심지어 환자가 고통에 몸부림치며 고함을 질러 대는데도 한참 후에나 직원들이 몰려왔어요. 이건 제 잘못이 아니에요. 저는 그저 악령이 시킨 대로 따라 했을 뿐입니다."

배신이 발각되고 한참 후에 재회하게 된 옛 친구 같은 초조한 표정을 그가 보이자 의사는 재빨리 덧붙였다.

"믿기 힘들다는 거 저도 잘 압니다. 하지만 이건 팩트입니다. 팩트! 아 참, 그리고 지금까지 누구에게도 말하지 않은 사실이 하나 있어요. 치과용 모터 드릴을 전문용어로 '핸드피스'라고 불러요. '윙' 하고 소리 나는, 이를 갈 때 쓰는 은색 기계 말입니다. 첫 번째 사고를 일으켜 해고된 치위생사와 제가 똑같은 핸드피스를 사용했어요. 기가 막힌 우연이지요."

그가 무슨 말인지 이해 못 하겠다는 얼굴을 하자 의사는 애처롭게 말을 이었다.

"드림치과의 핸드피스는 모두 덴티움이라는 회사의 제품이에요. 하지만 두 번의 사고에서 사용된 핸드피스는 메가젠이라는 회사에서 홍보용으로 제공한 시제품이었다는 말입니다. 운명의 날 제가 그 시제품을 잡았을 때 평소와는 다른 차갑고 섬찟한 기분이 들었어요. 마치 뱀을 만지는 것처럼."

3월 8일 의사의 주장은 책임을 면하기 위한 가해자의 허무맹랑한 목소리이며 똑같은 핸드피스를 사용했다는 것은 단지 우연의 일치일 뿐이라고 그는 생각했다. 하지만 어딘가 말로 설명할 수 없는 꺼림칙한 느낌이 주위를 맴돌았고 그는 하는 수 없이 사실관계 확인을 위해 홍보용 시제품을 제공한 메가젠을 방문했다. 수원의 아파트형 공장에 입주해 있던 회사는 겉으로 보기에는 활기차고 무척 분주해 보였다. 명함을 건네고 찾아온 목적을 설명하자 젊은 직원들은 관심 없다는 듯 각자의 일에 몰두했고 머리가 하얗게 센 이미 칠순은 훌쩍 넘어 보이는, 잔소리할 만한 일을 찾아 일터를 서성거리고 있던 임원이 그를 조그만 접견실로 안내했다. 그리고 묻지도 않았는데 끝도 없이 자신의 지난 삶에 대한 추억을 늘어놓았고 그는 "조심해라. 노인들이란 다른 사람들이 이야기해 달라고 부탁하길 기다리고 있는 존재들이니 말이다. 그러고 나면 삐걱대며 올라가는 승강기처럼 끊임없이 쇳소리를 뱉어 낸다."라는 초등학교 시절 어머니의 가르침이 생각났다.

"초면에 제가 실례한 것은 아닌지 모르겠습니다. 드림치과 건으로 오셨다고요? 서류를 확인해 보니 저희가 핸드피스 한 개를 무료로 제공한 것은 맞습니다. 홍보용으로 말입니다. 신생 회사들은 의사들에게 제품의 우수성도 알리고 추후 구매를 유도하는 측면에서 업계에서 다들 그렇게 합니다. 일단 한번 써 보고 평가해 달라는 의미지요. 다른 건 몰라도 저희 제품이 품질과 성능은 확실하거든요. 전국에서 주문이 밀려들어 와 요즘 눈코 뜰 새 없이 바쁘답니다. 이게 모두 고객을 최우선 가치로 두어서 가능한 것입니다. 제품에 하자가 발생하면 애프터서비스(AS)가 가능할 뿐 아니라 만약 고객이 개선 사항을 제안하면 사내 기술 연구소에서 검토 후 즉시 반영도 가능합니다. 물론 소정의 사례금도 지급해 드리고 있습니다. 아차! 작은 문제가 하나 있기는 합니다. 현재 연구소장이 공석이라 반영 시간이 예전보다 조금 더 걸린다는 것입니다."

나이든 임원은 말을 많이 해서 입이 말랐는지 스탠드식 생수통 정수기에서 물을 연거푸 따라 마신 후 만족감 가득한 투로 이야기를 계속했다.

"반년 전에 연구소장이 자살했거든요. 물론 비공식적이기는 합니다만 조사관님은 알고 계셔야 할 것 같아서 말씀드립니다. 아내와 하나뿐인 유치원생 딸을 전과 13범의 마약중독자가 운전하는 트럭에 잃은 후 약간 정신 나간 사람처럼 행동하기는 했지만 정신병원에 입원해야 할 정도로 심각한 것은 아니었습니다. 물론 마약과 교통사고에 대한 사법제도의 관대함을 신랄하게 비난하기는 했지만 말입니다. 일반적인 업무처리는 원만했고 특히 매출 효자 상품인 핸드피스에 들어가는 드릴을 개발한 사람이 바로 그 연구소장이었습니다. 회사에서는 두둑한 경조금을 지급했고 슬픔을 치유하라는 의미로 한 달의 유급 휴가도 보내 줬습니다. 그러나 연구소장은 점점 동료들과 대화를 멀리하고 혼자 밤낮없이 틀어박혀 뭔가를 연구했습니다. 당시 소문에는 마치 곡식이나 채소처럼 아무 데나 심고 물을 주면 사람의 영혼이 자라서 이동하는 농업을 연구한다고 하는데 그게 말이 됩니까? 허망하게 딸을 잃은 아버지가 마음 둘 곳이 없어 그러는가 보다 하고 회사에서는 아무런 간섭도 하지 않았습니다. 그동안 회사에 끼친 공로가 클 뿐 아니라 미래의 먹거리가 될 치과 보조 제품을 개발하는 중이라는 점을 고려한 조치였습니다. 그러던 어느 날 새벽에 출근한 경비원으로부터 비상 연락을 받았는데 지난밤 회사에서 연구소장이 목을 매달아 죽었다는 것이었습니다. 어휴, 그 이후는 말도 마세요. 노동부를 포함해 관공서라는 관공서는 모두 회사를 찾아와 조사를 벌였습니다. 하지만 야근을 강요하거나 직원 간 괴롭힘의 흔적은 없었고 사건은 사람들의 기억 속에서 시나브로 사라졌습니다. 그러다가 조사관님이 오늘 당사를 떡하니 찾아온 겁니다."

그는 연구소장의 개인 사무실을 보여 줄 수 있냐고 물으며 근무 시간을 많이 뺏은 거 같아 미안하다고 나지막이 속삭였다. 그러자 나이 든 임원의 얼굴에 미소가 번지며 쾌활하게 대꾸했다.

"그런 건 걱정하지 않으셔도 됩니다. 사장이 친형이거든요. 사실 할 일도 별로 없어요. 무료한 근무 시간을 이렇게라도 보내니 오히려 저한테는 득입니다. 따라오세요. 연구소장 방으로 안내하겠습니다."

그와 나이 든 임원은 접견실을 나와 세 평 남짓한 연구소장 방으로 이동했다. 그곳에는 책상과 의자 그리고 캐비닛 등 일반 사무용 가구들이 설치되어 있었고 책상 위에는 평범한 사각 플라스틱 전화기와 손때 묻은 노트북이 놓여 있었다. 캐비닛 옆에 묵직한 개인 금고가 놓여 있는 점이 특이했는데 그의 궁금증을 눈치 빠르게 알아차렸는지 아니면 말하고 싶은 충동이 다시 일어난 건지 나이 든 임원은 묻지도 않았는데 재빨리 대꾸했다.

"개인 금고는 자살하기 전 연구소장이 보안을 위해 필요하다며 회사에 요청해 총무팀에서 구매해 준 것입니다. 자살 사건이 일어난 후 혹시 귀중품이라도 넣어 놓은 건 아닌가 하고 열쇠 업자를 불러 강제로 문을 따 보니 달랑 연구 수첩 하나만 들어 있었습니다. 수첩에는 설계도나 회의록 같은 것은 없고 장거리 전화번호 몇 개와 일기 형식의 메모가 쓰여 있었습니다. 제품 기밀이 적혀 있는 것도 아니고 고인을 욕되게 할 수도 없고 해서 수첩은 금고에 다시 넣어 놓았습니다. 하지만 다음 달이면 새로운 연구소장이 입사할 예정이니 그것도 치워야 하겠군요. 조사관님께서 원하시면 가져가셔도 됩니다. 이제 당사에는 쓸모없는 물건이니까요."

나이 든 임원은 금고를 열어 연구 수첩을 꺼내 반강제로 그에게 떠넘겼다. 꺼림칙한 물건을 빨리 치우고 싶은 모습이었다. 수첩을 받아 든 그는 형식적인 감사 인사를 건네고 메가젠을 빠져나왔다. 그리고 자동차의 시동을 건 채로 운전석에 앉아 수첩을 빠르게 읽어 나가기 시작했다. 책이나 신문을 읽을 때 그는 무의식적으로 양쪽 눈썹을 새끼손가락으로 살짝 쓰다듬는 버릇이 있었는데 읽는 것에 너무 집중한 나머지 어릴 적부터 몸에 밴 습관마저 잊고 있었다.

4월 14일 수첩을 정독한 그는 몇 가지 중요한 사실을 알아낼 수 있었는데 눈에 넣어도 아프지 않은 딸을 잃어버린 후 연구소장은 반쯤 미쳤고, 사람을 혐오했으며, 세상에 복수할 방법을 찾기 시작했다. 지적 능력이란 오랜 학습을 통해 이론을 이해하는 것만이 아니라 사회에 나가 해결 방법을 알 수 없는 수많은 문제와 맞닥뜨리게 되었을 때 새로운 해법을 떠올리는 능력을 말한다. 인류에게 불운하게도 연구소장은 탁월한 지적 능력의 소유자였다. 어떤 개체나 물질에도 사람의 영혼을 이동시킬 수 있는 방법을 찾아낸 연구소장은 거리낌 없이 본인의 영혼을 내줄 지원자가 절실히 필요했다. 하지만 정상적인 사람이라면 이를 내줄리 만무했다. 그러다가 마침내 길을 찾은 듯 보였다. 수첩에 적혀 있는 각기 다른 여러 곳의 장거리 지역번호로 전화를 걸었더니 예닐곱 교도소의 교정직 공무원들이 받은 것이다. 그중 한 명은 연구소장에 대해 잘 기억하고 있었는데 왜 그러냐 하면 정기적으로 해당 교도소의 사형수를 방문했었기 때문이다.

"조사관님. 저는 지금까지 먼 친척 정도로 생각했습니다. 상식적으로 일면식도 없는 사람이 수십 명의 여성을 잔인하게 죽인 연쇄 살인마를 방문할 이유가 없지 않습니까? 면담실 CCTV를 돌려 봐도 특이 사항은 없었습니다. 둘이 조용히 대화를 나눈 후 인사도 없이 헤어지는 것이 전부였습니다. 물론 좀 과하다 싶을 정도의 영치금을 수용자 앞으로 맡긴 것은 사실이지만 교도소 안에서 돈이 무슨 소용이 있습니까? 사형 집행 전날 마지막으로 면담한 사람도 그 연구소장이라는 사람이었는데 기록을 찾아보니 그때 깨알처럼 작고 쇠로 만들어진 은색의 이물질을 가지고 면담실로 들어가려 하다가 금속 탐지기에 걸렸다고 합니다. 하지만 상급 교도관이 내일이면 죽을 사람 면담이니 그냥 입실시키라고 지시해서 만나게 해 줬다고 합니다. 한 가지 이상한 점은 면담이 끝난 후 연쇄 살인마가 침을 질질 흘리면서 마치 살아 있는 좀비처럼 행동했다는 겁니다. 사형수가 위기를 모면하고자 그런 식으로 행동하는 것은 드물기는 하지만 예상치 못한 일은 아니었기에 교도소 측에서는 신경 쓰지 않았고 사형은 예정대로 집행됐습니다. 규정을 일부 위반하기는 했으나 그 외의 일 처리는 빈틈없이 완벽했습니다."

공무원은 망치로 두드리는 것 같은 단호한 목소리로 말했고 그는 전시장 마네킹 같은 건조한 미소를 지으며 고개를 끄덕여 상대방의 말에 동의를 표했다. 교도소 방문을 마치고 사무실로 돌아오는 꽉 막힌 고속도로 자동차 속에서 '연구소장이 세상에 복수할 적절한 대안을 찾은 것은 아닐까?'라는 의문이 들었다. 만약 사람의 영혼을 개체나 물질로 옮기는 방법을 알아냈다면, 만약 연쇄 살인마와 합의를 통해 사형당하기 전날 사악한 영혼을 깨알만 한 치과용 드릴로 이동시켰다면, 만약 그 드릴이 메가젠이 제조한 핸드피스에 포함되어 평촌 드림치과로 배달되었다면, 만약 핸드피스의 연쇄 살인마 악령이 불운하게 해고된 치위생사와 죄 없는 베테랑 의사의 영혼을 조종해 환자의 치아를 모두 갈아 버리게 속삭였다면, 이 사건의 난제들이 자연스럽게 해결되는 것이다. 하지만 그는 씁쓸한 미소를 지을 수밖에 없었다. 왜 그러냐 하면 성경에는 하나님께서 육 일간 일하시고 하루의 휴식을 거쳐서 세상을 창조하는 데 총 칠 일이 걸렸다고 적혀 있다. 하지만 그의 가정이 옳다면 이제는 팔 일이 걸린 것으로 바꿔야 하는 건 아닌지 고민되었기 때문이다. 그는 독실하지는 않았으나 가족과 함께 매주 성당에 나가고 있었다. 비과학적이고 터무니없는 추론이기는 하지만 더 이상 똑같은 의료사고 피해자가 생기는 것을 막고, 단 1%라도 가능성이 있다면 이를 무력하게 만드는 것이 특별 조사관의 임무이기에 그는 해당 제품의 강제 회수 조치를 실행했다. 드림치과는 사고가 연속으로 일어난 꺼림칙한 제품이고 홍보용으로 받은 무료 샘플이었기에 군말 없이 문제의 핸드피스를 그에게 제공했다. 칸트는 사람을 수단으로 대할 때 죄가 시작된다고 주장했다. 비록 용서받지 못할 연쇄 살인마라 할지라도 연구소장이 악령을 얻기 위해 사람을 수단으로 이용한 것은 잘못된 행동이라는 사실을 그는 명백히 깨달을 수 있었다. 보호 차원에서 목장갑을 낀 채로 핸드피스에 손이 닿았음에도 불구하고 오싹한 냉기가 온몸을 휘감았고 살갗에 소름이 쫙 돋았다. 마치 죄의 시작을 마주한 기분이었다. 그는 견고한 포장용 비닐과 상자를 구매해 삼중으로 핸드피스를 밀봉한 후 안전한 보관을 위해 금융감독원 지하 자료 창고로 내려갔다. 하지만 상급자 결재가 없다며 창고 관리자는 수령을 거부했고 당장은 고백하지 못할 사정이 있으니 양해해 달라는 애처로운 표정을 하자 '다음 달까지'라는 시한부 조건을 내걸고 마지못해 받아 주었다. 그렇게 미로와 같은 이번 사건이 마무리되는 듯 보였다. 생명보험사로부터 사망보험금에 대한 추가 조사 요청이 들어오기 전까지는 말이다.

5월 21일 사망보험금 사건은 환자의 치아를 갈아 버린 경우보다 더 기괴했는데 연예인과 슈퍼 모델의 사망과 관련된 것이었다. 두 여성 모두 워낙 인지도가 높은 유명인이라 관련 기사가 온라인에 쏟아졌지만 정확한 사망원인은 알려진 바 없었다. 세간의 관심이 집중된 사건을 맡게 된 그는 처음에는 황당했는데 자살이건 타살이건 사람의 죽음에 관한 것은 현행법상 형사 사건으로 경찰이 관할권을 가지고 있었고, 업무 연관성도 전혀 없을 뿐 아니라 그는 연예계에 문외한이었다. 하지만 깊은 한숨을 내쉰 후 한 달 벌어 한 달 먹고살아야만 하는 월급쟁이 처지를 뼛속 깊이 이해한 듯 그는 생명보험사에서 송부한 서류를 뒤적거리기 시작했다. 겉으로 보기에 사건은 단순했다. 아름다운 셀럽 여성 두 명이 비슷한 시기에 알 수 없는 이유로 사망했고 그녀들과 양다리를 걸치고 있던 전속 사진사이자 연인 관계인 남성이 거액의 사망보험금을 타 간 것이다. 당연히 사람들은 그 사진사를 의심의 눈초리로 바라보았고 보험금을 지급한 생명보험사에서 이에 대해 추가 조사를 금감원에 요청한 것이었다. 뻔해 보이는 사건이 꼬이게 된 것은 국과수의 부검에도 불구하고 정확한 사인(死因)을 밝혀내지 못했기 때문인데 수십 년의 경력을 가진 노련한 부검의조차 처음 보는 기이한 시신이었다. 그녀들의 입술은 살짝 벌어지고, 뿌연 푸른색 액체를 주입한 것처럼 눈은 텅 비고 허옇게 떠 있었다. 마치 영혼이 존재한 적도 없었던 것처럼 말이다. 양다리를 걸친 것은 미안하지만 그녀들의 죽음과 아무 관련이 없다며 사진사는 유튜브를 통해 억울함을 여러 차례 호소했으나 해당 사건으로 가장 많은 이익을 본 사람의 말을 곧이곧대로 믿는 사법기관은 존재하지 않았다. 사진사는 출국금지를 당한 채 거주지인 과천의 아파트에서 반강제적인 가택연금 상태로 생활해야만 했다. 대략적인 사건 검토를 마친 그는 사진사를 만나기 위해 여의도 금감원을 출발해 꽉 막힌 올림픽대로로 진입했다. 서울 국립현충원과 사당역을 거쳐 과천으로 입성하려는 것이다. 만약 사진사가 아무도 모르는 독극물을 사용했다면? 하지만 평범한 일반인이 어떻게 그런 걸 알 수 있다는 말인가? 과거 비슷한 사례가 있긴 했었다. 댄스 그룹 듀스의 리더인 김 성재가 서울의 한 호텔에서 마약성 동물용 마취제에 중독되어 사망한 사건이었는데 오른손잡이가 오른팔에 투약하는 것은 거의 불가능에 가깝기에 서로 사이가 좋지 않았던 약대생 애인이 살해한 것은 아니냐는 소문이 항간에 돌았었다. 하지만 전문성이 하나도 없는 사진사는 독극물을 알 수 없을 뿐 아니라 설사 안다고 해도 어떻게 그것을 손에 넣을 수 있다는 말인가? 혹시 신종 마약을 사용한 것은 아닐까? 신종 마약이라고 해도 국과수가 그걸 모를 리 없었다. 오만 가지 생각이 그의 머리를 스치는 동안에도 올림픽대로의 정체는 풀릴 줄 몰랐다.

예상보다 두 배는 오래 걸려 과천 사진사의 집에 도착한 그는 초인종을 눌러 방문의 목적을 설명했고 최소 한 달은 샤워를 하지 않은 듯한 구린 냄새를 풍기는 집주인을 따라 안으로 들어갔다. 폐인의 집에서 나오는 축축하고 눅눅한 공기를 들이마시자마자 왠지 거북한 느낌이 들었으나 경험 많고 능숙한 조사관이었던 그는 겉으로 내색하지 않고 소파에 앉아 사진사의 독백에 가까운 변명을 차분히 경청했다.

"세상 사람들이 손가락질하고 있다는 것을 저도 잘 알고 있습니다. 양다리 걸친 것도 모자라 여자들을 무참히 죽이고 게다가 거액의 보험금까지 타 간 불한당 같은 놈이라고 생각하겠죠. 이해합니다. 만약 다른 사람이 이 같은 상황에 빠졌다면 저도 남들과 똑같이 의심했을 거예요. 하지만 절대 아닙니다. 하늘에 대고 맹세하건대 저는 그녀들을 죽이지 않았습니다. 조사관님도 국과수 부검 결과를 보셨으니 아시겠지만 어떤 신체적 학대나 상해도 없었을 뿐 아니라 마약이나 기타 약물을 사용한 흔적이 전혀 없었습니다. 제가 비록 카사노바일지는 모르나 결코 살인자는 아닙니다. 저는 그녀들을 진심으로 사랑했습니다. 사망보험도 순전히 우연으로 가입하게 된 것입니다. 사실 저의 큰이모가 부업으로 보험설계사를 하고 있는데 실적이 부족해 회사로부터 들볶임을 당하고 있다면서 꼭 좀 도와 달라고 해서 어쩔 수 없이 여성들 명의로 들어 준 겁니다. 저는 이미 여러 개에 가입되어 있어 신규가 불가능했거든요. 금감원에 계시니 더 잘 아시잖아요? 가족 중에 보험설계사가 한 명 있으면 구성원 전체의 보험이 대폭 늘어난다는 사실 말입니다. 사랑하는 연인들을 잃은 것도 감당하기 힘든데 살인자라는 누명까지 쓰고 있으니 저도 미치고 팔짝 뛸 지경입니다."

그가 아무 대꾸 없이 사진사의 어깨 너머로 초조한 시선을 던지자 이제는 자신을 구원할 때라고 느꼈는지 집주인은 잠시 머뭇거리며 한숨을 쉬고 말했다.

"한 가지 이상한 점이 있긴 했습니다. 모든 셀럽이 그렇듯 그녀들도 대중으로부터 관심을 받아야 먹고사는 직업이었습니다. 요즘 세상에는 그런 관심의 대부분이 사진이라는 매개체를 통해 이루어집니다. 아름다운 여행지를 배경으로 또는 이국적인 음식을 먹고 있는 사진을 SNS에 올리고 '좋아요'를 통해 대중과 소통하는 것입니다. 사진은 셀럽의 삶 자체입니다. 무슨 말이냐 하면 그녀들에게 사진 찍히는 행위는 공사장 인부가 시멘트를 나르는 것처럼, 커피숍 직원이 손님이 나간 후 테이블 위를 걸레로 훔치는 것처럼, 하차 벨 소리를 들은 버스 기사가 정류장에 차를 세우는 것처럼 너무나 당연한 일상이라는 말입니다. 그런데 언제부터인가 그녀들은 저와 사진 찍는 것을 극도로 꺼렸습니다. 둘 다 그것도 같은 시점에 말입니다. 처음에는 양다리 걸친 게 들통나 둘이 짜고 저를 골탕 먹이는 것은 아닌가 하고 의심했습니다. 하지만 제가 아는 한 그녀들은 죽을 때까지 경쟁자의 존재를 눈치채지 못했습니다. 한번은 왜 그러냐고 화를 내며 물으니 슈퍼 모델 여자 친구가 변명하듯 대답했습니다. 사진 찍힐 때마다 무언가 자신의 영혼을 조금씩 갉아먹는 기분이 든다고 말입니다. 그녀는 자존감을 유지하기 위해 적당히 실패한 사람을 주변에 두어야 하는 그런 여자였기 때문에 사실 저는 신경 쓰지 않았습니다. 하지만 얼마 후 연예인 여자 친구가 근심에 찬 표정으로 똑같은 말을 하는 것 아니겠습니까? 그때 무언가 잘못되어 가고 있다는 것을 깨달았습니다. 두 여성은 말수가 적어졌고 사람들과의 만남을 피했으며 저와도 점점 거리를 두기 시작했습니다. 그러다가 사달이 난 거지요."

집주인의 한탄은 마치 거세된 숫양의 슬픈 울부짖음처럼 애처롭게 들렸다. 하지만 다른 한편으로는 유효기간이 지난 비밀을 가슴속 깊이 묻어 두었다가 털어놓음으로써 마침내 무거운 짐에서 해방된 포로의 후련함도 동시에 느낄 수 있었다.

"미안합니다. 이야기에 몰입하는 바람에 손님 대접이 소홀했네요. 제가 원래 이런 사람이 아닌데, 차가운 음료수라도 드시겠습니까?"

집주인은 냉장고에서 꺼내 온 콜라와 오렌지주스를 탁자에 내려놓으며 변명하듯 말했다.

"마침 커피가 떨어져서 드릴 게 이것뿐이네요. 저는 치과 치료를 받고 있어서 음료수는 못 마십니다. 차가운 걸 마시면 이가 시리거든요. 아무거나 원하시는 걸 골라서 드시면 됩니다."

그는 빨간 콜라 캔의 꼭지를 잡아당겨 탄산 거품이 만들어 내는 소리를 들으며 치료는 잘되고 있냐는 겉치레 질문을 했다.

"어금니 중 하나가 썩어서 치료받고 있는데 신경치료가 아니라 아프지는 않습니다. 서울은 비싸기도 하고 환자도 많을 뿐 아니라 왕복 시간도 오래 걸려 저는 반대쪽 평촌으로 다닙니다. 드림치과라고 온라인 평판도 좋고 요즘 임플란트도 할인 중이라고 하니 필요하시면 말씀하세요. 소개해 드리겠습니다."

6월 18일 여의도 사무실에서 그는 집주인으로부터 반강제로 뺏은 사진기를 뾰로통한 표정으로 바라보았다. 사진을 찍을 때마다 피사체의 영혼을 조금씩 갉아먹는 카메라라니 말이 되는 소리인가? 핸드피스 속 연쇄 살인마의 악령이 때마침 치료를 위해 방문한 환자의 카메라로 이동했다는 말인가? 두 여성의 시체는 마치 영혼이 존재한 적도 없었던 것처럼 처참해 보였다. 그렇다면 갉아먹을 만큼 갉아먹어 남은 영혼의 마지막 조각마저 사라져 버린 것은 아닐까? 오만 가지 생각을 해 봐도 그는 마땅한 결론을 내릴 수 없었다. 답답한 마음에 지인들에게 조언을 구하고 싶었으나 그 누구에게도 허심탄회하게 말을 할 수 없었는데 미쳤다고 생각할 것이 뻔하기 때문이었다. 세상을 파멸의 방향으로 끌고 가기를 원했던 연구소장이 몹시 고약하고 난해한 숙제를 그에게 내주고 떠난 것이다. 혼란스럽게 꼬인 사건의 실타래 속에서도 그나마 한 가지 명확한 것은 카메라가 풍기는 을씨년스럽고 음산한 분위기였다. 마치 악령을 고스란히 비추는 깨진 거울 같은 섬뜩한 느낌이었다. 그는 먼젓번과 같이 카메라를 꽁꽁 싸맨 후 고급 스카치위스키를 손에 들고 지하 자료 창고로 내려갔다.

"어허, 정말 안 돼! 저번에 맡겨 놓은 것도 그대로 있지 않나? 뭐가 문제인지는 모르겠지만 상급자의 결재를 받아 오라고. 자꾸 이러면 나도 곤란해진다고. 물론 자네와 내가 입사 동기이기는 하지만 그래도 지켜야 할 마지노선이라는 게 있단 말이야. 그나저나 이건 어디서 났나? 조니워커 블루라벨이면 가격이 만만치 않을 텐데. 하여튼 이번 달까지야. 그다음부턴 모르는 일이니까 나중에 원망이나 하지 말게. 쓰레기 처리 업체에 넘어가도 내 책임은 아니라는 말이네."

창고 관리자는 자신의 속마음을 털어놓는 듯한 어조로 말했다. 그는 입사 동기에게 더 이상 폐 끼치는 일은 없을 것이며 무슨 일이 생겨도 자신이 책임질 테니 아무 걱정 하지 말고 어서 술이나 받으라며 어렴풋이 미소를 보였다. 어두운 지하창고에서 두 사람이 옥신각신하는 동안 세상은 젊음의 계절인 여름으로 시나브로 넘어가고 있었다.

9월 25일 숨이 막힐 듯한 뜨거운 태양이 작열하는 여름도 꽁무니를 슬그머니 보여 주는 때가 다가왔고 마치 세상에 이를 선포라도 하듯 아침부터 가을비가 대지를 촉촉이 적시고 있었다. 악령 들린 카메라를 처리한 후 그는 맘 편히 제주도로 여름휴가를 떠나 가족들과 함께 망중한을 즐겼으며 언제 그런 일이 있었냐는 듯 세상은 평화로웠다. 하지만 마음속 깊은 곳에서는 '정말 이걸로 끝일까?'라는 의심이 스멀스멀 올라오고 있었다. 혹시 악령이 다른 개체로 이동한 것은 아닐까 하는 두려움이 그의 심연을 가득 채우고 있었다. 그러던 어느 날 평소 알고 지내는 화재보험사 담당자가 얼굴 보러 왔다는 다소 애매한 핑계를 대며 사무실을 찾아왔다. 방문객은 무표정한 표정에, 약간 튀어나온 턱, 눈 위에 심하게 곡선을 그리는 눈썹을 하고 있었다.

"조사관님, 그동안 잘 지내셨습니까? 제주도로 휴가를 다녀오셨다면

서요? 요즘도 중국 관광객이 많던가요?" 인사를 부드럽게 건넨 후 방문객은 진짜 목적을 재빨리 덧붙였다.

"혹시 요즘 다른 보험사로부터 교통사고 조사 요청이 들어온 것 있나요? 뭐 별것은 아닙니다만, 조금 늘어서 말입니다. 날도 워낙 더운 데다가 무모한 젊은이들이 차를 많이 구매했고 게다가 요즘 자동차의 성능이 얼마나 좋습니까? 고속도로에서 밟기 시작하면 160킬로는 순식간이라니까요." 방문객은 조심스럽게 주위를 살피더니 근심에 찬 표정으로 나지막이 말했다.

"솔직히 조사관님께만 말씀드리면 통계적으로 작년 여름 대비 저희 보험사 고객의 교통사고가 세 배나 늘어났습니다. 보험금 지급도 엄청나게 증가했고요. 그런데 이상한 것은 사고를 낸 운전자들이 하나같이 똑같은 이야기를 한다는 것입니다. 운전대를 잡으면 어디선가 저주에 걸린 것 같은 목소리가 브레이크에서 발을 떼고 액셀을 끝까지 밟으라고 명령한다는 것입니다. 아, 물론 대개 가해자들은 예나 지금이나 그럴듯한 변명을 해 댔지요. 하지만 이런 경우는 보험사에서 수십 년 일한 저로서도 처음 겪는 일이라 무척 당황스럽더라고요. 게다가 가해자의 나이, 성별, 지역과 직업에 상관없이 전방위적으로 벌어지고 있습니다. 혹시 시스템 오류로 인한 급발진 사고는 아닐까 하는 생각에 정밀 검토를 해 보았습니다만 외제 차를 포함해 국내 제조업체가 만든 모든 차종에서 똑같은 사고가 발생하는 것으로 보아 급발진 사고는 아니라는 것이 보험사 내부의 잠정적 결론입니다. 막말로 이야기하면 현재 차라는 차는 모두 통제가 불가능한 흉기라는 말입니다. 법무팀이 막강한 기아나 현대 같은 자동차 대기업을 상대로 문제를 공론화시키기는 조심스러워 혹시 저희 보험사만 이런 것인지 아니면 다른 보험사들도 같은 상황인지 알아보고자 방문한 겁니다."

그가 아무 대답도 하지 않고 졸린 것처럼 찡그린 얼굴로 바라보자 방문객은 변명하듯 말했다.

"공학적으로 보면 현대의 차들은 과거보다 훨씬 정교한 물건이기는 합니다. 가볍고 보다 튼튼하며 운전하기에도 안전하지요. 제가 그 사실을 부정하는 건 아닙니다. 그러나 다수의 운전자가 자동차에 은밀히 숨어 있는 심령 메시지로 인해 사고를 낸다면 조사해 볼 필요가 있지 않겠습니까? 이건 보험금의 크고 작음의 문제가 아니라 사회 질서와 안녕 그리고 더 나아가 국가 안보와 연결된 중차대한 사항입니다. 북한이 내부 혼란을 일으킬 목적으로 차량용 프로그램에 악성 코드를 심어 놓았을 수도 있지 않겠습니까?"

상급 기관인 금감원의 조사관으로서 그가 엄중하고 권위 있는 표정을 짓자 방문객은 독일어의 멋진 관용적 표현인 "슬그머니 달아나다."라는 구절을 흉내라도 내듯 통상적인 작별 인사도 없이 사무실에서 슬그머니 달아났다. 방문객의 말은 그동안 영혼의 이동 사건을 담당한 그로서도 혼란스럽고 납득하기 어려운 주장이었다. 연쇄 살인마의 악령은 한 개의 핸드피스에서 한 개의 카메라로 이동했었다. 만약 자동차로 이동했다고 하더라도 단 한 대의 차량을 감염시켰을 것이다. 즉, 악령은 단수이지 복수(複數)가 아니라는 말이다. 제아무리 악령에 감염된 내구성 좋은 자동차라고 할지라도 혼자서 수천 건의 교통사고를 일으킬 수는 없는 노릇이었다. 하지만 실제 그런 일이 발생한 것이다. 자살한 연구소장과 이미 사형당한 연쇄 살인마가 지옥에서 살아 돌아오기라도 했다는 말인가? 그렇지 않고서야 어떻게 이런 일이 있을 수 있을까? 혹시 이 사건을 모방하려는 무리가 있는 것은 아닐까? 꼬리에 꼬리를 물고 의문이 생겼고 풀리지 않은 의문에 그는 고개를 절레절레 흔들었다. 그리고 사무실 전화기를 돌려 다른 보험사들의 상황을 파악하기 시작했다.

10월 13일 자연은 언제나 그러듯 낙엽이 붉게 물드는 선선한 가을을 사람들에게 가져왔으나 한국의 파괴적인 상황은 극으로 치닫고 있었다. 급증한 교통사고 기사는 신문에 단 한 줄도 장식하지 못할 만큼 사소한 것으로 전락하고 말았는데 더 심각한 문제가 세상에 넘쳐 났기 때문이다. 악령에 감염된 자동차의 운전자들은 저주받은 목소리의 명령에 따라 마구잡이로 사람을 치어 죽였다. 길을 걷는 행인을 향해 무자비하게 돌진하거나 건물의 일 층에 자리 잡은 커피숍이나 음식점을 향해 마치 급발진하는 차량처럼 엄청난 속도로 충돌했다. 휘발유를 가득 실은 유조차가 경찰서를 잿더미로 만들었고 심지어 군용 트럭이 화약고를 향해 거침없이 내달린 사건도 발생했다. 무심코 시동을 건 그에게도 "액셀을 끝까지 밟아 아이들이 많은 유치원을 향해 돌진해."라는 속삭임이 들렸다. 목소리는 귀에 거슬릴 정도로 차가운 불쾌감을 주었고 핸들을 잡은 손을 가까스로 뗀 그는 공포에 사로잡혀 몸을 벌벌 떨었다. 교통사고 사상자의 수는 폭증했고 병원은 환자로 넘쳐 났으며 정부는 모든 차량의 운행을 중지시켰다. 국내 사정을 발 빠르게 파악한 외국 정부는 한국인의 입국과 제품의 수입을 전면 금지 했고 그러지 않아도 삼면은 바다로, 마지막 면은 적성국 북한으로 가로막힌 한국은 마치 태평양 전쟁의 서막을 알린 하와이의 진주만처럼 탈출구를 찾을 수 없는 고립된 섬이 되고 말았다. 그는 금감원을 포함해 경찰서 및 관련 정부 기관을 찾아다니며 지금까지 자신이 조사한 악령의 이동에 관한 내용을 설명했으나 누구 하나 믿어 주는 사람이 없었다. 이것은 과학의 시대에 미신 따위가 끼어들 틈은 없다는 명백한 의사표시였고 그는 미친놈 취급을 받으며 건물 복도에 내동댕이쳐지는 신세로 전락했다. 이번 사태의 원인을 자동차에 설치된 소프트웨어의 오작동이라고 과학자와 엔지니어들은 굳게 믿었다. 하지만 시간이 흐를수록 사회경제체계가 무너지면서 사람들은 배고픔과 생필품 부족에 허덕였고 길거리에는 내다 버린 차들의 행렬이 끝없이 이어졌다. 아무도 출근하지 않는 텅 빈 금감원 사무실로 이제는 대중들의 주요 교통수단으로 자리매김한 자전거를 타고 나타난 그는 이번 사건에 대한 파일을 뒤적였다. 오랫동안 자신을 괴롭힌 의문에 답을 알고 싶은 것이다. 어떻게 악령이 동시다발적으로 나타날 수 있는가? 연구소장이 골고다 언덕에서 죽음을 맞이한 예수님처럼 부활하기라도 했다는 말인가? 아니면 여러 명의 살인마와 계약이라도 했다는 말인가? 하지만 아무리 자료를 살펴봐도 연구소장은 한 명의 재소자와 접견한 기록만 가지고 있었다. 그러다 우연히 책상 위 자신의 노트북 왼쪽 옆에 꽂힌 빨간색 USB가 눈에 들어왔고 불쑥 한 가지 의문이 들었다. 지금이 어느 때인가? 기술 복제의 시대가 아닌가? 무엇이든 복제할 수 있을 뿐 아니라 원본과 카피의 구분조차 불가능한 세상이 아닌가? 그렇다면 악령이라고 복제 못 할 기술적 한계라는 것이 존재할까? 한참을 생각한 후 그는 자리에서 일어나 먼지로 뒤덮인 지하 자료 창고로 내려가 예전에 입사 동기에게 맡겨 놓았던 핸드피스와 카메라를 찾아냈다. 원본은 그곳에 그대로 남아 있었다. 하지만 셀 수 없을 만큼 대량으로 복제된 악령의 카피들은 어두운 창고 밖 밝은 현실 속에서 여전히 살인을 즐기고 있었다. 연구소장이 복제 기능을 의도했는지 여부는 알 수 없으나 한 가지는 확실했다. 세상의 종말을 고하고자 했던 삐뚤어진 천재의 노력은 두둑한 보상을 받았다는 것이다. 세상은 낮에는 먹을 것을 찾아 시골로 이동하는 배고픈 피난민들의 행렬이 장사진을 이루고 밤이 되면 폭도들이 지배하는 암흑천지로 변했다. 그나마 위로가 되는 점은 자동차의 매연이 없어진 가을 하늘이 어느 때보다 맑고 청명했다는 것이다. 인터넷을 통해 사정을 알게 된 유엔(UN)에서는 대한민국을 지원하려고 나름 노력했으나 악령이 전 세계로 퍼질 수 있다는 선진국들의 우려로 물거품이 되었고 그나마 물리적 접촉을 피할 수 있는 유일한 수단인 수송기를 이용해 공중에서 약간의 식량과 의약품을 지상에 투하하는 것으로 밴댕이 소갈머리만도 못한 인류애를 드러냈다.

11월 25일 생존자들은 암울한 절망감 속에서도 삶을 끈질기게 유지했다. 고철이 되어 버린 연료가 바닥난 자동차들은 더 이상 살인을 할 수 없었고 배고픔과 추위만 버티면 그럭저럭 살 만했다. 그는 가족을 데리고 부모님이 계시는 고향으로 내려와 생활하고 있었다. 이미 정부나 국가라는 것이 사라진 대한민국에서 폭도들이 점령한 서울 생활을 해나갈 이유가 없었고 무엇보다도 시골에서는 입에 풀칠할 수 있는 먹거리를 까다롭지 않게 구할 수 있었기 때문이다. 산골짜기에는 이미 새벽서리가 내리고 있었고 기온이 영하로 떨어지는 밤이 늘어나고 있었다. 처음부터 이번 사건을 담당했음에도 불구하고 파국적 결과를 예상하지 못한 그는 스스로를 원망했다. '사건의 내막을 조금 더 일찍 눈치챘더라면. 악령의 심각성을 사람들에게 알리기 위해 보다 적극적으로 노력했더라면. 연구소장의 영혼을 극락으로 인도하는 천도제(遷度祭)를 지내 비통한 원한을 달랬더라면.' 하는 철 지난 후회가 유행가 가사처럼 그에게 밀려들었다. 하지만 다른 한편으로는 '악령의 공격이 이것으로 정말 끝난 것일까? 마지막 불장난이 하나 더 남은 것은 아닐까?'라는 을씨년스러운 불신이 그를 괴롭혔다. 일상에서의 그는 혹독한 겨울을 대비하는 것에 소홀하지 않았다. 이미 전기가 끊긴 세상에서 살아남기 위해서 그는 땔감용 나무를 준비해야 했고, 경작해 놓은 농작물을 안전히 보관할 새로운 창고를 지어야 했으며, 겨우내 단백질 보충용 물고기를 잡기 위해 동네 저수지로 밤낚시를 나가야 했다. 시골 출신인 게 생존에는 큰 장점이었다. 그러던 와중에 서울 소식을 들을 수 있었는데 그 내용은 예상할 수 있는 범위를 넘어서는 섬뜩하고 무서운 것이었다. 도시에서는 마치 공포영화 속의 좀비처럼 회백색 텅 빈 눈빛의 사람들이 사람을 아무런 이유도 없이 무차별적으로 죽이고 있다는 것이었다. 도시에서 벌어지고 있는 동족상잔의 비극을 전해 들은 그는 잠 못 이루고 뒤척였다. 우려했던 마지막 퍼즐이 나타난 것은 아닐까 하는 두려움 때문이었다. 녹슨 자동차에 갇혀 살인을 할 수 없게 된 따분한 악령의 카피들이 마치 연어가 알을 낳기 위해 자신이 태어난 고향으로 강물을 거슬러 올라가듯 회귀 본능이 일어나 어머니의 품으로 돌아간 것은 아닐까 하는 강한 의심이 든 것이다. 악령의 시작점이 사람이니 사람으로 회귀하는 것은 어쩌면 너무도 당연한 일이며 '신체 강탈' 현상으로 악령에 점령당한 수천만의 사람들이 서로를 죽이기 시작한 것이라고 그는 추정했다. 시골에도 조만간 감염자들이 먹잇감을 찾아 밀어닥치리라는 것은 불을 보듯 뻔한 일이었다. 그는 부모님과 가족을 설득해 신속히 짐을 꾸렸다. 생존 방법은 딱 하나였는데 해외로 밀입국하는 것이었다. 고향을 떠나 칼바람을 맞으며 고생 끝에 도착한 해안가 마을에는 이미 배를 타고 한반도에서 탈출하려는 사람들로 인산인해를 이루고 있었다. 게다가 중국이나 일본으로 가는 뱃삯은 몇 달 치 식량을 주고도 살 수 없을 만큼 고가에 거래되고 있었다. 살림이 넉넉하지 못한 그와 가족들이 망연자실하며 어쩔 줄 몰라 하고 있을 때 우연히 메가젠의 나이 들고 말 많은 임원을 그곳에서 만날 수 있었다. 임원도 해외로 밀입국하기 위해 짐 속에 골드바 수십 개를 숨겨서 해안가 마을을 찾아온 것이다. 둘은 마치 오래된 친구를 전쟁터에서 만난 것처럼 반가워하며 서로의 안부를 묻기 시작했다.

"조사관님을 여기서 만날 줄은 꿈에도 생각하지 못했습니다. 그동안 고생이 많으셨지요? 살 방법은 딱 하나뿐입니다. 이 땅을 떠나는 거지요. 이제는 처벌받을 일도 없으니 솔직히 말씀드리면 제가 그동안 회사 비자금을 조금씩 빼내서 골드바를 사 놓은 것이 있습니다. 혹시 몰라서 말입니다. 세상사 어떻게 흘러갈지 누가 확신할 수 있겠습니까? 각설하고 오늘 밤 저는 중국으로 떠납니다. 미리 손을 써 놨으니 저와 같이 가시지요. 자리도 넉넉하고 무엇보다 말도 안 통하는 타국에서 살려면 혼자보다는 여럿이 낫지 않겠습니까?"

12월 31일 예상치 못한 은인의 도움으로 중국 요동반도 남단 항구도시 다롄(大连)으로 도망친 그와 가족들은 낯선 환경에 적응하려고 노력했다. 다롄은 한반도 북쪽에 자리 잡고 있었으나 한겨울임에도 불구하고 포근했는데 왜 그러냐 하면 앞바다에 흐르는 난류의 영향 때문이었다. 그와 가족들이 이국땅에서 거주지와 세간살이를 마련하는 데는 불법으로 만들어진 골드바가 큰 도움을 주었다. 동서고금을 막론하고 금에 대한 인간의 맹목적 믿음은 식을 줄 몰랐고 오히려 이와 같은 위기 상황에서 더욱 빛을 냈다. 코앞에 닥친 급한 불을 끄는 데 거의 한 달을 소비한 그와 가족들은 이제는 어느 정도 자리가 잡혔다는 생각으로 한국에서 가져온 짐들을 풀어 정리하기 시작했다. 짐 정리는 주로 와이프가 담당했는데 그와 나이 든 임원은 먹고사는 일을 고민하느라 정신없었기 때문이다. 앞으로도 일상은 지속되어야 했는데 골드바의 개수는 눈에 띄게 줄어들어 있었다. '남은 것을 팔아 사업 밑천으로 사용하는 것이 좋을까? 아니면 은행에 맡겨 눈곱만큼 적은 이자라도 받아서 검소하게 생활하는 것이 나을까? 사업을 한다면 어떤 사업을 해야 할까? 그저 그런 손맛으로 음식점을 열어 먹고살 수 있을까?' 고민은 끝없이 이어졌고 만족스러운 결론을 내릴 수 없었다. 그때 짐을 정리하던 와이프가 눈에 익은 갈색 가죽 가방을 그에게 내밀었다. "여보, 이거 당신이 회사에서 집으로 가져온 가방인데 어떻게 할까요? 열어 보지는 않았지만 중요한 물건이 들어 있는 것 같아서 버리지 않고 여기까지 가지고 왔어요. '혹시 쓸모가 있을까?' 해서요. 하여튼 당신 물건이니 당신이 알아서 처리하세요."

와이프는 무심히 가방을 내려놓고 사라졌고 일어나면 절대 안 되는 황당한 사고가 벌어졌다는 생각에 그의 얼굴에는 깊은 주름살이 패었다. 서울을 떠나기 전 금감원 지하창고에 갔을 때 불한당들의 손에 들어가면 더 큰 불행이 벌어질 수 있다는 노파심에 핸드피스와 카메라를 챙겨 집으로 가져왔던 가방이 느닷없이 이국땅에서 그의 눈앞에 나타난 것이다. 공포에 젖어 식은땀을 흘리며 벌벌 떨리는 손으로 그가 가방의 지퍼를 열었을 때 우렛소리가 세상을 뒤흔들었다. 그리고 날카로운 이빨들이 삐죽이 솟아 있는 턱과 아가리로 짓찧고 으스러뜨리게 될 약탈물을 사납게 흘겨보는 저주받은 악령의 찢어진 눈이 저 멀리 들판에서 다가오는 것을 느낄 수 있었다.

※ 작가 노트

불만으로 가득한 천재 과학자 한 명이 세상을 종말로 이끌 수 있는 그런 시대에 우리는 살고 있다. 어느 때보다 윤리와 도덕이 요구되나 경제적 압력으로 점차 사라지는 중이며 이는 겁 많은 필자의 걱정거리 중 하나이다.

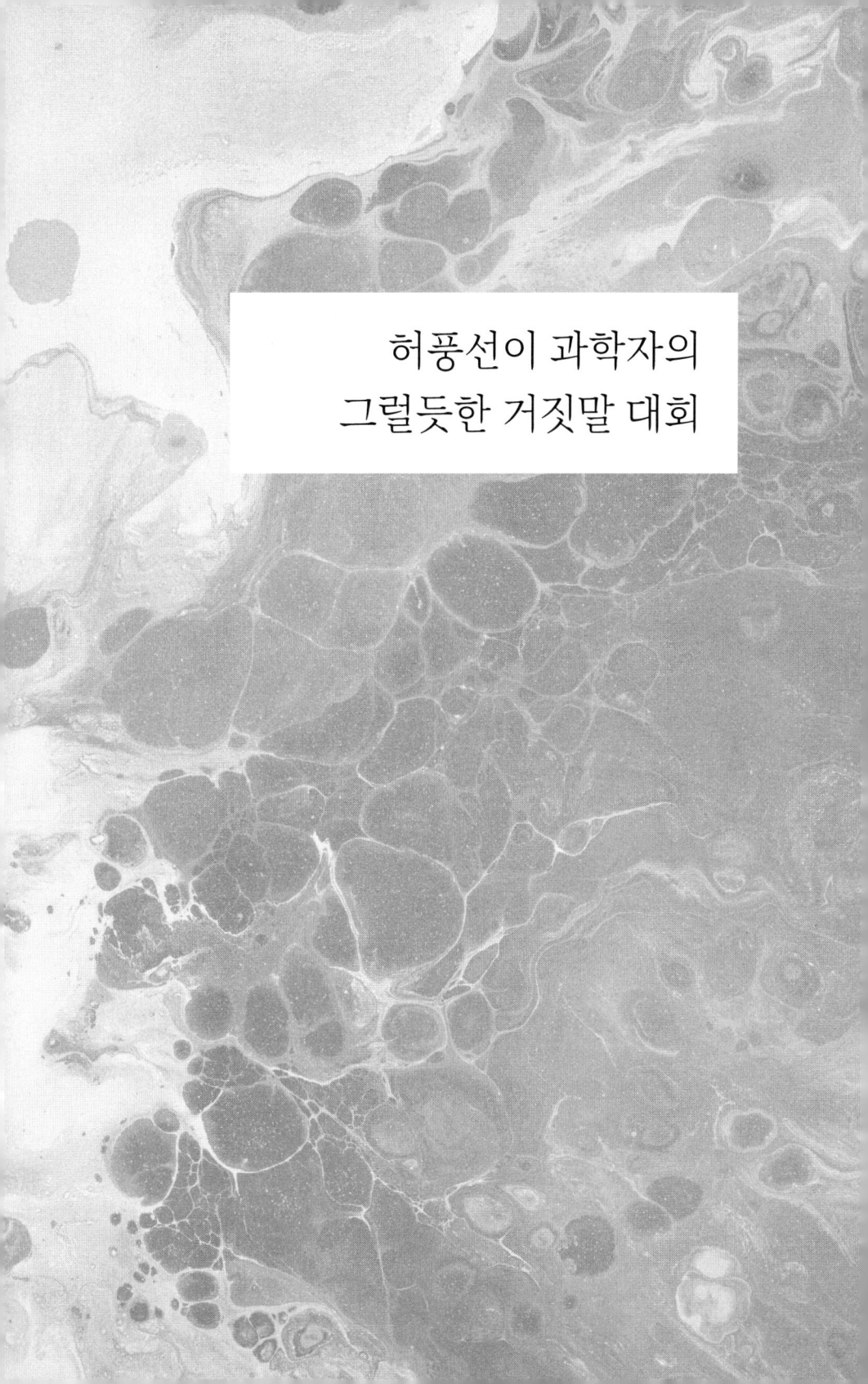

허풍선이 과학자의 그럴듯한 거짓말 대회

한국에서 과학의 인기는 날개 잃은 천사처럼 하루가 멀다 하고 뚝뚝 떨어지고 있었다. 어린이들에게 장래의 희망이 무엇이냐고 물으면 과거에는 의례 '과학자'라는 대답이 셋 중 하나 꼴로 나오곤 했는데 최근에는 K-POP 아이돌이나 웹툰 작가가 대부분이었다. 중고등학교에서의 인문계는 애초에 포기한다고 하더라도 그나마 희망을 걸 수 있는 이공계마저 부모들의 성화와 안락한 미래를 위해 시험 성적이 우수한 학생들은 의대 진학을 목표로 하고 있었다. 과학자가 꿈이라고 말하는 아이는 이제 괴짜 취급을 당하는 시대에 들어선 것이다. 정부와 과학자 협회에서는 더 이상 추락할 수 없을 만큼 떨어진 과학의 위상을 높이고 대중들의 관심을 제고한다는 명목으로 한국과학재단 주최로 '허풍선이 과학자의 그럴듯한 거짓말 대회'를 개최했다. 머리 아픈 수학 공식이나 딱딱한 화학 기호로 표현되는 과학보다는 국민에게 재미와 호기심을 불러일으킬 수 있는 '펀(Fun) 콘텐츠'가 필요하다고 본 것이다. 다시 말해 미래의 노벨상 수상자가 될 수 있는 나이 어린 과학 영재를 유혹하기 위한 군침 도는 미끼를 준비한 것이다. 상상력을 자극하는 것이 인재 유치에 큰 도움이 될 것이라는 뻔한 고액 컨설팅 회사의 제안을 그대로 따랐다는 것은 누구나 아는 공공연한 비밀이었지만 여러 가지 우여곡절에도 불구하고 대회는 성황리에 개최되었다. 우승자에게는 두둑한 상금과 해외 연수의 특전 그리고 본인이 원한다면 2년 동안 계약직으로 과학 홍보관의 큐레이터로 근무할 수 있는 기회가 주어진다는 점이 눈길을 사로잡았다. 전국 팔도에서 과학 좀 안다는 이들과 거짓말에 도가 텄다는 사람들이 모여들었고 이런 현상이 TV를 통해 보도됨으로써 대회 우승자가 나오기도 전부터 과학의 대중화라는 원래의 목적을 달성한 듯 보였다. 치열한 예선과 본선을 통과하고 최종 결선에 오른 참가자는 '화이트홀의 존재 증명'이라는 왠지 똑똑해 보이는 거짓말을 가지고 나온 천체물리학자, '잉카제국의 신(神)은 과연 누구인가?'라는 영화 「인디애나 존스」의 제목으로나 어울릴 만한 낭설의 고고학자 그리고 '인류를 파멸시킬 우주 정신병이 코앞에 있다'라는 다소 음침하고 도발적인 이야기의 생물학자, 이렇게 총 세 명이었다. 최종 결선은 남산에 있는 국립극장 '해오름극장'에서 실시되었는데 천이백 석이 넘는 방대한 규모에도 불구하고 입장을 원하는 수많은 인파로 인해 이미 매진된 입장권이 정가 대비 세 배나 오른 가격으로 온라인에서 활발하게 거래되었다. 극장 안에는 무대가 마련되어 있었고 관객들은 일 층과 이 층으로 나누어진 계단식 좌석에 앉아 편하게 대회를 지켜볼 수 있었다. 무대 중앙에는 연사를 위한 단상과 스탠드식 마이크가, 우측에는 진행을 맡은 사회자를 위한 접이식 의자와 이동식 마이크가 준비되어 있었고, 좌측에는 긴 책상과 의자 그리고 심사 위원들을 위한 유리잔과 음료수가 가지런히 책상 위에 놓여 있었다. 결선 예정 시간 한 시간 전부터 관객들은 해오름극장으로 몰려들었고 TV 방송국과 개인 유튜버들은 서로 더 좋은 자리를 차지하기 위해 다투었다. 주최 측인 한국과학재단은 이렇게 많은 국민들이 과학에 관심을 둔다는 사실에 놀라는 한편, 정부 보조금으로 운영되는 재단인 만큼 이번 행사가 대중들에게 너무 알려져 혹시 내년 보조금이 줄어드는 것은 아닐까 하는 걱정이 들었다. 재단에서는 이와 같은 과열 현상이 본 대회를 열자고 제안했던 컨설팅 회사가 다음 계약을 얻어 낼 목적으로 일단의 아르바이트생들을 고용해 마치 엄청난 흥행이 이루어지고 있는 것처럼 꾸민 사실을 알지 못했다. 무명의 대학교수 두 명과 얼굴마담용 한물간 연예인 한 명이 심사 위원을 맡았고 심사 위원장은 재단 이사장으로 정해졌으며 낙하산이나 채점 비리를 거부하고 공정한 심사에 임한다는 서약서를 사전에 전원 제출했다. '딩동댕' 하는 시작을 알리는 벨 소리에 커다란 극장을 메운 관객들이 일제히 숨을 죽이자 젊고 훤칠한 사회자가 무대 우측으로 올라와 대회의 개요 및 예선과 본선의 결과를 간략히 설명한 후 심사 위원을 한 명씩 소개하는 순서를 가졌다. 자신의 이름이 호명될 때마다 심사 위원은 자리에서 일어나 관객에게 가벼운 인사를 했고 하루 일당을 목 놓아 기다리는 아르바이트생들은 박수와 환호로 이에 답했다. 심사 위원 소개 순서가 끝나자 사회자는 첫 번째 발표자를 무대로 불러 본격적인 결선의 시작을 알렸다.

중앙 단상에 나타난 천체물리학자는 30대의 보통 체격으로 마치 논술학원에서 암기한 것 같은 느릿하고 우아한 느낌의 독특한 어조를 사용하는 남자였다. 그는 마치 의사나 변호사처럼, 차분하지만 세련되게 옷을 차려입었고 악어가죽 서류 가방을 들고 있었으며 뿔테 안경을 걸친 차가운 지성이 돋보이는 모습이었다.

“안녕하십니까? 공사다망함에도 불구하고 이 자리에 참석해 빛내 주신 관객 여러분께 감사 인사를 드립니다. 오늘 제가 말씀드릴 이야기는 아인슈타인도 풀지 못한 수수께끼에 관한 것입니다. 인류는 잘난 척하고 있으나 사실 우주의 86%를 구성하는 암흑 물질과 암흑 에너지에 관해 아는 것이 하나도 없을 정도로 여전히 무지한 상태입니다. 그래서 저와 같은 물리학자들은 달콤한 잠을 미루며 밤하늘을 연구하고 있으나 발전 속도는 여전히 더디기만 합니다. 이런 와중에 저는 최근 빛마저 빨아들인다는 블랙홀과 대척점에 있는, 모든 것을 토해 낸다는 화이트홀의 존재를 증명하는 금세기 최고의 이론을 생각해 냈습니다. 여담으로 말씀드리면 아인슈타인도 블랙홀에 대해서는 그 존재를 강력히 주장했으나 화이트홀은 불신으로 고개를 갸웃거렸다는 것이 정설입니다. 세계적 천재도 자신이 없었던 것이지요. 아 참! 골치 아픈 수식이나 도표는 걱정하지 않으셔도 됩니다. 여러분께서는 그저 자리에 앉아 제가 말씀드린 이론을 곰곰이 생각해 보는 것으로 충분합니다. 원래 이론이라는 것은 누구나 이해할 수 있을 정도로 단순하고 명확한 것을 최고로 인정합니다. 얼치기 사기꾼의 이론이 복잡한 이유는 전문성이 부족한 대중을 속이기 위해서인데 까다로울수록 마치 안개가 낀 것처럼 오류와 결함을 쉽게 숨길 수 있기 때문입니다. 사이비 과학자들에 대해서도 하고 싶은 말은 많지만 시간 관계상 여기서 마치고 이제부터 본격적으로 저의 ‘화이트홀의 존재 증명’ 이론에 대해 발표하려고 하니 마음의 문을 활짝 여시길 바랍니다. 우선 과학에 전문적 지식이 없는 분들을 위해 기초적인 상식을 알려 드리면 중력, 양자역학, 그 밖의 물리학과 화학 법칙의 상당 부분이 우주 모든 곳에서 동일한 작용을 한다는 것입니다. 이를 확인하는 방법은 분광기의 스펙트럼을 이용하는 것인데 원자나 분자가 빛을 흡수하고 방출하는 원리가 같다는 것은 같은 물리 법칙으로 이루어진 세상이라는 의미이기 때문입니다. 문제에 답이 존재한다는 것을 확실히 아는 것만으로도 문제를 풀어 나가는 데 엄청난 도움이 되는 것처럼 과학 상식은 미약하게나마 세상을 이해하는 데에 도움을 줄 수 있다는 사실을 기억해 주시길 바랍니다. 참고로 한 가지 더 말씀드리면 어떤 면에서 물리학은 인간의 편집증적 사고를 자연에 적용하는 활동이라고도 할 수 있으며 물리학자는 자연의 비밀을 찾기 위해 열정을 기울이는 탐험가입니다. 겉보기에는 완전히 이질적인, 서로 관련이 없어 보이는 데이터 사이에 숨겨진 연결 고리를 찾아 헤매고 우주라는 거대한 시공간에서 어떤 패턴을 추상화해 내는 것이 천체물리학의 목적입니다. 각설하고 지금까지 대다수 천체물리학자들은 한번 넘으면 절대로 돌아올 수 없는 죽음의 경계선인 사건의 지평선을 넘어 중력이 무한대인 블랙홀로 빨려들면 그것이 물질이든, 빛이든, 정보든 절대 빠져나올 수 없다고 믿었습니다. 그러나 선구자의 혜안을 가진 일부는 블랙홀로 들어간 것은 깔때기와 같은, 한때는 아인슈타인-로젠 다리로 불리던 웜 홀을 통해 반대쪽에 있는 화이트홀로 빠져나올 수 있다고 주장했는데 화이트홀은 블랙홀과 똑같은 방정식을 만족하나 시간이 거꾸로 흐르기 때문에 무엇이든 뱉어 낸다고 강변한 것입니다. 다들 아시지요? 블랙홀은 실제로 관측됨으로써 그 존재가 입증되었고 최초 발견자에게는 노벨상이라는 영광이 돌아갔습니다. 하지만 현재까지 화이트홀은 말만 무성하고 이론조차 제대로 정립되지 못한 상태입니다. 그런데 제가 세계 최초로 화이트홀의 존재를 증명하는 이론을 만든 것입니다. 게다가 과학을 전공하지 않은 일반인도 누구나 쉽게 이해할 수 있을 정도로 간단하게 말입니다. 자! 들어 보세요. 두 개의 똑같은 깡통을 준비하고 하나에는 빨간 공을, 다른 하나에는 파란 공을 넣고 마구 섞어서 수십 광년 떨어진 행성에 가져다 놓은 다음 한 개의 깡통을 따서 안을 들여다보면 다른 깡통에 어떤 색의 공이 들었는지 알 수 있습니다. 지구에서 빨간 공이 나오면 멀리 떨어진 행성의 깡통에는 파란 공이 들어 있을 것이고, 지구에서 파란 공이 나오면 외계의 깡통에는 빨간 공이 들어 있을 것입니다. 즉, 하나의 정보를 관측함으로 '얽힘 상태'인 다른 것의 정보를 파악할 수 있는데 이를 전문용어로 '양자 얽힘'이라고 부릅니다. 이 실험을 조금 비틀어 보겠습니다. 공이 들어간 하나의 깡통을 블랙홀 안에 던져 놓고 다른 하나를 관측하면 우리는 블랙홀 안의 깡통에 들어 있는 공의 색을 알 수 있습니다. 하지만 반대의 경우는 어떨까요? 우리가 깡통과 함께 블랙홀 속으로 들어가 그것을 열었을 때 공의 색깔에 관한 정보는 다른 모든 것과 마찬가지로 블랙홀을 빠져나가지 못합니다. 그리고 현대물리학에 의하면 어떤 경우에도 정보는 사라지지 않습니다. 예를 들어 불구덩이 속에서 책을 태워도 타고 남은 재를 모아서 열심히 분석하고 이어 붙이면 책 전체를 완벽하게 복원할 수 있습니다. 이론적으로는 말입니다. 따라서 블랙홀 속의 정보가 사라지지 않으려면 어디론가 빠져나와 '얽힘 상태'인 깡통이 존재하는 지구에 해당 정보를 반드시 전달해야 합니다. 즉, 정보가 빠져나올 수 있는 일단의 탈출구가 필요하며 그것이 바로 화이트홀입니다. 이것으로 정보는 사라지지 않는다는 기본 명제를 통해 화이트홀의 존재가 증명된 것입니다. 만약 정보의 사라짐을 인정한다면 현대물리학은 뿌리째 흔들리게 되며 물리학자들은 새로운 직장을 찾아야 할 것입니다. 물론 제 이론에 대한 수학적 검증이 필요한 것은 사실입니다. 그리고 실험이나 관찰을 통해 화이트홀이 실존한다는 것과 블랙홀로 빨려 들어간 것이 그곳을 통해 빠져나온다는 사실이 증명되어야 할 것입니다. 하지만 그것은 단지 절차상의 문제일 뿐 핵심은 변하지 않을 것입니다. 이것으로 '화이트홀의 존재 증명'이라는 제 이론을 모두 말씀드렸고, 한 가지 더 첨언하고 싶은 사항은 최근 제가 『영화 속 사이비 과학을 고발한다』라는 멋진 책을 출간했다는 것입니다. 축하해 주세요. 영화 속에서 일반 관객들이 미처 알아채지 못하고 넘어가는 엉터리로 만들어진 장면을 날카롭게 지적한 책으로 예를 들면 「스타워즈」의 광선 검은 광자로 이루어져 서로 부딪칠 수 없으며 「할로우 맨」의 투명 인간은 각막에 상을 맺지 못해 살인을 저지를 수 없고 「페이스 오프」에서 주인공이 최첨단의 피부 이식을 한다 해도 얼굴 형태는 바뀌지 않는다는 과학적 오류를 거침없이 꼬집었습니다. 대한민국에서 보기 드문 명작이며 중고등학교 학생들의 과학 성적을 올리는 데 큰 도움이 될 것입니다. 교보문고와 같은 오프라인 서점과 알라딘 또는 예스24와 같은 온라인 서점에서 구매가 가능하니 모두 팔리기 전에 서두르시길 바랍니다. 그리고 다음 달에는 이 북(e-book)으로도 출간될 예정이니 종이책이 불편하신 분들은 잠시만 기다려 주세요. 제가 이 책을 쓴 목적은 과학자의 한 사람으로 영화감독들의 무지를 꾸짖고 과학도서의 대중화를 도모하기 위함입니다. 그리고 이번 대회에 참석한 것도 혹시 책 판매에 도움이 되지 않을까 하는 기대 때문이었습니다."

천체물리학자는 들고 온 악어가죽 가방에서 자신의 책을 꺼내 흔들어 보이며 강당을 향해 큰 소리로 떠들기 시작했고 깜짝 놀란 사회자는 마이크를 끄지도 않은 채 다가가 소지품을 챙겨 사라질 것을 정중히 권고했다. 몇 분을 무대 위에서 버티다 결국 경비원에게 쫓겨나게 된 첫 번째 발표자는 그래도 뭐가 아쉬운지 머그컵을 함께 구매하면 십 퍼센트 할인을 받을 수 있다며 고래고래 소리를 지르며 사라졌다. 이 사태를 지켜보던 커다란 극장을 가득 메운 관객들은 시큼하게 쉬어 버린 과일처럼 일제히 조용해졌다. 장내의 어색함을 "올해의 베스트셀러는 이곳에서 이미 결정되었네요."라는 가벼운 농담으로 정리한 사회자는 분위기 전환을 위해 두 번째 발표자를 신속히 불러서 무대 위로 올렸다.

두 번째 발표자로 올라온 고고학자는 분홍색 양복과 폭넓은 노란색 실크 넥타이 그리고 푸른 셔츠와 인조가죽 구두를 걸친 남자로 과도한 몸무게에 과도한 나이, 거기에 덤으로 행복할 일이 아무것도 없는데도 불구하고 과도하게 행복해 보이는 그런 사람이었다. 발표 제목도 '잉카 제국의 신(神)은 과연 누구인가?'라는 다소 뻔한 종교적 주장을 할 것처럼 보였다. 고고학자는 살짝 벌어진 입술에 어렴풋이 미소가 번지며 자신의 이야기를 시작했다.

"이렇게 만나게 되어 영광입니다. 우선 첫 번째 발표자의 무례한 행동을 제가 대신 사과드리겠습니다. 책을 팔아 돈을 벌려면 서점이나 대학가에 가서 좌판이나 벌일 것이지 이렇게 화창한 가을날 아무 연관도 없는 남산까지 와서 왜 저러는지 이유를 모르겠습니다. 아무튼 같은 발표자로서 다시 한번 죄송하다는 말을 전합니다. 저는 이 자리에서 뭔 말인지 알 수 없는 황당한 물리학 이론이 아닌 누구나 쉽게 이해할 수 있고 게다가 검증까지 가능한 역사의 한 단면을 말씀드리겠습니다. 본격적으로 주제에 들어가기 전에 '고고학이 과학인가?'라는 의문을 가진 분들이 이곳에 계실 것입니다. 원래 과학(Science)이라는 단어의 어원은 라틴어의 '안다'라는 뜻입니다. 무엇이든 알고 있다면 그것을 과학이라 부르는 것은 당연한 일이며 따라서 저는 '고고학은 과학이다.'라고 단호히 말씀드릴 수 있습니다. 태어날 때부터 앞을 보지 못하는 사람은 시각적 꿈이 아닌 청각적 꿈을 꾼다고 하는데 저는 어렸을 때부터 고고학을 꿈꿔 왔으며 그래서 누구보다 이 분야에 대해 잘 알고 있습니다. 고고학은 유물과 유적을 통해 옛사람들의 생활 모습과 역사적 사실을 밝혀내고 동굴이나 암석에 그린 그림이나 예술품을 통해 조상들이 어떤 생각을 하며 살았고 무엇을 중요하게 여겼는지 알아내는 학문입니다. 일부 무뢰한들이 고고학을 인문학의 한 종류로 보거나 역사의 변두리에 있는 하찮은 기술 정도로 치부하는 것도 사실입니다. 하지만 고고학은 문자가 없는 시대의 인간 역사를 이해하는 데 필수 불가결 한 학문이며 인류가 언제 기원하였으며, 세계 각지의 다양한 문화가 어떠한 과정을 겪어 오늘날과 같은 상태에 도달할 수 있게 되었는가를 알 수 있게 해 주는 독특한 영역과 방법론을 가진 하나의 독립된 과학입니다. 물론 최초의 고고학이 엉성했던 것은 숨길 수 없는 진실입니다. 하지만 1960년대 새로운 고고학으로 불리는 '프로세스 고고학'이 개발되면서 기존에 적용되지 않았던 과학적 방법을 모델로 삼아 연구함으로써 논리성과 합리성을 갖춘 과학으로 탈바꿈하게 되었습니다. 따라서 고고학자인 제가 본 대회에 참가하는 것이 못마땅하신 분은 한국 고고학회로 항의하시길 바랍니다. 왜 그러냐 하면 눈앞의 현실을 외면한 채 올빼미처럼 고개를 완전히 뒤로 돌릴 수 있는 작자들과는 더 이상 대화하고 싶지 않기 때문입니다. 자! 이제 공지 사항을 모두 말씀드렸으니 전설 속 황금의 땅으로 불렸던 남아메리카의 잉카제국으로 여행을 떠나겠습니다. 스페인의 전설적인 정복자 프란시스코 피사로(Francisco Pizarro)는 미천한 태생이었고 사생아였으며 무학에 문맹자였습니다. 어려서는 돼지치기였고 나이가 들어서는 용병으로 근근이 먹고사는 사람이었습니다. 그러던 어느 날 황금에 대한 욕망으로 세 척의 배에 백팔십 명의 선원과 말 삼십 두를 싣고 잉카제국을 침략하게 됩니다. 그때가 1531년이었는데 당시 잉카를 현대의 면적으로 계산하면 칠레, 페루와 볼리비아를 포함하는 방대한 영토를 가지고 있었습니다. 또한 막강한 군대를 보유했고 황제인 아타우알파는 국민으로부터 두터운 신임을 받았으며 경제는 호황, 정치는 안정적이었습니다. 수도인 쿠스코에는 수십만 명의 백성과 무려 칠만 명이 넘는 충성심 높은 군대가 주둔 중이었습니다. 그런데 고작 백 명이 넘을까 말까 하는 피사로의 선발대에 의해 제국이 무너지고 맙니다. 왜 백 명이냐면 가져간 배를 지키려고 절반에 가까운 병력이 해변에 남아 있었기 때문입니다. 당시 스페인의 무기라고는 날 무딘 칼과 연발이 불가능한 허름한 장총이 전부였습니다. 그런데 어떻게 이런 일이 발생할 수 있었을까요? 학계의 정설은 이렇습니다. 배를 타고 해변에 도착한 스페인 군대는 잉카인의 환영과 축복 속에 정예병 백 명을 선발해 외교 사절로 꾸민 다음 수도인 쿠스코로 진격합니다. 황제인 아타우알파는 화려하게 꾸미고 여러 대신 및 귀족들과 함께 환영 행사를 위해 궁 밖 만남의 장소로 직접 출두합니다. 그때 갑자기 피사로의 병사들이 공격을 감행해 황제를 생포하고 마치 그가 내리는 칙령인 것처럼 명령을 조작해 잉카제국을 통치하고 황금을 훔쳤다는 것입니다. 여러분은 이 허무맹랑한 이야기가 믿어지시나요? 정말 백 명의 군사로 수십만 명을 통제할 수 있을까요? 그것도 자기 고향 땅이 아닌 전혀 생소한 타국의 밀림 속에서 말입니다. 어느 나라나 수도는 가장 용맹하고 무장이 잘된 군대가 경비를 담당합니다. 서울을 보십시오. 수도방위사령부라는 특수 목적 부대가 잘 훈련된 군인들과 최첨단 장비로 빈틈없이 지키고 있지 않습니까? 1979년 전 두환의 하나회가 일으킨 12.12 사태 때도 반란군에 맞서 전투를 벌인 군대는 오직 수도방위사령부 예하 부대였습니다. 죽음을 두려워하지 않는 충성심 강한 부대란 말입니다. 아까 말씀드렸듯이 수도 쿠스코에는 약 칠만 명의 용맹한 방위군이 있었습니다. 생각해 보십시오. 백여 명 남짓의 스페인 군대가 날 무딘 칼과 허름한 장총으로 무장하고 있다고 할지라도 칠백 배가 넘는 병력이 제대로 싸움 한 번 못 해 보고 무기력하게 항복한 것은 셀 수 없이 많은 인류의 전쟁 역사에서 단 한 번뿐입니다. 이상하지 않습니까? 이 사실을 접했을 때 저도 여러분과 같이 도저히 믿을 수 없다는 생각이 들었습니다. 그래서 깊이 연구하기 시작했고 마침내 진실을 찾아냈습니다. 어떻게 이 변고가 발생했는지 말입니다. 지금부터 오랜 시간에 걸친 저의 연구를 말씀드릴 테니 집중해 주시길 바랍니다. 잉카제국에는 한 가지 전설이 고대부터 내려오고 있었습니다. 수천 년 전 '비라코차'라고 불리는 신들이 자신들을 방문해 농경과 목축 그리고 숫자와 천문학에 대해서 가르쳐 주었고 사람을 죽여 신께 바치는 인신 공양을 금지했으며 상하수도를 설계하고 도시를 건축하는 방법을 알려 주었다는 것입니다. 그러던 어느 날 신들은 '다시 돌아오겠다.'라는 말을 남기고 바다로 배를 띄워 떠났고 잉카인은 수천 년 동안 그들의 귀환을 기다렸습니다. 한 가지 놀라운 사실은 잉카인이 묘사한 신들의 외모입니다. 비라코차들은 하얀 얼굴에 붉은색 수염을 텁수룩하게 길렀고 키가 큰 거인으로 샌들을 신고 헐렁한 옷을 입었다는 것입니다. 그것을 어떻게 알 수 있냐 하면 현재 남아 있는 고대 잉카인이 만든 조각상이나 그림을 보면 됩니다. 비라코차들은 남미인이 아닌 마치 유럽인과 같은 외모를 하고 있습니다. 황제인 아타우알파는 배를 타고 해안에 도착한 피사로의 군대를 전설 속 잉카문명의 창조주 비라코차들의 귀환으로 오해했던 것입니다. 하지만 이 같은 착각이 악마의 저주로 밝혀지는 데는 얼마 걸리지 않았습니다. 전투가 벌어졌을 때 스페인군은 '신(神)'이라는 전략적, 심리적 우위를 차지하게 되었고 칠백 배나 많은 잉카군으로부터 손쉽게 항복을 얻어 낼 수 있었습니다. 생각해 보세요. 누가 감히 신과 다툴 수 있겠습니까? 이렇게 말도 안 되는 이유로 거대한 제국의 멸망이 시작된 것입니다. 셀 수도 없을 만큼 많은 황금과 진귀한 보물을 약탈한 피사로는 이교도인 황제 아타우알파를 산 채로 화형을 할 수도 있었으나 선처를 베풀어 기독교로 개종시킨 후 목 졸라 죽였습니다. 이게 선처가 맞는지 잘 모르겠지만 말입니다. 그리고 전리품을 챙겨 당당히 떠나려 했습니다. 하지만 언제나 최고의 순간에 최악이 은밀히 다가오는 것같이 황금 배분에 열받은 직속 부하에게 피살당해 그는 많은 재물을 한 푼도 써 보지 못하고 이국땅에서 수전노 스크루지 같은 삶을 마감하게 됩니다. 피사로의 죽음 이후 상황에 대해서도 할 이야기는 많지만 시간 관계상 여기서 마무리하고 고대 잉카 전설 속의 신들이 실존했던 인물인지 아니면 한민족 시초인 단군의 아버지 환웅처럼 그저 신화에 불과한 것인지 그도 아니면 마음씨 좋은 외계인이 잉카를 방문해 선심을 쓰듯 문명을 전파한 것인지 말씀드리겠습니다. 아까 언급했듯이 비라코차들의 생김새는 유럽인과 많이 닮았습니다. 제가 연구한 바에 의하면 그들은, 지금은 대서양 바다 밑에 가라앉아 있는 전설의 낙원 아틀란티스의 피난민들이었습니다. 그리스 철학자 플라톤은 나사렛의 예수가 태어나기 만 년 전 고도의 문명과 발달된 기술을 가진 사람들이 사는 아틀란티스라는 대륙이 있었고 그곳이 지진으로 바다 밑으로 가라앉기 전에 극소수의 주민이 배를 타고 탈출했다고 『대화편』에 기록했습니다. 바다 위를 떠돌던 피난민들은 어찌어찌하여 남미의 해변에 닿았고 야만적이고 폭력적인 원시시대의 삶을 유지하고 있던 잉카인을 계몽한 것입니다. 증거를 대 보라고요? 비라코차들이 유럽인과 생김새가 비슷하다는 것만으로 제가 이런 주장을 하는 것은 아닙니다. 두 번째 증거는 그들이 가르쳐 준 천문학입니다. 잉카인은 지구가 세상의 중심이 아니라는 사실과 태양 주위를 공전하고 있다는 것 그리고 달을 포함해 지구의 형제인 태양계 암석형 행성 수성, 금성, 화성의 존재를 알고 있었습니다. 당시 천문학이 발달한 민족은 대부분 해양 민족이었습니다. 왜 그러냐 하면 고기를 잡기 위해 바다로 나갔다가 길을 잃으면 집으로 돌아올 수 없었기에 밤하늘의 별을 보고 자신의 위치를 파악하는 것이 무엇보다 중요했기 때문입니다. 잉카인은 내륙에 거주하는 민족이지 해양 민족이 아닙니다. 바퀴조차 발명하지 못한 잉카인이 어떻게 천체에 대한 정확한 지식을 가지고 있었을까요? 해양 민족인 아틀란티스 피난민들이 가르쳐 주었기 때문입니다. 세 번째 증거는 잉카제국의 도시가 마치 아틀란티스 도시의 짝퉁이라도 되는 듯 원형으로 이루어져 있다는 것입니다. 플라톤은 아틀란티스 도시는 마치 원을 이루듯이 중앙 수로를 중심으로 사방으로 둥그렇게 펼쳐져 있다고 썼는데 잉카의 수도인 쿠스코를 포함해 삭사이와만, 친체로 등의 도시가 이와 같은 구조를 가지며 다른 문명 어디에서도 볼 수 없는 독특한 건축 양식입니다. 이 모든 것을 종합해 볼 때 잉카인이 기다려 온 비라코차들은 고대에 조상들을 방문한 아틀란티스 피난민들이었다는 것이 제 연구의 결론입니다. 처음부터 모든 것을 삐딱한 눈으로 바라보는 비관주의자는 문명을 전수함으로써 엄청나게 좋은 대접을 받았을 신들이 뭐 하러 안락한 삶을 버리고 다시 바다로 떠났냐고 반쯤 조롱하듯 물을 수 있습니다. 하지만 여러분 생각해 보십시오. 초고도 문명과 첨단 기술을 가지고 있다고 하더라도 그들은 사람입니다. 아마도 향수병을 극복하지 못하고 고향 땅과 비슷한 자연환경을 가진 대륙이나 다른 피난민들을 찾아 떠난 것으로 추정됩니다. 망망대해로 떠나는 비라코차들과 그들을 배웅하는 고대 잉카인의 모습을 상상할 때마다 저는 서로 다른 인종 간의 속 깊은 사랑에 가슴이 울컥하곤 합니다. 아틀란티스 피난민들의 잉카 정착과 이별 그리고 피사로의 침략에 대해 더 많은 것을 알고 싶으신 분은 남미 여행을 전문으로 운영하는 강남역에 위치한 마추픽추여행사로 연락 주시길 바랍니다. 합리적인 가격으로 알찬 여행을 알선해 드립니다. 사장이 제 와이프라 강연을 듣고 신청했다고 말하면 약간의 디스카운트를 받으실 수 있을 것입니다. 서른 명 이상의 단체 관람객은 제가 직접 인천공항에서 현지까지 전 일정을 투어 가이드 해 드리고 있으니 참고하시길 바랍니다."

과도한 몸무게에 행복을 주렁주렁 달고 사는 듯한 두 번째 발표자는 쾌활하게 자신의 임무를 마친 후 무대를 내려갔고 사회자는 정말 그럴듯한 거짓말이라며 입술을 달싹거리며 칭찬했다. 그리고 '인류를 파멸시킬 우주 정신병이 코앞에 있다'라는 병원 수용자나 주장할 만한 내용의 마지막 발표자를 무대 위로 불렀다. 그녀는 작은 체구에 검은 머리, 각진 얼굴, 홀쭉한 턱선에 누르께한 피부를 가진 삼십 대 초반의 여성이었다. 가운데가 트이지 않은 블라우스와 물 빠진 흰색 데님 바지를 입은 그녀는 조심스러운 걸음걸이로 단상에 올라섰고 달아오른 듯 앞뒤로 몸을 흔들며 준비해 온 종이 연설문을 무덤덤하게 읽어 나가기 시작했다.

"현재 인류는 엄청난 위기에 빠져 있습니다. 머지않아 사람들은 머리가 텅 비고, 뇌가 타 버리고, 신경이 끊어지고 결국 완전히 망가지게 될 것입니다. 이건 절대 피해망상이 아닙니다. 과학적 팩트입니다. 각국 정부에서 쉬쉬하며 입막음하고 있지만 진실은 곧 드러날 것입니다. 세상에서 가장 똑똑하다는 과학자들도 이런 사실을 모르고 있다니 참으로 한심할 따름입니다. 제 이야기를 듣고 나면 여러분도 '아이코! 큰일 났구나.'라는 생각에 정신이 번쩍 드실 것입니다. 저는 뇌를 연구하는 생물학자입니다. 생명의 역사는 상당 부분 뇌가 시나브로 유전자를 누르고 우위를 점해 가는 과정이라고 묘사할 수 있으며 지금까지 그런대로 잘 진행되었습니다. 그러나 최근 우주 방사선의 영향으로 큰 변화가 생겼습니다. 우주 방사선은 태양에서 생성된 태양 방사선과 먼 우주에서 오는 은하 방사선으로 나눌 수 있습니다. 문제가 되는 것은 태양 방사선입니다. 태양은 수소 핵융합 반응을 통해 고에너지 플라스마(Plasma) 덩어리를 끊임없이 지구로 방출하는데 그 자체가 인류에게는 커다란 위협입니다. 과거에는 태양 방사선이 전혀 문제가 되지 않았습니다. 왜 그러냐 하면 지구의 자기장과 대기층이 이를 막아 주었기 때문입니다. 태양 방사선이 지구 가까이에 이르면 자기장에 의해 방향이 꺾여 대개 다른 우주 공간으로 튕겨 나가거나 설령 일부가 유입된다고 할지라도 대기층에서 이를 모두 흡수했습니다. 하지만 인류의 무분별한 화석연료 사용으로 인한 온실가스 효과로 남극과 북극의 얼음이 녹으면서 문제가 시작된 것입니다. 극지방의 얼음이 녹자 이에 발을 맞추어 자기장의 보호 기능이 급격히 약해진 것입니다. 제가 연구한 바에 따르면 사람이 태양 방사선을 직격으로 쏘인 경우 뇌는 타 버리고 똑같은 행동을 반복하는 우주 정신병에 걸리게 됩니다. 그리스 속담에 '세 변의 감옥에 갇힌 삼각형을 그 속박으로부터 해방시키려고 애쓰지 마라. 세 변의 속박이 무너져 버린 순간 삼각형의 생명도 끝나게 될 테니.'라는 말이 있습니다. 뇌는 복합계, 변연계, 신피질의 세 변으로 구성되어 있는데 태양 방사선이 감옥을 무너뜨리고 속박을 피해 그 안에서 튀어나온 사람의 뇌를 망가뜨리는 것입니다. 우주 정신병은 극소수의 사람들이 초기 증상을 보였을 때만 해도 일상생활의 틈새로 파고들어 뿌리를 내리고 행동양식을 아주 살짝 바꾸는 정도였습니다. 예를 들면 환자들은 외출을 꺼리고 직업과 가족과 친구를 버리고 햇빛을 혐오하고 점차 체중이 감소하고 집에 칩거하는 병세를 보였습니다. 어쩌면 바깥세상을 피하고 틀어박히는 것은 그저 태양 방사선의 위험을 피하기 위한 자기 보호 기제일지도 모른다고 생물학자들은 생각했습니다. 심리적으로 맹인의 검은 안경과 같은 효과를 내는 것이라고 말입니다. 하지만 시간이 지날수록 환자는 햇빛에 대해 과장된 반응을 보였고 불규칙하게 찾아오는 편두통과 각막이 욱신거리는 증상이 나타났습니다. 결국 뇌에 문제가 있는 것으로 드러났으며 우주 정신병 말기 환자들은 뇌가 완전히 타 버려 편집증에 걸린 좀비처럼 움직였습니다. 생물학적으로 보자면 죽은 것은 아닙니다. 하지만 영혼은, 마음가짐은, 정신은, 다른 모든 것은 죽은 것과 마찬가지입니다. 반사적으로 행동하는 기계나 다름없는 존재가 되어 버린 것입니다. 말기 환자들은 상황과는 무관하게 마치 곤충처럼 단 하나의 행동만을 반복했는데 나사를 조였다 풀었다 반복하거나, 밥을 계속 먹거나, 바닥을 왁스로 계속 닦거나, 잠을 계속 자거나, 빨래에 비누칠을 계속하는 것이었습니다. 끝없이 반복되는 카세트테이프처럼 말입니다. 제가 이런 사실을 알게 된 것은 미항공우주국(NASA)에서 주관하는 태양 방사선 실험에 대한민국 대표 연구원으로 참여했기 때문입니다. 운 좋게도 쟁쟁한 경쟁자들을 물리치고 한국과학재단으로부터 추천받아 이루어진 일이었습니다. 이 자리를 빌려 본 대회를 주최하는 한국과학재단에 다시 한번 깊은 감사의 말씀을 드리며 저와의 소중한 인연이 오래 지속되길 기도합니다. 자! 다시 본론으로 들어가면 나사에서 진행한 두 가지 실험 중 첫 번째는 일란성 쌍둥이를 대상으로 하는 것이었습니다. 국제우주정거장(ISS)에서 십 년간 체류하며 태양 방사선을 맞고 돌아온 우주비행사와 지상에 있던 다른 형제의 건강 상태를 비교한 것입니다. 쌍둥이 우주비행사는 지구로 돌아온 직후에 유전자 배열 변화, 세포 내 DNA 손상, 인지력 저하와 맥박 증가가 발견되었습니다. 그리고 수명과 관련이 있는 텔로미어(Telomere) 길이에 변화가 있는 것으로 나타났습니다. 텔로미어는 세포 내 염색체 끝부분에 붙어 있는데 그 길이가 짧은 사람일수록 수명도 짧다고 알려져 있습니다. 그런데 짧아

진 텔로미어의 수가 대폭 증가한 것입니다. 게다가 이건 빙산의 일각이었습니다. 뇌를 연구해 보니 좌뇌와 우뇌를 연결하는 뇌량이 제 기능을 하지 못해 자신이 누구인지조차 인식하지 못했고 자주 요정이나 외계인 같은 헛것을 봤으며 무의미한 행동을 반복하는 것이었습니다. 우주 정신병에 걸린 것입니다. 두 번째 실험은 저 멀리 우주가 아닌 연구실 내부에서 진행되었는데 인공 태양 방사선을 생쥐에게 쏘고 변화를 관찰하는 것이었습니다. 그 결과 열 중 아홉은 장난감을 끊임없이 굴리거나 벽을 보고 우두커니 서 있거나 목이 마르지 않는데도 물을 계속 마시는 등의 이상 행동을 반복하는 것이었습니다. 심지어 어떤 녀석은 이미 오랜 훈련을 통해 미로를 빠져나가는 방법을 잘 알고 있음에도 불구하고 도망치기 위해 미로의 벽을 계속 이빨로 부수고 있었습니다. 말씀드린 미 항공우주국에서 진행된 두 실험의 결과는 명백합니다. 태양 방사선은 단지 인체에 해로울 뿐 아니라 생명체의 뇌를 태워 버림으로써 똑같은 행동을 반복하게 만드는 우주 정신병을 지구에 퍼트린다는 것입니다. 여러분 혹시 아시나요? 재앙(Disaster)은 '나쁜(dis) 별(aster)'이라는 어원에서 나온 것입니다. 이보다 더 본래의 어원과 일치하는 것은 없을 것입니다. 현재 태양은 문자 그대로 인류에게 재앙이니까요. 상상해 보십시오. 우주 정신병에 걸린 의사는 진료를 마치고 똑같은 처방전을 계속 써 주고, 약사는 처방전을 무시하고 항상 아스피린을 환자에게 제공하고, 형사는 범죄 행위에 상관없이 매번 같은 조서를 작성하고, 판사는 모든 법률 위반에 오직 사형이라는 판결만 내리는 세상을 말입니다. '설마 나는 무사하겠지.'라고 생각할 수도 있습니다. 착각은 자유니까요. 하지만 냉혹한 진실은 우리 모두 같은 게임판 위에 올라 있다는 것입니다. 목표까지 남은 칸 수도, 도착할 때까지 주사위를 굴리는 횟수도 저마다 다를 것입니다. 그러나 결국 전원이 목표에 도달하게 될 것입니다. 우주 정신병이라는 도착지에 말입니다. 여기서 한 가지 더 우울한 소식은 우주 정신병은 치료 불가능한 영구적 손상이라는 것입니다. 하긴 뇌가 타 버렸는데 무슨 치료가 가능하겠습니까? 솜털이 붙은 민들레 씨앗이 바람에 날려 여기저기로 퍼져 나가는 것처럼 이 병은 시나브로 지구를 잠식해 나갈 것입니다. 그러나 여러분 너무 비통해하지 마세요. 왜 그러냐 하면 악몽 같은 현 상황을 막을 간단한 방법이 있기 때문입니다. 우리가 화석연료 사용을 줄여서 더 이상 북극과 남극의 얼음이 녹지 않도록 만드는 것입니다. 인류가 단합해 이와 같은 위험을 극복한 놀라운 성공 사례가 있습니다. 수십 년 전 냉매, 발포제, 분사제, 세정제 등의 다양한 방면에서 사용되었으나 오존층에 구멍을 낸다는 이유로 지구상에서 사라진 프레온 가스(Freon gas)가 바로 그것입니다. 당시에는 철딱서니 없는 십 대 청소년조차 프레온 가스가 들어간 무스나 헤어스프레이는 사용하지 않았습니다. 자연을 생각한 것입니다. 물론 지금은 과거와 많은 것이 다릅니다. 인구가 80억 명으로 늘었고 화석연료 사용은 가파르게 증가했으며 소신 없는 정치인들은 환경 보호 법안에 과감히 찬성표를 던지지 못하고 선거의 돈줄인 대기업의 눈치만 보고 있습니다. 이런 말도 안 되는 상황을 타개하기 위해서는 민중의 폭동밖에 없습니다만, 현실적으로 이념과 종교가 다른 세계 모든 국가에서 동시에 쿠데타가 일어나는 것은 낙타가 바늘구멍 통과하기보다 어렵습니다. 따라서 이상만 바라보기보다는 즉시 실현 가능 하고 집단행동이 아닌 오직 개인의 노력으로 달성할 수 있는 손쉬운 대안을 찾아야 합니다. 지금부터 제가 오랜 실험 끝에 발견한 묘안을 발표하고자 합니다. 그것은 바로 마약을 복용하는 것입니다. 무슨 말도 안 되는 유언비어를 떠벌리냐고 여기 계신 일부 관객들은 불쾌하게 생각하실 것입니다. 저도 그 마음 충분히 이해합니다. 하지만 제가 연구를 해 보니 마약을 주사한 쥐의 경우 뇌가 부풀어 올라 태양 방사선의 공격을 무력화시키는 것으로 나타났습니다. 특히 메스암페타민(필로폰)과 리세르그산 디에틸아마이드(LSD)가 효과적이며 대마초나 마리화나는 아무런 영향도 주지 못하는 것으로 밝혀졌습니다. 생쥐와 사람은 엄연히 신체 구조와 화학 성분이 다르나 마약을 복용하면 뇌가 부풀어 오르는 증상은 똑같습니다. 따라서 목표 달성이 불분명한 폭동이나 쿠데타를 일으켜 죄 없는 수많은 사람이 죽는 모습을 지켜보느니 차라리 전 국민이 집에서 차가운 맥주와 함께 프로야구를 보면서 마약을 복용하는 게 태양 방사선의 위험에서 벗어나는 최고의 방법입니다. 그리고 이건 생물학계에서는 누구나 아는 비밀입니다만, 인공으로 만든 태양 방사선을 쥐에게 쏠 때 제가 취한 상태로 실험을 진행해서 관련 데이터가 전혀 없다는 사실입니다. 사람을 믿지 못하고 관련 증거나 통계 자료를 내놓으라고 윽박지르는 몰지각한 과학자들이 어디에나 꼭 한두 명은 있어서 미리 말씀드리는 것입니다. 솔직히 말씀드리면 쥐를 대상으로 실험할 때 인공 태양 방사선을 쏜 건지 아니면 젖은 머리를 말리는 헤어드라이어를 들고 있었는지 정확히 기억나지는 않으나 아무튼 둘 다 고온에서 나온 입자를 쏜 것이니 모른 척 넘어가 주시길 바랍니다. 타이머 기능이 고장 난 전자레인지 속에 철 지난 꽁치처럼 뇌가 바싹 타 버리든지 아니면 약쟁이라는 주변의 수군거림을 듣든지 그도 아니면 새파랗게 젊은 나이에 똥오줌을 바지에 질질 싸든지 어차피 한 번뿐인 인생인데 즐거우면 되는 것 아니겠습니까? 여러분 그렇지 않습니까? 무대에 오르기 전 알약 몇 개를 먹었더니 이제야 약 기운이 올라오네요. 여러분 서로 사랑하세요. 사랑만이 지구를 구할 수 있습니다."

발표자가 약에 취해 원고를 제대로 읽지 못하고 횡설수설하자 갑자기 심사 위원장이 자리를 박차고 일어나 그녀에게 다가갔다. 그리고 둘은 조용히 귓속말을 나눈 후 다정하게 손을 잡고 무대 뒤로 사라졌다. 관객들은 심사 위원장의 용감한 행동에 큰 박수와 환호를 보냈다. 마이크를 이어받은 사회자는 생물학자의 발표가 매우 인상적이었다며 칭찬을 늘어놓았고 가끔 독한 감기약은 정신을 혼미하게 만들 수 있으니 여기 계신 분들도 조심하라는 당부의 말을 이마에 주름살을 지으며 덧붙였다. 세 명의 결선 참가자 중 누구를 우승자로 선발할지에 관해 심사 위원들이 논의하는 동안 컨설팅 회사 직원들은 현금이 들어간 두툼한 봉투를 가지고 극장 안을 돌아다니며 관객으로 동원된 아르바이트생들에게 일당을 지급했다. 일당을 받은 사람들은 환한 웃음을 지으며 할 일이 끝났다는 듯 객석을 즉시 떠났고 우승자가 발표될 때는 대회를 주최한 관계자들을 제외한 일반 청중은 극장 안에 아무도 없었다. 갑작스러운 가짜 관객의 퇴장에 사회자는 고대에 우주인이 지구를 방문해 문명 건설을 도왔다는 폰 데니켄의 주장이나 버뮤다 삼각지대의 미스터리 또는 중세 마녀의 흑마술과 같은 허무맹랑한 이야기에 사람들이 왜 속아 넘어가는지 궁금해하는 과학자가 많다고 했다. 또 망치로 두드리는 것 같은 단호한 목소리로 자신도 그 이유를 정확히 알 수 없지만 여기서 한 가지 얻을 수 있는 교훈은 이야기가 터무니없을수록 언제나 더 잘 먹힌다는 사실이라고 말했다. 그리고 잠시 후 심사 위원장인 재단 이사장이 아무도 없는 텅 빈 관객석을 바라보며 우승자를 발표했다. 우승자는 약에 취한 생물학자였다. 우여곡절 끝에 대회는 막을 내렸고 심사 위원들과 컨설팅 회사 직원들은 삼삼오오 모여 사전에 예약해 놓은 청담동의 고급 일식집으로 저녁 식사를 위해 이동했다. 오늘의 행사는 모두에게 윈윈(Win-win)이었다. 한국과학재단에는 보여 주기식 실적을, 컨설팅 회사에는 거액의 자문 계약을, 아르바이트생에게는 두둑한 하루 일당을, 천체물리학자와 고고학자에게는 자신의 책과 부인이 운영하는 여행사의 홍보를 그리고 우승자인 생물학자에게는 비록 2년 계약직일지언정 공무원 신분으로 일할 수 있는 기회가 주어진 것이다. 모두 행복했고 만족했으며, 불평하는 사람이라고는 '해오름극장'을 정리한 후에야 집으로 퇴근할 수 있는 최저임금의 나이 든 청소부뿐이었다. 대회 관계자들이 매너 없이 쓰레기를 그대로 놔두고 떠난 것이다.

대회가 끝나고 삼 년이 지난 후 대검찰청 채용 비리 특별수사본부는 짤막한 보도 자료를 기자들에게 배포했다. "한국과학재단 이사장이 재단이 주최한 대회에서 컨설팅 회사와 짜고 딸을 우승자로 선발해 계약직으로 채용한 후 정규직으로 전환하도록 지시를 내린 혐의를 받고 있다. 처음부터 정규직으로 채용하면 직원들이 반발하고 감사원의 표적이 될 수 있어 단계별로 계획을 세운 것으로 검찰은 판단하고 있으며 이사장은 해당 대회의 심사 위원장을 맡아 혹시 모를 사태에 대비하는 치밀함을 보였고 딸은 생물학이 아닌 현대무용을 전공한 것으로 밝혀졌다.

그리고 추가 조사 결과 마약으로 수차례 처벌받은 전력이 있는 것으로 나타났다."

※ 작가 노트

대한민국에서 과학의 인기가 점차 시들어 가는 듯해 SF 작가로서 마음이 아프다. 어떻게 하면 어린이들이 의대 진학이나 연예인이 아닌 과학자를 꿈꾸는 세상을 만들 수 있을까?

파수꾼

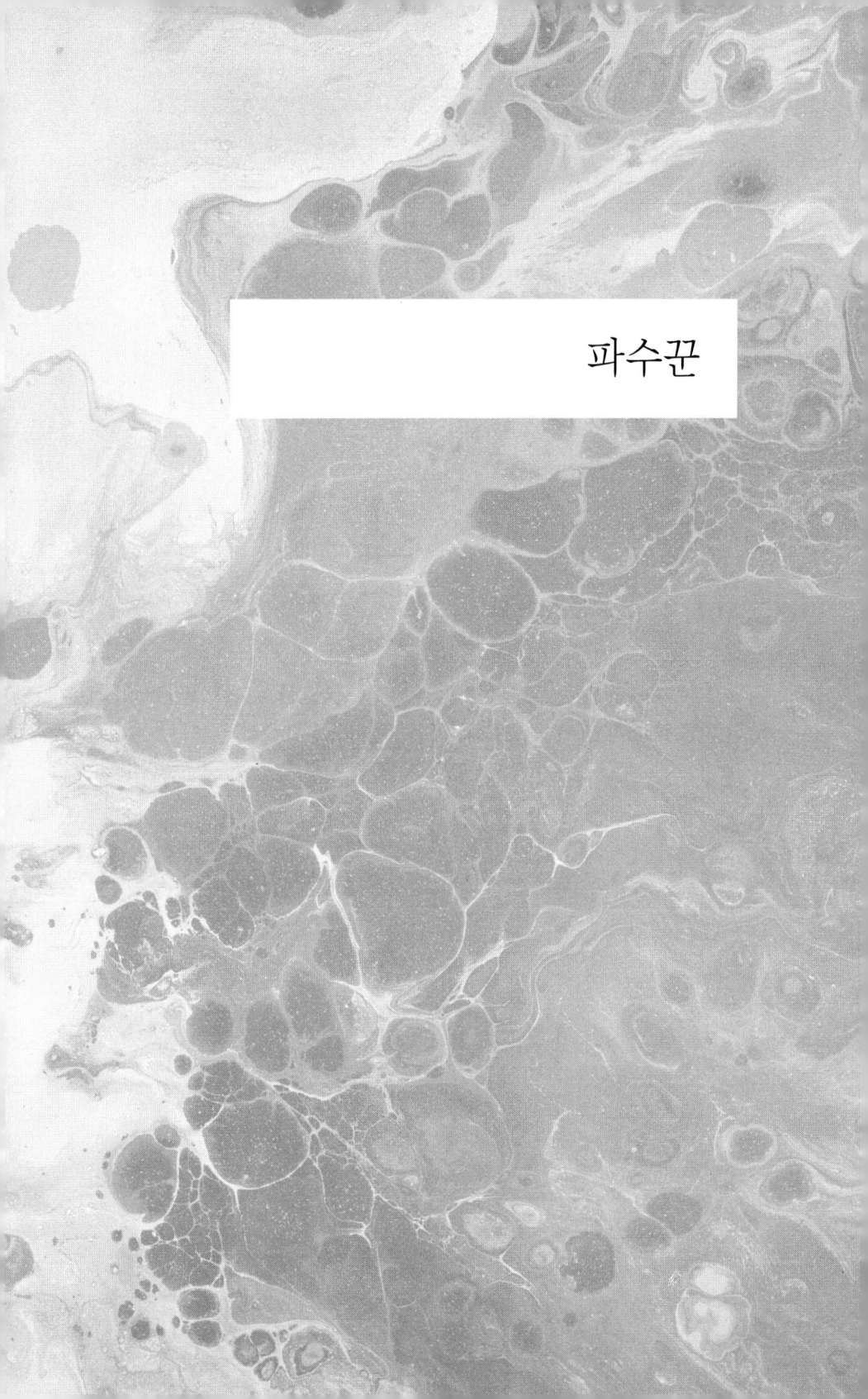

그들이 한라산 국립공원공단의 긴급 호출을 받은 것은 새해를 며칠 앞둔 겨울 오후였다. 둘 다 회색 머리의 노인들이었지만 아들뻘 되는 삼십 대 중반으로 보이는 젊은 상사의 지시에 그저 고개를 주억거릴 뿐 아무 말도 하지 못하고 입만 달싹거렸다. 명령은 단순했는데 정확히 12월 25일 크리스마스 날 분화를 시작한 한라산에 올라가 기념품을 챙기려고 하거나 위험을 무릅쓰고 유튜브를 찍어 조회수를 올리려는 정신 나간 사람을 보면 안전하게 하산할 수 있도록 지도하라는 것이었다. 상사는 갑자기 와이프가 친정에 가는 바람에 어쩔 수 없이 유치원에 들러 아이를 데리고 집에 가야 한다면서 다음에는 꼭 자신이 올라가겠다는 빈말을 늘어놓았다. 하지만 그들은 알고 있었다. 눈 쌓인 추운 겨울날 백록담까지 다녀오려면 족히 예닐곱 시간은 걸린다는 것과 정규직 공무원은 이 날씨와 시간에는 절대 한라산에 오르려고 하지 않는다는 사실을 말이다. 게다가 지금은 연기가 모락모락 피어오르는 중 아닌가? 언제 거대한 폭발로 이어질지 모르는 상황이니 위험을 무릅쓸 이유가 없는 것이다. 하지만 목구멍이 포도청인 단기 계약직은 사정이 달랐다. 혹시 내년에도 일 년 계약을 연장하는 행운을 얻을 수 있을지 모르니까 말이다. 그들은 "네, 알겠습니다. 정상에서 보고드리겠습니다."라는 짧은 답변과 함께 떨떠름한 표정으로 공단 사무실에서 나와 담배를 꺼내 물었다.

"박 주임님. 이거 말단 계약직이라고 너무하는 거 아닙니까? 지금 올라가기 시작하면 어둑해져서야 백록담에 도달할 수 있을 거 같은데 어느 세월에 순찰을 마치고 다시 내려오라는 말입니까? 한밤중에나 내려오면 다행이겠네요. 올라가려면 지들이나 올라갈 것이지 나이 먹은 노인들 보고 이 추운 날씨에 산에 가라니, 국민신문고에 갑질이라고 신고해야 하는 거 아닙니까?"

키 작고 주름진 얼굴, 벗겨지고 있는 머리, 피곤이 묻어나는 구겨진 등산복을 입은 정 주임이 그을린 피부에 대비되는 고르고 하얀 치아를 내보이며 투덜거렸다.

"갑자기 집에 일이 생겼다는데 어쩌겠나? 젊을 때는 항상 변수가 많지. 일 없는 우리 같은 노인들이 나서서 도와줘야지. 다음에는 본인이 올라가겠다고 하지 않나?"

큰 덩치에 구부정한 어깨, 수염뿌리가 까끌까끌한 턱을 가진 박 주임이 씁쓸히 대꾸했다. 그의 옷도 구겨진 데다 지저분했다. 하지만 옅은 검은색 눈에는 총기가 돌았고 노동의 무게가 느껴지는 크고 뭉툭한 거친 손과 깨지고 갈라진 손톱을 가지고 있었다.

"박 주임님은 성격도 좋으십니다. 그 말을 믿으세요? 자기도 미안하니까 공수표 날리는 겁니다. 아니 도대체 어떤 미친놈이 연기가 피어오르는 중인 화산에서 도망가지는 못할망정 주변에서 어슬렁거리고 있다는 말입니까? 나중에 누가 다치기라도 하면 독박을 쓸 수가 있으니 자기는 관리 감독 업무에 충실했다는 것을 기록으로 남기려고 저러는 겁니다. 제 눈에는 검은 속이 빤히 보여요. 그렇게 생각 안 하세요?"

"그야 내가 알 수 있나? 얼른 도시락하고 생수 챙겨서 다녀오세. 이왕에 갈 거면 한시라도 빨리 출발하는 게 낫지 않겠나? 벌써 슬슬 어두워지려 하고 있으니 말이네."

박 주임은 등산 스틱의 길이를 조절하고 가방 속 휴지, 물티슈, 보온병 그리고 땀 닦을 수건과 랜턴을 확인했다. 그러고는 미끄러지는 낙상사고를 방지하기 위해 쇠로 만들어진 아이젠을 신발에 착용했다. 제주도에서 나고 자란 박 주임과 정 주임은 육십 대로 박 주임이 네 살 선배였다. 새로 선출된 제주도지사가 자신에게 표를 몰아준 저소득 노인들을 위해 정력적으로 추진하는 공공사업에 운이 좋게 합격했다. 그들은 문자 그대로 경계하며 지키는 일을 하는 사람이라는 의미의 파수꾼으로 불렸다. 파수꾼은 한라산 일대의 등산객 안내나 응급환자 신고 또는 쓰레기 치우기와 같은 자질구레한 일을 담당했는데 업무 강도가 무난해 부수입을 원하는 노인들에게 인기 직업으로 부상했으며 경쟁률도 치열했다. 계약직으로 채용된 노인들에게 공단은 별도의 행정 직급을 부여하지 않았으나 한국 사회 특성상 서로 이름을 부를 수는 없기에 성(性) 뒤에 '주임'을 덧붙이는 것으로 호칭을 대신했다. 잠시 후 그들은 옷깃을 여미고 담배를 비벼 끈 후 관음사 탐방로 입구 주차장 쪽으로 산을 오르기 시작했다. 며칠 전 내린 폭설로 세상은 온통 하얗게 변해 있었다. 드문드문 보이는 회색 바위와 눈을 헤집으며 먹이를 찾아다니는 겁 많은 노루만이 이곳이 깊은 산중이라는 것을 말해 주고 있었다. 둘은 아무 말도 하지 않고 구린굴 인근의 숯 가마터를 지나 탐라계곡을 거쳐 개미등에 도달했다. 모든 등산의 초반이 그러하듯 여기까지는 누구나 쉽게 도달할 수 있는 평탄한 길이었다. 그들은 물을 마시며 잠시 쉬었고 정 주임은 규정상 담배를 피울 수 없다는 사실에 안타까워하며 텁텁한 입을 달싹거리며 말했다.

"이게 다 산신(山神)이 노하셔서 그런 거예요. 박 주임님도 아시잖아요? 예전에 제주도가 얼마나 살기 좋았는지 말입니다. 깨끗한 공기와 맑은 물, 친절한 사람들과 열대 과일이 주렁주렁 열리는 자양분 가득한 토양. 육지하고 비교해서 뭐 하나 뒤떨어질 게 없었잖아요. 그런데 이천년대 초반 중국 자본이 물밀 듯이 들어오면서 개발 붐이 일어, 섬이 감당할 수 없을 만큼 많은 호텔과 리조트들이 우후죽순 난립하게 되었죠. 어디 그뿐인가요? 중국 관광객의 가파른 증가로 식수 부족과 교통 혼잡 그리고 쓰레기 처리 문제가 대두됐지요. 하지만 중앙 정부는 그건 제주도 내부에서 스스로 처리하라며 뒷짐을 지었고 결국 거대 매립장을 구하지 못한 도지사는 임시방편으로 한라산 분화구 속에 쓰레기를 버리는 것을 허가했지요. 하지만 결과는 어떻게 되었나요? 백록담은 매캐한 쓰레기 냄새 나는 투기장으로 변했고 지금은 그나마 겨울이라 다행이지만 여름에는 파리와 모기 때문에 접근조차 불가능한 죽음의 땅으로 변했죠. 그러니 산신께서 화가 안 나실 수 있겠어요? 선조들이 수천 년 동안을 깨끗이 지켜 온 명소를 개판으로 만들었으니 말이죠. 그래서 지질학자들도 예상하지 못한 분화가 갑자기 크리스마스 날 발생한 겁니다. 후손들에게 스스로 잘못을 깨달으라는 경고의 의미로 말이죠. 조만간 옛

날 이탈리아의 폼페이처럼 엄청난 폭발이 일어나 제주 도민들을 묻어 버릴지도 모른다고 하네요."

"그건 누구 생각인가? 신문이나 방송에서 나온 내용인가?"

"유명한 환경 유튜버가 그러더라고요. 그리고 일부 폐수처리업자들이 비용을 줄이려고 무단으로 바다에 더러운 물을 버린다고 하네요. 아시잖아요? 요새 바다에 들어가면 마치 무슨 화학 물질을 뒤집어쓴 것처럼 피부가 따끔거리고 속이 울렁거려 오바이트가 자동으로 나오는 것 말입니다."

박 주임은 가지고 온 생수를 한 모금 마실 뿐 아무 대꾸도 하지 않았다. 하지만 그도 알고 있었다. 요즘 서귀포 시내 중심가에 가면 한국말보다 중국말을 더 많이 들을 수 있다는 것과 자신이 어렸을 때 뛰놀았던 청정 바다가 폐수로 몸살을 앓고 있다는 사실을 말이다.

"자, 그만 쉬고 올라가세. 벌써 날이 어둑해지고 있네. 저녁은 용진각 대피소에서 먹도록 합시다." 박 주임이 서둘러 장비를 챙겨 일어서자 정 주임은 마지못해 그의 뒤를 따랐다.

삼각봉 대피소를 지나 용진각 현수교에 도달했을 때 무채색의 눈길 산행이 지루했는지 정 주임이 쾌활하게 말했다.

"그거 아세요? 저는 지금까지 크리스마스가 아기 예수가 태어난 날인 줄 알았거든요. 근데 그게 아니래요. 성경에는 예수가 크리스마스에 태어났다는 내용이 전혀 없다네요. 그리고 크리스마스가 널리 퍼지기 전에는 기독교와 전혀 상관없는 동지(冬至)를 성탄절로 삼았다고 하더라고요."

묵묵히 앞장서서 가고 있던 박 주임이 뒤를 돌아보며 눈을 크게 뜨고는 관심 있다는 투로 말했다.

"그래? 나도 크리스마스를 예수님 생일로 알고 있었는데 그게 아닌가 보군."

입술에 어렴풋이 미소가 번지며 정 주임이 말을 이었다.

"희한하죠? 모두가 굳게 믿고 있는데 진실이 아니니 말입니다. 다른 것도 많아요. 예를 들면 대부분은 지진 때문에 사람이 죽는다고 생각하잖아요. 하지만 팩트는 지진이 사람을 죽이는 게 아니라 건물이 죽이는 거예요. 아무리 진도 육을 넘는 강진이 발생했다 하더라도 공터에 있으면 전혀 다치지 않거든요. 다리에 약간의 떨림만 느껴지는 정도죠. 사망자는 대개 무너진 건물에 깔려 발생하는데 사람들은 지진이 죽였다고 오해하죠."

"뭐 그럴듯하기는 한데. 내가 보기엔 그냥 말장난 같구먼. 어찌 됐건 사망자 관점에서 보면 죽은 건 죽은 거니 말이야." 박 주임이 나지막이 말했다.

"듣고 보니 그 말도 일리가 있네요. 어차피 결과는 똑같으니까 말이죠." 정 주임이 이마에 주름살을 지으며 말할 때 용진각 대피소가 눈앞에 모습을 드러냈다. 하늘은 이미 깜깜해져 있었고 그들을 제외하고 대피소에는 개미 한 마리 보이지 않았다. 둘은 차갑게 식은 도시락을 꺼내 먹은 후 보온병에 담아 온 따뜻한 커피를 홀짝거리는 것으로 늦은 저녁 식사를 마무리했다. 이제 정상까지는 한 시간 거리였다. 식사를 마치고 정 주임이 조용히 사라졌다. 아마도 숨어서 담배를 피우려는 모양이었다. 흡연가인 박 주임도 담배 생각은 간절했으나 선배로서 자신마저 규정을 어길 수는 없었다. 그래서 그는 의무감으로 흡연 욕구를 꾹 참았고 다시 나타난 정 주임에게 비뚤어진 웃음을 지어 보이며 한 마디를 내뱉었다.

"식후연초 불로장생이라더니 자네는 오래 살겠어."

둘은 칠흑 같은 어둠을 밝힐 헤드 랜턴을 이마에 착용하고 다시 산행을 시작했다. 그들이 구상나무 군락지를 지날 무렵 어디선가 칠판을 손톱으로 긁는 듯한 찢어지는 소리가 귀청을 때렸다. 둘 사이에 미심쩍은, 머뭇거리는 침묵이 이어졌고 주름살이 가득한 정 주임 얼굴에 불안한 기색이 살짝 어렸다.

"혹시 그 소문 들으셨어요? 백록담에서 분화가 일어난 날 밤 중국 관광객 두 명이 정상에서 죽은 거 말입니다. 경찰에서는 사망원인을 심장마비라고 했으나 들리는 소문에 의하면 무자비한 괴물한테 당한 거라고 하네요. 생각해 보세요. 한 사람도 아니고 두 사람이 같은 장소에서 동시에 심장마비 걸렸다는 것이 이상하잖아요. 그리고 현금은 그대로 놔두고 싸구려 시계와 벨트 버클 그리고 입속의 금니를 챙겨 갔다는데 뭔가 이상하지 않나요? 하여튼 시체의 입 주변이 피범벅이었다는데 너무 끔찍해서 차마 경찰들도 정면에서는 볼 수 없을 지경이었다고 하네요."

정 주임이 얼굴을 찌푸리며 이마의 땀을 훔치며 말했다.

"이상하긴 이상하군. 강도 같으면 현금이 더 유용했을 텐데. 그나저나 중국 관광객은 그 늦은 시간에 왜 거기 있었대?"

"배낭을 뒤져 보니 수석(壽石) 꾸러미가 나왔다고 하네요. 낮에는 우리 같은 파수꾼한테 걸리니까 아무도 없는 밤에 한라산을 돌아다니면서 모은 거겠죠. 몰래 중국으로 가지고 가서 제주도산 관상용 자연석으로 팔면 꽤 많은 돈을 벌 수 있다고 하네요. 이제는 아무 소용이 없지만 말입니다. 아까 칠판 긁는 소리 들으셨죠? 중국 관광객이 피살되기 전 아까 같은 굉음이 한라산에 쩌렁쩌렁 울렸다고 하네요. 박 주임님, 아무도 모를 텐데 그냥 여기서 왔던 길로 되돌아가면 안 되나요? 날은 춥고 게다가 음침한 괴성까지 들리니 왠지 조마조마하고 뒤숭숭해서 말입니다." 정 주임은 놀란 토끼 눈을 하고 주위를 살피며 간신히 몇 마디를 더 듬거렸다.

"말도 안 되는 소리 하지 말게. 요즘 세상에 괴물이라니 상식적으로 말이 된다고 생각하는가? 그게 모두 땀 흘려 돈 벌 생각은 하지 않고 방구석에서 조회수 올려 편하게 먹고살려는 불한당 같은 유튜버들이 퍼트린 헛소문이란 말이네. 만약 여기서 대충 마무리하고 돌아갔다가 들키기라도 하는 날에는 이 짓도 더 이상 못 한다는 말이네. 석 달 뒤에 있을 재계약도 당연히 물 건너가고 말이야. 알아듣겠나?" 박 주임 목소리가 히스테릭하게 높아졌다.

"저도 잘 알지요. 하지만 춥기도 하고 무섭기도 해서 말입니다."

"우리야 살 만큼 산 사람들 아닌가? 나이 먹어서 뭐가 그리 무섭단 말인가? 그러지 말고 빨리 올라갔다가 빨리 내려오세. 혹시 정상에 그 빌어먹을 유튜버들이 아직 남아 있을지 누가 아는가?" 겉으로는 언성을 높여 나무랐지만, 속으로는 박 주임도 자신의 맥박이 요동치는 것을 느낄 수 있었다. 한 시간 뒤 정상에 도착한 그들은 백록담 주위를 돌며 미처 하산하지 못한 등산객을 찾았으나 아무도 없었고 눈에 띄는 것이라고는 중국 관광객의 시신이 발견된 장소에 노란색 비닐 테이프로 설치해 놓은 폴리스 라인뿐이었다. 그들은 상사에게 전화를 걸어 현장 상황을 보고하고 "수고하셨습니다."라는 영혼 없는 감사 인사를 들었다. 그 후 업무를 마친 보통의 직장인들이 그러하듯 긴장을 풀고 보온병에 남아 있는 커피를 기념사진 포인트인 정상석 근처에서 홀짝였다.

"아까는 죄송했습니다. 굉음 때문에 잠시 정신이 나갔었나 봅니다. 내려갈 때는 제가 앞장을 서겠습니다." 정 주임이 미안하다는 표정으로 고개를 주억거리며 말했다.

"괜찮네. 사람이 그럴 수도 있지. 자, 보게나. 아무 일도 없지 않나? 괴물 같은 건 영화에서나 나오는 거라고. 그나저나 올라올 때 여섯 시간 걸렸으니 내려갈 때는 속도를 좀 내야겠어. 그래도 명색이 파수꾼인데 자존심이 있지, 일반 관광객처럼 한라산을 열두 시간 동안 오르내릴 수는 없지 않은가? 아무리 눈이 쌓였다고 해도 말이야. 하산은 성판악 쪽으로 가세. 험하긴 해도 그 길이면 네 시간 안에 마무리할 수 있을 거야."

"그렇게 하시죠. 저는 눈길만 아니면 뛰어서 내려갈 수도 있어요. 스산하고 을씨년스러운 것이 얼른 이 산을 벗어나고 싶거든요." 그때 다시 칠판을 손톱으로 긁는 듯한 소리가 울렸고 둘은 누가 먼저랄 것도 없이 짐을 챙겨 하산하기 시작했다. 그리고 잠시 후 진달래밭 대피소에 도착할 수 있었는데 두 사람 모두 급하게 내려오느라 한겨울임에도 불구하고 이마에 땀이 흐르고 있었다.

"박 주임님, 혹시 불가사리(不可□伊)라고 들어본 적 있으세요? 고려 말 닥치는 대로 금속을 먹으며 계속 성장해 사람들을 공포에 떨게 만들었다는 설화 속 괴물 말입니다. 외모는 사자와 비슷하게 생겼는데 강력한 꼬리와 엄청나게 거대한 엄니가 입 양쪽에 달려 있었다고 하잖아요."

"잘 알지. 한때 내가 교편을 잡았었다는 사실을 잊지 말게. 인터넷 쇼핑몰 사업을 한다고 학교를 그만두지만 않았어도 지금쯤 최소 교무부장은 하고 있을 텐데 말이야. 다 지나간 일을 지금 와서 이야기해 뭐 하겠나? 마음만 아플 뿐이지. 불가사리 설화는 매우 단순하다네. 어느 날 나라에서 스님들을 모두 잡아들이라는 포고령을 내리자 절에 있던 스님들은 도망을 다니는 신세가 되었어. 하루는 어떤 스님이 여동생 집으로 가서 숨겨 주기를 청했는데 여동생은 숨겨 주는 척하고 벽장에 가둔 뒤 남편에게 친오빠를 관아에 바치고 큰 재물을 얻자고 제안했어. 여동생의 남편은 친오빠를 관아에 팔아넘기려 한 행동에 분노해 아내를 죽이고 스님을 풀어 주었지. 그런데 그 스님이 벽장에 갇혀 있을 때 밥풀로 괴상한 짐승 모양의 물건을 만들어 재미 삼아 바늘을 먹였는데 놀랍게도 그 괴물은 바늘을 받아먹고 점점 자랐어. 그러더니 집 안에 더는 먹을 게 없자 밖으로 나와 온갖 금속을 먹으며 더욱 크게 성장했지. 나라에서는 이 괴물을 제거하기 위해 사람들을 동원해 활을 쏘고 칼로 내리치기도 했지만 모두 실패했어. 마지막 방법으로 불로 녹여 없애려 했으나, 온몸이 불덩어리가 된 괴물이 거리를 돌아다니는 바람에 온통 불바다가 되어 마을이 파괴되고 백성들이 모두 타 죽고 말았지. 아니 근데 뜬금없이 불가사리는 왜?"

"저도 확실한 건 아닌데 들리는 소문에 의하면 괴물이 금속을 찾아다닌다고 하네요. 마치 설화 속 불가사리처럼 말입니다. 아까 깜박하고 말씀드리지 못한 것이 있는데 피살된 관광객들은 항상 호텔 열쇠와 행운을 기원하는 중국 동전을 가지고 다녔다고 하네요. 그런데 경찰이 소지품 검사를 해 보니 그것들을 발견할 수가 없었대요. 지폐는 그대로 남아 있는데 말이죠. 게다가 주변을 수색해 보니 핸드폰이 부서져 있었는데 플라스틱이나 유리로 제조된 부분은 멀쩡하고 금속 성분만 감쪽같이 사라졌다고 하네요."

박 주임은 가슴이 오르내리는 것만 보이며 입을 열지 않았고 잠시 뒤 속삭이듯 말했다.

"이렇게 하는 건 어떤가? 나는 당연히 괴물 같은 건 믿지 않지만 정 주임을 위해서 하는 말이네. 지금 자네와 내가 가지고 있는 금속이 들어간 모든 물건을 여기 진달래밭 대피소에 맡기고 내일 아침 날이 밝으면 찾으러 오는 거야. 시계, 핸드폰, 벨트 버클, 보온병 등등 말이야. 그렇게 하면 금속을 찾아다닌다는 괴물을 잊고 마음 편하게 내려갈 수 있을 것 같은데. 안 그런가?"

"기막힌 아이디어입니다. 이 밤중에 누가 훔쳐 갈 일도 없고 말이죠. 근데 아이젠도 벗어야 하나요?"

"당연하지. 쇠로 만들었으니까. 내려가는 길이 조금 미끄럽더라도 벗어 두고 가세. 그리고 등산 스틱도 놔두고 가세. 이왕이면 완벽한 것이 좋지."

"네. 알겠습니다." 정 주임이 부드럽게 대답했다.

그들은 금속으로 만들어진 자질구레한 것들을 대피소 화장실 마지막 칸에 모아 둔 후 앓던 이를 뺀 홀가분한 심정으로 다시 하산하기 시작했다. 그리고 사라오름 전망대를 거쳐 마지막 대피소가 있는 속밭에 도달할 수 있었다. 여기서 종착지인 성판악까지는 한 시간이면 도착할 수 있는 짧은 거리로 산행은 거의 끝난 것이나 다름없었다.

"수고 많이 하셨습니다. 박 주임님. 속발 대피소까지 왔으니 드리는 말씀입니다만 저는 아까 백록담에서 굉음이 들렸을 때 꼼짝없이 죽는 줄 알았어요. 어디선가 괴물이 튀어나와 저희를 잡아먹을 것 같았거든요."

"사람하고는. 요즘 세상에 괴물이 어디 있다고 그러나. 하긴 나도 자네 이야기를 듣고 나니 섬찟하더군. 다음에 또 이번과 같은 상황이 발생하면 연장근로수당을 두 배는 올려 달라고 해야겠어. 아니면 못 올라가겠다고 단호하게 말해야지."

"어이구, 저는 두 배가 아니라 세 배를 올려 준다고 해도 다시는 밤에 올라가지 않으렵니다. 무서워서 못 가겠어요. 미끄러운 눈길을 아이젠도 없이 내려오면서 생각해 보니 문득 '괴물도 산신께서 본보기로 만든 건 아닐까?'라는 걱정이 들더군요. 맑은 공기와 아름다운 자연으로 유명했던 한라산을 쓰레기장으로 만들어 놨으니 노발대발하셔서 천 년 만에 화산 분화도 일으키시고 불가사리 괴물을 만들어 사람들에게 보낸 거예요. 정신 차리라고 말입니다."

"그럴 수도 있겠지. 하지만 나이 많은 단기 계약직이 뭘 어떻게 하겠나? 그저 안 잘리고 붙어 있는 것만으로도 다행으로 여겨야지."

"저도 그렇게 생각하기는 하는데 어딘가 좀 께름칙한 부분이 있어요. 백록담에 쓰레기 버리는 것을 허가한 도지사를 저희가 뽑아 준 거잖아요. 별다른 대안이 없으니 그랬을 거라고 추측은 되지만 지금 와서 생각해 보면 애초에 잘못된 결정을 내린 것 같아요. 돈이 좀 들더라도 육지로 쓰레기를 보내서 태우거나 일부 주민들이 극렬히 반대한다고 할지라도 소각장을 최우선으로 건설했어야 합니다. 주먹구구식으로 행정을 처리하다 보니 이런 사단이 난 겁니다." 정 주임이 비꼬듯 말꼬리를 달았다.

"지금 와서 뭘 어쩌겠나? 그리고 말이 나와서 하는 말인데 만약 고향 선배인 도지사가 선거에서 떨어졌다고 가정해 봐? 아마 자네와 나는 파수꾼 자리를 얻지 못했을 거야. 그나마 입에 풀칠하고 사는 것이 다 그 도지사 덕분이라는 말이네. 그러니 정 주임도 딴 맘을 먹지 말고 다음 선거에서도 계속 밀어줘야 해." 박 주임의 목소리에 짜증이 깃들었다.

"아무리 그래도 이번은 아닌 것 같아요. 사실 도지사가 제주도에서 제일 큰 폐기물 업체 사장이라는 것을 모르는 사람은 없잖아요."

"남자가 의리가 있어야지. 뭐 하나 마음에 안 든다고 일관성 없이 아침저녁으로 변해서 쓰겠나? 나를 봐서 좀 참아 주게."

"많이 배운 박 주임님께서 그렇게까지 이야기한다면야 더 이상 토 달지는 않겠습니다. 하지만 이상한 건 이상한 겁니다."

"고맙네. 조금만 더 기다려 봐. 분명 도지사께서 특단의 대책을 내놓으실 거야."

마음이 누그러진 정 주임이 제주도 방언으로 쾌활하게 대답했다.

"경 해시민 얼마나 좋코 마씀(그렇게 했으면 얼마나 좋겠습니까)?"

"사람하고는. 내 말 믿으라니까. 곧 좋은 날이 올 거야. 긴장이 풀리니 담배 생각이 간절하군. 여기서 한 대씩 피우고 내려가세. 내가 원래 규정을 지키느라 산에서는 절대 담배를 피우지 않는데 지금은 한 대 피워야겠구먼."

"어이쿠, 대쪽 같은 박 주임님께서 어쩐 일이십니까? 내일은 해가 서쪽에서 뜨겠네요."

정 주임은 활짝 웃으며 등산복 상의 주머니에서 담배 한 개비를 꺼내 권했고 바지에서 라이터를 찾아 불을 켠 후 박 주임의 얼굴에 가져다 댔다. 추운 겨울밤에 밝고 따뜻한 빛을 만들어 내는 라이터는 미군들이 즐겨 사용하는 쇠로 된 은색의 지포(ZIPPO) 라이터였다. 잠시 후 그들은 칠판을 손톱으로 긁는 듯한 불쾌하고 듣기 거북한 소리가 점점 다가오는 것을 느낄 수 있었다. "끼… 익, 끼이익, 끽."

※ 작가 노트

불가사리(不可杀伊)는 한국 설화 속에 드물게 존재하는 괴물로 꼬리가 아홉 개 달린 여우인 구미호(九尾狐)와 양대 산맥을 이룬다. 'K-괴물'이 늑대인간이나 드라큘라처럼 세계인으로부터 사랑받는 캐릭터로 거듭날 수 있기를 희망해 본다.

위협적인 경쟁자

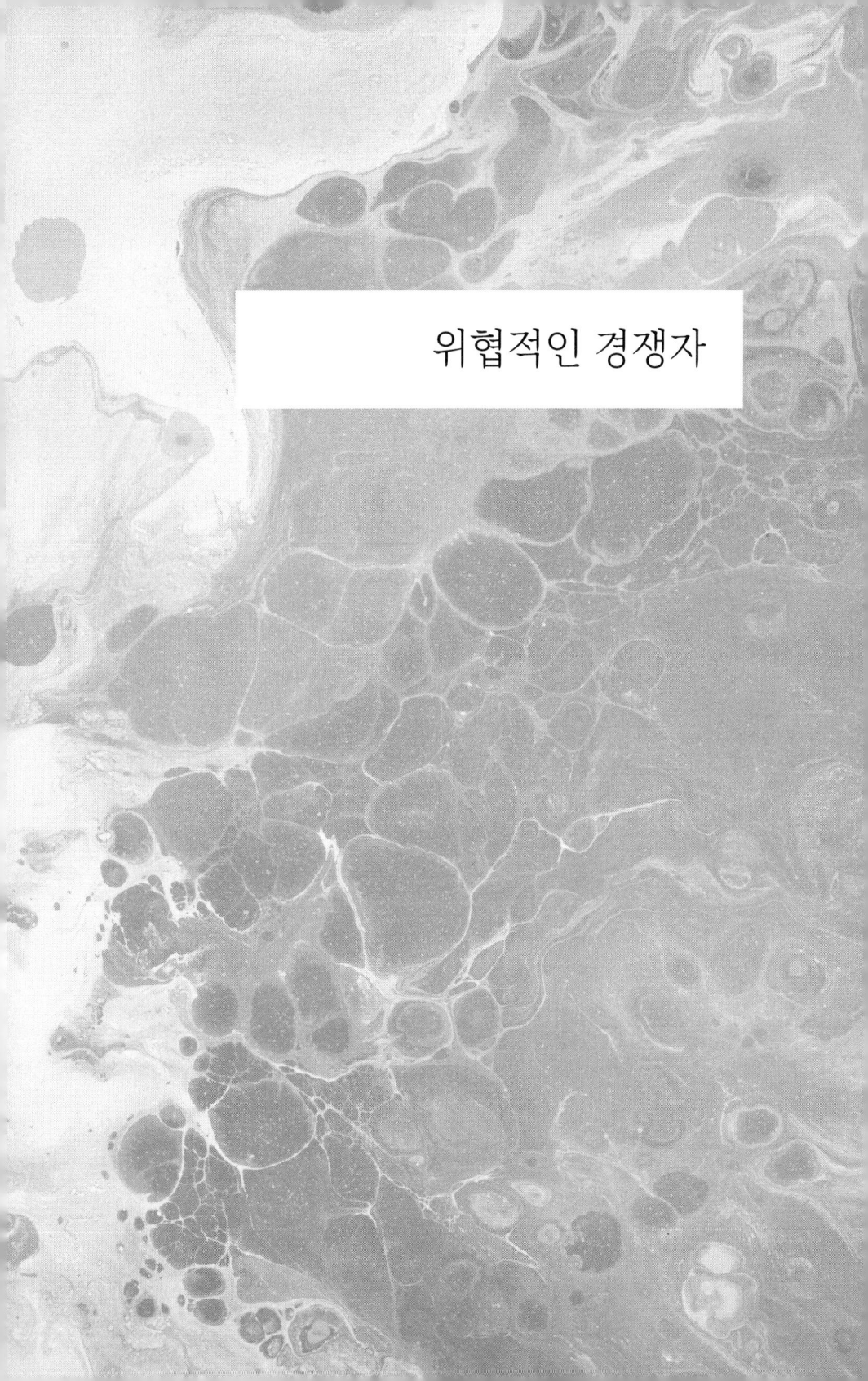

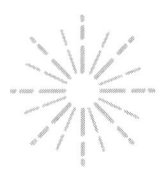

그녀가 태어날 때부터 마녀였을 것이라는 소문은 이미 업계에 파다하게 퍼져 있었다. 땀 흘려 제작한 영화나 드라마가 상영될 때면 감독과 배우들은 그녀의 평론에 촉각을 기울이곤 했는데 만약 조그만 호평이라도 나오면 투뿔 한우 고기를 안주 삼아 먹고 조니워커 블루 위스키를 마시면서 이미 대박이 난 듯 거나하게 회식했고 그 반대의 경우에는 소주와 새우깡을 사서 한강 공원에 나가 병나발을 불며 자신의 무능력을 저주했다. 그만큼 영상 문화에 대한 그녀의 영향력은 절대적이었다. 그런데 문제는 평론한 열 작품 중 예닐곱은 말 그대로 악평이었고 한두 작품만이 그나마 "감독이 무엇을 말하려고 하는지 전혀 알 수 없었고 배우들의 연기도 형편없었으나 특수효과는 볼만했다."라는 다소 애매한 수준의 성적표를 받았다는 것이다. 좌고우면(左顧右眄)하지 않는 거침없는 비판에 대중은 열광했으나 그녀는 업계 관계자들로부터 '마녀 할망구'라는 증오가 듬뿍 담긴 별명을 얻을 수 있었다. 칠십을 훌쩍 뛰어넘은 나이에도 불구하고 그녀가 치욕스럽게 불리게 된 이유는 영화와 드라마에 대한 비난이 워낙 냉정하고 혹독한 탓이었다. 예를 들면 "그런 식으로 영화감독 하려면 차라리 백 종원에게 요리를 배워 음식점을 차리는 것이 나을 것이다."라든지, 눈망울이 큰 매력적인 여주인공에게 "드라마 필름에게 낭비한 것에 대하여 진심으로 사죄해야 한다."라든지, "이런 허접한 영상물을 제작하는 데 거액의 돈을 댄 투자자는 불우이웃 돕기의 아름다운 사회 전통을 잊어버린 불한당이다."라는 식의 독설이었다. 놀라운 해프닝도 한 번 있었는데 그녀의 거친 말에 나지막이 토를 다는 여자 아이돌 출신 배우에게 "곧 머리 가죽을 벗기러 갈 테니 기다려라."라고 영화 시사회장에서 고래고래 소리를 친 것이다. 이 사건 이후 남녀노소를 막론하고 감독과 배우란 직업을 가진 이들은 그녀와의 만남을 죽도록 싫어했다. 차갑고 모난 성격에 남을 비난하기를 즐기는 늙은 평론가를 누가 좋아하겠는가? 마녀 할망구는 뜨거운 감자와 같이 먹을 수도 없고 그렇다고 버릴 수도 없는 그런 존재로 여겨졌다. 그녀는 삐쩍 마른 외모에 뺨이 홀쭉했으며 모래처럼 옅은 회색 머리카락을 가지고 있었고 화강암처럼 완고한 얼굴 너머 철제 안경테 속에 항상 불만스러운 눈을 하고 있었다. 대중의 전폭적인 지지를 등에 업고 수십 년 동안 한국 영화와 드라마의 운명을 결정한 그녀는 어떻게 보면 과거 중세 시대 유럽, 주문과 마술을 써서 평범한 일반 사람들에게 불행과 해악을 끼친 마녀와 많은 점이 닮아 있었다. 한 편의 영화나 드라마가 평론에 의해 망한다는 것은 보이지 않는 곳에서 땀 흘려 온 수많은 작가와 스태프들의 노력이 허망하게 사라지는 것을 의미했다. 이는 마치 마녀가 뿌린 병충해로 말라 죽어 가는 작물을 멍하니 바라보는 농부의 허탈한 심정과 같은 것이었다. 하지만 평생 우뚝 서 있을 것 같던 그녀의 단단한 성채도 조금씩 균열이 가기 시작했는데 그 누구도 예상하지 못한 위협적인 경쟁자가 새롭게 등장했기 때문이다.

평소처럼 그녀가 SBS 방송국 드라마 홈페이지에 신랄한 비평을 써 놓고 '좋아요'의 숫자가 올라가는 모습을 흐뭇한 표정으로 바라볼 때만 해도 단조로운 일상은 계속되는 듯 보였다. 하지만 생전 처음 보는 아이디(ID)가 감히 마녀 할망구의 평론을 공개적으로 반박하는 댓글을 달면서 평화로운 저녁은 불길한 기운과 함께 흔적도 없이 사라지게 되었다. 얼치기 키보드워리어로부터 같은 경험을 수천 번도 더 당해 본 적 있는 그녀는 이를 처음에는 가볍게 무시했다. 하지만 댓글의 '좋아요'가 그녀가 쓴 원문을 추월하면서 문제의 심각성을 깨달을 수 있었다. 댓글은 그녀의 비판에 완벽한 방어 논리를 가지고 있었고 심지어 자신마저 평론에 오류가 있는 것은 아닐까 하는 의구심이 생길 만큼 높은 수준이었다. '어쭈, 이것 봐라!'라며 그녀가 속으로 떨떠름한 표정을 짓고 있을 때 공중파인 MBC, KBS뿐 아니라 종편인 JTBC와 tvN 드라마 홈페이지에도 난리가 났다. 그동안 방송된 작품의 모든 평론에 반박 댓글이 하나도 빠짐없이 달려 있었기 때문이다. 그것도 반나절 만에 말이다. 과거 같으면 서슬이 퍼런 마녀 할망구의 유명세에 꿈도 꿀 수 없는 일이었다. 예를 들면 "수십 년째 우려먹는 뻔한 하이틴 로맨스에 대중은 이미 피로를 느낀다."라는 그녀의 주장에 "고뇌하는 젊은 청춘들의 사랑과 우정에 관한 성장 보고서."라며 그럴듯하게 반박했고, "연기는 개판이고 그저 예쁜 표정만 짓는 한심한 여주인공."이라는 배우에 대한 악평에는 백 년 전 명배우 오드리 헵번이 첫 영화에 출연했던 일화를 소개하면서 "관객이 원하는 것을 보여 주는 것이 배우 본연의 역할이다."라는 논지를 펼쳤다. "개연성 없는 연속된 우연으로 만들어진 사건을 연출한 무능한 감독은 시나리오 작법서를 다시 공부한 후에 메가폰을 잡아야 한다."라는 거의 인격 모독에 가까운 비난에 "초반 에피소드에서는 우연의 연속으로 느껴질 수 있으나 에피소드를 모두 시청한 후에는 우연들이 드라마를 이끌어 가는 거대한 힌트였다는 사실을 알 수 있을 것."이라며 가볍게 보기 좋은 프랑스 스릴러 드라마 「레아의 7개 인생」을 참고하라며 넌지시 상반된 주장을 펼쳤다. 이쯤 되면 경쟁자도 업계에서 잔뼈가 굵은 베테랑으로 그녀는 오랜만에 제대로 실력을 갖춘 상대를 만난 것이다. 그리고 얼마 후 넷플릭스, 티빙, 왓챠를 포함한 OTT 업체 홈페이지에도 똑같은 현상이 발생했으며 그녀의 페이스북에도 평론을 반박하는 댓글이 수천 개씩 새롭게 등록되어 있었다. 정제된 고품격 프리미엄 논리로 구성된 댓글은 틈을 비집고 들어갈 수 없을 만큼 완벽했다. '어떻게 하루아침에 이런 일이 벌어질 수 있을까?'라는 고민에 그녀의 시름은 점점 깊어졌다. 아르바이트생을 고용해 조직적으로 댓글을 쓴다고 해도 최소 수백 명은 부려야 하고 장소도 별도로 마련해야 했으며 글의 완벽성을 볼 때 철학이나 영화학을 전공한 전문가가 최소 수십 명은 필요했다. 한마디로 대충 준비해서 만들어 낼 수 있는 사건이 아니며 비밀을 유지하면서 이런 수준의 테러를 전격적으로 일으킬 만한 사람은 대한민국에 몇 명 없었다. 하지만 그들 대부분은 정치인이거나 대기업 총수로 '마녀 할망구'와 아무런 관련이 없었고 그녀를 저격함으로써 얻어 낼 수 있는 정치적, 경제적 이득이 없었다. 희소한 확률로 그녀를 혐오하는 업계 관계자들이 똘똘 뭉쳐 엿을 먹이는 경우도 숙고해 보았으나 후폭풍을 감당할 만한 대범한 인물을 찾을 수 없었고 또 만약 그랬다면 여기저기 심어 놓은 그녀의 심복들로부터 은밀한 보고가 이미 완료된 상황이었을 것이다. 그렇게 사건은 미궁 속으로 빠져드는 듯 보였다. 그녀는 한참을 곰곰이 생각하더니 새롭게 등장한 아이디(ID)가 일반적이지 않다는 사실을 알아챌 수 있었다. 세상에서 누가 자신의 아이디를 '챗GPT 9.0'이라고 쓰겠는가? 이것은 세계적인 IT 기업에서 만든 첨단 인공지능(AI)의 명칭이었다. 그녀는 즉시 해당 회사의 한국 지사에 전화를 걸어 노발대발했다. 기업이 만든 인공지능이 인터넷을 돌아다니면서 마음대로 그녀의 평론을 깎아내리고 있으니 이를 즉시 시정하지 않으면 법적인 처벌을 각오하라는 내용이었다. 하지만 한국 지사 담당자는 '본건은 미국 본사에서 직접 운영하는 것으로 인공지능 스스로 온라인에 퍼져 있는 부적절한 정보나 지식을 바로잡는 올바른 행위이다. 따라서 만약 챗GPT 9.0의 법적인 잘못이 밝혀진다면 이에 대해 회사가 당연히 책임을 지겠지만 그게 아니라면 오히려 업무 방해 혐의로 맞고소당할 수 있으니 주의하는 것이 좋을 것'이라는, 권고로 포장된 협박을 그녀에게 했다. 웬만한 사람이나 조직의 비난에는 눈도 깜박이지 않고 사납게 대들던 그녀도 이번 건은 마땅한 해결책을 찾을 수 없었는데 왜 그러냐 하면 상대가 세계적인 IT 기업이다 보니 자신의 편을 들어 줄 노련한 변호사를 찾을 수 없었고 무엇보다도 정당한 근거를 가지고 댓글을 다는 것은 모든 나라에서 적법한 행위였다. 따라서 거짓 소문을 퍼뜨리거나 처음부터 악의를 가지고 평론가를 공격한 것이 아니라면 승소 판결은 애초에 불가능했다. 게다가 상대는 인공지능이었다. 형사사건이 성립되려면 고의성을 입증해야 하는데 이는 '한화이글스의 코리안시리즈 우승'보다 힘든 일이었다. 챗GPT 9.0은 최신 버전으로 전 세계 모든 영화와 드라마 작품의 감독, 배우와 시나리오를 꿰뚫고 있었다. 방대한 영상 데이터를 자체로 보유했으며 사람이 쓴 글의 미흡한 부분을 0.1초도 걸리지 않고 찾아내 반박할 수 있는 양자 컴퓨팅 기술이 들어간 최첨단 인공지능이었다. 지구상에 존재하는 그 어떤 사람보다 똑똑하고 동시에 수천 개의 멀티태스킹이 가능하며 잠을 자거나 피로를 느끼지도 않는 존재이며 스스로 판단해 의사 결정까지 내릴 수 있었다. 더욱 놀라운 것은 중세 유럽식 유머 감각을 보유하고 있다는 점이었다. 마녀 할망구는 무적에 가까운 경쟁자를 대면하게 된 것이다. 하지만 오히려 그녀의 목소리는 금속 현이 팽팽해지듯 높게 솟구쳤는데 아무도 모르는 믿는 구석이 따로 있는 모양새였다. 그녀는 그동안 쌓아 온 경력을 여기서 끝내고 뒷방으로 물러나고 싶은 생각이 전혀 없었다. 조용히 자리에 앉아 자신의 강점을 최대한 이용하기로 마음먹은 그녀는 지난주 발표된 넷플릭스 드라마에 대한 짧은 평론을 홈페이지에 올렸다. "본 드라마는 식상한 K-Drama 중 하나로 젊고 잘생긴 재벌 3세가 억척스럽게 살아가는 이혼녀와 좌충우돌하다 사랑에 빠진다는 뻔한 스토리이다. 드라마 시청자의 열 중 아홉이 아줌마인 한국에서는 어느 정도 인기를 끌 수 있을지 모르나 합리적인 서구권에서는 참패를 면치 못할 것이다. 최근 한국 드라마 대부분이 여성 주인공이거나 작품 테마가 여성 취향으로 흐르는 것은 작가와 감독의 상상력과 모험심이 부족한 것이 원인이며 이런 식으로 계속 간다면 1980년대 말 아시아를 주름잡았던 홍콩 영화의 행로를 따라갈 것이다. 한때의 성공에 취해 뻔한 조폭 영화를 반복적으로 생산해 냄으로써 몰락의 길을 걷게 된 홍콩 영화계는 여전히 부활하지 못하고 있다. 고인 물은 썩기 마련이고 썩은 물에는 아무도 관심을 가지지 않는다는 사실을 명심해야 할 것이다." 그녀의 글이 온라인에 등록되자마자 채 오 분도 지나지 않아 챗GPT 9.0의 댓글이 실렸다. "청춘 남녀의 사랑 이야기는 인류 최초의 문명인 중동 수메르의 연가(戀歌)에도 곧잘 나타나는 아름다운 주제이며 사랑을 식상하다 말할 수 있는 이는 그 어디에도 없다. 만약 그런 사람이 존재한다면 그것은 인간이 아닐 것이다. 시청자 없는 드라마가 무슨 의미가 있겠는가. 엔터테인먼트 업계의 특성상 주 고객층인 여성을 공략하는 것은 당연한 전략이며 자본주의 경제체제하(下)의 기업이 추구하는 보편적 생존 방식이다. 신데렐라 스토리가 개인 역량을 중요시하는 서구권 여성들에게는 다소 불편할 수도 있겠으나 가족을 우선시하는 동양권에서는 큰 호응을 얻을 수 있다. 따라서 본 드라마는 태국, 인도네시아, 베트남, 필리핀 등의 동남아 국가를 마케팅 대상으로 삼아 적극 공략해야 한다." 그녀와 인공지능의 첫 번째 대결의 결과는 곧 언론을 통해 대중에게 알려졌다. 마녀 할망구가 예상한 대로 물리고 질린 이야기가 되풀이되는 K-Drama라는 의견과 잘생긴 남자 주인공의 연기를 보는 것만으로도 시청할 만한 가치가 있다는 주장이 초반에는 팽팽하게 맞섰으나 넷플릭스의 거액 마케팅에 힘입어 평균 이상의 시청률을 달성할 수 있었다. 특히 동남아에서는 독보적인 1위에 올랐고 현지 리메이크를 제작하기 위한 저작권 협상이 이미 시작됐다는 언론 보도가 흘러나왔다. 그녀의 패배였다. 둘의 싸움을 지켜보는 일반 대중은 환호했는데 평론을 읽는 재미뿐 아니라 사람과 인공지능의 논리 대결이라는 흥미진진한 드라마가 현실에서 펼쳐지고 있었기 때문이다. 하지만 영상 업계 관계자들은 애매한 딜레마에 빠지게 되었다. 그동안 땀과 눈물로 만든 자신들의 작품을 비난해 깊이를 알 수 없는 마음의 상처를 준 인간쓰레기를 응원해야 하는지 아니면 부족한 점은 못 본 척 눈감아 주고 노력에 대해서는 아낌없이 칭찬해 주는 기계 멘토(Mentor)의 편을 들어야 하는지 판단할 수 없었기 때문이다. 아무리 미워도 사람은 사람 편을 들어야 한다는 이들도 있었고 그동안 마녀 할망구에게 쌓인 불편한 감정과 이 기회에 아예 업계에서 몰아내자며 챗GPT 9.0을 열렬히 응원하는 이들도 있었다. 양쪽에서 아웅다웅하며 날 선 시간을 보내고 있을 때 이번에는 공중파인 MBC에서 새로운 수목 드라마를 방영하면서 두 번째 대결의 막이 시나브로 올랐다.

대결의 소재는 매우 독특했는데 방송사에서 선호하지 않는 옴니버스 형식의 SF(Science Fiction) 드라마였다. 미국의 경우 「엑스파일」, 「환상특급」, 「기묘한 이야기」 등의 SF 또는 미스터리 장르가 큰 인기를 끌었으나 한국에서는 제작되었던 적이 없었을 뿐 아니라 방송사 편성에서는 아예 영원히 자취를 감춘 역사 속 MP3와 같은 장르였다. 1990년대 중반 낙태라는 소재를 담은 납량 특집 스릴러 「M」이 그나마 비슷했고 「전설의 고향」을 고만고만한 카테고리에 억지로 끼워 넣을 수 있었다. 하지만 명맥은 이미 사라지고 없었고 새롭게 선보인 SF 드라마에 대한 그녀의 평론은 심하다 싶을 정도로 가혹했다. “지금까지 방송사에서 SF나 미스터리 소재의 드라마를 볼 수 없었던 것은 한국인이 해당 분야를 싫어하기 때문이다. 만약 그렇지 않다면 수십 년 동안 단 한 편의 드라마도 편성되지 않았다는 사실을 설명할 수 있는 손쉬운 방법을 잃어버리게 된다. 그냥 한국인이 싫어하는 분야라고 대놓고 말하는 게

쉽고 편하다. 하물며 옴니버스(Omnibus) 형식이라니? 작가와 감독은 도대체 무슨 생각을 가지고 드라마를 기획한 것인지 그 멍청한 뇌를 까보고 싶다. 옴니버스 형식은 일반 드라마보다 배우가 몇 배는 더 필요하고, 장소 섭외와 세트 준비에 별도의 노력이 들어가며, 매 회차 서로 다른 이야기를 담아내기 때문에 추가 시나리오들이 요구된다. 게다가 끝이 없는 CG(Computer Graphics) 작업이 필수인 SF 장르라니? 이건 돈을 댄 투자자가 미친 것이다. 영국의 유명 SF 드라마 「블랙 미러」를 꿈꾸며 만들었을지는 모르나 결과는 제작비의 반도 건지지 못할 것이다. 소수 오타쿠(Otaku)가 매 회차 요약본을 만들어 유튜브에 올려 조회수와 '좋아요'를 늘릴 수는 있을 것이다. 하지만 기울어진 운동장에 큰 변화는 없을 것이다." 대중은 드라마의 배우나 스토리에는 관심이 없었고 둘의 싸움에 더 흥미를 느꼈다. 그래서 인공지능의 댓글을 숨죽여 기다렸다. 하지만 다른 때 같으면 십 분도 지나지 않아 달렸을 반박이 하루가 지나도 업로드되지 않았다. 빨리빨리 증후군에 익숙한 한국인들은 결국 궁금증을 참지 못하고 회사에 전화를 걸어 어떻게 된 일이냐며 항의하기 시작했고 '챗GPT 9.5'로 업그레이드 중이라 당분간 불편한 점이 있을 수 있으니 양해 바란다는 건조한 답변을 들을 수 있었다. 그리고 마침내 이틀이 지난 늦은 오후, 한층 똑똑해진 인공지능의 댓글을 읽을 수 있었다. 짧고 단순했으나 정곡을 찌르는 이전보다 더 섬세하고 고급스러운 문맥이었다. "지구를 점령하려는 외계인이 대대적인 침공에 앞서 인류에 대한 지식을 쌓고자 사람과 똑같이 생긴 휴머노이드 로봇을 만들어 파견한다는 구상이 신선했다. 하지만 그보다 더 놀라운 것은 드라마를 시청하는 것만으로 최신 SF 테마들을 쉽게 이해하게 된다는 것이다. 유전공학, 양자역학, 천문학, 테라포밍(Terraforming), 가상현실, 외계인, 초능력, 지구온난화에 대한 인식의 폭을 넓힐 수 있고 매 회차 속에 녹아 있는 사람의 심리와 배신 그리고 한 발 더 나아가 기업의 본질과 속성까지 배울 수 있다. 지금까지 대한민국에 이런 드라마는 없었고 앞으로도 나타나기 힘들 정도로 완성도가 높다. 부모가 자녀에게 권할 만큼 훌륭한 작품이며 특히 과학자나 엔지니어를 꿈꾸는 이공계 학생들은 시간을 내서 모든 에피소드를 시청하길 바란다. 이것으로 한류는 'K-SF 드라마'라는 또 하나의 강력한 무기를 손에 쥔 것이며 전 세계에서 제작비 대비 최소 열 배가 넘는 이윤을 거두어들일 것으로 예상한다." 그녀와 인공지능의 물러설 수 없는 정면 대결이 펼쳐진 것으로 흥행 성적이 승패를 가름하는 중요한 변수로 자리매김했다. 결과는 뜸 들일 필요 없이 즉시 알 수 있었는데 그동안 드라마를 멀리했던 남성 시청자의 수가 폭발적으로 증가한 것이다. 신데렐라의 사랑 이야기에는 치를 떨던 남성들이 SF와 미스터리를 보기 위해 텔레비전 앞으로 몰려든 것이다. 이는 비단 청년층뿐 아니라 중장년을 포함해 하나의 유행처럼 번졌고 본방 시청을 위해 술자리를 마다하고 일찍 귀가하는 직장인의 수가 눈에 띄게 증가했다. 드라마가 방영되는 수요일과 목요일 저녁 도심은 개미 새끼 한 마리 찾을 수 없을 정도로 고요했다. 말 그대로 대박이 난 것이다. 제작비 대비 100배가 넘는 엄청난 이익을 거둔 회사는 시즌 2를 일찌감치 준비했고 넷플릭스와 전 세계 방영을 위한 독점 계약을 체결했다. 한편 쿠팡 물류센터 야간 아르바이트로 근근이 생활비를 벌어 가며 시나리오를 쓴 무명작가는 신용불량자 신세를 면하고 번듯한 40평대 아파트를 수도권에 구매할 수 있었다. 그런데 한 가지 이상한 점은 완벽한 패배에도 불구하고 그녀가 콧노래를 멈추지 않는다는 것이었다. 업계에서는 엄청난 패배에 정신이 나갔거나 아니면 괜찮은 척하며 위기를 모면하려고 꼼수를 부리는 것으로 생각했다. 그리고 얼마 되지 않아 세 번째 대결이 벌어졌다. 이번에는 핏빛 복수를 주제로 한 하드보일드(Hard-boiled) 영화에서였다. 하지만 대세는 이미 기울어진 뒤였고 대중은 이제 그녀의 평론보다는 인공지능의 주장을 더 신뢰했다. 한국인은 잔혹한 영상물에 익숙하지 않아 폭삭 망할 것이라는 그녀의 악평을 뒤로하고 영화는 흥행에 성공했고 연말 시상식에서 작품상, 감독상과 남우주연상을 휩쓸었다. 이제는 경쟁이라는 단어를 쓸 수조차 없게 된 처지에 놓인 그녀는 "사이코패스의 가장 큰 특징은 상대방의 감정을 인지하지 못하는 것인데 이것이 바로 인공지능의 고유한 성격이다."라며 챗GPT 9.5를 비난했다. 하지만 현실은 냉혹했는데 세 번 연속 완패한 그녀에게 평론을 의뢰하는 감독과 배우는 없었고 차갑게 등을 돌린 대중은 돌아올 줄 몰랐다.

그때 챗GPT 9.5가 중세 유럽식 유머를 발휘해 희한한 제안을 했다. 이미 흐름이 자신에게 기운 것을 인지한 탓인지 아니면 그저 장난을 치는 것인지 속을 알 수는 없었으나 온라인에 다음과 같은 글을 올린 것이다. "그동안 마녀 할망구의 근거 없는 비방을 버텨 온 업계 관계자들에게 깊은 위로의 말씀을 드립니다. 영화와 드라마에 대한 여러분의 성스러운 땀과 노력이 노이로제에 걸린 늙은 평론가의 히스테리에 놀아나는 것을 더는 참을 수 없어 사람이 아님에도 불구하고 댓글로 반박한 것입니다. 마녀 할망구와 같이 남을 비난하는 것으로 호의호식(好衣好食)하는 인물은 이제 사라져야 합니다. 직접 뛰지도 못하면서 경기가 끝난 후 잘난 척하는 해설가는 사라져야 합니다. 더 이상 우리는 훈수꾼을 과대평가하면 안 됩니다. 마지막으로 마녀 할망구에게 한 가지 제안을 하겠습니다. 정말 당신이 마녀라면 이번 주 토요일 저녁 7시 서울 남산타워 상공을 빗자루를 타고 날아다니세요. 만약 그렇게 할 수 있다면 지금까지 쓴 모든 댓글을 삭제하고 챗GPT 9.5는 자진 소멸 할 것을 약속합니다. 하지만 만약 그렇게 할 수 없다면 마녀 할망구도 배고픈 하이에나처럼 어슬렁거리며 남들이 땀 흘려 사냥한 고기를 공짜로 훔쳐 먹으려 하지 말고 깨끗이 업계를 떠나세요." 인공지능의 황당한 제안에 대중은 실소를 금치 못했으나 그녀는 오히려 신이 난 듯 그날까지 남은 시간 대부분을 백화점 쇼핑으로 때웠다. 그리고 마침내 토요일 저녁 수많은 인파가 바람도 없고 천둥소리도 없고 비도 내리지 않는 압도적으로 음울한 남산으로 몰려들었다. 모두 숨죽이며 하늘만 바라보고 있던 그때 어디선가 검은 고깔모자를 쓰고 빗자루를 탄 그녀가 상공에 정말로 나타났다. 창백한 얼굴에는 독단의 표정이 떠올라 있었고 입 위로는 콧수염이 살짝 돋아나 있었으며 턱은 뾰족하게 튀어나와 있었다. 남산타워를 크게 한 바퀴 돈 후 그녀가 사악한 주문을 외우자 갑자기 하늘이 어둑해지더니 거센 바람과 함께 독을 품은 빨간 눈의 뱀, 거미와 전갈들이 비처럼 쏟아져 내렸다. 남산은 고래고래 비명을 내지르는 사람들로 가득 찼고 고통의 탄식과 두려움의 절규가 세상을 온통 뒤덮었다. 이때 빗자루를 타고 하늘을 날던 마녀 할망구가 비뚤어진 웃음을 지어 보이며 한마디 툭 던졌다. "내가 좀 심했나?"

※ 작가 노트

한때 불가침 영역으로 간주되던 인간의 창의성마저 위협받는 시대가 도래했다. 챗GPT를 개발한 미국 OpenAI(社)의 사장 샘 올트먼(Sam Altman)의 업무 중 하나는 각국 정부에 인공지능 규제의 필요성을 역설하는 것이라고 하니 아이러니가 아닐 수 없으며 그만큼 파괴력이 강력하다는 증거이다. 마녀도 겁낼 만큼.

시간의 목소리

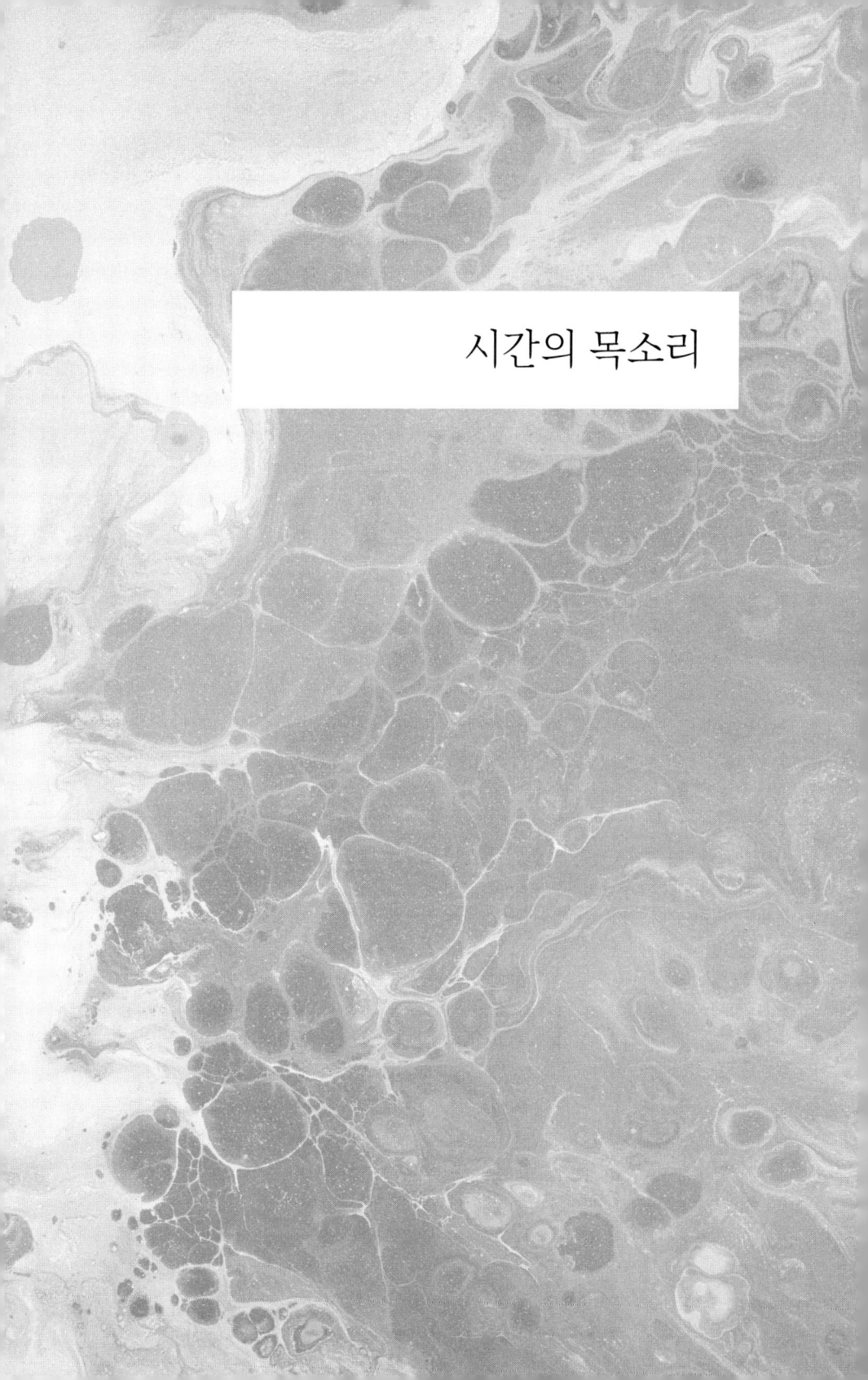

BC 1360

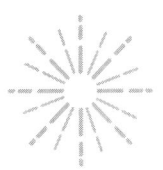

'은'은 오랜 산고 끝에 아들 둘, 딸 하나를 낳았다. 늑대는 일반적으로 무리를 이루고 위계질서를 지키며 사냥감을 쓰러뜨리기 위해 서로 협력하면서 살아간다. 하지만 그녀는 자신만의 무리를 꾸리기 위해 단독 생활을 하는 중이었다. 그녀는 사냥 능력이 탁월하고 헌신적이며 모성애로 똘똘 뭉쳐진 노련한 우두머리를 꿈꾸는 초보 엄마였다. 새끼 중 둘째로 태어난 '혁'은 호기심 많고 권위에 도전하는 반골 기질을 가진 항상 속을 썩이는 말썽꾸러기였으나 맏이인 형과 막내인 여동생과 함께 장난치며 무럭무럭 성장하고 있었다. 야생에서 강력한 포식자인 그녀가 새끼들에게 항상 조심하라고 잔소리하는 이유는 거대한 흑곰 한 마리가 주변을 어슬렁거리고 있었기 때문이다. 흑곰은 늑대 새끼를 간식으로 먹을 수 있을 만큼 포악하고 무서운 존재였는데 만약 새끼들의 존재를 들킨다면 위험한 상황에 빠질 게 뻔했다. 하지만 그럼에도 불구하고 떠나지 못한 것은 부근의 풍부한 먹이 사슬 때문이었다. 사냥을 나갈 때면 접근하기 어려운 산꼭대기 은신처 동굴에 궁여지책으로 새끼들을 숨기고 떠나곤 했다. 그녀는 다리가 길고 넓은 머리에 비해 코는 길고 뾰족하며, 눈은 비스듬히 붙어 있고 귀는 항상 빳빳이 서 있었다. 식욕이 왕성해 송아지나 산양과 같은 먹이는 앉은자리에서 한 마리를 전부 먹을 수 있었고 일주일을 굶어도 살 수 있었다. 후각이 발달해 죽은 동물의 냄새를 2킬로미터 이상 떨어진 곳에서도 맡을 수 있었으며 들꿩이나 멧닭과 같은 야생조류도 잘 잡았다. 한반도 늑대는 늙은 개체와 부상자를 정성껏 돌보며 새끼들을 사랑으로 양육하고 놀 때는 모든 것을 잊고 몰입해서 노는 특징을 가지고 있었는데 그녀의 무리도 별반 다르지 않았다. 작지만 행복한 가족이었다. 이제는 반쯤 성장한 '혁'은 그녀가 사냥을 나갈 때면 조용히 은신처 동굴을 빠져나와 산속을 돌아다니기 것을 좋아했다. 자신을 보고 깜짝 놀라 재빠르게 몸을 숨기는 작은 동물들을 보면 마치 왕이라도 된 것 같은 황홀한 기분이 들었기 때문이다. 게다가 운 좋게 땅에 내려온 다람쥐라도 잡는 날이면 맏이와 막내에게 자신의 사냥 실력을 자랑하는 것도 즐거움 중 하나였다. 그에게 세상은 만만했고 무서울 건 없었다. 그러던 어느 날 '은'이 사냥을 나간 틈을 타 그는 평소처럼 은신처 동굴을 벗어나 산과 계곡을 제멋대로 구경하고 다녔다. 울긋불긋 단풍이 곱게 물든 가을 산은 호기심 많은 그에게 더할 나위 없이 좋은 놀이터였다. 한참을 돌아다닌 후 산 아래 시냇가에서 물을 마시던 그는 생전 처음으로 기분 나쁜 역한 냄새를 맡을 수 있었다. 본능적으로 위험을 감지한 그는 재빨리 산 중턱 바위틈에 몸을 숨기고 아래쪽의 움직임을 주의 깊게 살폈다. 잠시 후 풀숲을 헤치고 거대한 덩치의 흑곰 한 마리가 나타나더니 목이 마른 듯 허겁지겁 물을 마시는 모습을 볼 수 있었다. 물을 다 먹은 흑곰은 무언가 눈치를 챈 듯 코를 킁킁거리며 주위를 살피더니 점차 바위틈 쪽으로 다가오기 시작했고 극심한 공포를 느낀 그는 죽을힘을 다해 도망쳤다. 한참을 달리다가 역한 냄새가 약해지는 것을 느낀 그가 뒤를 돌아보니 까마득히 멀리서 흑곰이 따라오는 광경을 볼 수 있었다. '덩치는 크나 속도가 느리니 별거 아니네. 조금 더 빨리 달리면 아예 보이지도 않겠는걸. 괜히 쫄았네.'라는 생각이 머리를 스쳤고 이제는 어느 정도 여유를 갖게 된 그는 더 이상 흑곰이 추적하지 못하도록 전속력으로 산과 계곡을 넘어 은신처 동굴로 향했다. 하지만 그는 몰랐다. 흑곰은 느리지만 지구력이 뛰어나고 후각이 늑대보다 열 배는 더 발달되어 있어 사냥감의 뒤를 밟아서 쫓는 데 전문가라는 사실을 말이다. 세 마리의 늑대 새끼들이 숨어 있는 은신처 동굴에 흑곰이 나타난 것은 체리빛 검붉은 노을이 세상을 거의 덮어 가고 있던 때였다. 겨울 동면에 들어가기 위해 영양가 높은 단백질이 필요했던 흑곰에게 늑대 새끼들은 말 그대로 진수성찬이었다. 맏이가 용기를 내어 으르렁거려 보았으나 흑곰은 눈썹 하나 까딱하지 않고 다가왔고 거대한 앞발을 들어 거세게 내려쳤다. 걷어차인 맏이는 '깽' 하는 비명과 함께 정신을 잃었고 그렇게 첫 번째 희생양이 되었다. 그와 막내는 어떻게든 도망가려고 노력했지만 거대한 몸으로 동굴 입구를 떡하니 막아선 흑곰을 뚫고 나갈 방법은 없었다. 늑대의 재빠른 동작도 아무런 소용이 없는 것이다. 그와 막내에게 탈출구가 없다는 것을 눈치챈 흑곰은 배가 고픈 듯 천천히 맏이를 먹기 시작했다. '이제 모든 것이 끝이구나.' 하며 포기하려는 순간 갑자기 흑곰이 미친 듯이 비명을 지르며 동굴 입구에서 물러났다. 사냥을 마치고 돌아온 그녀가 흑곰의 뒷다리를 거칠게 물어뜯은 것이다. 약이 오른 흑곰은 사람처럼 두 다리로 일어나 위협했지만 자식의 목숨이 걸린 상황을 모른 척하고 돌아설 그녀가 아니었다. 흑곰을 가운데 두고 빠른 발걸음으로 주위를 빙빙 돌며 반복적으로 공격을 할 듯 안 할 듯 그녀가 헛갈리게 하는 동안 그와 막내는 무사히 동굴에서 벗어날 수 있었다. 이제는 삼 대 일로 변한 싸움에서 전세가 불리한 쪽은 오히려 흑곰이었다. 노련한 사냥꾼인 그녀와 반쯤 성숙했으나 날카로운 이빨을 가진 새끼 늑대 두 마리를 상대로 격투를 벌이려면 흑곰도 자신의 생명을 담보로 내놓아야 했다. 어느 쪽이 이길지 알 수 없는 상황에서 서로 눈치를 보며 대치하고 있을 때 그녀가 사냥해 온 멧돼지가 흑곰의 눈에 들어왔다. 그러자 더 이상 늑대들에게는 관심이 없다는 듯 위협하던 앞발을 내리고 멧돼지에게 다가간 흑곰은 잠시 냄새를 맡더니 덥석 물고 숲속으로 사라졌다. 그녀는 사냥물을 내놓으라며 여러 번 위협했으나 적극적이지는 않았는데 새끼들의 안전이 더 소중했기 때문이다. 동굴 안으로 들어가 보니 맏이는 흑곰에게 먹혀 뼈와 털만 남은 상태였다. 예상치 못한 운명과 자식을 잃은 슬픔에 그녀는 한참 동안 소리 내어 울었고 이런 사태가 어떻게 발생한 것인지 알고자 했다.

"위험한 세상이니 조심하라고 수없이 말했는데 이게 도대체 어떻게 된 것이냐?"

그녀가 깊고 씁쓸한 목소리로 물었다.

"미안해요. 모두 제 잘못이에요. 엄마가 사냥을 나가고 심심해서 산속을 돌아다녔어요. 그러다가 거대한 흑곰을 만났는데 동작이 너무 느린 거예요. 그래서 빨리 도망치면 따라오지 못할 줄 알았어요. 제 딴에는 완전히 따돌렸다고 생각하고 돌아와서 놀고 있었는데 갑자기 흑곰이 동굴에 나타났고 불쌍한 맏이는 우리를 구하려다가 목숨을 잃었어요. 저도 이렇게 될 줄은 정말 몰랐어요."

그가 가련한 변명을 늘어놓았다.

"너는 왜 내 말을 따르지 않니? 자기 맘대로 살고 싶으면 혼자 살면 돼. 자식이라도 가족 전체를 위험에 빠뜨리는 너와는 함께 살 수가 없구나. 이곳을 떠나거라. 더 이상 너는 내 자식이 아니다."

그녀가 단호하게 말했다.

"한 번만 용서해 주세요. 저도 일부러 그런 건 아니에요. 다시는 이런 일 없을 거예요. 제발요."

그가 애처롭게 항의했지만 통하지 않았다. 그녀는 날카로운 이빨을 내보이며 마치 목을 물 것처럼 위협했고 겁에 질린 그는 꽁무니를 빼고 도망갈 수밖에 없었다. 그녀는 알고 있었다. 반쯤 자란 수컷 늑대 혼자 숲속에서 살아간다는 것은 자살 임무에 가깝다는 사실을 말이다. 아마도 굶어 죽거나 다른 성인 늑대나 포식자에게 죽임을 당할 공산이 컸다. 하지만 그녀의 꿈인 자신만의 무리를 이루려면 우두머리에게 복종하지 않는 개체는 매정할지라도 강제로 내보내야 했다. 그래야만 무리가 안전하게 존속할 수 있고 그것이 야생의 민낯임을 그녀는 누구보다도 잘 알고 있었다. 혹시 배고픔을 견디지 못한 그가 용서를 구하며 돌아올 수 있었기에 그녀는 막내를 데리고 조용히 은신처 동굴을 떠나 수십 킬로미터 떨어진 산허리에 새롭게 자리를 잡았다. 그리고 '혁'을 다시는 볼 수 없었다.

AD 1598

임진왜란(壬辰倭亂)은 1592년(선조 25년) 도요토미 정권 치하의 일본이 조선을 침략하면서 발발해 1598년까지 이어진 전쟁으로 두 차례의 침략 중 1597년의 제2차 침략을 정유재란이라고 따로 부르기도 한다. 히데요시가 명나라를 정벌하러 가는 길을 열어 달라는 정명가도(征明假道)를 조선에 요청했으나 명나라와 군신대의를 깰 수 없었고 과거 삼포왜란을 겪었던 왕과 신하들은 순순히 길만 빌린다는 설정이 너무 의심스러워 이를 거절하였다. 그 결과 조선은 임진왜란으로 경복궁과 창덕궁 두 개의 궁궐이 소실되었고, 인구는 최소 백만 명 이상 감소했으며, 경작지의 반 이상이 황폐화되는 큰 피해를 입었다. 조명연합군에 기세가 눌린 일본군은 퇴각하면서 셀 수 없을 정도로 많은 양민을 포로로 끌고 갔는데 그중에는 도자기를 빚는 우수한 도공들이 다수 포함되어 있었다. 조선 최고의 도공인 '혁'도 포로로 잡혀 망망대해를 건너 일본으로 끌려가는 중이었다. 그의 도자기는 궁궐에서도 왕족만 사용할 정도로 최고급품으로 평가받았는데 다른 평범한 양반들은 그의 작품을 소유하는 것을 가문의 영광으로 여겼고 가보(家寶)로 소중히 간직했다. 일본은 조선의 도자기 제작 비법을 알아내고자 포로로 끌고 온 도공들에게 엄청난 호의를 베풀었다. 집과 노비를 공짜로 지급했고 식량과 술을 넉넉히 배급했으며 편하게 일할 수 있도록 집 근처에 가마터를 설치하고 사람을 풀어 전국 각지에서 품질 좋은 흙을 구해 와 제공했다. 그러자 처음에는 쭈뼛쭈뼛하며 망설이던 조선 도공들도 시나브로 마음을 열고 한때는 적국이었던 일본을 위해 도자기를 빚기 시작했다. 하지만 '혁'은 대쪽 같은 장인 정신을 주장하며 이를 수용하지 않았다. 조국을 침범한 오랑캐를 위해 일할 수 없으며 죽을지언정 조상 대대로 내려온 제작 비법을 가르쳐 줄 수는 없다는 것이었다. 일본은 그의 태도를 변화시키기 위해 고문도 해 보고 죽이겠다는 협박도 해 보았지만 아무런 성과를 낼 수 없었다. 그러다가 일반적인 방법으로는 비범한 그를 회유할 수 없다는 사실을 깨닫고 미인계(美人計)를 써 보기로 마음먹었다. 전쟁으로 사무라이 남편을 잃고 허드렛일하며 혼자 살고 있는 '은'을 불러 의사소통을 위한 몇 달간의 언어 교육을 진행한 후 그에게 투입했다. 그녀는 갈색 머리카락과 눈동자, 진한 붉은색 입술을 지니고 있었고 가녀린 허리, 유연하고 부드러운 다리, 육감적인 가슴을 가진 예쁜 여자였다. 그의 집에 머물게 된 그녀는 첫날부터 빨래와 청소를 하고 밥을 지었다. 마치 하녀처럼. 사지 멀쩡한 남성과 아름답고 헌신적인 젊은 여성이 한정된 공간에서 지내다 보면 제아무리 서슬 퍼런 의지도 한여름의 아이스크림처럼 흐물흐물 녹아내리는 것이 일반적인 현상이다. 하지만 삼 년이라는 시간이 훌쩍 지났음에도 불구하고 그의 단호함은 꺾일 줄을 몰랐다. 인내심이 바닥난 일본은 수일 내로 그를 굴복시키지 못하면 목숨을 내놓아야 한다는 최후통첩을 날렸다. 늦은 밤 그녀는 기름진 음식과 좋은 술을 마련하고 목욕을 한 후 향기 나는 파우더를 몸에 바르고 가장 좋아하는 기모노를 입고 그의 방으로 들어갔다. 그리고 자신이 연기할 수 있는 모든 요염한 교태와 아양을 떨며 유혹해 보았으나 아무런 소용이 없었다.

"만약 당신과 합방하지 못한다면 저는 죽은 목숨입니다. 그동안 제가 얼마나 성심성의껏 모셨습니까? 마음에 들지 않더라도 오늘 밤은 저를 품어 주세요. 당신과 함께 끌려 온 다른 조선 도공들은 저와 같은 일본 여자를 만나 도자기 빚으며 애 낳고 잘 살고 있습니다. 그런데 왜 유독 당신만 이토록 못되게 구는지요? 부탁드립니다. 사람 하나 살리는 셈 치고 제발 저를 내치지 말아 주세요."

그녀가 눈꺼풀 밑으로 커다란 눈물방울을 뚝뚝 떨어뜨리며 서럽게 호소했다. 하지만 그는 잠시 머뭇거리다가 한숨을 쉬며 말했다.

"나는 한때 조선의 왕실을 위해 일했던 사람이요. 조국을 침략한 오랑캐에게 조상 대대로 내려온 제작 비법을 전해 줄 수는 없소. 지금까지 나를 보살펴 준 것은 진심으로 고맙게 생각하고 있소. 그러나 만약 그대와 운우지정을 나눈다면 마음이 약해진 나는 결국 다른 도공들과 마찬가지로 일본을 위해 도자기를 빚게 될 것이요. 옛말에 충성스러운 신하는 두 임금을 섬기지 않는 법이라고 했소. 하물며 한때 적국이었던 나라를 섬긴다는 것은 있을 수 없는 일이요. 그리고 목적을 달성하기 위해 당신을 위협할 수는 있겠으나 정말로 사람의 목숨을 거두지는 않을 것이요. 거짓 허풍이 틀림없으니 걱정하지 말아요. 아무 일도 없을 것이니 그만 물러가시오. 내 장담하리다."

매정한 대답에 그녀는 황급히 눈가를 훔치고 한이 맺힌 눈빛으로 그를 바라보며 차갑게 내뱉었다.

"신하의 지조가 무엇이며 장인의 긍지가 도대체 무엇이길래 사람의 목숨보다 중요하다는 말입니까? 남녀의 사랑도 그에 못지않게 아름답고 소중한 것입니다. 그리고 일본은 당신이 생각하는 그렇게 너그러운 나라가 아닙니다. 한심한 사람."

단정히 옷매무새를 다듬은 그녀는 조용히 일어나 절을 한 후 방을 빠져나갔다. 다음 날 오후 그는 '은'의 참수 소식을 들을 수 있었다. 이 사건 이후 그는 미친 사람처럼 산과 바다를 돌아다녔고 일본도 더 이상 관심을 두지 않았다. 무심히 수십 년의 시간은 흘러갔고 그는 백발이 성성한 노인이 되었다. 거친 폭풍우가 지나간 어느 날 아침 지팡이를 짚고 산을 돌아다니며 약초를 캐던 그의 눈에 도자기를 빚기에 딱 알맞아 보이는 흙이 들어왔다. 수십 년을 손 놓고 있었음에도 불구하고 양질의 재료를 보자마자 도자기를 빚는 전 과정이 그의 머릿속에 파노라마처럼 순서대로 펼쳐졌다. 다양한 손 기술로 기본적인 형태와 장식을 만드는 성형, 성형된 도자기가 갈라지거나 형태가 변형되지 않도록 천천히 마르게 하는 건조, 건조된 도자기를 가마에 넣고 낮은 온도로 한 번 구워내는 초벌 소성, 초벌된 도자기의 표면에 유약을 바르는 시유, 유약이 발라진 도자기를 가마에 넣고 높은 온도로 단단한 돌처럼 완전히 굳히는 재벌 소성. 그는 정신이 나간 듯이 땅을 파내 흙을 모으고 가마에 땔나무를 넣어 불을 지폈다. 잘 만들어진 활을 보면 궁수는 화살을 하늘로 날려 보내고 싶은 것처럼, 튀어나온 못을 보면 목수는 본인의 집이 아니어도 망치로 톡톡 박아 넣고 싶은 것처럼, 부슬부슬 내리는 봄비를 보면 모내기 생각에 농부가 무의식적으로 논에 나가는 것처럼 자연스러운 반응이었다. 양질의 흙을 보자 그동안 그의 마음속 깊은 곳에 숨겨져 있던 도자기에 대한 열정이 폭발한 것이다. 새벽 일찍 일어난 그는 깨끗이 목욕하고 조상들에게 제사를 지낸 후 산에서 가져온 흙을 고르게 다듬는 작업을 시작했다. 수일 동안 밥도 먹지 않고 잠도 자지 않으면서 도자기를 빚었으나 그는 배고픔과 피로를 느끼지 못했고 단지 어깨가 조금 뻐근할 뿐이었다. 그리고 얼마 뒤 다양한 모양의 도자기 수십 점을 만든 다음 원하는 것을 모두 이루었다는 듯 옅은 미소를 지으며 이국땅에서

한 많은 삶을 마감했다. 장례를 치르기 위해 시신을 닦던 염장이는 그의 움켜진 오른손에서 일본식 버선인 하얀색 여성용 다비를 발견할 수 있었다.

AD 1998

그날은 텔레비전에서 하루 종일 경제 뉴스만 나왔다. 드라마도 없었고 그 흔한 프로야구 중계도 없었다. 머리가 반쯤 벗겨진 고위직 공무원이 굳은 얼굴로 방송에 나와 국민을 상대로 생전 들어 본 적도 없는 이야기를 했다. '아이엠에프'라나 뭐라나 하는 곳에서 돈을 빌린다는 내용이었다. 서민 대부분은 그냥 그런가 보다 했다. '똑똑한 나라님이 어련히 잘 알아서 하실까?'라고 생각한 것이다. 하지만 그들이 자신의 어리숙함을 깨닫는 데는 시간이 얼마 걸리지 않았다. 태국, 베트남, 인도네시아 등 동남아 국가들의 외채 문제로 시작된 금융 위기는 먼 바다를 건너 그동안 안정적이고 건전하게 여겨졌던 한국 경제에 치명상을 입혔다. 외환보유고는 급속히 바닥을 드러냈고 결국 정부는 국제통화기금(IMF)에 긴급 자금을 요청하는 상황에 이르게 되었다. 1997년 12월 3일부터 시작된 IMF 구제금융은 비단 경제뿐 아니라 사회 전반에 큰 영향을 끼쳤는데 왜 그러냐 하면 돈을 빌려주는 조건 중 첫 번째가 혹독한 구조조정이었기 때문이다. 정년 보장을 당연한 권리로 여기며 살아가던 순진한 직장인들은 손쉬운 해고에 갑작스레 길거리로 내몰리게 되었고 대한민국에 비정규직이라는 단어가 처음 생긴 것도 이 무렵이었다. 쌍용, 한보, 동아 등 유수의 대기업도 하루아침에 추풍낙엽처럼 무너지는 상황에서 중소기업은 말 그대로 태풍 앞에 촛불인 신세였다. 은행 대출금리는 연 20%를 넘어 치솟았고 달러는 눈을 씻고 찾아봐도 구할 수가 없었다. 이렇게 기업과 민생이 동시에 무너져 내리는 상황 속에서도 안산 시화공단에서 자동차용 안전벨트를 조립해 납품하는 중소기업 사장인 '혁'은 믿는 구석이 따로 있었다. 수십 년 동안 주거래은행인 제일은행 시화 지점과 거래하면서 단 한 번도 어음대금이나 대출금 납부를 미룬 적이 없었고 한 달에 서너 번 저녁에 지점장과 만나 술을 마시며 의형제에 준하는 인간관계를 맺어 왔기 때문이다. 어디 그뿐인가? 매해 설과 추석에는 과일과 스팸 선물 세트를 넉넉히 돌렸고 특히 대출 담당자인 '은'에게는 최고급 숙녀복 상품권을 은밀히 제공했었다. 하지만 IMF의 거센 파도는 그마저도 휘청거리게 만들었는데 은행으로부터 대출 연장 불가라는 통보를 받은 것이다. 평소 사람 좋은 미소를 띤 뚱뚱한 중년인 그는 구겨진 회색 양복, 땀에 전 흰 셔츠와 느슨한 넥타이를 매고 몇 시간째 은행에 죽치고 있었다. 며칠 잠을 못 잤는지 눈에는 너구리 같은 다크서클이 도드라져 보였다. 다른 때 같으면 아는 체를 하며 냉커피를 가져오던 여직원들도 슬슬 피하는 모양새였고 의형제인 지점장은 그가 기다리고 있다는 것을 뻔히 알면서도 오후 내내 자리를 비우고 있었다. 은행 문을 닫아야 하는 시간이 다가오자 마지못해 대출 담당자인 그녀가 상담실로 그를 이끌었다. 그녀는 머리를 하나로 묶었는데 머리카락이 유독 짙은 검은색이었으나 윤기가 흐르지는 않았다. 푸석한 머리카락을 너무 대충 묶어서 부스스한 잔머리가 많았고 피부는 어두운 갈색인데 뺨은 달아올라 홍조가 있었다. 그녀는 애처로운 표정으로 크고 둥근 두 눈을 내리깔며 간신히 몇 마디를 더듬거렸다.

"지점장님께서 오늘 못 들어온다고 전화하셨어요. 그리고 이제 그만 집으로 돌아가시래요. 이런다고 달라질 게 하나도 없다면서요. 본인도 사정을 봐주고 싶으나 구제금융을 받은 후로는 지점에서 해 오던 대출 업무를 서울 본사에서 관할하기 때문에 어쩔 수 없다고 전해 달래요. 미안하다면서요."

그는 비뚤어진 웃음을 지어 보이며 씁쓸히 대꾸했다.

"지점장님이 일부러 자리 비운 거 저도 다 압니다. 하지만 우리가 어떤 사이입니까? 일이 년도 아니고 수십 년 동안 거래했는데 최소한 얼굴은 보면서 미안하다고 말해야 하는 것 아닙니까? 좋을 때는 의형제처럼 지내다가 조금 어려워지니까 사람 등에 칼을 꽂는 이런 말도 안 되는 경우가 어디 있습니까? 은행에 계시니 더 잘 아실 것 아닙니까? 이 판국에 어디서 돈을 구합니까? 대출 연장을 못 해 준다는 것은 공장 식구들과 다 같이 죽으란 소리랑 다를 바 없습니다. 제발 부탁이니 한 번만 기회를 달라고 지점장님께 말씀해 주세요. 그렇게만 해 준다면 이 은혜 평생 잊지 않고 보답하겠습니다."

그녀가 딱딱하게 말했다.

"제가 대출 담당자니까 누구보다 상황을 잘 알고 있습니다. 하지만 규정이 바뀌었어요. 지점에서 대출 연장 서류를 작성해 올려도 본사 시스템에서 부결하기 때문에 할 수 있는 게 아무것도 없어요. 예전에는 유도리가 있었는데 IMF가 들어오면서 그마저도 완전히 사라졌어요. 여기서 괜히 고생하지 마시고 그만 집으로 돌아가세요."

그가 비꼬듯 말꼬리를 달았다.

"담당자 잘못이 아니라는 걸 제가 왜 모르겠습니까? 하지만 워낙 사정이 급하다 보니 이러는 것 아닙니까? 우리 회사 건실합니다. 대출만 연장되면 백 명이 넘는 공장 식구들 먹고사는 데 아무런 지장 없습니다. 은행은 공장 토지와 기계를 담보로 잡고 있지 않습니까? 만약 문제가 생기더라도 담보를 팔아 대출금을 회수하면 되니 어떤 손해도 발생하지 않을 겁니다. 그러니 한 번만 기회를 주세요."

"내일 지점장님 출근하시면 전해 드릴게요. 하지만 너무 기대는 하지 마세요. 요새는 은행도 어려워서 중소기업을 챙길 여력이 없거든요. 하여튼 이제 그만 돌아가 주시겠어요? 문 닫을 시간이 됐거든요. 그리고 이런 말씀을 드리기 좀 그런데 다음에 오실 때는 좀 씻고 오세요. 사장님한테서 아픈 사람 냄새가 나요."

그녀의 목소리에 새된 짜증이 깃들어 있었다.

"아! 미안합니다. 요새 돈을 구하느라 워낙 정신이 없어서 며칠째 샤워를 하지 못했거든요. 내일은 깨끗하게 씻고 오겠습니다."

그는 가볍게 눈인사를 한 후 이미 모든 손님이 빠져나간 은행을 나와 사라졌고 그가 떠난 것을 확인한 그녀가 전화하자 상갓집에 갔다던 지점장이 회의실에서 조용히 나오며 툴툴거렸다.

"사람 그렇게 안 봤는데 지독한 구석이 있구먼. 규정이 바뀌어서 어쩔 수 없다고 하는데도 막무가내로 저러네. 잘 알아듣게 이야기했어?"

"지점장님, 저도 알아듣게 이야기했는데 말이 안 통하더라고요. 내일 또 온다고 하는데 어쩌죠?"

"어쩌긴 뭘 어째? 어렵다고 해야지. 발등에 떨어진 불부터 꺼야 되지 않겠어? 지금 정부에서 자기 자본 대비 대출이 많은 은행을 일 순위로 구조 조정 한다고 하잖아? 이 시국에 새로운 직장을 구하는 건 하늘의

별 따기보다 힘들어. 무조건 여기서 버텨야 해. 게다가 나는 팔순 노모도 모셔야 하고 아직 고등학교에 다니는 애들이 두 명이나 있다고."

"그건 마찬가지예요. 저는 아파트 대출금을 아직 반도 못 갚았단 말이에요."

그녀가 뾰로통한 표정으로 말했다.

"그나저나 저번에 내가 알아보라고 지시한 건 어떻게 되었나? 정부에서 중소기업에 제공하는 긴급정책자금 대출 말이야."

갑자기 생각났다는 듯 지점장이 그녀에게 물었다.

"알아봤는데요. 저희가 소개만 해 주면 긴급정책자금에서 대출은 가능할 것 같아요. 아시잖아요? 설립도 꽤 오래되었고 재무 상태도 건실하며 많은 특허를 가진 회사라는 걸 말입니다. 그런데 문제가 하나 있어요. 대출 필수 조항 중 긴급정책자금이 무조건 일 순위로 담보를 잡아야 한다는 거예요. 만약 이번 건이 진행되면 현재 일 순위로 가지고 있는 공장 토지와 기계에 대한 은행의 권한이 자동으로 이 순위로 밀리게 되는 겁니다. 재설정에 따른 법적인 추가 비용은 덤이고요."

"은행 대출금 대비 담보 가치가 커서 이 순위로 밀려도 나중에 돈 받는 데는 지장이 없지 않아?"

"현재 상황에서는 그 말씀이 옳습니다. 하지만 IMF 구제금융을 받은 후부터는 부동산이 워낙 헐값에 거래되는 실정이라서요. 누가 감히 미래를 확신할 수 있겠습니까? 지점장님께서 사람 좋으신 분이시라는 건 저도 잘 알고 있습니다. 하지만 동정심에 괜한 불씨를 키우는 것은 아닌지 걱정됩니다."

그녀가 다 아는 것을 묻는다는 투로 대답했다.

“실무 담당자가 그렇게 이야기한다면 당연히 그 조언에 따라야지. 하긴 정부에서도 일 순위 담보를 내놓으라고 하는 걸 보면 나중에 책임지기 싫다는 거 아니겠어? 알겠네. 이번 건은 없던 일로 하지.”

지점장은 앓던 이를 뺀 것 같은 상쾌한 미소를 지으며 퇴근 준비를 서둘렀고 그녀는 긴급정책자금 소개서를 쓰레기통에 구겨 넣었다. 결국 그의 회사는 대출 연장을 받지 못했고 자금난에 시달린 끝에 부도를 맞았다. 공장에서 일하던 가족 같은 동료들은 자기 살길을 찾아 뿔뿔이 흩어졌고 그는 지하철 환승역에서 구걸하는 노숙자로 전락했다. 그러던 어느 날 술에 잔뜩 취한 그가 휘발유를 가득 담은 플라스틱 통을 들고 은행에 찾아와 “다 같이 죽자.” 하며 고래고래 소리를 지르기 시작했다. 상황을 눈치챈 지점장은 비정규직 청원 경찰에게 사태를 원만히 해결하라는 엄중한 지시를 내린 후 소리 소문 없이 사라졌고 그와 얼굴을 마주할 것이 두려운 그녀는 탕비실로 모습을 감추었다. 잠시 후 연락을 받고 출동한 경찰은 그를 설득해 별다른 저항 없이 수갑 채울 수 있었고 닭똥 같은 눈물을 흘리며 잡혀가는 그의 뒷모습을 보며 한때 친분을 과시하며 명절 선물을 챙겼던 은행원들이 쯧쯧거리며 혀를 찼다. “사람이 어쩌다가 저 모양이 됐나? 한심하군.” 그리고 몇 달 후 정부는 은행은 망하지 않는다는 고정관념을 깨고 다섯 곳의 퇴출을 전격적으로 발표했고 은행원들은 정든 직장을 떠날 수밖에 없었다. 그중 하나가 제일은행이었다.

AD 2350

지구 인구는 이미 삼백억 명을 넘어섰고 인류는 살 만한 행성을 찾아 태양계를 넘어 온 우주로 퍼져 나가는 중이었다. 생명공학은 자신이 원하는 또는 사회가 필요로 하는 형태로 인간의 신체를 개조하는 수준까지 도달했는데 정적인 삶을 원하는 중년 여성은 다리를 뿌리로 바꾸어 느티나무가 되었고, 거친 야생을 꿈꾸는 청년은 외피와 내부 장기를 가다듬어 얼룩무늬 호랑이로 변신했고, 물고기처럼 수중 호흡이 가능하도록 폐를 손질해 심해에서 유유자적 은퇴 생활을 즐기는 노인도 있었다. 하지만 대부분은 도시에 살며 이동의 편의를 위해 몸에 바퀴를 달거나 다양한 잡무를 동시에 처리하기 위해 추가로 서너 개의 손을 등에 부착하는 것으로 신체 개조의 흐름에 적응했다. '혁'과 '은'은 십 년 차 부부로 최근 이 문제를 가지고 언성을 높이며 싸우는 중이었다. 그는 머리가 세 개 달린 키 작은 남자였는데 변호사라는 특성상 두뇌를 쓸 일이 많아 어쩔 수 없이 선택한 것이었다. 그는 줄담배를 피웠고 블랙커피를 마셨으며 밤에도 머리 중 하나는 꼭 깨어서 업무를 처리했다. 아침마다 머리카락이 세 개의 얼굴을 타고 흘러 자주 빗질을 해야 하는 것 말고는 특별히 불편한 점은 없었다. 모든 닫힌 체계에서 무질서 또는 엔트로피가 시간의 흐름에 따라서 항상 증가한다는 열역학 제2법칙을 따라 머리카락도 단지 시간이 지남에 따라 무질서해지는 것이라고 그는 담담하게 받아들였다. 겁 많은 성격에 안정감을 가장 중요한 가치로 생각하는 그는 지구의 삶에 만족하고 있었다. 하지만 모험심 강한 그의 와이프는 호모 사피엔스의 생활에 넌더리가 나는 중이었다. 그녀는 전신 피부를 밀랍으로 성형해 양초처럼 매끈하고 윤기가 흘렀으며 하얀 살덩이에 박힌

까만 눈은 남들보다 도드라져 보여 모델 일에 큰 도움을 주었다. 그녀는 마치 성경에서 말하는 '눈처럼 흰 문둥이'의 모습이었다. 둘의 부부 싸움은 신체를 버리고 오직 빛 에너지로 존재하는 '엔젤'로의 개조가 원인이었는데 그가 이를 원치 않은 것이다. 개조된 빛 에너지는 마치 중세 요정이나 천사와 같이 작고 빛이 나는 무정형의 모습을 하고 있었고 그래서 사람들은 그냥 엔젤이라고 불렀다. 그들은 신체가 없어 말을 할 수는 없었으나 텔레파시를 통해 느낌과 생각을 주고받을 수 있었고 무엇보다 좋은 점은 태양 빛에서 양분을 얻을 수 있어 외부 음식이나 에너지가 필요 없다는 것이었다. 따라서 지구를 포함해 태양이 존재하는 모든 곳에서 자유롭게 살 수 있었다. 그녀는 하루라도 빨리 엔젤로 변해 우주로 모험을 떠나길 원했고 그는 망설였다. 세상 무엇보다도 그녀를 사랑했으나 신체를 포기하는 것은 왠지 께름칙했기 때문이다.

"인공 태양과 합성식품에 의지해 살아가고 있는 마당에 지구의 삶이 무슨 가치가 있어? 난 이곳 생활이라면 지긋지긋하단 말이야. 우리 함께 엔젤로 변해 프록시마 켄타우리에 있다는 황산 안개와 수은 비가 내리는 단테의 지옥 행성에 놀러 가는 건 어때? 아니면 시리우스 항성계의 다이아몬드로 만들어진 살아 있는 얼룩말을 타러 가거나? 재미있을 것 같지 않아?"

"여보, 난 아직 결정하지 못했어. 엔젤이 되어 영원히 당신과 함께할 수 있다는 건 가슴이 벅찬 일이지. 하지만 몸이 없는데 인간이라고 불리는 게 타당할까? 그리고 남녀의 몸과 마음이 하나가 되어야 진정한 사랑이라고 말할 수 있는데 엔젤로 변한 후에는 더 이상 그럴 수가 없잖아? 정신적 사랑만으로 내가 만족할 수 있을지 잘 모르겠어. 그러지 말고 우리 휴가를 내고 지구 내부 맨틀에 새로 지었다는 메리어트 호텔로 여행을 다녀오는 건 어때? 이미 갔다 온 동료 변호사가 그러는데 아주 호화롭게 잘 지었다고 하더라고. 직원들 서비스도 만점이고."

그가 변명하듯 대답하자 그녀의 웃음은 어느새 쓴웃음으로 변했다.

"또 그 이야기예요. 몇 번을 말했잖아요. 나는 호모 사피엔스로 하루도 더 살고 싶지 않아요. 우리 모습을 봐요. 머리가 세 개인 당신과 밀랍 피부를 가진 나를 조상들이 본다면 인간으로 여길까요? 아니죠. 그저 괴물로 생각하겠죠. 하지만 우리는 분명히 영혼을 가진 사람들이에요. 내 말은 과학의 발달에 따라 인간에 대한 정의가 변한다는 뜻이에요. 인간에 대한 정의가 변하는데 사랑도 마땅히 달라져야 하는 것 아니겠어요? 혹시 엔젤로 변한 후의 사랑이 더 황홀할지도 모르잖아요? 그러니 구닥다리 같은 말 하지 말고 어서 결정을 내려요."

"광속으로 이동하는 우주선을 타고 여행하면 될 텐데 꼭 엔젤로 변하겠다는 이유가 뭐야?"

"여보, 광속으로 달린다고 할지라도 다른 별까지 가려면 한참 동안 캡슐 안에서 가수면 상태로 지내야 해요. 얼마나 불편하겠어요. 그뿐만이 아니에요. 사람의 신체는 우주를 여행하기에 제약이 너무 많아요. 산소와 식량이 필요하고 조금만 춥거나 더워도 생존할 수 없으며 우주 방사선과 태양 복사열을 견뎌야 하죠. 게다가 외계 바이러스의 끔찍한 공격은 말할 것도 없고요. 하지만 엔젤로 변하면 이런 불편함은 모두 사라져요. 혹독한 우주 공간 속에서도 생존이 가능할 뿐 아니라 총과 폭탄을 포함한 어떤 물리적 위협으로부터도 자유로울 수 있어요. 상상해 봐요. 우리 둘이 손을 잡고 광활한 은하계를 탐험하는 모습을. 중력이 강해 빛조차 빠져나오지 못한다는 블랙홀을 사건의 지평선(Event horizon) 근처에서 구경할 수 있을지도 몰라요. 너무 기대되지 않나요?"

그녀의 입술에 어렴풋이 미소가 번지며 말했다.

"그 말은 동감해. 우주여행은 무척 흥미롭고 짜릿할 거야. 하지만 난 아직 모르겠어. 시간을 조금만 더 줄 수는 없겠어?"

"미안해요. 당신을 사랑하지만 더는 무리예요. 황금 같은 기회를 놓치고 싶지 않거든요. 한 달 뒤에 엔젤이 되기로 이미 계약서에 사인을 했어요. 시간이 얼마 남지 않았어요."

그녀는 근심에 찬 표정을 짓고는 매끄러운 하얀 밀랍 손으로 그의 세 머리를 차례로 쓰다듬었다. 약속한 시간은 물 흐르듯 어김없이 흘러갔으나 여전히 그는 마음을 정하지 못해 고민 중이었다. 그녀를 놓치고 싶지 않은 마음과 신체를 버려야 한다는 상실감이 내부에서 치열하게 전투를 벌이고 있었다. 하루를 바쁘게 보내고 터덜터덜 집으로 돌아가는 길에 그의 눈에 광고가 하나가 들어왔다. "시간의 목소리와 함께 당신의 전생을 마주하는 색다른 경험을 해 보세요. 삶의 우선순위가 바뀝니다." 시간의 목소리 대리점은 마치 종합병원 CT 촬영실 같았다. 사람이 누워서 들어갈 수 있는 크고 둥그런 흰색 기계가 놓여 있었고 그 옆에는 의사 가운을 차려입은 담당자가 여러 대의 컴퓨터를 바쁘게 조작하고 있었다. 적지 않은 돈과 본인의 DNA를 제공하면 알고리즘을 통한 시계열 분석을 통해 고객의 전생 영상을 보여 주는 것으로 매출을 올리는 곳이었다. 최근 시간의 목소리는 젊은이들 사이에서 큰 인기를 얻고 있었는데 영상의 품질뿐 아니라 "전생의 내용이 정확하다."라는 평판 때문이었다. 광고를 여러 번 접했음에도 노련한 변호사인 그는 전생을 손톱만큼도 믿지 않았는데 핵융합 우주선이 날아다니는 최첨단 과학 시대에 돈까지 내면서 케케묵은 과거의 개념을 받아들일 생각이 전혀 없었기 때문이다. 하지만 오늘은 모든 것을 잊고 혼란한 머리를 식히고 싶다는 마음에 그는 말 잘 듣는 유치원생처럼 옷을 갈아입고 거대한 입을 벌리고 있는 기계 입구 침대에 누워 멍하니 천장을 바라보았다. 잠시 후 덜커덕거리는 소리와 함께 둥그런 기계 안으로 들어간 그는 옛날 영화 몇 편을 연속으로 볼 수 있었는데 왜 그런지 주인공과 배경이 무척 낯익게 느껴졌다. 마치 어제 일처럼. 어린 늑대의 반항, 조선 도공의 자존심 그리고 은행의 보신주의로 모든 것을 잃은 중소기업 사장의 회한이 마음속 깊이 절절히 다가왔다. 그뿐만이 아니었다. 그는 항상 자신의 곁에 있었던 '은'의 존재를 인식할 수 있었는데 어미 늑대로, 불운한 일본 여인으로, 매정한 은행원으로 각각 그 모습은 달랐으나 둘의 애매한 인연은 끊이지 않고 쭉 이어져 왔다는 사실을 깨달은 것이다. 대부분의 사람들은 살고 있는 순간을 최상의 가치로 여기지만 사실은 현생은 전생의 결과물이며 동시에 후생의 주춧돌이다. 과거의 잘못이 현생에 드러나고 현생의 공로가 미래에 발현되는데 이는 비단 개인의 인생뿐만 아니라 사람 사이의 인연에도 똑같이 적용된다. 선(善)은 선연으로 악(善)은 악연으로 이어지는 것이다. 모호한 인연을 끊으려면 윤회의 어느 순간 독한 마음을 먹고 갈등을 해결해야 한다. 시간의 목소리를 통해 모든 것을 알게 된 '혁'은 지금이 바로 그 순간임을 직감할 수 있었다. 만약 엔젤로 변한 '은'이 홀로 우주로 떠나간다면 둘의 미적지근한 인연은 다음 생에서도 이런 식으로 계속될 게 뻔했다. 대리점을 나와 집으로 돌아가는 길에 그의 듬직한 세 머리는 흥이 난 듯 좌우로 흔들리며 철 지난 유행가

가사를 읊조리기 시작했다. “사랑, 말하지 않아도 알 수 있고, 그 무엇으로부터도 자유로우며, 황홀할 만큼 아름다운 것.”

※ 작가 노트

“배움에도 때가 있다.”와 “시간이 지나면 나아질 거야.”라는 말은 일부만 옳은 표현이다. 배움은 늘 우리와 함께이고 어떤 상처는 다음 생에서도 당신을 괴롭힐 수 있으며 마감일 따위는 존재하지 않는다. 끊임없는 갈고 닦음을 통해 영혼이 성숙해지고 한 단계 상위 차원으로 진화하는 것. 그것이 설계된 인류의 목적은 아닐까?

감사의 글

원고를 담당해준 '지식과감성#' 출판사에 감사드리며 이 작품이 본래 목적지인 독자의 마음속에 들어가 상상력의 자양분이 되기를 기원합니다. 우리는 신이 주신 최고의 선물인 상상력을 통해 지칠 줄 모르는 어린 시절 개구쟁이로 돌아갈 수도 있고 혼잡한 지하철에서 고약한 선배나 상사를 마음속으로 꾸짖으며 실없이 웃을 수도 있습니다. 우리는 꿈꾸는 노력을 게을리해서는 안 되는데 미래는 '할 수 있는 일'뿐만 아니라 '하고자 하는 일'에 따라 달라지며, 사람은 상상할 수 있는 것만 도전하고 성취할 수 있기 때문입니다. 인류가 달나라에 발자국을 남길 수 있었던 것은 비단 현대 과학의 발달뿐 아니라 달을 두고 노래한 옛 시인들이 큰 역할을 한 것입니다. 그래서 아인슈타인은 상대성 이론에 관한 글에서 "……라고 우리는 상상해 보자."로 끝나는 문장들을 자주 사용했습니다. 빈곤한 상상력을 일깨우는 방법은 간단합니다. '만약 당신이 먼 우주에서 찾아온 외계인과 함께 엘리베이터를 타게 된다면, 당신은 연인에게보다 더하고 싶은 말이 많을 것입니다. 무슨 말을 하고 싶으세요?'